ullstein

Das Buch

Im Frühjahr des Jahres 1436 zieht die junge Seiltänzerin Alessandra mit ihrer Gauklertruppe durch die Pfalz. Die Schausteller sind auf dem Weg nach Bacharach, wo am Ostersonntag ein Jahrmarkt stattfinden soll. Alessandra ist Seiltänzerin mit Leib und Seele, und doch hasst sie das beschwerliche Leben der Fahrenden. Außerdem soll sie nach dem Willen ihres Großvaters den jungen Jongleur Sami heiraten, den sie jedoch nicht liebt. Ihre mütterliche Freundin, die alte Wahrsagerin Sanchari, versucht, sie zu trösten, und weiht das Mädchen in die Kräuterkunde und Heilkunst ein. Eines Tages treffen die beiden Frauen beim Kräutersammeln im Wald auf einen verletzten jungen Mann, von guter Herkunft offenbar. Sie richten ihm ein Lager und pflegen ihn heimlich gesund. Der Verletzte ist Simon von Ravenstein. Simon und Alessandra fühlen sich sofort zueinander hingezogen. Als sich die beiden einige Zeit später auf der nahegelegenen Burg Stahleck wiedersehen, scheint es, als ob Alessandras Liebe unter einem schlechten Stern stünde. Denn Simon ist einer anderen versprochen, und die Inquisition hat auf der Burg Einzug gehalten. Schon bald fällt ein schrecklicher Verdacht auf Alessandra …

Die Autorin

Gabriele Breuer, geboren 1970, lebt mit ihrem Mann und Sohn in Köln. Sie ist Verwaltungsangestellte und hat bisher einige Kurzgeschichten verfasst. *Die Seiltänzerin* ist ihr erster Roman.

Gabriele Breuer

Die Seiltänzerin

Historischer Roman

Ullstein

Besuchen Sie uns im Internet:
www.ullstein-taschenbuch.de

Mix
Produktgruppe aus vorbildlich bewirtschafteten Wäldern und anderen kontrollierten Herkünften
www.fsc.org Zert.-Nr. GFA-COC-001278
© 1996 Forest Stewardship Council
FSC

Dieses Taschenbuch wurde auf FSC-zertifiziertem Papier gedruckt. FSC (Forest Stewardship Council) ist eine nichtstaatliche, gemeinnützige Organisation, die sich für eine ökologische und sozialverantwortliche Nutzung der Wälder unserer Erde einsetzt.

Originalausgabe im Ullstein Taschenbuch
1. Auflage August 2010

Umschlaggestaltung: HildenDesign, München
Titelabbildung: Frau: © Fanny Ebers / akg-images; Landschaft: © Eltz Castle, Domenico Quaglio II / Hamburger Kunsthalle / The Bridgeman Art Library
Satz: Pinkuin Satz und Datentechnik, Berlin
Gesetzt aus der Bembo
Papier: Holmen Book Cream von Holmen Paper Central Europe, Hamburg GmbH
Druck und Bindearbeiten: CPI – Ebner & Spiegel, Ulm
Printed in Germany
ISBN 978-3-548-28116-2

Kapitel 1

Die Herrin der Lüfte zu sein, über dem Boden zu schweben, über allem anderen … erhaben, voller Anmut und von allen Menschen bewundert. Alessandra betrachtete versonnen das Seil und spürte, wie sich ihr Bauch vor Freude zusammenzog.

»So müsste es halten. Sieh selbst.« Ihr Großvater hängte sich mit beiden Händen an das Hanfseil, das er kurz zuvor zwischen zwei Eichen am Ufer des Rheins gespannt hatte. Seine karminroten Pluderhosen flatterten im Wind. Er stellte sich wieder hin, ließ das Seil los und rieb sich die Hände. Mit einem Lächeln auf den Lippen wandte er sich Alessandra zu. »So, mein liebes Kind, jetzt zeig mir, wie anmutig du darauf tanzen kannst.«

Alessandra ließ sich von ihm auf das Seil heben. Als sie das Gleichgewicht gefunden hatte, löste sie sich von dem Baumstamm und lächelte ihren Großvater an.

»Bist du so weit?« Die Enden von Silvios ergrautem Schnauzbart zitterten leicht.

»Ja, Papo, das bin ich.« Alessandra hob den Blick und schaute auf das Siebengebirge auf der anderen Seite des Rheins. An manchen Stellen verwandelte sich das triste Braun bereits in ein zartes Grün. Dann schloss sie die Augen. Unter ihren Füßen fühlte sie den rauhen Hanf. Die Arme ausgestreckt, setzte sie einen Fuß vor den anderen und schwebte über den Boden. Die Natur hatte nicht vorgesehen, dass die Menschen fliegen konnten – doch sie konnte es. Sie war frei. Frei wie die Herrin der Lüfte. Mühelos balancierte sie über das Seil, ließ ihre Welt unter sich und flog in Gedanken über das blaue Band des Rheins, hinauf zu den schönsten Burgen des Landes.

Ihr Großvater applaudierte. »Wunderbar, mein Kind. Die Zuschauer auf den Marktplätzen werden dir zu Füßen liegen. Und unsere Truhe wird sich mit Kupfermünzen füllen.« Seine Stimme zitterte vor Stolz.

Alessandra sprang vom Seil und lockerte in dem kühlen Gras ihre Zehen. Ihr Großvater legte den Arm um ihre Schulter und drückte sie an sich. »Ich habe eine gute Nachricht für dich.« Ein verschmitztes Lächeln breitete sich auf seinem Gesicht aus. »Stell dir vor, Sami hat bei mir um deine Hand angehalten. Ist das nicht großartig?« Er sah seine Enkelin erwartungsvoll an.

Alessandra fühlte, wie sich ihr Hals zuschnürte. Sie riss sich von ihrem Großvater los und verschränkte die Arme vor der Brust. Ihre Augen verengten sich zu Schlitzen. »Denke nicht einmal daran! Diesen aufgeblasenen Gockel werde ich niemals heiraten«, zischte sie.

»Bist du von Sinnen?« Ihr Großvater hob die buschigen Augenbrauen. In seinen dunklen Augen spiegelte sich Unverständnis. »Sami ist ein stattlicher junger Mann. Die Mädchen unserer Truppe umschwärmen ihn wie die Motten das Feuer! Jede von ihnen träumt davon, dass er um ihre Hand anhält.«

»Dann soll er doch eine von ihnen heiraten. Mich jedenfalls nicht!« Sie wollte sich abwenden, doch ihr Großvater hielt sie an der Schulter zurück.

»Alessandra, was ist bloß in dich gefahren? Er ist der wohlhabendste Erbe unserer Truppe. Sein Vater besitzt einen Tanzbären, mit dem er auf den Jahrmärkten ein Vermögen verdient.«

Alessandra schob trotzig die Unterlippe vor. »Pah, das Geld interessiert mich nicht. Mit meinem Seiltanz verdiene ich genug, um nicht hungern zu müssen.«

Ihr Großvater band sich das graue Haar, das auf seinen Schultern lag, zu einem Zopf. »Das ist nun dein achtzehnter Frühling, meine Liebe. Andere Mädchen in deinem Alter sind längst verheiratet.« Seine Stimme nahm einen scharfen Ton an. »Du musst Nachkommen gebären, damit unsere Familie nicht ausstirbt.« Er griff nach ihrem Oberarm.

»Das ist doch nicht alles, wofür ich auf der Welt bin!«, keifte Alessandra und entzog sich ihm abermals. »Wenn du mich zwingst, laufe ich davon!« Sie raffte ihre buntgeflickten Röcke und verschwand zwischen den Zelten der Schausteller. Erst als sie den Blick ihres Großvaters nicht mehr in ihrem Rücken spürte, verlangsamte sie den Schritt. Außer Atem lehnte sie sich an die Speichen eines Wagenrads und wischte sich mit dem Ärmel den Schweiß von der Stirn. In ihren Augen brannten Tränen. Warum nur wollte Papo sie so schnell verheiraten? Voller Unwillen runzelte sie die Stirn, als sie an Sami dachte. Er konnte die Finger nicht von den Frauen lassen. Fand sich unwiderstehlich, als wäre er der schönste Mann der Welt. Sie war davon überzeugt, dass Sami niemals nur einer Frau treu sein konnte. Er brauchte das Gefühl, umschwärmt zu sein, wie die Luft zum Atmen. Alessandra schüttelte angewidert den Kopf und blickte zu der dunkelblauen Spitze, die zwischen den anderen Zelten emporragte. Immer, wenn Kummer an ihrem Herzen nagte, führte ihr Weg sie zu Sanchari. Solange sich Alessandra erinnern konnte, hatte die alte Wahrsagerin ein offenes

Ohr für sie gehabt, hatte ihr die Mutter ersetzt, die bei ihrer Geburt gestorben war. Sicher fand ihre Freundin auch diesmal einen Ausweg.

Aus der Ferne hörte sie den Tanzbären brummen und schüttelte erneut verächtlich den Kopf. Ihr Großvater war ein Narr. Was dachte er? Der Bär lebte bestimmt nicht länger als Samis Vater, so grau, wie er schon war. Das Geld wäre schnell aufgebraucht, und dann hatte Sami nur noch seine Kugeln, mit denen er auftrat.

Die goldenen Sterne auf der dunkelblauen Zeltplane glitzerten in der Frühlingssonne. Alessandra hielt für einen Moment inne und fuhr mit den Fingerspitzen über den Stoff. Dann schob sie ihn zur Seite und spähte in das Innere des Zeltes. Nachdem sich ihre Augen an das dämmerige Licht gewöhnt hatten, erblickte sie Sanchari, die im Kerzenschein getrocknete Blätter in einer Schale verbrannte. Vor ihr auf dem Tisch lagen in ordentlichen Reihen die Karten, aus denen sie die Zukunft las. In den dichten Rauchschwaden, die sie umgaben, wirkte die alte Wahrsagerin fast gespenstisch.

»Tritt nur ein, mein Kind«, murmelte sie, ohne den Blick von den Karten zu heben.

Wortlos betrat Alessandra das Zelt.

»So ruhig heute?« Sanchari erhob sich von ihrem Schemel und drehte sich zu ihr um.

»Was bedrückt dich, Alessa?« Die alte Zigeunerin strich ihr über die Wangen. Ihr Atem roch nach Zwiebeln und Minze.

Alessandra hatte das Gefühl, dass ihr Sancharis smaragdfarbene Augen bis in die Seele schauten. Sie seufzte schwer, richtete den Blick auf den lehmigen Boden und glättete mit der Hand die Falten ihrer Röcke.

»Erzähle mir, was meinem schönen Mädchen die Sprache verschlagen hat.« Sanft hob die Wahrsagerin mit dem Zeigefinger ihr Kinn und zwang sie, ihr in die Augen zu sehen.

Um nicht in Tränen auszubrechen, versuchte sich Alessandra auf die goldenen Fäden in Sancharis Kopftuch zu konzentrieren.

»Du kommst hierher und blickst mich stumm an. Wie soll ich dir da helfen?« Sanchari drückte sie sanft auf den Holzschemel. »Sag mir, was los ist.« Sie stemmte die Hände in die Hüften, die von einer rostroten Schürze umhüllt wurden.

Alessandra versuchte zu schlucken, doch ihre Kehle war so trocken, dass sie husten musste.

»Hier trink, das wird dir helfen und vielleicht auch deine Zunge lösen.« Sanchari reichte ihr einen Becher mit verdünntem Wein.

»Sami hat bei Großvater um meine Hand angehalten. Und er hat zugestimmt.« Alessandra konnte die Tränen nicht mehr zurückhalten.

Sanchari hob die Augenbrauen. Sie griff nach dem zweiten Schemel, ließ sich neben Alessandra nieder und legte ihre mit Henna gefärbten Zöpfe auf den Rücken. »Silvio meint es gut mit dir. Und Sami ist doch ein hübscher Kerl. Ich finde, er passt zu dir.« Alessandras goldenes Amulett blitzte im Schein der Kerze. »Sieh dich an, Alessa. Deine Augen funkeln wie große schwarze Perlen, und deine dunkle Lockenpracht reicht bis zu deiner Hüfte. Ich kann verstehen, dass er gern seine Hände darin vergraben würde.« Ehrfürchtig griff sie nach Alessandras Haar und ließ es durch ihre Finger gleiten. »Du kannst froh sein, dass Silvio dich keinem alten Mann versprochen hat.« Die Wahrsagerin nahm die

Karten vom Tisch auf, klopfte sie energisch zusammen und legte sie in ein goldenes Kästchen mit Deckel. »Also, warum sträubst du dich so?«

»Ich will nicht heiraten. Du hast doch auch niemals geheiratet. Warum muss ich es denn unbedingt tun?« Alessandra zog die Nase hoch und wischte sich mit dem Handrücken die Tränen von den Wangen. »Ich kann Sami nicht ausstehen. Warum wartet Papo nicht, bis ich einen Mann gefunden habe, den ich mag?« Alessandra hob den Deckel des Kästchens an. Versonnen blickte sie auf die oberste Karte, die einen Ritter auf einem Schimmel darstellte.

»Willst du warten, bis ein Prinz kommt und dich mit auf sein Schloss nimmt? So wie in den Märchen, die ich dir erzählt habe, als du noch ein kleines Mädchen warst?«

Alessandra konnte gerade noch die Finger fortziehen, bevor Sanchari den Deckel des goldenen Kästchens zuklappte.

»Nimm dir bitte kein Beispiel an mir. Meinst du, ich hätte mich nie nach den beschützenden Armen eines Mannes gesehnt?«

Alessandra schüttelte den Kopf. »Ich würde mich niemals nach Sami sehnen.«

»Sami ist nicht besonders helle. Wenn du es geschickt anstellst, wird er dir jeden Wunsch von den Augen ablesen.« Sanchari erhob sich von ihrem Schemel.

»Schau in deine Karten, und du wirst sehen, dass ich Sami niemals heiraten werde«, entgegnete Alessandra entschlossen.

»Wir Fahrenden sagen uns niemals gegenseitig die Zukunft voraus. Das weißt du, Alessandra. Und ich werde bestimmt nicht wegen dir dieses Gesetz brechen.« Sanchari griff nach ihrem Umhang aus grober Schafswolle. »Hast du Lust, mich in den Wald zu begleiten? Ich brauche dringend ein Kraut für einen Aufguss.«

»Ja, gern.« Alessandras Gesicht hellte sich auf. Sie liebte die Streifzüge durch den Wald. Es gab so viele Kräuter zu entdecken! Und Sancharis Wissen über ihre Wirkung verschlug ihr jedes Mal die Sprache. Wenn sie ihr erklärte, welche Krankheiten sie damit heilen konnte, schüttelte Alessandra oft ungläubig den Kopf.

Alessandra schloss die Augen und atmete tief ein. Mit ihren Zehen wühlte sie das modrige Laub auf. Ein Hauch von Blütenduft legte sich über den fauligen Geruch der alten Blätter, die den Waldboden bedeckten. Zaghaft bildeten sich an den unteren Ästen der Eichen die ersten jungen Triebe. Der Wald erwachte zu neuem Leben. In den kahlen Wipfeln, die sich wie ein Baldachin über ihr schlossen, bauten Singvögel ihre Nester. Alessandra lauschte ihren Stimmen.

»Erzähl mir von deinem Seiltanz. Hast du noch Freude daran?« Sanchari zupfte ein Blatt von ihren Röcken.

»Ja, natürlich.« Alessandra lächelte. Sanchari hatte es wieder einmal geschafft, sie von ihrem Kummer abzulenken. »Auf dem Seil fühle ich mich frei. Es ist, als könnte ich durch die Lüfte schweben, wie ein Vogel.« Sie breitete die Arme aus. »Und das, obwohl ich keine Flügel habe. Manchmal stelle ich mir vor, ich würde zu einer der Burgen am Rhein fliegen und mich dort auf die Zinnen setzen. Von da kann ich das ganze Land überblicken.«

Sanchari nickte. »Ich verstehe dich. Doch nun lass uns eine Lichtung suchen. Ich brauche unbedingt noch Spitzwegerich.« Die alte Wahrsagerin schlug einen Weg durch das Unterholz ein. »Es ist zwar für seine Blüte eigentlich noch zu früh im Jahr, aber vielleicht habe ich Glück, denn der Frühling ist ungewöhnlich warm«, erklärte sie.

»Wozu brauchst du den Spitzwegerich denn?«, fragte Alessandra neugierig.

»Silvio leidet doch öfter unter diesen starken Kopfschmerzen, bei denen er nicht mehr ins Licht sehen kann. Ich will ihm einen Sud zubereiten.«

Alessandra bereute sofort, dass sie ihren Großvater so angeraunzt hatte. Sie dachte an die Tage, an denen er kaum das Zelt verließ. »Glaubst du, du kannst ihn heilen?«

Sanchari lächelte, wobei sich die Falten um ihre Mundwinkel und die Augen vertieften. »Ich versuche es, so gut ich kann. Mach dir keine Sorgen Alessandra, deinem Großvater wird es bald bessergehen.«

»Nur durch den Spitzwegerich, oder brauchst du dazu noch andere Kräuter?« Alessandra blickte Sanchari mit großen Augen an.

»Nein, nein, der Spitzwegerich allein reicht nicht aus. Ich muss ihn zu gleichen Teilen mit Ackerschachtelhalm, Birkenblättern, Schafgarbe, Brennnesseln, Baldrianwurzel und Kamille vermischen und noch eine kleinere Menge Brombeerblätter und Lavendel dazugeben.«

Alessandra staunte über Sancharis Wissen. »Wachsen die anderen Kräuter denn jetzt schon?«

»Nein, nicht alle. Aber ich habe getrocknete Vorräte vom letzten Sommer. Wir müssen nur noch den Spitzwegerich suchen«, erwiderte Sanchari.

»Und daraus kochst du dann einen Sud?« Alessandra konnte ihre Neugierde nicht bändigen.

»Ja, ich werde die Kräutermischung mit Wasser aufkochen, und dann muss dein Großvater sie schluckweise vor dem Essen trinken.«

Alessandra versuchte, sich die Rezeptur einzuprägen. Die Heilkunst faszinierte sie, und sie nahm sich vor, sie sich von Sanchari beibringen zu lassen. Wie befriedigend musste es sein, die Leiden der Menschen lindern und ihnen die Qualen nehmen zu können! In Gedanken wiederholte sie die Kräuter, die Sanchari ihr genannt hatte.

»Es ist nicht mehr weit.« Sancharis Worte rissen sie aus ihren Gedanken.

Die knorrigen Äste der Buchen lichteten sich. Alessandra spürte das feuchte Gras unter ihren Füßen. Die ersten Bienen schwirrten um die Gänseblümchen, die sich wie ein weißer Teppich über das Grün legten.

»Woher wusstest du, dass sich hier eine Lichtung befindet?« Alessandra sah sich erstaunt um.

»Ich betrachte die Stämme der Bäume. An dem Moos, das daran wächst, kann ich die Richtung bestimmen, die ich einschlagen muss.«

Alessandra runzelte nachdenklich die Stirn. Sanchari war ein Wunder für sie. Nicht nur, dass sie wahrsagen konnte und die Heilkunst beherrschte. Nein, sie konnte sogar die Beschaffenheit der Bäume deuten!

»Oh, sieh mal, wir haben Glück. Der erste Spitzwegerich steht schon in der Blüte.« Sanchari blieb stehen und zeigte auf die Pflanze, die neben ihr am Rande der Lichtung wuchs.

Alessandra bückte sich, um die Blüte zu betrachten. Vorsichtig fuhr sie mit dem Zeigefinger über den weißen Flaum unter der Spitze.

»Wir brauchen die ganze Pflanze, du musst sie mit der Wurzel herausziehen«, lehrte Sanchari sie und breitete ein sauberes Leinentuch auf dem Boden aus. Alessandra legte die Pflanze darauf, und Sanchari wickelte sie ein.

Anschließend verstaute sie das Bündel in ihrer Schürzentasche.

»Brauchst du nicht mehr davon?«, fragte Alessandra.

»Nein, ich suche später im Frühjahr noch welche, wenn die Pflanze stärker ist. Lass uns nun zurückkehren, es wird bald dunkel.«

Simon von Ravenstein atmete tief den Duft der Fichtennadeln ein. Gemeinsam mit seinem Rittervater Richard von Hohenfeld und dem Gefolge ritt er den Pfad entlang, der ihn nach Bacharach führen sollte.

»Schon morgen werden wir auf Burg Stahleck sein, mein Junge.«

Die Stimme seines Rittervaters, der neben ihm ritt, riss ihn aus den Gedanken. Simon schaute in die Baumwipfel, die sich über ihm schlossen. »Ist es möglich, dass Ihr mit den Knappen vorreitet? Ich weiß, dass es von hier aus nicht weit ist bis zur Burg Rheinfels. Dort lebt einer meiner Waffenbrüder, den ich gern noch einmal wiedersehen würde.« Er sah seinen Rittervater mit einem bittenden Blick an.

Richard lächelte verständnisvoll. »Bleib nur nicht allzu viele Tage dort, du wirst immerhin auf Burg Stahleck sehnsüchtig erwartet.« Er schaute sich zu den zwei halbwüchsigen Jungen und dem Kutscher um, der den Karren mit ihren Habseligkeiten lenkte. Mit einem Pfiff durch die Zähne wies er sie an, ihm zu folgen.

Simon zog die Zügel an und schaute den anderen nach, bis Richards schwarzer Schopf hinter der nächsten Weggabelung verschwand. Dann ließ er seinen Blick durch den Wald schweifen. Ein Buntspecht setzte sich auf einen Ast, hüpfte dem Stamm entgegen und klopfte mit dem Schnabel gegen die Rinde. Simon schloss die Augen und lauschte den Stimmen der Vögel in den Baumkronen. Von irgendwoher hörte er das Rauschen eines Baches. Er öffnete die Lider wieder und lenkte seinen Rappen in die Richtung, die nach Burg Rheinfels führte. Vor einem Abhang blühte der Ginster im Schein der Sonne.

Simon ließ seinen Gedanken freien Lauf. Graf Philipp von Boekenberg, der ebenfalls wie er und Richard aus der Linie der Wittelsbacher stammte, hatte ihn nach Burg Stahleck eingeladen. Dort sollte er endlich zum Ritter geschlagen werden. Bei dem Gedanken daran beschleunigte sich sein Herzschlag. Eine Braut wartete auf ihn sowie ein Lehen, um das er sich kümmern musste.

Nach dem Tod seines Vaters hatte Hieronymus von Ravenstein, sein Onkel zweiten Grades mütterlicherseits, ihn im Alter von sieben Jahren nach Schloss Blumenthal zu den Brüdern des Deutschordens geschickt, damit er dort zum Ritter ausgebildet wurde. Bei dieser Gelegenheit hatte er auch Karl kennengelernt, den er jetzt noch rasch aufsuchen wollte. Seitdem waren fünfzehn Winter vergangen, und Hieronymus war mittlerweile der Erzbischof von Trier.

In seine Gedanken versunken, ritt Simon tiefer in den Wald. Er dachte an die Lehrjahre beim Deutschorden zurück. Nun waren sie beendet, und die Brüder hatten ihn hinaus in die Welt entlassen. Wie lange hatte er sich auf diesen Tag gefreut – in ein neues Leben reiten und endlich das anwenden zu können, was er all die Jahre gelernt hatte! Den Schwertkampf vermochte er in dieser Zeit des Friedens nur auf Turnieren auszuüben. Aber das war es nicht, was ihn lockte. Seine Vorliebe galt den Pferden und der Aufgabe, sie zu Schlachtrössern auszubilden. So, wie es ihm Bruder Heinrich beigebracht hatte. Kurfürst Ludwig III. wollte ihm nach der Verlobung ein gutes Stück Land in der Kurpfalz überschreiben, zu dem auch ein Gestüt gehörte. Und auch das Land seiner zukünftigen Verlobten in Luxemburg sollte nach seiner Hochzeit mit in seinen Besitz übergehen. Ein Leben als wohlhabender Lehnsmann – das war es, was er vor sich sah. Mit Verantwortung für Land und Leute. Simon verspürte Erleichterung darüber, dass ihm Richard in der ersten Zeit zur Seite stehen und ihm bei dieser Aufgabe helfen würde.

Ein Rascheln in den Haselbüschen ließ Simon aufhorchen. Er kniff die Augen zusammen. Der Kopf eines Mannes tauchte hinter den Zweigen auf. Simons Hand schnellte zu seinem Gürtel, um den Dolch zu ziehen. In dem Moment durchschnitt schon das Zischen eines Pfeiles die Luft, der in der Vorderflanke seines Hengstes steckenblieb. Wiehernd bäumte sich das Pferd auf. Simon versuchte, sich im Sattel zu halten, griff in die Mähne, doch der Rappe stieg erneut und trachtete mit aller Macht danach, seinen Reiter abzuwerfen. Das Geräusch der reißenden Rosshaare war das Letzte, das er vernahm, bevor er mit dem Rücken auf dem Waldboden aufschlug.

Kurz darauf öffnete er die Augen und schaute in eine Mundhöhle mit schwarzen Zahnstummeln. Fauliger Atem schlug ihm entgegen. Simon drehte den Kopf zur Seite. Vor einem Baumstamm glänzte die Klinge seines Dolches in der Sonne. Er streckte den Arm aus, doch einer der Wegelagerer stellte seinen Fuß auf Simons Hand. Der junge Wittelsbacher keuchte auf, dann spürte er, wie jemand an seinem Gürtel nestelte. Mit einem Ruck war die Kordel seiner Geldkatze durchschnitten. Simon wollte dem Wegelagerer sein Knie in den Unterleib rammen, doch der Schmerz in seinem Schienbein hinderte ihn daran. Im nächsten Augenblick prallte ein Knüppel mit voller Wucht auf seinen Kopf. Um ihn herum versank der Wald in Schwärze.

Die Glocken der Wernerkapelle hallten über den Hang unterhalb der Burg Stahleck. Die Prozession der Trauernden folgte dem Kiefernsarg, den die Totengräber zu dem schwarzen Loch in der Erde auf dem Friedhof trugen.

Nachdem der Prediger die Trauerrede gehalten hatte, stiegen die Mägde und Knechte schweigend den Pfad zurück zur Burg hinauf. Um das kegelförmige Schieferdach des Burgfriedes kreiste ein Falke.

»Das ist bestimmt Hedwigs Seele, die in den Himmel steigt«, piepste Therese, die jüngste Magd, und wischte sich mit ihrer Schürze über die verweinten Augen.

Johanna, die Küchenmagd, nahm beschwichtigend ihre Hand. »Ach was. Das ist der Falke unseres Burgherrn. Bestimmt steht Graf Philipp auf einem der Wachtürme und wartet darauf, dass er seinen Freiflug beendet.«

Martha, die als Küchenmeisterin tätig war, stellte die dampfenden Schüsseln auf den Bohlentisch. Nachdem sie sich eine frische Schürze über ihren fülligen Leib gebunden hatte, setzte sie sich zu den anderen Bediensteten, die schweigend auf den Tisch starrten. Abgesehen von Anton, dem Torwächter, war sie als Einzige der Angestellten nicht mit zu Hedwigs Beerdigung gegangen. Sie hatte es vorgezogen, allein den Leichenschmaus zu kochen. Sie wolle in Ruhe ihre Gedanken ordnen, hatte sie den anderen erklärt. Der Duft des Eintopfes aus weißen Bohnen zog durch die Burgküche, doch keiner der Mägde und Knechte wollte zugreifen.

»Nun lasst uns doch endlich essen«, durchbrach Irmgard die Stille. »Davon, dass wir hier hungrig auf den Tisch starren, wird Hedwig auch nicht wieder lebendig.«

Agnes, die die Aufsicht über die Zimmermädchen führte, kniff die Augen zusammen und schüttelte fassungslos den Kopf. »Du hast es wohl nicht nötig, in einem Tischgebet Hedwigs zu gedenken. Irmgard, ich fasse es nicht! Sie hat mit dir eine Kammer geteilt«, zischte sie.

Irmgard hob eine ihrer kaum sichtbaren Augenbrauen und verzog die Lippen zu einem Schlitz. »Ja, ich weiß, ihr denkt alle, sie sei durch meine Hand gestorben. Ist es nicht so?«

»Lasst uns beten«, sprach Joseph, der Burgverwalter, mit belegter Stimme und erhob sich von seinem Stuhl. Seine weißen buschigen Augenbrauen zitterten, als er nach den Händen seiner Tischnachbarn griff. Während er das Tischgebet sprach, schwammen seine blauen Augen in Tränen.

Nach dem Gebet strich Anna, die für die Waschküche verantwortlich war, ihr Haar aus der Stirn zurück unter die Haube und zog die Nase hoch. Sie ließ sich nieder und rutschte mit ihrem Stuhl näher an den Tisch heran. »Einfach so ist sie bestimmt nicht gestorben. Schließlich war Hedwig noch jung. Und nie klagte sie über körperliche Leiden«, flüsterte sie Joseph ins Ohr.

»Ach, Anna, ob du dir den Kopf zerbrichst oder nicht, wir werden nie erfahren, was Hedwig aus dem Leben gerissen hat.« Joseph griff nach seinem Löffel.

»Vielleicht ist sie an der Pest gestorben«, mutmaßte Therese, den Blick starr auf ihre Schale gerichtet.

»Nein, daran ist sie nicht gestorben, das kannst du mir glauben«, antwortete Anna. »Und wir sollten Gott bitten, dass die Burg auch weiterhin von der Seuche verschont bleibt.«

Die Tür ging auf, und die Blicke der Bediensteten richteten sich auf den Torwächter, der in die Küche polterte.

»Du hast die Beerdigung verschlafen, Anton.« Martha presste die Lippen aufeinander.

»Hab ich nicht«, lallte der Wachmann. »Es gab Neuigkeiten zu erfahren.«

Martha wedelte sich mit der Hand Luft zu. »Puh, du stinkst, als hättest du in einem Weinfass gebadet.«

Joseph legte den Löffel zur Seite. »Was gibt es denn für Neuigkeiten?«

Anton begab sich zum Tisch und steckte die Nase in die Suppenschüssel. »Mann, das riecht verdammt gut.« Er griff nach einer Schale, füllte sie und ließ sich auf einem Stuhl nieder.

»Gäste werden eintreffen. Hohe Gäste«, verkündigte er schmatzend.

»Das ist doch bereits bekannt«, fiel Martha ihm ins Wort. »Erzbischof Hieronymus der Schöne kehrt auf der Burg ein, das wissen außer dir schon alle.« Sie räumte das Geschirr vom Tisch. »Am besten geht ihr jetzt zurück an eure Arbeit. Ich habe noch einiges in meiner Küche vorzubereiten. Der Erzbischof ist schließlich nicht der einzige Gast, auf den der Burgherr wartet.«

Die Bediensteten verstummten und sahen Martha mit offenen Mündern an.

»Wieso weißt du etwas, was ich noch nicht weiß?«, fragte Joseph.

»Weil der Burgherr angeordnet hat, dass ich die Lagerbestände der Vorräte aufliste.« Martha hob bedeutsam die Augenbrauen. Die Bediensteten hatten sich mittlerweile in einem Kreis rings um sie versammelt. »Und da habe ich ihn einfach nach den Ereignissen gefragt, die auf der Burg stattfinden sollen.«

»Nun spann uns nicht auf die Folter«, lallte Anton.

Die anderen nickten beipflichtend. Ihre Blicke hafteten auf Marthas Lippen.

»Nun ja …« Die Küchenfrau schob sich die Haube aus der Stirn. »Er erzählte von Ritterweihen und einer Verlobung. Doch das war noch nicht alles. Der Kurfürst soll mit seinem Rat auf der Burg einkehren.«

Ein Raunen ging durch die Reihe der Bediensteten. Dann sprachen alle wild gestikulierend durcheinander. So lange, bis Martha sie mit ihrem Kochlöffel aus der Küche scheuchte.

Graf Philipp von Boekenberg ließ den Blick von den Weinbergen hinunter zum Rhein schweifen, auf dessen Wogen sich silbern das Licht der Morgensonne brach. Unter seinem graumelierten Haaransatz glänzten Schweißperlen. Es war schon jetzt so heiß wie sonst erst am Mittag. Mit der rechten Hand schirmte der Graf seine Augen ab und beugte sich weiter vor, um den Kahn, der auf dem Rhein schipperte, besser erkennen zu können. Doch selbst die Tatsache, dass er ordnungsgemäß an der Zollstelle angehalten wurde, vermochte seine Stimmung nicht aufzuhellen. Im Land waren die ersten Pestfälle verkündet worden. Die Angst vor der Seuche schnürte ihm die Kehle zu. Schmerzlich wurde ihm bewusst, wie schnell Gevatter Tod zuschlagen konnte. Wer wusste schon, wie viel Zeit ihm noch blieb, zum Beispiel, um einen Nachfahren zu zeugen? Philipp von Boekenberg streckte den Arm aus, und sein Falke ließ sich auf dem Lederhandschuh nieder. Nachdem er das Tier in seinen

Käfig gesperrt hatte, stieg er mit hängenden Schultern die Stufen des Wehrturmes hinab.

Im Burginnenhof herrschte reges Treiben. Mägde schleppten plappernd Wassereimer vom Brunnen in das Küchenhaus. Ein Ochsenkarren rumpelte durch das Burgtor. Der Stallbursche eilte mit einer Mistgabel in der Hand herbei und lud das Heu vor den Ställen ab. Graf Philipp atmete den Duft ein, den das getrocknete Gras verströmte. Von der Ladefläche eines Handkarrens quiekten drei Ferkel, als ahnten sie, dass der Schlachter auf sie wartete. Ein Bauer passierte mit einem Sack auf der Schulter das Burgtor und hinterließ dabei eine Spur von Körnern, die von einer Schar Gänse in Windeseile aufgepickt wurde. Graf Philipp stieß schwer den Atem aus. Heute war der Tag, an dem die Bauern ihm die Abgaben bringen sollten. Doch die Landwirte würden warten müssen, denn sein Magen knurrte vor Hunger.

Hinter ihm hallten die Schritte von schweren Stiefeln über das Pflaster. Eine Hand legte sich auf seine Schulter. Der Graf blieb stehen, drehte sich um und blickte in die grünen Augen seines Vertrauten Richard von Hohenfeld.

»Sei gegrüßt, Philipp. Ich vermute, du bist auf dem Weg in den Speisesaal.« Ein breites Grinsen erschien auf Richards Gesicht. Er strich mit der Hand über seinen Bauch, den ein ledernes Wams bedeckte. »Du kannst dir nicht vorstellen, wie ich mich nach Marthas Speisen gesehnt habe.«

Der Graf nickte, und ohne ein weiteres Wort zu verlieren, wandte er sich wieder zum Gehen.

»Was hat dir denn die Stimmung vermiest? Du begrüßt mich noch nicht einmal und machst an solch einem herrlichen Tag ein Gesicht wie nach sieben Tagen

Regen.« Richard zeigte in den wolkenlosen Himmel. Sein schwarzes Haar glänzte im Sonnenschein.

Philipp seufzte auf. »Komm, ich erzähle dir beim Essen von meinen Sorgen.« Er zwang sich zu einem Lächeln und legte Richard den Arm um die Schulter. »Doch sag, wo ist dein blondgelockter Schützling?« Sein Blick wanderte über den Burghof.

Richard fuhr sich mit der Hand über den Bart. »Der Junge wollte noch hinüber zur Burg Rheinfels reiten, um dort einem alten Waffenbruder einen Besuch abzustatten.« Erneut machte sich ein Grinsen auf seinen Zügen breit. »Ist schon eine aufregende Angelegenheit, wenn man aus dem Schoß der Brüder in das wahre Leben geworfen wird …«

Richard spülte den letzten Bissen des Schweinebratens mit einem Schluck Bier hinunter und wischte sich den Mund an seinem Ärmel ab. »Ach, mach dir keine Sorgen, du kennst doch das Gerede der Leute. Bei denen hat schon einer die Pest, wenn er nur hustet oder schnupft.« Richard sah Ritter Adolfus hinterher, der gemeinsam mit seiner Frau Judith als Letzter die Tafel verließ.

Graf Philipp nahm mit der Spitze seines Zeigefingers einen Brotkrümel von der Tischplatte auf und zermalmte ihn mit dem Daumen. »Stell dir vor, *mich* würde es treffen!« Er sog tief den Atem ein. »Ich habe noch keine Erben – nach meinem Tod würde die Burg einem neuen Lehnsherrn überschrieben. Von mir und meinen Vorfahren blieben nur noch die Namen auf den Grabsteinen.«

Richard hob die Augenbrauen. »Nun sieh doch nicht alles so schwarz. Du stirbst nicht an der Pest, und einen Nachkommen wirst du auch noch zeugen, da bin ich mir sicher. Schließlich bist du mit deinen fünfundvierzig

Lenzen noch nicht zu alt dazu.« Grinsend fasste er sich in den Schritt.

Graf Philipp versuchte, sich ein Lächeln abzuringen.

»Sieh, fast fünfzehn Winter sind ins Land gezogen, seit ich mit Elisa vermählt bin. Glaubst du wirklich noch an ein Wunder?« Der Graf fuhr sich mit dem Zeigefinger über die Narbe unter seinem Auge.

Richard winkte die Magd herbei, die gerade das Geschirr von der Tafel räumte, und wies sie an, ihnen jeweils noch einen Krug Bier zu bringen. »Klara kehrt erst morgen auf der Burg ein, und wie ich gehört habe, ist deine Gattin auch nicht da. Also, lass uns den Tag nutzen.«

»Du meinst, wir sollten uns betrinken?« Philipp hob die Augenbrauen.

»Wer spricht denn von betrinken? Wir ertränken nur deinen Kummer, und du wolltest mir doch noch etwas erzählen.« Richard legte die Hand auf die Schulter des Grafen.

Philipp zog die Stirn in Falten und starrte auf den Wandteppich, auf dem ein Heer Ritter in einer Schlacht kämpfte. »Die Bauern warten mit ihren Abgaben auf mich.«

»Dann lass sie warten.« Richard reichte ihm einen Krug. »Und nun trink.«

Nachdem beide schweigend den dritten Krug Bier geleert hatten, hob sich die Stimmung des Grafen. Er spürte, wie sich seine Zunge löste. »Die Ritterweihen sind nicht der einzige Grund, warum unser Kurfürst Ludwig mit seinem Bruder Graf Otto und dem Rat auf die Burg kommt.«

Richard hob erstaunt die Augenbrauen. »Was steht denn noch an?«

Graf Philipp schürzte die Lippen, bevor er weiter berichtete. »Der Rat tritt hier zusammen, weil Ludwig anstrebt, dass Erzbischof Hieronymus zum Kurfürsten von Trier ernannt wird.« Graf Philipp konnte seinen Stolz nicht verbergen, dass all diese Ereignisse auf seiner Burg stattfinden sollten.

»Oh, hat der schöne Hieronymus es doch geschafft. Aber das war ja abzusehen, wenn man bedenkt, wie geschickt er den Kaiser unterstützt.« Richard schnipste einen Faden von seinem Ärmel.

Graf Philipp rieb sich über das Kinn. »Doch nun sag schon, was du von meinem Einfall gehalten hast, Simon mit der Luxemburgerin zu verloben. Ich bin der Meinung, eine aus ihrem Geschlecht im Bunde zu haben ist für die Wittelsbacher ein hohes Gut.«

Richard grinste. »Wie ich gehört habe, kann ihr Oheim die Ländereien in Luxemburg, die sie von ihrem verstorbenen Vater geerbt hat, nicht mehr halten.«

»Ja, das stimmt. Und bevor die Linie der Luxemburger ausstirbt, sollte doch ein Stück des Kuchens an die Wittelsbacher gehen, findest du nicht auch?« Graf Philipp zog die Augenbrauen hoch. »Vielleicht schaffen wir es ja noch, die Macht im Heiligen Römischen Reich an uns zu reißen. Und wer weiß, vielleicht wird der nächste König ein Wittelsbacher sein.«

»Wenn Kaiser Sigismund nicht noch einen Sohn zeugt«, schmunzelte Richard.

»Das glaubst du doch wohl selbst nicht. Ich kann mir nicht vorstellen, dass er in seinem hohen Alter noch im Saft steht. Er geht auf die siebzig zu, hast du das vergessen?«

»Also, ich könnte niemals genug von meiner Klara bekommen.« Richard schürzte die Lippen.

Obwohl die Bemerkung Philipp erneut einen Stich versetzte, verschwand sein Trübsinn, je länger er über die zukünftigen Ereignisse nachdachte. »Mathilde von Luxemburg müsste in diesen Tagen mit ihrem Oheim eintreffen.« Diesmal war es Philipp, der nach der Magd rief. »Und weißt du was? Ich freue mich darüber, dass sich die Burg in der nächsten Zeit wieder füllt.« Er spürte, wie seine Zunge schwer wurde.

»Ja, es ist zuletzt still geworden auf Stahleck. Aber jetzt werden hier wieder Gelage gefeiert, es wird auf den Tischen getanzt – wie in alten Zeiten. Alter Freund, ich bin stolz auf dich«, lallte Richard und schlug dem Grafen mit der flachen Hand auf den Rücken. »Weißt du noch, was hier los war, als die Mailänder zu Besuch waren? Ich glaube, es war vierzehnhundertsechzehn oder -siebzehn. Mein Gott, seitdem sind ja schon fast zwanzig Winter ins Land gezogen.«

»Wie könnte ich das vergessen?« Graf Philipp strich abermals mit dem Zeigefinger über die Narbe unter seinem rechten Auge. Sein Lächeln glich dem eines Lausbuben, der einen Apfel stibitzt hat.

Richard sah ihn mit einem Grinsen an. »Ich finde, der gute Luciano hat ein bisschen empfindlich reagiert, als du mit seiner Braut kokettiertest. Gleich den Dolch zu zücken, fand ich etwas übertrieben.«

Graf Philipp senkte die Lider. »Ich kann verstehen, dass er die Fassung verloren hat.«

Richard hob die Augenbrauen. »Wieso?«

Graf Philipp presste die Lippen aufeinander. »Wie würdest du denn reagieren, wenn du deine Liebste in flagranti mit einem anderen Kerl auf dem Wehrgang erwischtest?«

»Nein, sag bloß …« Richard lachte schallend auf. »Du

hast sie …« Er ballte die Faust vor seinem schwarzen Bart und prustete hinein.

»Wusstest du das nicht?« Graf Philipp schaute ihn verdutzt an. »Das kann ich nicht verstehen, wo doch der Adel in der Zeit danach über nichts anderes tratschte.« Seine Miene wurde ernst. Er starrte auf den Bierkrug in seiner Hand und schwenkte ihn, bis sich wieder Schaum auf dem Gerstensaft gebildet hatte. »Ich habe Valentina die Unschuld geraubt.« Er stieß schwer den Atem aus und nahm einen tiefen Schluck. Sein Blick verschleierte sich, nachdem er den Krug wieder abgestellt hatte. »Und weißt du was? Ich habe sie geliebt. Mehr, als ich jemals eine Frau geliebt habe. Selbst Elisa weckt nicht solche Gefühle in mir.«

Richard glotzte ihn stumm an. Dann legte er den Arm um seine Schulter und stimmte eine Melodie an.

Im Lager der Schausteller herrschte hektisches Treiben. Zelte wurden abgebaut und zusammen mit den Habseligkeiten auf die Ochsenkarren geladen. Die Frauen trugen mit Wasser gefüllte Eimer vom Fluss heran. Mitten in dem Getümmel suchte Alessandra nach ihrem Großvater. Erleichtert sah sie, wie er die Hemdsärmel hochkrempelte und eine Holzkiste auf den Karren lud.

»Guten Morgen, Papo. Es scheint, als hättest du heute keine Kopfschmerzen.« Ihr Groll war längst der Sorge um ihn gewichen. Sie wollte nicht länger über die Heirat mit Sami nachdenken, und sie war sich sicher, noch einen Ausweg zu finden.

Ihr Großvater tippte sich mit dem Zeigefinger auf das graue Haar. »Meine Kopfschmerzen sind weg. Sanchari hat mir ein Wundermittel verabreicht!« Er lachte, wobei die gebogenen Spitzen seines Schnauzbartes zitterten.

»Ich weiß«, antwortete Alessandra. »Ich habe ihr gestern Abend bei der Zubereitung geholfen.«

Silvio hob die buschigen Augenbrauen. »Dann bist du nicht nur eine Seiltänzerin, sondern auch eine Kräuterfrau?«

»Nein, noch nicht, dafür fehlt mir noch einiges an Wissen.« Alessandra errötete. Bisher wusste außer Sanchari noch niemand von ihrer Vorliebe für die Heilkunst. »Sag, Papo, wann werden wir in Bacharach sein?«

Ihr Großvater runzelte die Stirn und kratzte sich am Hinterkopf. »Der Jahrmarkt findet zum nächsten Vollmond statt, wenn die Christen das Osterfest feiern. Wir haben also noch genügend Zeit, bis Luna wieder in ihrer vollen Kraft scheint. Wie brauchen uns nicht zu sputen. Und wenn das Wetter mitspielt, können wir in St. Goar eine längere Rast halten.« Seine Augen glänzten vor Freude auf die bevorstehende Reise.

Alessandra seufzte. »Macht dir das Reisen denn keine Mühe?« Besorgt legte sie ihre Hand in seine. Sie fühlte die Risse und Schwielen an seinen Fingern.

In Silvios Augen leuchtete ein Feuer. »Ich bin zwar alt, aber nicht zu müde zum Weiterreisen. Wir, das fahrende Volk, rasten nur, um zu sterben. Das weißt du doch, mein Kind.« Er strich ihr über das Haar. »Wir werden auf der Reise geboren, leben auf der Reise, und an ihrem Ende sterben wir«, fuhr er lächelnd fort.

Alessandra erwiderte sein Lächeln, gab ihm einen Kuss auf die Stirn und begab sich dann zurück zu ihrem Zelt

Auf einem ausgebreiteten Tuch lagen ihre Habseligkeiten. Viel besaß sie nicht: einen Kamm, zwei Röcke, zwei Oberkleider und einen wollenen Umhang. Sie faltete die Kleidung, schlug das Tuch zusammen und verknotete es. Wie gern hätte sie einen goldenen Haarreifen besessen, der ihr die Locken aus der Stirn hielt! So einen, wie ihn die feine Dame auf dem Jahrmarkt in Bonn getragen hatte.

»Bist du fertig?«

Sancharis Stimme riss sie aus den Gedanken.

»Ja, ich bin so weit. Viel hab ich ja nicht einzupacken.«

»Ich weiß, Alessandra.«

Sie spürte die warme Hand der Wahrsagerin auf der Schulter.

»Wir sind arm, aber glücklich«, sagte Sanchari seufzend. »Denn wir sind frei, verstehst du? Wir können von Ort zu Ort ziehen. Und findest du nicht auch, dass wir reich sind, wenn wir abends am Feuer sitzen und den Klängen der Laute lauschen?« Sie nahm Alessandra in den Arm und drückte sie fest an sich.

Die kleine Viola stürmte in das Zelt und versteckte sich unter Sancharis Röcken. Mit stolzgeschwellter Brust trat kurz darauf auch noch Ricardo durch die Zeltöffnung. »Wo seid Ihr, edle Prinzessin?« In der Hand trug er ein hölzernes Schwert. Der kleine kupferne Kessel auf seinem Kopf rutschte ihm ins Gesicht. Blind taumelte er durch das Zelt. »Holde Schönheit, ich werde Euch zur Frau nehmen, selbst wenn ich dafür mit dem Schwert kämpfen muss.«

Alessandra nahm ihrem Neffen den Kessel ab und versuchte, mit den Fingern seine schwarzen Locken zu glätten, die wirr vom Kopf abstanden.

»He, warum machst du das?« Ricardo schob ihre Hand weg. Seine dunklen Augen funkelten zornig.

»Ein Ritter jagt einem Fräulein keine Angst ein«, belehrte Alessandra ihn.

»Ach, was weißt du denn schon davon?« Ricardo tippte mit dem Finger auf seine schmächtige Brust. »Ich habe den Drachen besiegt. Oben auf dem Felsen über dem Rhein, da habe ich ihn getötet.«

»Ja, mein Held, ich habe schon davon gehört.« Alessandra nahm den kleinen Jungen auf den Arm, drückte ihn fest an sich und zwinkerte Sanchari zu.

Die Wahrsagerin lächelte zufrieden und zog das kleine Mädchen unter ihren Röcken hervor. »Lässt sich *das* gegen Reichtum eintauschen?«

Viola steckte den Daumen in den Mund und drückte ihren kleinen Körper fest an Sancharis Oberschenkel.

»Nein, das lässt sich mit Gold nicht aufwiegen.« Alessandra strich der Kleinen mit dem Handrücken über die geröteten Wangen. Doch ihr Herz lag schwer in ihrer Brust und wollte ihren Worten nicht zustimmen. Insgeheim sehnte es sich nach einem anderen Leben.

Die Räder der Ochsenkarren ächzten, als sie über den trockenen Acker rumpelten. Silvio führte den Zug an. Hinter ihm zogen seine drei Söhne und seine Tochter mit ihren Familien. Der Karawane folgten drei Hübschlerinnen, die im Geleit der Gaukler Schutz vor Wegelagerern suchten. Die gelben Bänder an ihren Röcken flatterten im Wind. Die Gauklertruppe duldete sie, lehnte aber jeglichen Kontakt zu ihnen ab. Die Ehefrauen mochten es nicht, wenn die Augen ihrer Männer sich in den tiefen Ausschnitten ihrer Kleider verirrten.

Das Ende des dritten Monats nach dem Jahreswechsel zeigte sich sehr regenarm. Die Hitze der hochstehenden Sonne glich der des Sommers. Alessandra spürte, wie der Schweiß über ihren Rücken rann. Gelangweilt ging sie zusammen mit den anderen Frauen hinter den Wagen her. Sie hatte nichts für deren Geschwätz übrig, das sich immer nur um ihre Ehemänner drehte. Sie hörte Beschwerden über faule Dreckskerle und den Gestank, der sich zwischen ihren Fettwülsten gebildet hatte. Alessandra verdrehte die Augen.

»Bis jetzt sind Silvios Kopfschmerzen nicht mehr zurückgekehrt.«

Alessandras Herz hüpfte vor Freude, als sie Sancharis Stimme vernahm. »Sanchari, wo warst du nur die ganze Zeit? Ich hab dich aus den Augen verloren.«

»Ich musste meinem faulen Ochsen auf die Sprünge helfen. Das Vieh wollte sich einfach nicht bewegen.« Sancharis Goldzahn blitzte im Schein der Sonne.

Alessandra zog eine spitzbübische Miene. »Vielleicht hatte er Kopfschmerzen.«

Als die Schausteller die Umgebung von St. Goar erreichten, verdunkelten dichte schwarze Wolken den Himmel. Ein Blitz erhellte die Abenddämmerung, gefolgt von einem ohrenbetäubenden Donner. Kurz darauf regnete es Hagelkörner vom Himmel, die so groß wie Hühnereier waren. Bis auf die Haut durchnässt, suchten Alessandra und Sanchari Schutz unter einer Baumgruppe. Blitze zuckten in alle Himmelsrichtungen über ihre Köpfe hinweg. Die Donner dröhnten so laut, dass Alessandra der Kopf schmerzte. Sie hielt sich die Ohren zu und schloss die Augen. Erst als die Helligkeit hinter ihren Lidern nachließ und die Donner leiser wurden, nahm Alessandra wieder die Hände von den Ohren und öffnete die Augen. Der Acker hatte sich in eine Schlammgrube verwandelt, und von den aufgeweichten Habseligkeiten auf den Karren lief das Wasser in Rinnsalen hinab. Die Hagelkörner wurden kleiner, bis sie in Regen übergingen, der in Bindfäden vom Himmel fiel.

Sanchari schüttelte den Kopf. »Du liebe Güte, so ein Unwetter habe ich das letzte Mal … lass mich überlegen …« Sie runzelte nachdenklich die Stirn. »Stimmt, es war vor zehn Jahren, als wir bei Aussig unser Lager aufschlagen wollten. Wir mussten durch das Unwetter fliehen, um nicht mitten in die Schlacht zu gelangen, die zwischen den Hussiten und einem sächsischen Heer entflammte.« Sanchari seufzte tief auf. »Ich kann dir sagen, das waren keine schönen Zeiten.«

»Ja, daran erinnere ich mich noch gut. Ich weiß nicht, was schlimmer war: die Schreie der Kämpfenden und das Klirren der Schwerter oder die Blitze über mir.« Ein letzter Donner ertönte, und Alessandra fuhr erschrocken zusammen.

Sanchari blickte zu Boden, auf dem vereinzelt Hagelkörner schmolzen. Mit ihren nackten Zehen stieß sie dagegen und beförderte die Eisklumpen hinaus aus dem Schutz der Baumgruppe.

Das Gewitter verzog sich weiter nach Osten, und sobald der Regen nachgelassen hatte, setzte die Truppe ihren Weg fort.

Am Abend saßen die Stammesangehörigen in einem Kreis um das lodernde Feuer. Der Violinenbogen strich sanft über die Saiten. Der Gesang, den die Schausteller anstimmten, begleitete den Klang der Violine. Versonnen schaute Alessandra auf das Lamm, das Onkel Damir an einem Spieß drehte. Auf der Haut schwitzte das Fett aus und tropfte ins Feuer. Als es die Glut traf, stiegen Funken in den nachtschwarzen Himmel.

Die Melodie, die durch das Lager hallte, erinnerte Alessandra an ihren Seiltanz. Plötzlich breitete sich in ihr die Vorfreude darauf aus, auf dem Marktplatz aufzutreten.

Schlaftrunken rieb Alessandra am nächsten Morgen ihre Augen. Sie schälte sich aus den Decken und schlenderte zu Sancharis Zelt. Gähnend setzte sie sich draußen vor die Kochstelle.

»Hier, iss, mein Kind.« Sanchari reichte ihr eine hölzerne Schale.

Alessandra tauchte den Löffel in die Milchsuppe und ließ den Brei wieder hinab in die Schale tropfen. Gedankenverloren beobachtete sie das Muster, das die Kleckse auf der Oberfläche hinterließen. Sanchari nahm einen Topf von der Feuerstelle und stellte ihn auf den staubigen Boden. »Ich habe eine neue Salbe hergestellt.« Sie verschwand in dem Zelt und kam kurz darauf mit einem Tiegel in der Hand wieder heraus. »Hier sieh, diese Salbe kann Geschwüre heilen.« Sie hielt Alessandra ein tönernes Gefäß unter die Nase.

Die junge Frau atmete das frische Aroma ein. »Wie hast du das hergestellt?«

»Es ist ein altes Rezept von meiner Mutter, das ich schon fast vergessen hatte.«

»Und welche Kräuter enthält es?« Alessandra tauchte den Zeigefinger in die Salbe und verrieb sie auf ihrem Arm.

»Ringelblumen. Ich habe die Blüten in Öl gesiedet, etwas Bienenwachs dazugegeben und mit Melisse nochmals aufgekocht.«

»Onkel Damir hat unter seinem Arm ein Geschwür. Meinst du, die Salbe kann ihm helfen?«

Sanchari lachte. »Ich glaube, an dem wehleidigen Kerl können wir sie gut ausprobieren.« Sie nahm ein kleines Stück Leinentuch und stülpte es über den Tontopf. »Aber erst später, denn jetzt habe ich noch etwas anderes vor.«

Alessandra blickte sie neugierig an. »Was denn? Darf ich dir zusehen?«

»Ja, natürlich.«

Sie folgte Sanchari in das Zelt. Die alte Wahrsagerin entfaltete ein weißes Leinentuch, und Alessandra betrachtete darauf die eiförmigen Blätter mit den Ausbuchtungen am Rand. Ein säuerlicher Duft stieg ihr in die Nase. »Was ist das?«

»Das ist Melisse. Ein Kraut, das gegen viele Beschwerden hilft. Hauptsächlich aber lindert es das Bauchdrücken.«

Interessiert betrachtete Alessandra die Zubereitung des Trankes. Sanchari setzte in einem Gefäß mit weitem Hals zwei Hände voll Blätter mit Weinbrand an, gab Fenchel und Kamille dazu und deckte den Sud mit dem Leinentuch ab.

»Das muss jetzt an einem warmen Platz bis zum nächsten Vollmond ziehen.« Mit dem Krug in der Hand verließ Sanchari das Zelt. »Wann will denn Silvio heute mit dir üben?«, fragte sie beiläufig.

Alessandra schlug die Hand vor ihren Mund. »Jetzt hätte ich fast den Seiltanz vergessen!«, rief sie und raffte ihre Röcke. Als sie durch das Lager eilte, fiel ihr Blick auf Sami. Im Schatten einer Eiche übte er das Jonglieren. Als er Alessandra sah, ließ er zwei von den roten Bällen zu Boden fallen und winkte sie zu sich. Alessandra verzog den Mund. Am liebsten wäre sie weitergelaufen, ohne ihn zu beachten. Doch Sami kam rasch auf sie zu und stellte sich ihr in den Weg.

»Soll ich dir mein neues Kunststück zeigen?«

Alessandra verdrehte die Augen. »Wenn es unbedingt sein muss … Aber beeil dich, ich habe nicht viel Zeit, Papo wartet am Seil auf mich.«

Sami breitete die Arme aus. Er drehte das Handgelenk um eine glänzende Kugel, die wie aus dem Nichts aufgetaucht war. Sie wanderte über seinen weißen Hemdsärmel bis zu seinem Nacken. Wie von Geisterhand setzte sie ihren Weg über den Arm zu seiner anderen Hand fort. Sami ließ sie wieder zurückrollen, beugte sich nach vorn und balancierte die Kugel auf seinem Rücken. Dann hielt er für einen Moment inne, ehe die Kugel auf seinem Rücken zu hüpfen begann. Immer höher, bis er sie schließlich mit seiner Hand auffing. Freudestrahlend blickte er Alessandra an.

»Das ist nicht schlecht.« Alessandra hob anerkennend die Augenbrauen.

»Damit werde ich auf dem Jahrmarkt in Bacharach der beste Jongleur sein«, sagte er augenzwinkernd und strich sich dabei eine ebenholzfarbene Locke aus der Stirn. »Aber jetzt erzähle mir von deinem Seiltanz. Machst du Fortschritte?«

»Ja, natürlich. Ich bin die Herrin der Lüfte«, antwortete Alessandra schnippisch.

»Das kann ich mir gut vorstellen, meine Schöne. Niemand tanzt so anmutig auf dem Seil wie du.« Sami senkte die Lider, griff nach ihrer Hand und hauchte einen Kuss darauf.

Alessandra zog ihre Hand fort. »Lass das! Du weißt, dass ich das nicht mag«, fauchte sie.

Sami blickte sie sehnsüchtig an. »Warum bist du nur so abweisend zu mir? Es gibt so viele, die sich nach einem Kuss von mir sehnen! Warum nicht auch du?«

»Du bist ein eingebildeter Gockel, weißt du das?« Alessandra drehte sich um und ließ ihn stehen. Vor ihm wollte sie niemals tanzen. Viel lieber würde sie ihr Können vor den hohen Herrschaften der Burg zeigen.

Sie musste unbedingt Flavio bitten, auf der Violine zu spielen, wenn sie wieder übte. Die Musik beflügelte ihre Sinne. Unwillkürlich dachte sie an die Ritter aus den Märchen, die so mutig und so stark waren …

Als sie später schon wieder eine Weile unterwegs waren, regnete es auf einmal in Strömen. Die Räder von Sancharis Karren versanken kurz darauf im aufgeweichten Acker. Mit einem Stock trieb sie ihren Ochsen an, damit er kräftiger zog, doch sosehr sich das Vieh auch bemühte, es gelang ihm nicht, die Räder aus dem Schlamm zu ziehen. Der Karren kippte um, und Sancharis Habseligkeiten rollten in eine riesige Pfütze. Die Zeltplane sog sich sofort mit dem schlammigen Wasser voll, und die goldenen Sterne nahmen die Farbe des Ackers an. Plötzlich knickten die Hinterbeine des Ochsen weg, und er brach brüllend zusammen. Vergeblich versuchte er, sich wieder zu erheben, doch das Geschirr hatte sich verdreht. Sanchari ließ den Stock fallen. Verzweifelt versuchten Alessandra und sie, den Ochsen aus dem Geschirr zu befreien, doch sie bekamen es nicht unter dem schweren Leib hervorgezogen. Alessandra erhob sich und rannte zur Spitze des Zuges, um Silvio zu Hilfe zu holen.

Mit vereinten Kräften befreiten Silvio und Flavio den Ochsen von dem Geschirr, aber er kam nicht mehr auf die Beine. Immer wieder knickte er ein und sank zurück in den Schlamm.

»Verdammt, sein Bein ist gebrochen. Das hat uns gerade noch gefehlt«, fluchte Flavio. Der Regen perlte von seinem schwarzen Haar und lief in Rinnsalen über sein Gesicht. Er zog ein Tuch aus der Hosentasche und wischte das Wasser ab.

Silvio zog ein Messer aus seinem Hosenbund. Sanchari wusste, was das zu bedeuten hatte, und in ihren Augen sammelten sich Tränen. Wie versteinert starrte sie auf die Klinge. Alessandra nahm sie in den Arm und wandte sich mit ihr ab, damit sie nicht zusehen mussten, wie Silvio dem Ochsen die Kehle durchschnitt.

»Wir waschen dein Zelt im Rhein. Die Sterne werden wieder in der Sonne glänzen, das verspreche ich dir.«

Die alte Wahrsagerin drückte ihr Gesicht an Alessandras Brust. »Ich hätte ihn nicht antreiben sollen, dann wäre sein Bein nicht verletzt worden.«

»Weine nicht, Sanchari, bitte.« Alessandra spürte, wie sich ihr Herz zusammenzog. Doch ihre alte Freundin, die sonst immer so stark war, war untröstlich. Hemmungslos ließ sie ihren Tränen freien Lauf. Hoffnungslosigkeit breitete sich in Alessandra aus. Das Blut des Ochsen verteilte sich in den Pfützen auf dem Acker. Neben seinem toten Leib richteten Silvio und Flavio den Karren wieder auf.

Alessandra raffte das Zelt zusammen, rollte es ein und verstaute es mit den anderen Habseligkeiten auf der Ladefläche. »Wirst du ihr einen deiner Ochsen geben?«, fragte sie ihren Großvater.

Silvio nickte. »Sie kann den deiner Großmutter haben. Es wäre wohl ganz in ihrem Sinne, wenn ihre Schwester ihn bekommt.«

Nachdem Silvio dem Ochsen das Geschirr angelegt hatte, gab Alessandra Sanchari das Seil in die Hand. »Nun komm, wir müssen weiterziehen.«

Die alte Wahrsagerin warf noch einen Blick auf den toten Ochsen. Von seinem nassen Fell tropfte das Regenwasser.

»Und ich war immer der Meinung, der Ochse überlebt mich.« Sanchari zog die Nase hoch.

»Besser der Ochse als du.« Alessandra strich ihr die Haare zurück unter das durchnässte Kopftuch und hakte sich bei ihr unter. »Bei der nächsten Baumgruppe werden wir rasten. So lange müssen wir noch durchhalten.«

Alessandra blickte zu dem Waldrand, der sich in weiter Ferne durch den Regenschleier abzeichnete. Die Kälte der nassen Kleidung kroch in ihre Glieder. Unaufhörlich schlugen ihre Zähne aufeinander. In diesem Augenblick hasste sie ihr Leben als Fahrende mehr als je zuvor.

Viola presste ihren kleinen Körper gegen Alessandras Röcke. »Mir ist so kalt«, jammerte sie.

Alessandra nahm die Kleine auf den Arm und drückte sie an sich. Sie versuchte, das kleine Mädchen mit ihrem Körper zu wärmen, bis sie die nächste Baumgruppe erreicht hatten.

Eine kleine Wolke schob sich vor den zunehmenden Mond, und über dem Acker stieg der Nebel auf. Die alte Wahrsagerin hatte ein Feuer entfacht. Mit einem Ast stocherte sie in der Glut, doch ihre Augen starrten ins Leere. Alessandra ließ sich neben ihr nieder und legte den Arm um ihre Schulter.

»Sei nicht traurig, Sanchari. Es war doch nur ein Ochse. Ein Arbeitstier.«

Die Falten um Sancharis Lippen zogen sich zusammen. »Früher hätte ich genauso gedacht. Doch der Tod des alten Ochsen, der mich so lange Zeit begleitet hat, geht mir nahe. Als Nächstes wird mein Karren brechen, und danach bin ich dran. Ich merke doch, wie die Kraft aus meinem Körper schwindet.« Sie wischte sich mit dem Ärmel über die geröteten Augen.

»Sag so etwas nicht, Sanchari. Du bist nur müde. Heute Nacht wirst du in meinem Zelt schlafen, und morgen früh sieht die Welt schon wieder anders aus.« Alessandra nahm die Hand der alten Wahrsagerin und fuhr mit dem Daumen über die Adern, die blau durch die dünne Haut schimmerten. »Weißt du was? Wir werden Flavio und Papo bitten, dir einen neuen Karren zu bauen – bevor der alte brechen kann. Mit dem wirst du dann in Bacharach einziehen, was hältst du davon?«

Sanchari lächelte müde.

Am nächsten Morgen knieten Alessandra und Sanchari am Ufer des Rheins und wuschen das Zelt. Mit einer Bürste rieben sie die Schlammflecken aus dem dunkelblauen Stoff. Zwischen den beiden herrschte eine bedrückende Stille. Aus den Augenwinkeln beobachtete Alessandra, wie ihre alte Freundin kraftlos den Stoff in das Wasser sinken ließ. Dann erhob sie sich wortlos und setzte sich unter eine Trauerweide am Flussufer.

Es schien, als erholte sich Sanchari allmählich von dem Tod des Ochsen. Alessandra sah, wie sie mit einem Korb in der Hand ihr Zelt verließ. »Warte auf mich!«, rief sie und eilte hinter ihr her. »Gehst du wieder in den Wald, Kräuter sammeln?«

Die alte Wahrsagerin drehte sich zu ihr um. »Ja, möchtest du mich begleiten?«

Alessandra nickte freudestrahlend. Aufgeregt lief sie neben Sanchari her.

»Welche Pflanzen suchen wir denn heute?«, fragte sie, als sie tiefer in den Wald vordrangen.

»Ach, ich brauche mehrere Kräuter. Salbei, Beifuß und noch einige andere«, antwortete Sanchari.

Sie verließen den Trampelpfad und stapften durch das Unterholz. Niedrige Äste verfingen sich in Alessandras

Röcken, und sie gab sich Mühe, nicht über die Wurzeln am Boden zu stolpern.

Sanchari bückte sich und schob die Zweige eines Haselstrauches zur Seite. Erschrocken wich sie zurück, und ihr Gesicht verlor alle Farbe. Eine Leichenblässe lag plötzlich auf ihrer olivfarbenen Haut. Sie sah Alessandra stumm an und zeigte auf den Busch.

»Was ist los, hast du einen Waldgeist gesehen?« Alessandra musste über den merkwürdigen Gesichtsausdruck ihrer alten Freundin lachen.

»Da … da liegt ein Mann«, stammelte Sanchari, und die goldene Kreole an ihrem Ohr zitterte.

Alessandra blieb das Lachen in der Kehle stecken. »Ein Mann? Ist … ist er tot?« Sie spürte, wie ihr Herz vor Angst raste.

»Ich weiß es nicht. Aber wir können ihn nicht einfach hier liegen lassen.« Sanchari atmete zweimal tief durch und schob dann erneut die Zweige zur Seite. Neugierig spähte Alessandra über Sancharis Schulter.

»Er ist ein Ritter«, flüsterte sie leise und schaute gebannt auf den jungen Mann, der vor ihnen lag. Ganz schwach hob und senkte sich sein Brustkorb.

»Er lebt, Sanchari, er lebt!« Alessandra betrachtete ehrfürchtig das schwarze Kreuz auf seinem Überwurf. »Glaubst du, er wohnt auf einer Burg?«

»Du machst dir vielleicht Gedanken!« Sanchari schüttelte den Kopf. »Wir müssen ihm helfen. Der junge Mann ist dem Tod näher als dem Leben.« Sie schob die Äste weiter zur Seite und stellte den Fuß darauf, bis sie knackten. »Wir müssen ihn aus dem Dickicht ziehen.«

Alessandra und Sanchari fassten ihn unter den Armen und versuchten, seinen Körper von der Stelle zu bewegen.

»Er muss seine Muskeln im Schwertkampf gestählt haben«, bemerkte Sanchari außer Atem. Mit dem Ärmel wischte sie sich den Schweiß von der Stirn.

Alessandra konnte den Blick nicht von dem Mann wenden. Ihre Augen weiteten sich, als sie etwas Dunkelrotes auf seiner Stirn entdeckte. »Sieh Sanchari, ob er blutet?«

»Warte, ich werde nachsehen.« Sanchari bückte sich, hob seinen Kopf an und zog ihm die lederne Kappe ab. Lichtblonde Locken fielen wie ein Fächer auf das Moos. Aus einer Platzwunde kurz über der Stirn sickerte Blut und färbte das Haar.

»Es ist nur eine kleine Wunde. Die Blutung kann ich stillen.« Sanchari holte ein Tuch aus ihrem Korb, drückte mit Zeigefinger und Daumen die Kopfhaut zusammen und presste den Stoff darauf. »Mir macht nur Sorgen, dass der junge Mann nicht bei Bewusstsein ist.« Sanchari runzelte nachdenklich die Stirn und tätschelte mit der freien Hand seine Wangen. »Der Schlag auf seinen Kopf muss heftig gewesen sein.«

»Vielleicht hat er noch andere Wunden«, wandte Alessandra unsicher ein, hockte sich neben Sanchari und schob mit spitzen Fingern einen Hemdsärmel des Mannes zurück. Die Haare auf seinem Unterarm schimmerten golden in der Sonne. Zu gern hätte Alessandra den Ärmel noch höher geschoben, doch der enge Stoff spannte sich um seinen Ellbogen. Seufzend zog sie ihn zurück.

»Hier ist nichts zu sehen.«

Sanchari verzog die Mundwinkel. »Hast du deine Untersuchung schon beendet? Kind, ich glaube, du musst noch viel lernen. Hier, drücke das Tuch weiter auf die Wunde. Ich werde seinen Bauch abtasten.«

Alessandra beobachtete aufmerksam, wie Sancharis

Fingerspitzen über den Leib des Ritters wanderten. »Wonach suchst du?«, fragte sie neugierig.

»Wenn er innerlich blutet, werde ich eine Verhärtung spüren.«

»Und was dann?« Alessandra hielt den Atem an.

»Dann wird er sterben.« Sanchari tastete die Rippen des Ritters ab.

Alessandra schlug eine Hand vor den Mund. »Nein, das darf nicht geschehen!«

Die alte Wahrsagerin öffnete die Schnalle des Gürtels, der den Überwurf des Mannes zusammenhielt. Ihre Finger bewegten sich vorsichtig bis unter den Rücken. Alessandra wagte nicht zu sprechen, stattdessen versuchte sie, den Gesichtsausdruck ihrer Freundin zu deuten. Die Falten auf Sancharis Stirn kräuselten sich. Es kam Alessandra wie eine Ewigkeit vor, bis sie die Hände vom Leib des verletzten Ritters nahm.

Die alte Wahrsagerin erhob sich aus der Hocke und blickte Alessandra nachdenklich an. »Ich kann nichts fühlen. Es muss wohl tatsächlich der Schlag auf den Kopf gewesen sein, der ihm das Bewusstsein geraubt hat.«

»Was machen wir denn nun mit ihm?« Alessandra schaute sich ratlos um. »Lass uns Papo holen. Er hilft uns bestimmt, ihn ins Lager zu bringen.«

»Bist du verrückt geworden?«, zischte Sanchari. »Du weißt doch, wir nehmen niemals einen Fremden bei uns auf.«

»Aber wir brauchen ihn doch nicht gleich aufzunehmen! Wir pflegen ihn, bis er wieder stark genug ist, um auf seine Burg zurückzukehren.«

»Auch das nicht!« Sancharis Augen verengten sich zu Schlitzen.

Alessandra erschrak über ihren Zorn. Sie schluckte und versuchte, die richtigen Worte zu finden, doch die alte Wahrsagerin ließ ihr keine Gelegenheit, sie auszusprechen.

»Vergiss niemals, wir lassen keine Fremden an unserem Leben teilhaben. Nur wir gehören zusammen.« Sanchari zeigte mit dem Finger auf den Ritter. »Unsere Bräuche und unsere Sitten gehen die nichts an.«

Ein Stich fuhr durch Alessandras Herz.

»Aber du hast gesagt, dass wir ihn nicht einfach zurücklassen können. Dann bleibe ich eben bei ihm, bis er wieder genesen ist. Ich werde über ihn wachen und ihn versorgen. Ich lasse ihn nicht sterben.« Trotzig schob sie die Unterlippe vor.

Sancharis Lippen wurden schmal. Tief sog sie den Atem ein. Sie wollte etwas erwidern, doch dann ließ sie die Schultern hängen. »Gut, du hast ja recht. Wir können ihn nicht hierlassen«, sagte sie seufzend.

»Wir nehmen ihn also doch mit?« Alessandras Augen hellten sich auf.

Sanchari warf ihr einen vernichtenden Blick zu. Dann nahm sie das Tuch von dem Kopf des Mannes und betrachtete die Wunde. Sie schien rosig durch das Haar und blutete nicht mehr. »Wir müssen die Wunde mit einer Salbe aus Zwölfblatt behandeln, damit er kein Fieber bekommt.«

Nachdenklich beobachtete Alessandra, wie Sanchari das blutdurchtränkte Tuch zusammenfaltete. Sie versuchte, ihren Gesichtsausdruck zu deuten. Doch Sanchari schien weder böse noch besorgt zu sein, oder sonst irgendein Gefühl zu hegen. Alessandra konnte sich beim besten Willen nicht vorstellen, was in ihrem Kopf vorging. Sie faltete die Hände vor ihrem Rock und senkte den Blick. Vielleicht hätte sie in Tränen ausbrechen sollen, um Sancharis Herz zu erweichen. Doch Alessandra beschlich noch eine ganz andere Angst. Sanchari würde sie bestimmt nie wieder beachten, wenn sie gegen die Regeln des Stammes verstieße. Bei diesem Gedanken kamen die Tränen ganz von allein. In der Hoffnung, dass Sanchari es nicht sah, wischte Alessandra sie schnell von den Wangen. Ihr Blick fiel wieder auf den Ritter, der sich immer noch nicht geregt hatte. Sie betrachtete seine dichten schwarzen Wimpern. Wie mochten wohl die Augen aussehen, die sie umrandeten? Braun, grün oder blau? Wie klang seine Stimme? Alessandra schalt sich für ihre Gedanken und hoffte, Sanchari ahnte nichts davon. »Was glaubst du, was ihm widerfahren ist?«

Sanchari zuckte mit den Schultern. »Keine Ahnung. Vielleicht ist er vom Pferd gestürzt, vielleicht aber auch überfallen worden.« Sanchari nestelte an seinem Gürtel. »Hier ist etwas abgeschnitten worden. Ich vermute, seine Geldkatze. Also doch ein Überfall.«

Alessandra blickte auf das Stück Kordel, das in Fransen an seinem Gürtel hing. »Wir lassen ihn nicht einfach hier, Sanchari. Das können wir doch nicht tun!«, bettelte Alessandra.

»Doch, Alessandra.« Sancharis Stimme klang fest und entschlossen. Jede Widerrede wäre zwecklos gewesen. »Wir werden jedoch nach ihm sehen, nach Sonnenaufgang und vor Sonnenuntergang.« Ihre Augen verengten sich. »Aber kein Wort zu Silvio oder sonst jemandem. Verstehst du?«

Alessandra riss die Augen auf. »Ja, natürlich. Ich werde schweigen, glaube mir«, entgegnete sie und blickte zum Himmel. Die Sonne neigte sich dem Westen entgegen. Alessandra schaute auf die rissigen Lippen des Ritters. »Wir sollten ihm noch etwas Wasser einflößen.«

Sanchari nahm ihren Umhang ab und legte ihn um den leblosen Körper des Mannes. »Du hast recht, er braucht unbedingt Flüssigkeit. Ganz in der Nähe ist ein Bach. Bleib du bei ihm, ich werde Wasser holen.« Die alte Wahrsagerin beugte sich über ihren Korb, zog ein Gefäß hervor und schüttete daraus einige welke Pflanzen auf den Waldboden. Ihre Gelenke knackten, als sie sich aufrichtete. Alessandra schaute ihr nach. Sanchari hob ihre Röcke, um nicht über die umherliegenden Äste zu stolpern. Als sie aus Alessandras Blickfeld verschwunden war, wandte sie sich wieder dem Ritter zu und betrachtete ihn genauer. Die breiten Wangenknochen und die feingeschwungene Nase, genauso hatte sie sich das Gesicht des armen Ritters aus dem Märchen vorgestellt. Doch der Mann, der vor ihr lag, schien nicht arm zu sein. Seine Kleidung wies keinen Makel auf. Sie war weder zerschlissen noch geflickt. Die Nähte der Ärmel waren sauber verarbeitet und die Stiefel, die bis über die Knie des Mannes reichten, aus feinstem Leder.

»Wenn er nicht trinkt, schütten wir ihm das Wasser über den Kopf.« Sancharis Stimme riss Alessandra aus ihren Gedanken. »Willst *du* ihm das Wasser einflößen?«

Alessandra nickte. Doch dann fragte sie sich, wie das Wasser den Weg durch die Lippen finden sollte, wenn er sie nicht öffnete. Sie nahm Sanchari den Krug aus der Hand, tauchte den Zeigefinger darin ein und fuhr damit sanft über die Lippen des Ritters. Ein wohliges Ziehen breitete sich in ihrer Bauchhöhle aus. Noch nie war sie einem Mann so nahe gewesen wie in diesem Augenblick. Auf ihrem Handrücken spürte sie seinen Atem. Plötzlich flatterten seine Augenlider. Alessandra schreckte zurück. Ein schnalzender Ton drang aus seiner Kehle, als er zu schlucken versuchte.

Sanchari stieß sie mit dem Ellbogen in die Rippen. »Du musst weitermachen! Benetze seine Lippen, er lechzt nach Wasser.«

Alessandras Hände zitterten, als sie den Krug nahm und an seine Lippen setzte. Sein Mund öffnete sich kurz, doch er schluckte nicht. Das Wasser lief an seinen Mundwinkel hinab und perlte über die Barthaare.

»Er trinkt nicht.« Alessandra stellte den Krug auf den Boden und sah Sanchari fragend an.

»Kind, wenn du so schnell aufgibst, sterben dir die Menschen unter den Händen weg. Mach weiter! Fast hättest du es geschafft, dass er zu Bewusstsein kommt.«

Alessandra hob den Krug wieder auf und ließ Wasser über die Stirn des Mannes rinnen. Ein Stöhnen entfuhr ihm. Seine Hand schnellte vor und umfasste Alessandras Unterarm. Erschrocken ließ sie den Krug fallen, und er zerbrach auf einem Stein in zwei Teile. Der Ritter riss die Augen auf. Sie waren blau wie der Himmel und blickten durch Alessandra hindurch. Dann erschlaffte sein Arm, und seine Lider fielen wieder zu. Die Brust unter dem Wappen hob und senkte sich, als hätte er einen Kampf ausgeführt.

»Oh, wie es aussieht, hast du ihn kurz zum Leben erweckt.«

Alessandra schaute Sanchari ungläubig an. Wie konnte sie nur so ruhig bleiben, wo ihr selbst das Herz bis zum Hals schlug?

»Wir sollten aufbrechen, sonst sind wir bis zur Dunkelheit nicht im Lager.« Sanchari sammelte die Scherben des Kruges auf und legte sie in den Korb. »Wir werden morgen früh wieder nach ihm sehen. Dann werden wir auch seine Wunde mit der Salbe des Zwölfblattes versorgen.«

Seufzend betrachtete Alessandra noch einmal den bewusstlosen Ritter, zog ihm Sancharis Umhang über die Schulter und erhob sich.

Kapitel 2

Auf dem Weg zurück ins Lager sprach Alessandra nicht viel. In ihren Gedanken bangte sie um den Ritter, der so allein im Dickicht lag. Am liebsten wäre sie in der Nacht zu ihm zurückgekehrt. Doch dazu fehlte ihr der Mut, und den Weg würde sie gewiss auch nicht finden. Alessandra atmete schwer aus.

»So bedrückt?« Sancharis Stimme durchbrach die Stille des Waldes. »Sorge dich nicht zu sehr um ihn. Er ist ein fremder Mann für dich.«

Alessandra sah sie traurig an. »Du könntest für ihn in die Karten schauen.«

»Nein!«, erwiderte Sanchari empört. »Er zahlt schließlich nicht.«

»Aber dann wüssten wir, ob er morgen noch lebt.« Sie konnte den Gedanken nicht ertragen, ihn nach Sonnenaufgang tot im Wald vorzufinden. Ihr Bauch krampfte sich zusammen, wenn sie an den nächsten Morgen dachte.

Sanchari schüttelte den Kopf. »Ich werde die Karten nicht nach dem Tod befragen. Das verstößt gegen meine Regeln. Eine gute Wahrsagerin sagt niemals den Tod voraus.«

Alessandra blickte sie neugierig an. »Warum denn nicht? Könntest du dadurch nicht Leben retten?«

»Das Schicksal lässt sich nicht abwenden. Und wenn die Karten von bösen Geistern beeinflusst werden, sagen sie nicht immer die Wahrheit.« Sanchari zuckte mit den Schultern.

»Du meinst, es stimmt nicht immer, was du in den Karten siehst?« Alessandra sah sie erstaunt an.

»Nein, nicht immer. Aber ich versuche, das geschickt zu umgehen.«

»Wie denn?«

»Ich sage den Menschen etwas vorher, was man auf mehrere Arten deuten kann. Sie beziehen es auf sich, und irgendwie trifft es dann auch ein.«

»Und wie geht das?«

»Das ist das Geheimnis einer Wahrsagerin, und ich werde es dir nicht verraten. Oder willst du etwa auch in die Zukunft sehen können?«

Alessandra schüttelte den Kopf. »Nein, nur der Seiltanz und die Heilkunst interessieren mich. Über die Kraft der Kräuter wirst du mich doch noch viel lehren, oder?«

»Aber natürlich, mein Kind.« Sanchari blieb stehen, griff nach ihrer Hand und strich darüber. Alessandra spürte ihre rissigen Fingerspitzen, und die Berührung gab ihr Kraft und Mut. Der Ritter musste nicht sterben. Sanchari wusste das, ganz bestimmt. Alessandra seufzte. Die Zeit bis zum Sonnenaufgang würde lang werden.

Mit der Handfläche klopfte Alessandra gegen die Rinde eines Baumes. Es musste entweder ein Apfel- oder ein anderer Obstbaum sein. Sie stellte die brennende Kerze an seinen Fuß, nahm ein rotes Band aus ihrer Schürze, band es um den Stamm und sank auf die Knie. »Göttin Bibijaka, ich bete dich an. Bitte lass den Ritter am Leben bleiben. Bitte wende das Unheil von ihm ab.« Eine Träne löste sich aus Alessandras dichten Wimpern und rollte über ihre Wangen. Sie hob den Kopf und schaute in den mondlosen Himmel. »Bibijaka, lass deinen Geist in diesem Baum wohnen und dem jungen Ritter Kraft geben.«

Ihre Knie schmerzten, als sie sich erhob. Alessandra wusste nicht, wie lange sie vor dem Obstbaum gekniet hatte, denn sie hatte jegliches Zeitgefühl verloren. Ohne das Licht der Kerze vermochte sie den Weg zu ihrem Zelt nicht zu finden. Doch sie wollte sie nicht mitnehmen, denn sie gehörte Bibijaka. Alessandra beschloss, bis zur Dämmerung zu warten. Sie setzte sich in das Moos, lehnte den Rücken an den Stamm und zog die Knie an. Es dauerte nicht lange, bis die Feuchtigkeit durch ihre Röcke kroch. Alessandra bedeckte ihre Beine mit dem unteren Teil ihres Umhangs. Als sie die Lider schloss, sah sie wieder die himmelblauen Augen vor sich.

Alessandra wurde von den ersten Vogelstimmen geweckt. Im Osten wich die Nachtschwärze gerade dem beginnenden Tag. Die junge Frau erhob sich und strich noch einmal mit der Hand über die Baumrinde. »Ich hoffe, du hast meine Gebete erhört, Bibijaka.« Alessandra versuchte zu schlucken, doch ihre Kehle war trocken. Deshalb suchte sie das Flussufer auf, bevor sie ins Lager zurückkehrte. Sie hob ihre Röcke und steckte einen Zeh in das Wasser. Obwohl die Kälte schmerzte, trat sie noch einen Schritt vor. Sie wusste, dass das Wasser eigentlich erst abgekocht werden musste, um es vom Gift zu befreien, doch sie schöpfte es mit der Hand und trank. Nachdem sie ihren Durst gelöscht hatte, wusch sie sich das Gesicht. Ihr Blick fiel auf das Lager. Ziegen meckerten, und ein Hund bellte. Eine Rauchsäule stieg in den Himmel.

Als sie kurz darauf vor Sancharis Zelt stand, hörte sie ihren Herzschlag in den Ohren rauschen. Mit zitternden Händen schob sie die Plane zur Seite. Sanchari saß zwischen ihren Decken, flocht sich das Haar und band anschließend ein Kopftuch um, das von der Farbe her jungem Gras glich.

Sanchari ließ sich mit dem Frühmahl länger Zeit, als es Alessandra lieb war. Ungeduldig spielte sie mit ihrem Rockzipfel.

»Und du willst wirklich nichts?« Sanchari hielt ihr eine Schale hin, die bis zum Rand mit Haferbrei gefüllt war.

Alessandra schüttelte den Kopf. Ihr war schon übel genug, ohne dass sie etwas im Magen hatte. Sie starrte auf das Feuer. »Hoffentlich lebt er noch.«

Sanchari schob die Schale zur Seite und erhob sich. »Lass uns aufbrechen«, sagte sie seufzend. »Du gibst ja doch keine Ruhe. Aber zuerst muss ich noch die Wundsalbe und etwas Proviant zusammensuchen.«

Alessandras Hände zitterten, als sie der alten Wahrsagerin half, den Korb zu packen. Sie konnte sich selbst nicht erklären, warum sie solche Angst um diesen fremden Mann ausstand. Sie dachte wieder an seine Augen, die durch sie hindurchgesehen hatten. Still betete sie zu Bibijaka, er möge sie heute öffnen.

Das Schriftstück in seinen Händen sah aus, als hätte es der Bote unterwegs in den Schmutz fallen lassen. Die Ränder des Pergaments waren eingerissen, und an einigen Stellen überdeckten Tintenkleckse die Buchstaben einer ungelenken Schrift. Severin Röslin wünschte sich, sie hätten das Schreiben unleserlich werden lassen. Doch viel zu gut konnte er die Botschaft entziffern, die ihm ein Priester aus einem Dorf unweit seines Städtchens Bacharach übermittelte. Ausgerechnet jetzt, da der Bürgermeister erkrankt war, musste das Schreiben eintreffen.

Severin legte das Pergament vor sich auf das Schreibpult, zog ein Tuch aus seinem Ärmel und tupfte sich die Schweißperlen von der hohen Stirn. Gedankenverloren richtete er den Blick aus dem Fenster. Auf dem Marktplatz bauten die Händler im Schein der Nachmittagssonne die Stände ab und luden ihre Waren auf die Karren. Zwei Knaben versteckten sich hinter dem Stamm einer Kastanie. Mit einem breiten Grinsen auf dem Gesicht schlug der hagere rothaarige Junge einen Knüppel in seine Hand. Und noch ehe sich's der Bursche neben ihm versah, hatte er den Knüppel zwischen die Beine des Rübenbauers geschleudert. Dieser strauchelte, und die Holzkiste mit den Feldfrüchten fiel auf das Pflaster. Die Rüben purzelten über den Boden. Bevor der Bauer wieder auf den Beinen stand, hatten sich die Knaben eine Handvoll Rüben aufgeklaubt und verschwanden laut lachend in einer Gasse. Röslin stieß schwer den Atem aus und setzte sich auf seinen Schemel zurück. Seine Augen flogen zum wiederholten Male über das Pergament. Was er hier las, gab es vielleicht in Luzern oder in der Grafschaft Tirol. Doch nun auch in der Nähe von Bacharach? Er konnte nur schwer glauben, was ihm der Priester des Dorfes berichtete. Eine Hexe sollte dort ihr Unwesen treiben. Prediger Benedikt berichtete von ihrem Schadenszauber. Sogar die Pest hatte sie angeblich herbeigeführt. Röslin versuchte, einen klaren Kopf zu fassen. In seiner ganzen Amtszeit als Ratsherr war ihm so etwas nicht untergekommen. Doch was half es? Er musste der Tatsache ins Auge sehen. Als Erstes musste die Hexe verhaftet werden, damit sie keinen weiteren Schaden anrichten konnte. Und dann? Er nagte an seiner Unterlippe. Es gab nur einen Ausweg. Der Erzbischof musste informiert werden, damit er ihm mit Rat und Tat zur Seite stand. Ihm selbst fehlte die Erfahrung, eine Inquisition einzuleiten.

Severin setzte sich an sein Pult und verfasste ein Schreiben, das noch am selben Tag von einem Boten nach Trier gebracht werden sollte. Nachdem er sein Siegel in das Wachs gedrückt hatte, blies er die Kerze auf seinem Schreibpult aus, griff nach seinem Hut, setzte ihn auf und rückte ihn auf dem Kopf zurecht, bis die bunten Federn senkrecht zu seinem linken Ohr standen. Dann verließ er das Rathaus und eilte die Gasse hinunter, die zum Hafen führte.

Kurz hinter dem Zolltor blieb er vor dem Haus seines Vorgesetzten, des Bürgermeisters Michel Götz, stehen. Er klopfte gegen die mit Ornamenten verzierte Tür unter dem Erker. Eine Magd öffnete, und nachdem sie ihn erkannt hatte, gewährte sie ihm Einlass.

Bürgermeister Götz sah von seinem Mahl auf, das nur aus einer Haferschleimsuppe bestand. »Was gibt es so Dringendes, dass Ihr mich in meinem Haus aufsucht? Wie Ihr wisst, plagt mich ein Gallenleiden, von dem ich genesen muss«, sagte er streng.

Röslin nahm seinen Hut ab, neigte das Haupt vor dem Bürgermeister und entschuldigte sich für seinen unangekündigten Besuch. Dann berichtete er von der Angelegenheit mit der Hexe – jedoch nicht, ohne dem Bürgermeister zu versichern, dass er bereits das Notwendigste in die Wege geleitet habe. Sein Besuch diene lediglich dazu, ihn von den ungeheuerlichen Geschehnissen in Kenntnis zu setzen. Schließlich war Röslin ein gewissenhafter Amtmann und unermüdlich im Einsatz. Insgeheim hoffte er, dass er von den anderen Mitgliedern des Rates zum nächsten Bürgermeister gewählt wurde, wenn Michel Götzes Zeit abgelaufen war.

Götz stieß den Atem aus und blickte ihn mit müden Augen an. »Ich bin sicher, dass ich mich auf Euch verlassen kann.« Er wies Röslin mit einer Handbewegung an, das Zimmer zu verlassen, und widmete sich wieder seinem Haferschleim.

Das Klopfen an der Tür zu seinem Arbeitszimmer riss Erzbischof Hieronymus aus dem Schreibfluss. Verärgert blickte er auf, legte den Federkiel zur Seite und gewährte mit heiserer Stimme Einlass. Sein Generalvikar betrat den Raum. Das Gesicht vor Aufregung gerötet, schritt er zum Schreibpult des Erzbischofs. In den Strahlen der Nachmittagssonne, die durch das Fenster fielen, leuchtete sein Bart im selben Farbton wie seine eingefallenen Wangen. Der Erzbischof erhob sich von seinem Lehnstuhl, schritt um das Pult und streckte seinem Generalvikar den Handrücken entgegen.

»Seid gegrüßt, Pater Gregor. Was hat Euer Gemüt erhitzt?«

Der hagere Pater fiel auf die Knie und küsste den Siegelring des Erzbischofs. Hieronymus blickte auf den rostfarbenen Haarkranz des Generalvikars, der sich um die kahle Stelle auf dem Kopf kräuselte. Er genoss die demütige Haltung des Vikars, wobei dieser doch gut ein Jahrzehnt älter war als er selbst. Nicht ohne Stolz konnte er verbuchen, dass er mit seinen zweiundvierzig Lenzen der jüngste Erzbischof im Heiligen Römischen Reich war. Und das nur, weil er wusste, wie die Fäden zu knüpfen waren, damit den Wittelsbachern die Macht im Heiligen Römischen Reich erhalten blieb. Seine Ernennung zum Kurfürsten von Trier war also nur noch eine Frage der Zeit. Lediglich Ludwigs Rat musste noch seine Zustimmung geben, damit der Papst das Amt öffentlich bekunden konnte.

»Ehrwürdiger Vater, verzeiht, wenn ich Eure Zeit

stehle, doch mein Anliegen ist von höchster Wichtigkeit.« Pater Gregor hielt weiterhin den Kopf gesenkt.

»Erhebt Euch, lieber Gregor, um mir von Eurem Anliegen zu berichten.«

»Wie Euch bekannt sein dürfte, kommt es in unserer Diözese vermehrt zu Pesterkrankungen.« Pater Gregor erhob sich von den Knien und nahm den Weinkelch entgegen, den ihm der Erzbischof reichte.

»Das ist wohl wahr. Eine traurige Angelegenheit.« Hieronymus richtete den Blick aus dem Fenster. Auf der Straße vor seinem Haus in Trier zogen die Marktleute mit ihren Eselkarren vorbei. Ein Apfel fiel von einer Ladefläche und rollte über das Pflaster, bis er vor den Füßen eines kleinen Jungen liegen blieb. Als wäre es ein Geschenk des Himmels, hob er den Apfel auf und strahlte ihn an. Der Erzbischof nippte an seinem Kelch und wandte sich wieder dem Pater zu. »Aber um mir das zu berichten, stehlt Ihr mir doch gewiss nicht die Zeit?«

Der Pater schüttelte den Kopf. »Nein, mich hat gerade ein Schreiben erreicht. In einem Dorf, unweit von Bacharach, tragen sich unglaubliche Dinge zu. Lest selbst, Hochwürden.«

Hieronymus nahm das Schriftstück entgegen, entrollte es und überflog die Botschaft des Ratsherrn von Bacharach. »Soso. Eine Hexe treibt in unserer Diözese ihr Unwesen.« Nachdenklich strich er sich über das glattrasierte Kinn, bevor er sich seufzend auf einem der beiden Stühle vor seinem Schreibpult niederließ.

Pater Gregor blickte sich in dem Raum um, als wollte er sich überzeugen, dass niemand anderes anwesend war. Er sog tief den Atem ein und beugte sich zu dem Erzbischof hinunter. Seine grünen Augen verengten sich zu

Schlitzen. »Die Dämonen breiten sich immer weiter im Heiligen Römischen Reich aus!«

Der Erzbischof zog erschrocken den Kopf zurück. Für einen Augenblick schwieg er, doch dann wollte er wissen: »Was können wir dagegen unternehmen?«

»Die Verfolgung, die Inquisition«, antwortete der Generalvikar knapp. Er zog einen Stuhl zu sich heran, um sich neben den Erzbischof zu setzen.

Der Erzbischof deutete jedoch mit der Hand an, dass der Pater stehen bleiben sollte, und erhob sich. »Erklärt mir alles genauer bei einem Spaziergang in meinem Garten. Ich brauche ein wenig Zerstreuung«, wies er Pater Gregor mit nachdenklicher Miene an.

Der Wind frischte auf, und die Blüten der Kirschbäume, unter denen die beiden Männer herspazierten, rieselten wie Schneeflocken zu Boden.

Hieronymus atmete tief den Duft ein, den sie verströmten. »Es trifft sich gut, dass es in einem Dorf unweit von Bacharach geschehen ist. Liegt es doch auf unserem Reiseweg zur Burg Stahleck.« Er spürte, wie sein Herz sich zusammenzog. Dann blieb er stehen und blickte auf den Generalvikar hinunter, den er um Haupteslänge überragte.

Pater Gregor sog tief den Atem ein. »Ich weiß, und es ist Gottes Fügung, dass sich der Prediger an uns gewandt hat.« Er richtete den Blick gen Himmel und hob drohend den Zeigefinger, der einem knorrigen Ast glich. »Sie ist im Rathaus von Bacharach eingekerkert worden. Doch wer weiß, ob sie vor dem weltlichen Gericht die gerechte Strafe bekommt.«

Der Erzbischof versuchte, mit der Hand seine ebenholzfarbenen Locken zu glätten, die der Wind zerzaust hatte. »Inquiriert in dem Dorf. Seht, ob an der Behauptung des Predigers etwas Wahres ist.« Hieronymus schloss für einen Augenblick die Lider. Der Blütenduft weckte in ihm die Erinnerung an seine Geliebte.

Der Himmel über den Obstbäumen färbte sich im Westen zartrosa. Die untergehende Sonne tauchte den Garten in Zwielicht.

»Ehrwürdiger Vater, Ihr müsst mich erst zum Inquisitor ernennen, damit ich gegen die Hexe vorgehen kann.«

Die Worte seines Generalvikars rissen ihn aus den Gedanken.

»Das ist nur eine formelle Sache«, winkte er ab. »Ich weiß, dass Ihr in Wien die Lehren des Johannes Nider studiert habt, dazu seid Ihr aus dem Orden der Dominikaner. Ich wüsste nicht, wem ich dieses Amt sonst anvertrauen könnte. Meinen Segen habt Ihr. Ich reise morgen zur Burg Stahleck, und Ihr kehrt in das Dorf bei Bacharach ein. Hört Euch dort wegen der Geschehnisse um, bevor Ihr mir auf die Burg folgt und Bericht erstattet.«

Das Licht der untergehenden Sonne ließ die Augen des Erzbischofs funkeln wie Bernsteine. Ein Lächeln umspielte seine vollen Lippen. Er hob die feingeschwungenen Augenbrauen. »Ich verlasse mich auf Euch, Pater Gregor.«

Der Generalvikar nickte eifrig. »Euer Ehrwürden, ich werde Euch nicht enttäuschen.«

»Das habt Ihr noch nie getan.« Die Hände in die Ärmel seiner fliederfarbenen Robe geschoben, setzte der Erzbischof den Spaziergang fort. Seine Gedanken kehrten zurück zu seiner Geliebten, die er auf der Burg wiedersehen würde. Das Treffen mit dem Kurfürsten Ludwig und seinem Bruder, dem Pfalzgrafen Otto von Mosbach, die auf Burg Stahleck mit dem Rat über seine Ernennung zum Kurfürsten von Trier abstimmen wollten, trat in den Hintergrund. Diese Frau schaffte es immer wieder, ihn von seinen geschäftlichen Vorhaben abzulenken. Ihn vergessen zu lassen, dass es auf der Burg um seine politische Zukunft ging. Die Ländereien der Wittelsbacher zu erweitern, in dieser Zeit, wo sich selbst Kaiser Sigismund nicht durchsetzen konnte. Noch einmal wollte er ihre süßen Seufzer hören, ihren heißen Atem auf seiner Haut spüren, bevor sie sich mit seinem Neffen Simon von Ravenstein verlobte. Hieronymus sog tief den Atem ein, um das Verlangen in seinen Lenden zu unterdrücken, doch seine Gedanken kreisten weiterhin um Mathilde.

Nachdem Graf Philipp von Boekenberg die zukünftige Verlobung zwischen ihr und seinem Neffen Simon in die Wege geleitet hatte, hatte er, der Erzbischof, sie nach Trier eingeladen, um sie kennenzulernen. Ihr trauriger Gesichtsausdruck sowie ihre Unschuld, die sich in ihren Augen widergespiegelt hatte, weckten bei ihm das Verlangen, sie zu trösten. Ihr seelischen Beistand zu leisten. Er wollte ihr die Traurigkeit nehmen, die sie nach dem Tod ihrer Eltern verspürte. Aus diesem Grund ließ er sie in die Sakristei von St. Peter rufen. Mit gesenktem Blick betrat sie damals den Raum. Tröstend legte er den Arm um ihre Schultern und atmete den Duft von Lavendel ein, den ihr Haar verströmte. Als er mit dem Handrücken über ihre Wange strich, griff sie nach seinen Fingern, küsste sie mit ihren sinnlichen Lippen und legte sie auf ihre Brust. Mit einem leisen Seufzer ließ sie es geschehen, dass er die Hand in ihren Ausschnitt schob und die elfenbeinfarbenen Brüste liebkoste. Das fahle Mondlicht suchte sich einen Weg durch das Fenster, als sie sich erhob und sich vor ihm entkleidete. Ohne weitere Worte zu verlieren, legte er sie behutsam, wie ein verletztes Tier, auf den Boden. Mit den Lippen liebkoste er ihren Hals, bis seine Küsse weiter wanderten, hinab über ihre Brüste hin zu den Oberschenkeln, wobei sich das Verlangen in seinen Lenden ins Unermessliche steigerte.

Hieronymus dachte an das Blut, den Beweis ihrer Jungfernschaft, das in einem dünnen Rinnsal an ihren schlanken Schenkeln hinabgelaufen war, nachdem er in ihrem Schoß Erfüllung gefunden hatte. Eine Erfüllung, die nicht lange anhielt. Nach ihrer Abreise beherrschte Mathilde seine Träume, in denen er sie Nacht für Nacht liebte. Das Aufwachen am Morgen war seitdem für ihn zu einer Qual geworden. Sein Bett wirkte kalt und leer, wenn er die Lider öffnete. Das unerfüllte Verlangen, ihre weiche Haut streicheln und die Wärme ihres Schoßes spüren zu können, brachte ihn seit ihrer Abreise Morgen für Morgen schier um den Verstand.

Doch nun sollte er seine Geliebte auf der Burg Stahleck wiedersehen.

Alessandras Lippen zitterten, als sie die Stiefel des Ritters aus dem Gebüsch ragen sah. Er lag so da, wie sie ihn am Tag zuvor verlassen hatten. Ihre Hoffnung schwand, und in ihren Augen schwammen Tränen. Sie wagte es nicht, näher zu treten. Allein bei dem Gedanken, er könnte tot sein, krampfte sich ihr Herz zusammen. Nein, sie wollte ihn nicht sehen. Alessandra ließ sich auf einem Baumstumpf nieder und weinte stumm.

»Es sieht nicht gut aus.« Sancharis Stimme klang in ihren Ohren, als würde sie in einen Blecheimer sprechen. Ihre Hand strich über Alessandras Rücken. »Ich werde nachsehen, vielleicht ist er ja auch nur weiterhin ohne Bewusstsein.«

»Ich bleibe hier«, schluchzte Alessandra und wischte sich die Nase an ihrem Ärmel ab.

Sanchari atmete schwer aus. »Ist schon gut, mein Kind.« Sie verschwand in dem Gebüsch.

Alessandras Körper schüttelte erneut ein Weinkrampf. Warum musste der Ritter nur sterben? Er war doch so groß, so stark und so schön! Warum nur hatte Bibijaka ihre Gebete nicht erhört? Alessandra blickte auf Sanchari, die aus dem Gebüsch kroch. Die Blüten der Haselsträucher hatten sich in ihren Zöpfen verfangen. Sie erhob sich und winkte Alessandra zu sich. Die junge Frau sprang von dem Baumstumpf und eilte zu ihr hin.

»Lebt er noch?« Ihr Atem stockte, als sie sich in das Gebüsch beugte und auf den Ritter sah.

Er hatte die Augen immer noch geschlossen, aber sein Brustkorb hob und senkte sich. Alessandra ließ sich neben ihm nieder und zupfte einen Regenwurm aus seinen Locken. Zaghaft berührte sie mit den Fingerspitzen seine Wangen.

»Ihr dürft nicht sterben«, flüsterte sie.

Sie sah zu Sanchari auf, die gerade den Deckel von einem Tiegel nahm. Sie schmierte die Salbe auf ein Tuch und hielt es Alessandra hin.

»Hier, drück das vorsichtig auf seine Wunde«, wies sie sie an.

Sanchari zog ein weiteres Gefäß aus ihrem Korb, entkorkte es mit den Zähnen und roch daran. Sie rümpfte die Nase und wedelte mit einer Handbewegung die unsichtbaren Dämpfe fort.

»Was ist das?«, fragte Alessandra neugierig, ohne das Tuch von der Wunde am Kopf des Ritters zu nehmen.

»Ein altes Heilmittel gegen Ohnmacht. Angeblich soll es Tote wieder zum Leben erwecken.« Sanchari verzog den Mund und hob eine Augenbraue. »Ich habe das Rezept von einem alten Schamanen. Er hat zwar seine Sinne versoffen, doch die Heilmittel, die er herstellt, helfen meistens. Ich hatte noch nicht die Gelegenheit, dies hier auszuprobieren.« Die alte Wahrsagerin zuckte mit den Schultern.

»Woraus wird es hergestellt?«

»Hauptsächlich aus Taubenkot und Lavendel.« Sanchari nahm ein weiteres Tuch aus ihrem Korb und träufelte die Essenz darauf. Die Dämpfe trieben Alessandra die Tränen in die Augen.

»Hier, halt ihm das Tuch an die Nase.« Sanchari beeilte sich, das Gefäß wieder zu verschließen.

Der beißende Gestank raubte Alessandra den Atem. Als sie dem Ritter das Tuch auf die Nase legte, überfiel sie ein Hustenanfall. »Das Zeug wird ihn ganz sicher töten!« Sie hob das Tuch an und wartete auf ein Lebenszeichen. Doch der Ritter blieb regungslos.

»Drück es wieder auf die Nase«, befahl Sanchari.

Alessandra gehorchte, doch nichts geschah. »Es hilft nicht, siehst du. Er regt sich nicht.« In Alessandras Stimme schwang Verzweiflung mit.

»Geduld, mein Kind. Ich werde noch etwas auf das Tuch gießen.« Sanchari holte das Gefäß erneut hervor.

Als Alessandra dem Ritter das Tuch wieder auf die Nase drückte, begann er zu husten. Schnell zog sie es weg und starrte auf seine Augen. Die Lider flatterten und öffneten sich dann zu einem Spalt. »Wasser … gebt mir Wasser«, röchelte er.

Sanchari zog den Lederschlauch unter ihrem Umhang vor. »Hier, versuche, ihm etwas einzuflößen.«

Alessandra hob seinen Kopf an und hielt ihm den Schlauch an die aufgeplatzten Lippen. Der Ritter schloss die Augen und schluckte gierig das Wasser. Sein Haupt lag schwer in Alessandras Arm. Als das Wasser aus seinen Mundwinkeln lief, nahm Alessandra den Schlauch weg und legte den Kopf des Mannes zurück auf den Boden. Er stöhnte, öffnete die Augen und blickte in ihr Gesicht. Alessandras hielt den Atem an, und ihr Herzschlag setzte für einen Augenblick aus. Dann verspürte sie ein wohliges Kribbeln in ihrem Bauch. Sie konnte den Blick nicht von seinen Augen wenden.

»Danke«, hauchte der Ritter und schloss die Lider.

Alessandra strich eine Locke aus seiner Stirn und trocknete seinen Bart mit ihrem Rockzipfel.

»Wer seid Ihr?«, fragte sie, wobei ihre Stimme nicht weniger zitterte als ihre Hände.

»Ritter Simon von Ravenstein«, flüsterte er mit belegter Stimme.

Alessandra sah zu Sanchari hinüber. Die alte Wahrsagerin hob anerkennend die Augenbrauen.

»Ein adeliger Ritter. Sieh mal einer an. Aber wo hält sich denn Euer Gefolge auf?«

Simon schluckte schwer, dann versuchte er zu sprechen. Alessandra merkte, dass sein Hals schon wieder trocken war. Sie hob erneut seinen Kopf an und hielt ihm den Lederschlauch an die Lippen. Dieses Mal ließ er sich Zeit und trank den Schlauch in kleinen Schlucken leer. Alessandra wollte seinen Kopf wieder auf den Boden betten, doch er stützte sich auf einen Ellbogen und betrachtete sie eingehend.

»Und wer seid ihr?« Er blickte kurz zu Sanchari und wieder zurück zu Alessandra. Seine stahlblauen Augen wirkten klar und kräftig. »Du hast so braune Haut und so schwarzes Haar. Du stammst nicht aus unserem Land, oder?«

Alessandra blieben die Worte im Hals stecken. Der Klang seiner Stimme hallte in ihren Ohren, und in ihrem Nacken stellten sich die Härchen auf.

»Wir gehören zu einem fahrenden Volk«, antwortete Sanchari an ihrer Stelle.

»Fahrendes Volk? Dann tretet ihr bestimmt auf dem Jahrmarkt in Bacharach auf?« Sein Blick hing an Alessandras Locken.

Alessandra nickte. »Wir sind auf dem Weg dorthin«, krächzte sie. Langsam kehrte ihre Stimme zurück.

»Verratet ihr mir auch eure Namen?« Sein Blick wanderte über ihre Röcke.

Alessandra zeigte mit der Hand auf ihre alte Freundin. »Das ist Sanchari, die Wahrsagerin, und ich bin Alessandra. Wir waren im Wald auf Kräutersuche, als wir Euch gestern fanden.«

»Gestern … O Gott, wie lange mag ich schon hier liegen?« Simon fuhr sich mit der Hand über den Bart.

»Ihr wart ohne Bewusstsein. Und wir haben Euch nicht wach bekommen«, klärte Alessandra ihn auf. »Was ist denn passiert?«

Simon schloss die Augen und erzählte ihnen von dem Überfall. Er versuchte, sich aufzurichten. Vor Schmerz verzog er das Gesicht und stöhnte auf.

»Kommt, ich helfe Euch.« Alessandra griff unter seinen Arm und stützte ihn. Durch den Stoff des Hemdes spürte sie die Muskeln seiner Oberarme. Ihr Atem beschleunigte sich. »Wieso suchen Eure Leute Euch nicht?« Alessandra versuchte, ihre Gedanken zu ordnen.

»Ich weiß es nicht.« Simon lehnte seinen Rücken an eine Eiche hinter ihm. »Ich glaube, mein Schienbein ist gebrochen«, stöhnte er und fuhr mit der Hand darüber.

»Wir müssen ihm den Stiefel ausziehen.« Sanchari bückte sich über sein Bein und winkte Alessandra zu sich. »Komm, du musst mir helfen, allein schaffe ich das nicht.«

Gemeinsam zogen sie an seinem Stiefel. Durch den Stoff des Beinkleides ragte die Spitze eines blutverschmierten Knochens. Alessandra wurde übel, und sie wandte den Blick ab.

»Das sieht nicht gut aus.« Sancharis Falten auf der Stirn vertieften sich. »Ich muss den Knochen richten. Alessandra, geh, und suche einen stabilen Ast, der die Länge seines Beines hat.«

Der Anblick der Wunde verfolgte Alessandra. Ritter Simon hatte sicher wahnsinnige Schmerzen. Sie litt mit ihm und fragte sich, ob er je wieder würde laufen können.

Als Alessandra Sanchari den Stock reichte, versuchte sie, nicht auf das Bein zu blicken.

»Nun hilf mir schon, Alessandra!«

»Aber … aber ich weiß doch gar nicht, was ich tun soll«, stammelte sie.

»Das werde ich dir sagen.« Sanchari nahm ein Tuch aus dem Korb und reichte es Simon. »Hier, steckt Euch das in den Mund, und beißt darauf, wenn es allzu weh tut. Ich habe leider keinen Mohnsaft dabei. Ihr werdet starke Schmerzen haben, aber ich kann sie Euch nicht ersparen, wenn Ihr jemals wieder laufen wollt.«

Simon nahm ihr das Tuch aus der Hand und knüllte es in seiner Hand. »Fangt an.«

Alessandra bewunderte seinen Mut. Am liebsten hätte sie ihn in den Arm genommen, um ihm in seinem Schmerz beizustehen, doch Sanchari benötigte ihre Hilfe. Entschlossen schaute sie der Wahrsagerin in die Augen. »Sag mir, was ich zu tun habe.«

»Du musst dich rittlings auf seinen Oberschenkel setzen. Sorge dafür, dass er das Bein nicht bewegen kann.« Sanchari maß die Länge des Astes ab. Sie legte ihn zur Seite und riss mit einem Ruck das Beinkleid des Ritters auseinander.

Simon stöhnte leise auf und versuchte, das Bein wegzudrehen.

»Siehst du, wie er reagiert? Wenn ich seinen Knochen zurück ins Fleisch presse, wird er noch größere Schmerzen haben. Und der junge Mann hat Kraft in den Beinen, das kannst du mir glauben.« Sanchari legte das Bein zurück in die richtige Position. »Du musst es kräftig nach unten drücken, wenn er es bewegen will. Vielleicht haben wir Glück, und er verliert vor Schmerz das Bewusstsein.«

»Aber wir sind doch froh, dass er es gerade wiedererlangt hat.«

Sanchari beachtete ihren Einwand nicht, stattdessen schaute sie Simon fest in die Augen. »Verratet Ihr mir die Anzahl der Winter, die Ihr erlebt habt?«

»Zweiundzwanzig«, hauchte Simon.

»Ihr seid viel zu jung, um nicht mehr laufen zu können. Alessandra, setze dich auf sein Bein.« Sanchari lächelte. »Zum Glück sieht dein Großvater dich nicht in dieser unzüchtigen Haltung. Dreh den Rücken zu mir, und beobachte seine Regung. Je mehr er das Gesicht vor Schmerz verzieht, desto fester musst du drücken.«

Alessandras Herz klopfte vor Aufregung, als Sanchari Simons Beine auseinanderschob. Die Röcke bis zu den Knien gehoben, setzte sie sich rittlings auf seinen Oberschenkel.

Simon lächelte sie an. »Ihr schafft das schon«, zwinkerte er ihr zu.

Alessandra senkte den Blick. Sie spürte, wie ihre Wangen heiß wurden und ihr im Nacken der Schweiß ausbrach. Sie schloss für einen Augenblick die Augen und versuchte, ihren Herzschlag zu beruhigen.

»Halte dich an seinen Schultern fest, und drücke dein Gewicht auf sein Bein. Ich werde den Knochen jetzt zurückschieben.«

Simon spannte die Muskeln seines Oberschenkels an. »Etwas wenig Gewicht für mein Bein, findet ihr nicht?« Lächelnd betrachtete er Alessandras Hüften.

»Die Scherze werden Euch gleich vergehen«, erwiderte Sanchari.

Simon steckte sich den Stoff zwischen die Zähne, drückte den Rücken gegen den Baumstamm und schloss die Augen.

Alessandra hob den Blick, hielt sich an seinen Schultern fest und versuchte, sich auf seinen Gesichtsausdruck zu konzentrieren. Simon riss die Augen auf, und Alessandra merkte, dass Sanchari begonnen hatte. Die Kraft seiner Muskeln drückte gegen ihr Gesäß. Sie hielt dagegen, vergrub ihre Fingernägel in dem Stoff seines Überwurfes und vergaß die Welt um sich herum. Simons Gesicht verzerrte sich vor Schmerz. Auf seiner Stirn bildeten sich Schweißperlen, die ihm über Schläfen und Augen rannen. Alessandra kämpfte mit den Tränen.

»Du musst fester drücken, Alessandra«, befahl Sanchari.

»Ich kann nicht … ich kann nicht fester … Er ist so stark!«

»Du musst aber, sonst bekomme ich den Knochen nicht zurückgeschoben.«

Alessandra konzentrierte sich auf Simons Gesichtsausdruck, versuchte, seinen Schmerz mit ihm zu teilen. Sie hielt kurz inne, und dann kämpfte sie mit aller Macht gegen seine Kraft. Sie schrie die Schmerzensschreie hinaus, die er unterdrückte. Ihr ganzer Körper zitterte vor Anstrengung. Dann merkte sie, wie sein Bein erschlaffte. Die Anspannung auf seinem Gesicht löste sich. Simon hatte das Bewusstsein verloren. Alessandra wischte sich mit dem Handrücken die Tränen von den Wangen und spürte Sancharis Hand auf ihrer Schulter.

»Steh auf. Der Knochen ist nun wieder da, wo er hingehört.« Sanchari reichte ihr die Hand.

Alessandras Beine zitterten, als sie sich von Simons Oberschenkel erhob. Sie schob ihre Röcke zurecht und strich den Stoff glatt. Die Feuchtigkeit ihrer Hände hinterließ dunkle Flecken. Dann griff sie nach Sancharis Hand, die sich fest und warm anfühlte. Alessandra legte den Kopf an die Brust der Wahrsagerin.

»Er wird es schaffen. Bald wird er wieder wach sein, und dann wird er Hunger haben.« Sanchari strich über Alessandras Haar.

»Seine Schmerzen haben mir fast das Herz aus der Brust gerissen«, schluchzte Alessandra.

»Ich weiß, mein Kind.« Sanchari hob mit dem Zeigefinger ihr Kinn an und schaute ihr fest in die Augen. »Wenn das hier vorbei ist, musst du ihn so schnell wie möglich vergessen.«

Alessandra stockte der Atem. »Vergessen? Aber warum?«

Das Grün in Sancharis Augen verdunkelte sich. »Er ist keiner von uns. Denke nicht mal daran, dass du ihn noch einmal treffen könntest, wenn sein Bein wieder geheilt ist. Er ist ein feiner Herr. Wir sind für ihn *Zigeuner* und nicht mehr wert als der Dreck in den Gassen.« Sanchari senkte den Blick. »Füge dich deinem Schicksal, so, wie ich es damals auch tun musste.« Sanft schob sie Alessandra von sich, und ihr Blick wurde wieder klarer. »Ich muss sein Bein verbinden.« Sanchari riss ein Stück von ihrem Rocksaum ab.

Alessandra blickte auf die Waden der alten Freundin, die mit blauschimmernden Adern überzogen waren. Wie sollte sie diese blauen Augen vergessen können? Immer noch zitterten ihre Beine, die Innenseiten ihrer Oberschenkel brannten wie Feuer. In den Handflächen spürte sie noch die Wärme seiner Schultern.

Alessandra nahm Sanchari den Stofffetzen aus der Hand, griff in den Korb und holte die Wundsalbe heraus. Sie breitete den Verband vor sich aus und bestrich ihn großzügig mit der Paste. In der Wunde sah sie den weißen Knochen schimmern. Sie legte den Verband an, presste die Wunde zusammen und wickelte den Stoff um sein Schienbein. Immer wieder hielt sie inne, um sich Tränen von den Wangen zu wischen. Vergessen … Sanchari hatte recht, sie musste ihn vergessen. Sie durfte nicht zulassen, dass er ihre Gedanken beherrschte. Ein adeliger Ritter und eine arme Gauklerin … Bestimmt wartete auf Burg Stahleck ein Fräulein auf ihn. Eine Hofdame, die feine Kleider aus Samt und Seide trug, von denen Alessandra nur träumen konnte.

»Hier, du musst das Bein noch schienen.« Sanchari riss sie aus ihren Gedanken und hielt ihr den Ast sowie ein weiteres Stück Stoff hin. »Binde alles ganz fest. Noch ist er nicht bei Bewusstsein, du kannst ruhig zupacken.«

Nachdem Alessandra Simons Bein geschient hatte, wischte sie sich die Hände an ihren Röcken ab und erhob sich.

Sanchari lächelte zufrieden. »Das hast du gut gemacht, mein Kind.«

»Müsste er nicht langsam wieder zu sich kommen?«

Eine steile Falte hatte sich zwischen Alessandras Augenbrauen gebildet.

»Vielleicht solltest du seine Stirn mit Wasser betupfen.« Sanchari reichte ihr den Lederschlauch. »Gleich dort drüben hinter dem Ginster verläuft der Bach.«

Alessandra rutschte den kleinen Abhang hinunter. Sie hielt sich an einem Zweig fest, um nicht das Gleichgewicht zu verlieren. Der Bach war nicht sehr tief, doch sie musste aufpassen, nicht auf den mit Moos überzogenen Steinen auszurutschen. Die Strahlen der Sonne brachen sich auf der Wasseroberfläche, über der ein Schwarm Mücken tanzte. Sie tauchte den Lederschlauch ein. Gedankenverloren beobachtete sie die kleinen Bläschen, die aufstiegen, als sich der Schlauch füllte. Ritter Simon war also unterwegs zur Burg Stahleck. Alessandra kannte Ritter und Burgfräulein bisher nur aus Geschichten und Märchen. Sie träumte davon, einmal das Innere einer Burg zu sehen. Die großen Säle und die langen Tische, an denen die Ritter speisten. Die Betten, in denen die Herrschaften schliefen. Alessandra konnte sich das alles kaum vorstellen. Sie kannte nur die Decken in dem Zelt ihrer Familie, wo sie eng aneinandergedrückt die Nacht verbrachten.

Als der Schlauch gefüllt war, wusch sie sich die Hände und erhob sich. Sie spürte jeden einzelnen Knochen in ihrem Körper. Tief ausatmend, bog sie den Rücken durch. Der Frieden des Waldes umgab sie.

Als sie zu den anderen zurückkehrte, lehnte Simon immer noch reglos am Stamm der Eiche. »Langsam müsste er doch wieder wach werden.« Alessandra zog nachdenklich die Stirn kraus. Sie entkorkte den Lederschlauch und schüttete etwas Wasser auf ein Tuch. Als sie seine Stirn damit abtupfte, flatterten seine Lider. Er bewegte das Bein und verzog vor Schmerz das Gesicht.

»Was habt ihr bloß mit mir gemacht?«, stöhnte er.

»Euch davor bewahrt, für immer an das Bett gefesselt zu sein«, zischte Sanchari.

Simon öffnete die Augen. »Ich bin euch zu Dank verpflichtet. Doch seht, ich stehe ohne Mittel da.« Er zeigte auf die Stelle an seinem Gürtel, wo einmal die Geldkatze gehangen hatte.

»Ich will Eure Münzen nicht.« Sanchari verschränkte die Arme vor der Brust und sah zu Boden. Mit den Zehen rollte sie einen kleinen Ast hin und her.

»Aber wie kann ich euch danken? Sagt es mir, und ich werde euch jeden Wunsch erfüllen.«

»Bewahrt Stillschweigen über das, was geschehen ist. Wir haben uns nie getroffen, versteht Ihr?«

Simon schüttelte den Kopf. »Nein, ich verstehe nicht.«

»Wir werden Euch hier im Wald versorgen, bis Ihr wieder laufen könnt. Danach werden sich unsere Wege nicht mehr kreuzen.«

Simon hob die Augenbrauen. »Was habt ihr nur gegen mich?«

»Es geht hier nicht um Euch …«, murmelte Sanchari leise.

Auch Alessandra verstand nicht, was sie damit meinte. Fragend sah sie die alte Wahrsagerin an.

Doch Sanchari lenkte das Gespräch in eine andere Richtung. »Möchtet Ihr?« Sie griff in den Korb, holte eine geräucherte Wurst heraus und hielt sie Simon hin.

»Wenn ich darf, gern«, antwortete Simon.

Ohne ihm in die Augen zu schauen, legte Sanchari die Wurst und einen Kanten Brot in seinen Schoß. Dann wandte sie sich Alessandra zu. »Kind, du musst auch etwas essen.«

Obwohl sie seit dem Tag zuvor nichts mehr zu sich genommen hatte, löste der Geruch der Wurst bei Alessandra einen Würgereiz aus. Sie schüttelte den Kopf und nahm nur einen Schluck Wasser aus dem Lederschlauch.

»Meinem Hunger nach zu urteilen, muss ich tagelang hier gelegen haben.« Herzhaft biss Simon in die Wurst.

Seine Zähne blitzten durch den Bart, als er Alessandra anlächelte. Alessandra wandte den Blick von seinem Gesicht ab. Erst jetzt bemerkte sie, dass sie ihn angestarrt hatte. Eine zarte Röte legte sich auf ihre Wangen. Das Tuch, mit dem sie ihm die Stirn abgetupft hatte, hielt sie immer noch in der Hand. Sie verstaute es in ihrer Schürzentasche.

»Darf ich deinen Umhang diese Nacht noch einmal benutzen?« Simon sah Sanchari fragend an.

»Ihr dürft ihn so lange benutzen, bis Ihr wieder zu Eurer Burg laufen könnt.«

Simon lächelte Sanchari dankbar an. »Vielleicht finden mich meine Leute ja bald.«

»Bis dahin werden wir Euch hier versorgen«, warf Alessandra ein. »Wir werden jeden Morgen nach Euch sehen und Euch Proviant bringen.« Sie spürte eine unsinnige Vorfreude auf die nächsten Tage.

»Und was kann ich im Gegenzug für euch tun?« Simon strich sich das Haar zurück.

»Nichts!«, fauchte Sanchari. »Habt Ihr es schon vergessen?«

»Doch, er kann etwas für uns tun.« Alessandras Blick erhellte sich. »Er kann uns von der Burg erzählen, von seinem Leben als Ritter.« Ein Ziehen fuhr durch ihren Leib, als sie daran dachte. Ein echter Ritter, der ihr seine Geschichte erzählen würde.

»Du bist bescheiden, Alessandra, weißt du das?«

»Nein, denn das ist mehr, als mir jemand anderes geben kann.« Alessandra fühlte, wie ihre Ohren unter den dichten Locken glühten.

»Morgen werden wir wieder nach Euch sehen.« Sanchari hatte sich erhoben und griff nach dem Korb. »Wir müssen jetzt zurück zu unserem Lager.«

Alessandra verabschiedete sich schweren Herzens von dem Ritter.

»Geht nur, bevor sich eure Leute um euch sorgen.« Simon lächelte die Frauen dankbar an. »Und morgen werde ich euch mit meinen Geschichten unterhalten.«

Auf dem Weg zum Lager dachte Alessandra unentwegt an Simon. In ihren Gedanken hörte sie seine rauhe Stimme, mit der er zu ihr gesprochen hatte. Er war so anders als die Männer ihres Stammes und ganz anders als Sami. »Simon«, flüsterte sie leise und genoss es, seinen Namen auszusprechen.

Vor dem Obstbaum kniete Alessandra nieder und dankte Bibijaka, dass sie ihre Bitte erhört hatte.

Am nächsten Morgen schlüpfte Alessandra noch vor Sonnenaufgang aus den Decken. Sie verließ das Zelt und suchte das Ufer des Rheins auf. Nachdem sie sich vergewissert hatte, ob sich niemand in der Nähe aufhielt, entledigte sie sich ihrer Kleider und stieg in den Fluss, so weit, bis das Wasser ihre Brust bedeckte. Ihr Haar legte sich wie ein Fächer auf die leichten Wogen. Die Kälte stach wie tausend Nadeln in ihre Haut, doch sie linderte den Schmerz in den Muskeln ihrer Oberschenkel. Alessandra hielt den Atem an und tauchte mit dem Kopf unter Wasser.

Als ihre Glieder vor Kälte steif wurden, begab sie

sich wieder ans Ufer. Sie wrang ihr Haar aus, zog sich das Kleid an und kehrte zum Lager zurück. Die ersten Sonnenstrahlen vertrieben die Nachtschwärze. Ein Hahn krähte. Alessandra beobachtete, wie Djeneti aus dem Zelt kroch, das dem Fluss am nächsten stand. Djeneti rieb sich die Augen, bückte sich zur Feuerstelle und legte neues Holz auf die Asche. Aus ihrem Zelt ertönte das Geschrei eines Säuglings. Sie fasste sich kurz an die Brust und verschwand wieder unter der Plane.

Alessandra roch den Duft von Haferbrei. Ihr Bauch grummelte vor Hunger. Doch als sie Sancharis Zelt aufsuchte, vergaß sie ihren Hunger wieder. Sie dachte nur an Simon – und an die Geschichten, die er ihr erzählen wollte.

Sie trat in das Zelt der Wahrsagerin. Sanchari saß vor ihren Karten und drehte eine nach der anderen um. Alessandra sah in den Weidenkorb und stellte fest, dass er nicht gepackt war. »Wir wollten doch in den Wald gehen.« Sie traute sich kaum, die Worte auszusprechen.

»Daraus wird nichts«, erwiderte Sanchari. Ohne Alessandra anzusehen, fuhr sie mit dem Zeigefinger über das Abbild eines Reiters auf der Karte.

»Aber Sanchari, was ist denn? Wir müssen doch nach Simons Bein sehen und ihm etwas zu essen bringen.« Ihre Augen füllten sich mit Tränen. »Du … du willst ihn einfach dort allein lassen?«

»Ja, Alessandra. Es ist das Beste. Wir hätten ihn gar nicht versorgen dürfen. Er ist keiner von uns.« Sanchari schaute sie entschlossen an.

Über Alessandras Wangen rollten Tränen. Sie konnte nicht fassen, was Sanchari gerade gesagt hatte. »N… nein …«, stammelte sie.

»Doch Alessandra. Hast du es noch nicht gehört?«, fiel Sanchari ihr ins Wort.

Alessandra schüttelte den Kopf. »Was sollte ich denn gehört haben?« Ihre Stimme zitterte.

»In einem Dorf nicht weit von hier soll eine angebliche Hexe ihr Unwesen treiben. Eine Krämerin, die hier vorbeigezogen ist, hat es hinter vorgehaltener Hand erzählt.« Sanchari hob die Hände. »Was, glaubst du, wird mit uns geschehen, wenn der Ritter nie wieder richtig laufen kann? Er wird uns der Hexerei anklagen, glaube mir.«

Alessandra verstand nicht. »Aber du hast doch gesagt, er wird wieder laufen.«

»Kind, das liegt nicht in unserer Macht. Vielleicht in der seines Gottes – wenn es überhaupt jemand beeinflussen kann.« Sanchari sog tief den Atem ein. »Wenn er Wundfraß bekommt, wird er sein Bein verlieren, schlimmstenfalls sterben.«

Sancharis Worte schnitten Alessandra ins Herz. »Aber wir haben ihn doch schon behandelt! Wenn wir ihn jetzt dort liegen lassen, hat er doch erst recht einen Grund, uns anzuklagen.«

»Wenn er tot ist, kann er uns nicht mehr anklagen. Außer ihm hat uns niemand im Wald gesehen. Niemand wird wissen, dass *wir* ihm das Bein verbunden haben.« Sanchari wandte sich wieder ihren Karten zu. »Es ist besser, wenn wir die Heilkünste nur bei unseren Leuten anwenden.« Eine Strähne hatte sich aus ihrem Kopftuch gelöst. Mit ihrer faltigen Hand schob Sanchari sie wieder zurück.

»Nein, das kannst du ihm nicht antun!« Alessandra kniff die Augen zusammen. Mit kleinen Schritten bewegte sie sich rückwärts auf den Zelteingang zu.

»Bei mir alter Frau ist es egal, wenn sie mich auf den Scheiterhaufen werfen. Aber du bist jung, ich kann nicht zulassen, dass du als Hexe angeklagt wirst. Besser, er stirbt als du.«

Sancharis letzte Worte dröhnten in Alessandras Ohren. Sie konnte nicht glauben, was ihre alte Freundin da gesagt hatte, und stürmte aus dem Zelt. Durch den Tränenschleier verschwammen die Bäume vor ihren Augen. Kopflos lief sie in den Wald. Sie musste den Weg allein zu Simon finden. Wie konnte sie weiterleben, wenn er durch ihre Schuld starb? Sie stolperte über tiefhängende Zweige, rappelte sich wieder auf und lief weiter. Mit ihrem Rocksaum blieb sie an einem Strauch hängen. Alessandra zog so fest an dem Stoff, dass er riss. Nichts und niemand vermochte sie aufzuhalten. Sie musste zu Simon, sie musste verhindern, dass er starb!

Außer Atem hielt Alessandra inne und schaute sich im Wald um. Sie konnte sich beim besten Willen nicht mehr erinnern, welchen Weg sie einzuschlagen hatte. Alessandra ärgerte sich, nicht aufmerksamer gewesen zu sein, als sie am Tag zuvor zurück zum Lager gingen. Zu ihrer Rechten fiel der Waldboden ab. Vielleicht verlief dort der Bach, an dem sie das Wasser geholt hatte? Alessandra rutschte die Böschung hinab. Nicht weit entfernt konnte sie das Rauschen hören. Sie behielt recht mit ihrer Vermutung: Vor ihr zog sich der kleine Bach durch den Wald. Alessandra blickte zum Himmel und versuchte, sich zu erinnern, wo gestern am Bach die Sonne gestanden hatte. Dann fiel es ihr wieder ein. Die Strahlen hatten ihren Rücken gewärmt. Alessandra schloss die Augen und dachte nach. Wenn die Sonne spät am Tag, als sie das Wasser schöpfte, in ihrem Rücken gestanden hatte, dann musste sie sich jetzt, früh am Morgen, nur umdrehen, vom Wasser fort, wenn sie zu Simon wollte. Eilig hastete sie durch den Wald. Als sie ein Stück von Sancharis Umhang entdeckte, der hinter dem Stamm einer Eiche hervorragte, begann ihr Herz, wild zu klopfen. Sie hatte die Stelle gefunden, an der Simon lag. Alessandra beschleunigte ihren Schritt.

»Wo ist denn deine Begleiterin?« Simons Augen glänzten, als er zu ihr hinaufsah. Seine Locken klebten in den Schweißperlen auf seiner Stirn.

Alessandra sah ihn erschrocken an und berührte mit dem Handrücken seine geröteten Wangen. »Ihr habt Fieber. Lasst mich nach Eurem Bein sehen.«

»Das kommt bestimmt von der Kälte der letzten Nacht.« Simons Zähne klapperten aufeinander.

Alessandra wickelte den Stoff ab, der den Ast hielt. Sie versuchte, den Salbenverband von seinem Bein zu lösen, doch er klebte an der Wunde fest. Während sie ihn vorsichtig abzog, stöhnte Simon auf. Alessandra begann zu zittern, als sie die Wunde sah. Die Haut ringsum hatte sich gerötet, und auf dem rohen Fleisch hatte sich ein gelblicher Fleck gebildet. Am Schienbein lief das Blut in einem kleinen Rinnsal hinunter.

»Was haben wir nur falsch gemacht?« Alessandra spürte Hilflosigkeit in sich aufsteigen. Wenn doch nur Sanchari hier gewesen wäre! Sie hätte bestimmt gewusst, was zu tun war. Doch ihre alte Freundin hatte sie im Stich gelassen. Alessandra nahm den Lederschlauch und lief zum Bach. Sie musste den Eiter aus der Wunde waschen.

Vorsichtig tupfte sie mit einem nassen Tuch die Wunde ab, doch der Eiter löste sich nicht. Alessandra legte die Stirn in Falten und dachte angestrengt nach. Hatte Sanchari nicht vor kurzem noch bei Damir eine eitrige Wunde behandelt? Aber womit? Alessandra schloss die Augen, um sich besser erinnern zu können. Efeu! Sanchari hatte einen Aufguss aus Efeu auf seine Wunde gegeben. Alessandra sah sich um. Auch wenn es mehr als genug von dieser Pflanze im Wald gab, wie sollte sie hier einen Aufguss zubereiten? Sie kniff die Augen zusammen. Sie wusste, wie man ein Feuer entfachte, und sie wusste, dass Leder keine Flammen fing. Ihr Blick fiel auf den Wasserschlauch.

Alessandra erhob sich, pflückte einige Efeublätter vom Waldboden, rupfte sie in kleine Stücke und stopfte sie mit dem Daumen in den Hals des Lederschlauches. Nachdem sie ein Feuer entfacht hatte, hielt sie den Schlauch darüber. Durch den Ruß färbte sich das Leder schwarz, verbrannte aber nicht. Alessandra wartete, bis Dampf aus der Öffnung trat. Sie überlegte, ob sie den Aufguss warm oder kalt auftragen sollte. Sie durfte die Haut nicht verbrühen, daher legte sie den Lederschlauch auf den Waldboden, hockte sich neben Simon und fasste nach seiner Hand. Sie drückte sie leicht und lächelte ihn an. Als er ihren Druck erwiderte, spürte sie die Hitze seines Fiebers.

»Du hast mir immer noch nicht gesagt, warum du allein gekommen bist. Wo ist die alte Wahrsagerin?«

Alessandra blickte zu Boden. »Ich habe eine Freundin verloren.«

Simon sah sie fragend an. »Ich hoffe, nicht meinetwegen.«

Alessandras Herzschlag beschleunigte sich. In ihren Augen sammelten sich schon wieder Tränen.

»Also doch meinetwegen, ich habe es geahnt.« Simon ließ ihre Hand los und richtete sich auf. »Ich habe euch nicht darum gebeten, mir zu helfen. Ihr habt es aus freien

Stücken getan. Ich würde euch ja gern bezahlen, aber wie ihr wisst …«

Alessandra schüttelte den Kopf. »Es liegt nicht an dem Silber.« Sie wandte den Blick ab und schaute in den Himmel. Das Gefühl, als würde ihr jemand den Hals zudrücken, überfiel sie. Sie spürte die Wärme von Simons Finger unter ihrem Kinn. Mit sanftem Druck zwang er sie, ihm in die Augen zu schauen. Alessandra versuchte, den Kloß in ihrem Hals hinunterzuschlucken. Simon strich ihr die dunklen Locken aus der Stirn.

»Du hast wunderschönes Haar. So etwas habe ich noch nie zuvor gesehen.« Er wickelte eine Locke um seinen Finger.

Alessandra hob den Blick und schaute in seine Augen. Seine Wangen glühten vor Fieber.

»Es ist Euer Bein. Sanchari meinte, wenn es nicht heilt, gäbet Ihr uns die Schuld und würdet uns der Hexerei bezichtigen.« Sie versuchte, den Schluchzer in ihrer Kehle zu unterdrücken. »Und dann werden Sanchari und ich auf dem Scheiterhaufen brennen.«

»Das ist nicht euer Ernst!« Simons Augen verdunkelten sich.

»Meiner nicht, aber Sancharis. Sonst wäre sie ja mitgekommen.« Alessandra versuchte, seinem zornigen Blick standzuhalten.

»Und dich ließ sie allein zu mir in den Wald gehen?«

Alessandra schüttelte den Kopf. »Nein, ich bin fortgelaufen.« Ein tiefer Seufzer entrang sich ihrer Kehle. Sie schaute auf den Lederschlauch. Der Aufguss musste längst abgekühlt sein. Alessandra umfasste mit der Handfläche das weiche Leder, zog den Korken heraus, träufelte den Efeusud auf die Wunde und ließ die grüne Flüssigkeit einen Augenblick lang einwirken. Danach riss sie ein Stück ihres Rocksaumes ab, faltete es zweimal und goss den Rest des Suds darauf. Als sie das Tuch auf die Wunde legte, biss Simon die Zähne zusammen und sog scharf den Atem ein.

»Jetzt braucht Ihr noch etwas gegen das Fieber.« Alessandra schaute sich um. »Aber leider blühen ja die Linden noch nicht. Deshalb muss ich zurück ins Lager.«

Als sie sich erhob, fasste Simon nach ihrer Hand. »Ich will nicht, dass du wegen mir Streit mit deiner Familie bekommst.«

»Und ich will Euch nicht sterben lassen.« Alessandra zog ihre Hand fort. Seine Hitze glühte auf ihrer Haut. Als sie ihn verließ, spürte sie seinen Blick in ihrem Rücken. So schwer es ihr fiel, sie musste Sanchari um Hilfe bitten – die Gefahr, dass Simon sein Bein verlor, war zu groß.

Vor Sancharis Zelt zupfte ein grauer Ziegenbock das erste Grün von den Sträuchern. Während Alessandra über seine Hörner strich, betete sie zu Bibijaka, dass Sanchari ihr helfen möge.

»Du warst bei ihm, hab ich recht?« Sanchari spie auf den Boden.

Alessandra überlegte nicht lange, ob sie lügen sollte. »Ja, ich war bei ihm, und es geht ihm nicht gut.«

»Ich habe dich gewarnt. Es ist nicht meine Schuld, wenn sie dich als Hexe anklagen. Meine Winter sind gezählt, aber um dich wäre es schade.«

Alessandra senkte den Kopf. »Du kannst mich nicht davon abhalten. Niemandem wird das gelingen.«

»Ich weiß, dazu müsste ich dich einsperren oder an einem Baum festbinden«, seufzte Sanchari.

»Sein Bein hat sich entzündet, und er hat sehr hohes Fieber.«

»Was hast du ihm gegeben?«, fragte Sanchari. In ihrer Stimme schwang Neugierde mit.

»Ich habe seine Wunde mit Efeu behandelt.« Alessandra schaute Sanchari gespannt an.

»Das war das Beste, was du tun konntest.« Sanchari nickte anerkennend.

»Du sagtest, er könnte sein Bein verlieren. Was meintest du damit? Wie kann er es verlieren?«

Sanchari überprüfte den Inhalt ihrer Tiegel. »Wenn das Fleisch fault, muss man ihm das Bein absägen, sonst breitet sich das Gift der Fäulnis bis zu seinem Herzen aus. Das wäre sein sicherer Tod.«

Alessandra riss die Augen auf und schlug die Hand vor den Mund. Sie dachte an den Eiter – faules Blut, wie Sanchari ihn immer nannte, und spürte, wie Übelkeit in ihr aufstieg. Alessandra drehte sich um und erbrach sich hinter einem Busch.

»Ich werde mir das Bein ansehen.« Sancharis Hand ruhte auf ihrer Schulter und drückte sie leicht.

Alessandra richtete sich auf und drehte sich zu ihr um. »Du meinst, du gehst zu ihm?« Sie zog die Nase hoch und wischte sie sich mit dem Ärmel ab.

Sanchari nickte. »Ich hege die Befürchtung, du schaffst es nicht allein. Und dann würdest du daran zerbrechen.«

Alessandra spürte Hoffnung in sich aufkeimen. »Du schaffst das, da bin ich mir sicher. Und du wirst mich all deine Künste lehren. Und wenn Simon wieder gesund ist, muss Papo das Seil höher spannen.« Ihre Stimme überschlug sich.

»Langsam, langsam. Eins nach dem anderen. Noch ist er nicht außer Gefahr. Lass mich nun das Notwendige zusammensuchen.«

Sanchari holte ein Tuch aus ihrem Zelt und entfaltete es. Alessandra riss die Augen auf und starrte auf das Brot, das mit grünem Schimmel überzogen war. Die alte Wahrsagerin kratzte mit einem Messer den Belag in einen Tiegel.

»Was machst du da?«, fragte Alessandra erstaunt.

Sanchari verschloss den Tiegel und hielt ihn Alessandra hin. »Manchmal hilft es, die Fäulnis zu bekämpfen. Aber nur manchmal. Wir können es versuchen.«

Als Alessandra mit Sanchari die Stelle erreichte, an der Simon lag, durchfuhr sie ein eisiger Schreck. Er hatte die Augen geschlossen und reagierte nicht, als Sanchari ihn ansprach. Sie zwang sich, auf seinen Brustkorb zu schauen, um festzustellen, ob er noch atmete. Erleichtert sah sie, dass sich seine Brust bewegte. Seine Wangen glühten, und die Haut in seinem Gesicht war trocken.

Sanchari wickelte das Tuch ab, und Alessandra hielt den Atem an.

»Ich habe schon Schlimmeres gesehen. Immerhin ist noch kein Wundbrand aufgetreten.« Die Wahrsagerin wusch die Wunde mit Weinbrand aus. Dann öffnete sie den Tiegel und strich mit dem Finger den Schimmel darauf. Simon wälzte sich stöhnend hin und her, bevor er die Augen aufschlug. »Verdammt, könnt ihr nicht einmal von meinem Bein ablassen?«

»Werden wir jetzt ungehalten, junger Mann?« Sanchari schüttelte verächtlich den Kopf. »Ich könnte Euer Bein auch absägen, dann bräuchten wir es nicht mehr anzufassen. Doch dann müsstet Ihr Euren adeligen Hintern in einer Sänfte tragen lassen, wenn Ihr den Ort wechseln wollt.«

Simon runzelte die Stirn. »Steht es so schlimm?«

»Noch nicht, und wenn Ihr mich weiter an Euer Bein

lasst, wird es Euch auch erhalten bleiben.« Sanchari wickelte den Stoff um die Wunde und schiente sein Bein erneut mit dem Ast.

Simon legte den Kopf zurück. Als er in Alessandras Augen blickte, entspannten sich seine Züge. »Ich glaube, das Fieber ist gesunken«, mutmaßte er.

Doch seine glänzenden Augen verrieten Alessandra das Gegenteil. Sie nahm den Krug mit dem Lindenblütenaufguss und hielt ihn an seine Lippen.

Mit geschlossenen Lidern schluckte er die Flüssigkeit. Die schwarzen Wimpern berührten die Wangenknochen unter seinen Augen. Als er den Krug geleert hatte, blinzelte er Alessandra lächelnd an. »Ich glaube, ich habe die ganze Zeit geschlafen.«

Alessandra spürte die Wärme, die sich in ihrem Bauch ausbreitete. Ihr Atem beschleunigte sich, und auf ihren Wangen glühte eine Hitze, als hätte das Fieber auch sie befallen.

»Ich lasse Euch noch etwas getrocknetes Ziegenfleisch hier, falls Ihr Hunger bekommen solltet.« Nachdem Sanchari das in ein Tuch gewickelte Fleisch in seinen Schoß gelegt hatte, erhob sie sich, strich ihre Röcke glatt und bedeutete Alessandra, dass es Zeit war zu gehen.

Am nächsten Tag war Simons Fieber gesunken, und auch die Wunde eiterte nicht mehr. Alessandra hing gebannt an seinen Lippen, als er ihr und Sanchari von seinem Leben erzählte. Wenn er ihr dabei hin und wieder zuzwinkerte, pochte ihr Herz heftig in ihrer Brust.

Nachdem sie sich gegen Mittag von ihm verabschiedet hatten, lief Alessandra beschwingt neben Sanchari her. Sie plapperte unentwegt über die großartige Medizin, die Sanchari auf Simons Bein gestrichen hatte.

Sanchari zog die Augenbrauen hoch. »Du hast sehr gute Laune, dafür, dass du ihn nicht wiedersehen wirst. Hast du vergessen, dass wir morgen nach Bacharach aufbrechen?«

Alessandra stolperte unvermittelt über eine Wurzel und hielt sich an einem Baumstamm fest. »Und was geschieht dann mit Simon?«

»Er wird uns wohl kaum nachlaufen können.«

Alessandra runzelte die Stirn. »Das nicht, aber wir könnten ihn dennoch mitnehmen.«

»Wie stellst du dir das vor? Willst du ihn dir auf den Rücken schnallen?« Sanchari verzog den Mund und schüttelte den Kopf.

Doch Alessandra gab so schnell nicht auf. »Wir könnten ihn unter der Zeltplane auf deinem Karren verstecken. Morgen nehmen wir ihn mit in …«

»Psst!« Sanchari hielt den Zeigefinger vor die Lippen. Ihr Blick verdunkelte sich und wanderte aufmerksam zwischen dem Gehölz hin und her. »Da hat sich etwas bewegt, hast du es gesehen?«

Alessandra schüttelte den Kopf. »Nein, was denn?« Mit den Augen suchte sie den Wald ab. Ihr stockte der Atem, als sie ein grünes Hemd zwischen den Sträuchern verschwinden sah.

»Das war Sami! Er ist uns gefolgt.« Alessandra spürte, wie das Blut in ihren Ohren rauschte. Schweiß lief ihr den Rücken hinunter. Sie legte die Hände vor das Gesicht. »Nein, bitte nicht Sami. Jeder, nur nicht Sami«, flehte sie leise. »Es ist nicht Simon, der mich auf den Scheiterhaufen bringt. Es wird Sami sein, wenn er weiß, was wir getan haben.« Alessandras Augen füllten sich mit Tränen.

Richards Blick irrte durch das Arbeitszimmer des Burgherrn. »Ich habe erfahren, dass Simon nie auf Burg Rheinfels angekommen ist.« Er stieß schwer den Atem aus und ließ sich auf dem Lehnstuhl vor dem Schreibpult des Burgherrn nieder. Fahrig strich er sich durch den Bart.

Graf Philipp verschränkte die Hände auf der Tischplatte. Auch in seinen Augen lag Besorgnis. »Er wird doch nicht von Wegelagerern niedergestreckt worden sein?« Seufzend erhob er sich von seinem Lehnstuhl und füllte ihre Kelche mit Wein.

»Ich will gar nicht an das Schlimmste denken«, erwiderte Richard. »Vielleicht hat er sich nur verirrt.«

»Mutmaßungen nutzen uns nichts.« Graf Philipp sah nachdenklich aus dem Fenster auf den Burginnenhof. »Ich werde einen Suchtrupp losschicken.« Er drehte sich zu Richard um. »Sie werden ihn schon finden, verlass dich darauf.«

»Ich hoffe nur, lebendig«, erwiderte Richard und beobachtete, wie sich Graf Philipp wieder an seinen Arbeitstisch setzte. Er zog die Lade auf, holte ein Pergament hervor und entrollte es auf der Tischplatte. Nachdem er die Landkarte kurz mit dem Blick überflogen hatte, tauchte er die Feder in das Tintenfass und teilte das Gebiet in mehrere Sektoren auf.

»Für jeden Suchtrupp einen Anführer mit je zehn Mannen.« Er hob den Blick und schaute in Richards Gesicht. »Du kannst dir aussuchen, welchen Abschnitt du übernimmst.«

Richard beugte sich über die Karte und fuhr mit dem Finger über den Abschnitt, wo sich ein blaues Band durch dichte Baumbestände schlängelte. »Gleich nach Sonnenaufgang werde ich diesen großen Teil hier entlang des Baches übernehmen.«

»Gut, dann lass uns die Männer zusammentrommeln, damit bis morgen früh alles vorbereitet ist.« Graf Philipp schlug mit der flachen Hand auf die Landkarte.

Kurz vor Sonnenaufgang strömten die Suchtrupps zu Pferde und zu Fuß den Pfad von der Burg hinab. Der Wald lag im Zwielicht des erwachenden Tages. Über den Feldern stieg Nebel auf, und in den Baumwipfeln ertönten die ersten Vogelstimmen. Richard zog seinen Umhang fester um die Schultern. Er versuchte, sich von seinen trüben Gedanken abzulenken, und schaute in den Himmel, an dem sich im Osten ein Silberstreif bildete. Er wollte sich nicht vorstellen, dass der Tag mit einer traurigen Gewissheit enden könnte. Als er tief den Atem einsog, strömte kühle Luft in seine Lungen. Er versuchte, sich auf seine Aufgabe zu konzentrieren. Der Junge musste gefunden werden, heute noch.

Am Waldrand teilte Graf Philipp mit der Karte in der Hand die Männer auf. Richard wies seine Männer mit einem Pfiff an, ihm zu folgen. Nachdem er sein Gebiet erreicht hatte, sprang er aus dem Sattel, brach einen mannshohen Ast vom Baum und forderte seine Helfer auf, es ihm gleichzutun. Stück für Stück durchkämmten sie das Dickicht am Bachlauf. Der Tag verging, die Schatten wurden länger, und sein Rücken schmerzte, doch Richard dachte nicht daran aufzugeben. Nicht, bevor er Simon gefunden hatte.

Kapitel 3

Die Angst vor Sami ließ Alessandra auf dem Heimweg nicht mehr los. Sie war sich sicher, dass er bereits dabei war, ihrem Großvater alles zu erzählen. »Das ist mein Ende, Papo wird mich davonjagen«, wimmerte sie.

»Nun übertreib nicht. Ich bin schließlich auch noch da.« Sanchari versuchte, ihre Bedenken mit einer Handbewegung fortzuwischen. »Keiner wird dem liebestollen jungen Mann glauben, solange ich dir den Rücken stärke. Und schon gar nicht dein Großvater.« Sanchari lächelte verschwörerisch.

Alessandra beschlich eine Ahnung. »Papo hat dein Schicksal, mit dem du dich abfinden musstest, beeinflusst. Hab ich recht?«

Die alte Wahrsagerin senkte den Blick. Alessandra glaubte, Tränen in ihren Augen schimmern zu sehen.

»Lass uns nicht darüber reden.« Sanchari zog die Nase hoch. »Meine Schwester hat den Kampf gewonnen. Fea, deine Baba, hat sein Herz erobert. Sie war die Stärkere von uns beiden.«

Alessandra stellte sich vor die alte Wahrsagerin, die mit einem Mal so zerbrechlich wirkte. Mit beiden Händen umfasste sie ihr Gesicht. »Sieh mich an, Sanchari. Lass deinen Unmut über deine verlorene Liebe nicht an Simon aus. Er kann nichts dafür.«

Die alte Frau sah in ihre Augen. »Er wird dir dein Herz brechen, genauso, wie dein Papo meines gebrochen hat.«

»Da magst du vielleicht recht behalten, aber ich kann genauso wenig gegen meine Gefühle ankämpfen, wie du es konntest.«

Den Rest des Weges liefen die beiden Frauen schweigend nebeneinanderher, jede für sich in ihre Gedanken vertieft.

Die Arme vor der Brust verschränkt, lehnte Papo am Ochsenkarren. Ohne den Blick zu heben, schlichen Alessandra und Sanchari an ihm vorbei.

»Gibt es vielleicht etwas, was ihr mir erzählen müsstet?« Silvio hob die rechte Augenbraue.

Sanchari stellte den Korb ab, stemmte die Hände in die Hüften und baute sich vor ihm auf. »Was willst du hören? Ich erzähle dir gern, welche Kräuter wir im Wald gesammelt haben. Deine Kopfschmerzen könnten wiederkommen, darum habe ich vorsorglich noch etwas –«

»Du warst schon immer eine schlechte Lügnerin, Sanchari«, unterbrach Silvio sie.

»Seit wann interessierst du dich dafür, was ich im Wald suche?« Sanchari kniff die Augen zusammen.

»Seit dort ein verletzter Ritter liegt, den ihr beiden versorgt.«

»Aha, ein verletzter Ritter. Wer hat dir denn diesen Bären aufgebunden?«

»Sami hat euch beobachtet.«

Sanchari lachte heiser auf. »Sami ist verrückt nach deiner Enkelin. Der würde dir für ihre Hand jedes Märchen auftischen. Silvio, du hast im Laufe deines Lebens so viel

Weisheit erlangt. Was also hältst du auf das Geschwätz eines liebestollen Jünglings?«

Silvio verzog die Mundwinkel, schüttelte den Kopf und kehrte den Frauen den Rücken zu. »Ich werde euch im Auge behalten. Und wehe, es ist etwas Wahres an der Geschichte.«

Alessandra stieß den Atem aus. »Er wird uns in den Wald folgen«, flüsterte sie.

»Kann er nicht, da wir nicht mehr in den Wald gehen werden.«

»Nein, Sanchari, bitte nicht schon wieder! Du weißt, ich lasse Simon in diesem Zustand niemals dort allein.« Ein Stich fuhr durch Alessandras Herz. Sie wusste, sie würde diesen Kampf bis zum bitteren Ende führen. Gleichgültig, ob mit oder ohne Sanchari. So lange, bis Simon auf beiden Beinen seinen Weg fortsetzen konnte. Dafür ging sie sogar die Gefahr ein, dass ihr Großvater sie davonjagte.

Sanchari verdrehte die Augen. »Ich sagte dir doch, dass wir morgen aufbrechen.«

»Mir wird schon etwas einfallen, glaube mir, Sanchari.«

»Ja, das befürchte ich. Eben hattest du noch große Angst und nun wieder ein großes Mundwerk. Aus dir werde ich einfach nicht schlau.« Die alte Wahrsagerin nahm Alessandra den Korb aus der Hand. Kopfschüttelnd wandte sie sich von ihr ab.

Zum wiederholten Male blickte Alessandra in den Himmel. Die Wolken hatten die Sonne verdeckt. Sie konnte die Tageszeit nur an ihrem Gefühl abschätzen. Die Stunden bis zum Mittag schienen ihr wie eine Ewigkeit. Noch vor Sonnenaufgang hatte sie bereits ihre Habseligkeiten gepackt. Gedankenverloren beobachtete sie das Treiben im Lager. Als sie Sami auf sich zukommen sah, verengte sie die Augen.

»Es wird nicht mehr lange dauern, dann wirst du mein Zelt mit mir teilen.« Mit den Fingerspitzen kämmte er seine schwarzen Locken zurück.

Alessandra schüttelte fassungslos den Kopf. »Du wagst es, mir unter die Augen zu treten?«, zischte sie.

»Das werde ich wohl noch öfter tun, denn bevor du deine Unschuld an einen Ritter verlierst, wird dein Großvater dich schleunigst mit mir verheiraten.« Sami lächelte siegessicher.

Alessandra hob die Augenbrauen und schob die Unterlippe vor. »Ist das deine Art, um das Herz einer Frau zu kämpfen?« Noch bevor Sami etwas erwidern konnte, drehte sie ihm den Rücken zu und ließ ihn stehen.

»Ich könnte diesen Sami in der Luft zerreißen!« Alessandra polterte in Sancharis Zelt. Ihre Wangen glühten vor Empörung.

Sanchari schaute kurz auf, bevor sie weiter wortlos ihre Tiegel in eine Holzkiste packte.

»So ein aufgeblasener …« Alessandra schnappte nach Luft, ihre Augen funkelten vor Zorn.

»Truthahn«, ergänzte Sanchari sachlich.

Alessandra prustete laut los und schüttelte sich vor Lachen. »Genau, ein Truthahn, ein aufgeblasener Truthahn! Das ist er.« Sie blickte in Sancharis ernstes Gesicht, und das Lachen blieb ihr in der Kehle stecken.

»Du hast gute Laune, obwohl du den Ritter nicht mehr wiedersehen wirst. Oder irre ich mich?« Sanchari neigte ihr Haupt zur Seite. Der Blick aus ihren smaragdfarbenen Augen durchbohrte Alessandra.

»Du irrst dich, Sanchari. Ich werde ihn wiedersehen. Und zwar schon bald.«

Sanchari runzelte die Stirn. »Nein, nicht in meinem Karren«, erwiderte sie heiser. »Wir werden ihn nicht in meinem Karren mitnehmen.«

Alessandra verließ wortlos das Zelt und begann die Holzkeile, welche die Plane zusammenhielten, aus der Erde zu ziehen.

»He, ich habe doch noch gar nicht alles auf meinen Karren geladen!« Sanchari war ihr gefolgt und zog sie am Arm zu sich heran. »Du bist verrückt, weißt du das? Und nicht nur verrückt, sondern auch lebensmüde.«

»Die anderen werden nicht merken, wenn wir zurückbleiben. Sobald wir aus ihrem Blickfeld verschwunden sind, holen wir Simon aus dem Wald. Danach werden wir wieder zu den anderen aufschließen.« Alessandra fuchtelte wild mit den Armen.

Der alten Wahrsagerin fiel der Unterkiefer hinab. »Du meinst es ernst! Du meinst es tatsächlich ernst.« Sie schüttelte den Kopf. »Dein Temperament geht mit dir durch. Hast du dir schon einmal überlegt, was passiert, wenn jemand deinen Ritter entdeckt? Denk nur an Sami, er wird dich nicht aus den Augen lassen.«

»Ach, Sanchari, er wird wohl kaum seinen Karren stehen lassen und nach uns suchen.« Alessandra griff nach dem Tuch in ihrer Schürzentasche. Den Stoff in ihren Händen zu spüren gab ihr Mut.

»Dem traue ich alles zu«, entgegnete Sanchari.

Alessandras Herzschlag pochte in ihren Ohren, als die Gauklertruppe mit ihren Karren ein ganzes Stück vor ihnen um eine Biegung des Weges verschwand. Nur die Wanderhuren, die das Schlusslicht bildeten, schauten sich verwundert nach ihnen um. Doch um sie brauchte Alessandra sich nicht zu sorgen. Sie würden es nicht wagen, die Schausteller darauf anzusprechen. Sanchari führte den Ochsen hinter einen Busch. »Komm, wir machen uns auf den Weg zu Simon.«

Nur mühsam zog der Ochse das Gefährt über den unebenen Waldboden. Der Ziegenbock, der, an ein langes Seil gebunden, hinter dem Wagen hertrottete, meckerte unzufrieden. Sanchari und Alessandra räumten Äste aus dem Weg und schlugen das Dickicht neben dem Trampelpfad zur Seite.

»Das letzte Stück werden wir mit dem Karren nicht befahren können. Dort stehen die Bäume zu dicht beieinander.« Sanchari blieb stehen und wischte sich mit dem Ärmel den Schweiß von der Stirn.

»Wir könnten ihn stützen, vielleicht schafft er es mit unserer Hilfe bis hierher.« Alessandra konnte es nicht erwarten, den Weg fortzusetzen. Ihre Beine zitterten vor Aufregung.

»Du hast recht, lass uns erst einmal nach ihm sehen.« Sanchari band den Ochsen an einen Baum.

Alessandra erstarrte, als sie Sancharis verlassenen Umhang auf dem Waldboden sah. »Er ist weg, Sanchari! Er ist weg«, krächzte sie und kniff die Lider zusammen. Vielleicht spielte ihr Kopf ihr einen Streich. Sie öffnete die Augen wieder, doch es hatte sich nichts geändert. Vor ihr lag immer noch der verlassene Umhang, daneben Kessel, Krug und Lederschlauch. Alessandras Augen brannten. Verschwommen sah sie, wie sich Sanchari bückte und etwas aufhob.

»Sieh nur, er hat uns etwas zurückgelassen.« In ihrer

Handfläche glitzerte ein Goldstück. »Es scheint, als hätten seine Leute ihn gefunden.«

Alessandra kämpfte mit den Tränen. »Er ist gerettet!« Ihre Stimme zitterte, und die Worte blieben ihr beinahe im Hals stecken. Sie hatte das Gefühl, als würde sie daran ersticken.

»Er – und wir.« Sanchari versteckte schnell das Goldstück in ihrem Ausschnitt. Mit den Augen deutete sie an, dass Alessandra schweigen sollte.

»Hier steckt ihr also.« Silvio schob verärgert die Mütze aus seiner Stirn.

Sami blickte über seine Schulter auf den Umhang, der am Boden lag. »Jetzt hast du den Beweis, Silvio!«

»Welchen Beweis?«, zischte Sanchari ihn an.

»Dass ihr hier den Ritter versteckt haltet!«

»Sami, sieh dich um. Siehst du einen Ritter?« Sie hob ihren Umhang auf. »Aber vielleicht ist er ja so klein, dass er sich darunter versteckt hat.« Sie bückte sich und untersuchte den Waldboden. »Oh, kein Ritter zu sehen«, stellte sie in belustigtem Tonfall fest, erhob sich, stemmte die Hände in die Hüften und lächelte Silvio an. »Ich hatte dich für zu gescheit gehalten, als dass du diesem Grünschnabel Glauben schenken würdest.«

»Und warum weint Alessandra dann?« Sami zeigte mit dem Finger auf ihre tränennassen Wangen.

»Als ich heute packte, bemerkte ich, dass ich etwas hier verloren haben musste.«

»Das ist doch kein Grund zu weinen.« Sami versuchte mit aller Gewalt, seine Ehre zu retten.

»Sie glaubt, sie hat an dieser Stelle ihr Amulett verloren. Doch sie findet es nicht mehr, und um den Wald abzusuchen, fehlt uns die Zeit.« Sanchari blickte Sami fest in die Augen.

Alessandra bewunderte im Stillen Sancharis Schlagfertigkeit. Doch dann fasste sie sich entsetzt an den Hals. Erleichtert stieß sie den Atem aus, als sie feststellte, dass sie am Morgen vergessen hatte, ihr Amulett anzulegen. Alessandra wischte sich die Tränen von den Wangen und blickte auf die kleine weiße Blüte, die vor ihren Füßen lag. Sie schaute sich erstaunt um. Der Busch, von dem sie stammte, befand sich ein gutes Stück von ihr entfernt. Simon musste sie zum Abschied hierher gelegt haben. Alessandra kämpfte erneut mit den Tränen. Sie steckte die Blüte zu dem Tuch in ihre Schürzentasche. Es war wohl außer der Erinnerung das Einzige, was ihr von Simon blieb.

Über dem staubigen Pfad flirrte die Luft. Pater Gregor wischte sich mit einem Tuch den Schweiß von der Stirn. Er hob sein Gesäß auf einer Seite an und versuchte, auf der harten Bank der Kutsche eine angenehmere Sitzposition einzunehmen. »Ich werde anordnen, dass die Sitze mit Polstern ausgestattet werden. Wie die in dem Gefährt des Erzbischofs. Das ist ja kaum auszuhalten«, raunzte er den Kutscher an.

Am Horizont neigte sich die Sonne. In ihrem rötlichen Schein erhoben sich die strohgedeckten Dächer des Dorfes, in dem die Hexe ihr Unwesen getrieben hatte. Der Generalvikar stieg aus der Kutsche und streckte den Rücken. Ein Hund, dessen Fell von der Farbe her dem Staub auf den Äckern glich, begrüßte ihn schwanzwedelnd. Rechtzeitig trat er einen Schritt zurück, bevor ihn eine Ziege umrannte, die von einer Horde Kinder durch die Gasse gescheucht wurde. Hühner flogen gackernd auf. Die Federn, die sie dabei ließen, wurden von einem Windstoß aufgewirbelt. Vor einer Hütte rollte sich eine Katze im Schein der Abendsonne zusammen. Zwei kleine Jungen eilten herbei. Am Leib trugen sie nicht mehr als einen Jutesack, der mit einem Strick zusammengehalten wurde. Mit weit aufgerissenen Augen betrachteten sie die Kutsche, dann strichen sie mit ihren schmutzigen Fingern über das haselnussbraune Gewand des Generalvikars.

Pater Gregor legte ihnen mit einem milden Lächeln auf den Lippen die Hand auf den Schopf. Bäuerinnen, die ihr Haar unter weißen Tüchern versteckten, ließen von ihrer Arbeit ab, um den hohen Besuch in ihrem Dorf in Augenschein zu nehmen. Mit offenen Mündern verbeugten sie sich vor Pater Gregor, als dieser an ihnen vorbeischritt.

Plötzlich sprang ihm ein Greis entgegen. Die Haut in seinem Gesicht glich der eines geschrumpelten Apfels. Das ergraute Haar stand ihm wirr vom Kopf ab. Er hob den Saum seiner Kutte und tänzelte vor ihm auf und ab. Die wässrig-blaue Iris eines seiner Augen verdrehte sich und verschwand hinter dem faltigen Lid, doch das andere Auge nahm aufmerksam die Umgebung wahr. Pater Gregor schüttelte sich, als er nur noch in das Weiß eines Auges blickte, das von roten Fäden durchzogen war.

»Haltet inne!«, rief er aus, um den Mann zur Besinnung zu bringen. »Ist ein Dämon in Euch gefahren, oder seid Ihr volltrunken?«

Der Greis schloss die Augen, fiel auf die Knie und ließ die Schultern hängen. Seine zitternden Finger krallten sich in das Sackleinen seiner Kutte. Er holte tief Luft, atmete aus und hob die Lider. »Ihr seid Zeuge, ja, der Dämon kehrt in meinen Leib ein, und ich kann mich nicht dagegen wehren.« Seine Stimme klang ruhig, jedoch verriet das heftige Zucken in seiner Brust, wie sehr ihn der Kampf mit dem Dämon angestrengt hatte.

Pater Gregor schüttelte verständnislos den Kopf. »Von meinen Lehren weiß ich von solchen Vorkommnissen, doch nie konnte ich es mit eigenen Augen sehen.«

»Die Hexe ist schuld, sie hat den Dämon ins Dorf gebracht!« Der Mann erhob sich von den Knien und wischte mit den Händen den Staub von seiner Kutte.

»Ihr seid Prediger Benedikt. Ihr habt das Schreiben an den Erzbischof geschickt. Gehe ich recht in der Annahme?« Pater Gregor legte die Hände auf die Schultern des alten Mannes und sah ihm tief in die Augen.

Die grauen Barthaare des Predigers zitterten. »Die Hexe ist verhaftet, doch sie treibt weiter mit ihrem Zauber ihr Unwesen.« Er entwand sich dem Griff des Paters. Mit dem Hinterteil ließ er sich in den Staub fallen und weinte in seine Handflächen wie ein kleines Kind. »Ich hab versucht, den Dämon zu bekämpfen. Doch er ist stark, verdammt stark. Ich komme nicht gegen ihn an«, wimmerte er.

»Jetzt reißt Euch zusammen!« Pater Gregor spürte, wie ihm die Lust verging, sich mit dem verwirrten Prediger aufzuhalten. »Bringt mich zu den Zeugen. Ich will mich mit ihnen unterhalten.«

»Erst muss ich Euch etwas zeigen.« Der Prediger bäumte sich auf. In seinen Augen erwachte das Leben.

»Hat es mit der Hexe zu tun?«, fragte Pater Gregor.

»O ja. Kommt und seht.«

Pater Gregor folgte den trippelnden Schritten des Predigers, der ihm voraus zu einer Baumgruppe eilte. Der ausgefranste Saum seiner Kutte schleifte durch den Staub.

Über ihnen bogen sich die zartbegrünten Wipfel der

Ahornbäume im Wind. Benedikt blieb stehen und richtete den Blick auf die verzweigten Äste. Er hob die Hand und zeigte mit dem Finger auf ein Vogelnest.

»Dort, dort oben!« Er holte tief Luft. »Dort werden die abgehexten Glieder der Männer des Dorfes verwahrt.«

Pater Gregor sah ihn ungläubig an. »Woher wisst Ihr das?«

»Ich hab es gesehen, mit meinen eigenen Augen. Ich war dort oben, bin hinaufgeklettert.« Die Augen des Predigers nahmen wieder den irren Blick an. »Meins liegt übrigens auch dort, frisst Hafer und Futter.« In seinen wässrigen Augen breitete sich ein Leuchten aus. »Es ist das größte von allen«, verkündete er mit stolzgeschwellter Brust.

»Was treibt der Dämon nur für ein schäbiges Spiel mit Euch?« Pater Gregor wandte den Blick von dem Baum ab und richtete ihn zu Boden. Mit der Fußspitze trat er gegen einen Stein, der daraufhin einen kleinen Abhang hinabrollte. »Niemand kann mir weismachen, dass Ihr mit Eurer gebrechlichen Gestalt dort oben gewesen seid. Ihr seid irre! Der Dämon redet durch Eure Zunge. Ich werde Euch so schnell wie möglich einen Exorzisten schicken.«

»Alles flach, alles flach. Es ist weg. Seht selbst!« Der Prediger hob die Kutte an und rieb mit der Hand zwischen seinem Bauch und den Oberschenkeln hin und her.

Pater Gregor schaute kurz auf das kleine geschrumpelte Etwas zwischen den Lenden des Predigers und verzog den Mund, als hätte er Essig getrunken. Er wandte den Blick ab und schüttelte den Kopf. »Das Blendwerk der Hexe.«

Der alte Prediger stieß schwer den Atem aus. Seine

Augen spiegelten Traurigkeit wider, waren jedoch hellwach. Es schien, als hätte der Wind die Irrnis plötzlich fortgeweht. Ohne ein weiteres Wort zu verlieren, wies er Pater Gregor mit einer Handbewegung an, ihm zu folgen.

Der Gastwirt riss die Augen auf, als Pater Gregor die Schenke betrat, in der kein einziger Gast verweilte.

»Jonathan, bereite ein Mahl für den Generalvikar vor. Er wird heute bei dir speisen und nächtigen.« Prediger Benedikt schien sich von seinem Anfall erholt zu haben. Er schritt zum Tresen und legte eine Handvoll Kupfermünzen auf das Holz, welches alte Kränze von Bierkrügen zierte.

Der Gastwirt pfiff durch die Zähne, woraufhin eine Magd aus der Küche in den Schankraum trat. Als sie Pater Gregor erblickte, fiel sie auf die Knie und neigte ihr Haupt. Das strohblonde Haar fiel ihr in die Augen.

»Ehrwürdiger Vater, Gott hat Euch geschickt, um uns vor der Hexe zu schützen.« Ohne den Blick zu heben, faltete sie ihre Hände zu einem Gebet.

»Sie hat ihren Gemahl durch die Pest verloren«, flüsterte der Prediger ihm ins Ohr.

Pater Gregor nickte nach seinen Worten und schritt auf die Magd zu. Mit dem Zeigefinger hob er ihr Kinn an. »Erhebe dich, meine Tochter.«

Die Magd schaute zu ihm auf. Pater Gregor setzte sich an einen der Tische und wies sie mit einer Handbewegung an, sich neben ihm niederzulassen. »Verrätst du mir deinen Namen?«, fragte er die Magd, während sie mit einem schüchternen Blick seiner Anweisung folgte.

»Dorothea«, antwortete sie und senkte erneut ihr Haupt. Eine Träne löste sich aus ihren Wimpern, tropfte auf die Tischplatte und bildete einen dunklen Fleck auf dem Eichenholz.

»Erzähle mir von der Hexe«, forderte Pater Gregor sie auf.

»Die Anna Weimerin hat mit dem bösen Blick meinen Mann verhext. Und das nur, weil er keine Zeit hatte, ihren Zaun zu flicken. Mein armer Hannes erlag kurz darauf der Pest.« Dorothea weinte jetzt bitterlich.

Pater Gregor blickte auf ihren Hals und schrak entsetzt zurück. Eine Beule, in der Größe eines Dukaten, zeichnete sich unter ihrem Ohr ab.

»Gibt es noch mehr Zeugen?«, fragte Pater Gregor den Prediger und erhob sich von seinem Stuhl.

»Ja, den Ehemann der Hexe. Wenn Ihr das Mahl zu Euch genommen habt, suchen wir ihn auf. Dann könnt Ihr die Ungeheuerlichkeiten aus seinem Munde hören.«

»Ich werde hier nichts essen. Lass mich mit dem Wirt unter vier Augen sprechen.« Pater Gregor schaute sich in der Schenke um. Als er sah, dass der Wirt aus dem Küchenraum hinter den Tresen trat, schritt er ihm entgegen. »Du solltest die Magd sofort aus dem Dienst entlassen, sie hat die Pest und könnte damit dich und deine Gäste anstecken«, flüsterte er.

Der Wirt riss vor Entsetzen die Augen auf.

»Und säubere alle Dinge mit Lauge, die sie angefasst hat«, ermahnte Pater Gregor ihn. »Erst wenn alles gereinigt ist, werde ich hier nächtigen.«

Nachdem er gemeinsam mit Prediger Benedikt die Schenke verlassen hatte, wusch er sich am Brunnen des Dorfes die Hände. »Habt Ihr nicht die Beule unter ihrem Ohr gesehen?« Pater Gregor rieb sich mit der Hand über den Hals.

»Nein, doch es wundert mich nicht, wenn sie das

nächste Pestopfer ist. Schließlich hat sie ihren Mann bis zum bitteren Ende gepflegt.«

Pater Gregor seufzte tief auf. »Solange die Dinge, die den Schadenszauber bewirkt haben, in ihrem Haus versteckt sind, ist sie nicht sicher. Ihr müsst danach suchen.« Er wischte sich mit einem Tuch den Schweiß von der Stirn. »Oft sind solche Dinge tief im Boden eines Hauses vergraben.«

»Um welche Dinge handelt es sich hierbei?«, fragte der Prediger.

»Meist sind es Haare, Vogelkrallen und Knochen von verschiedenen Tierarten.«

Prediger Benedikt verzog angewidert das Gesicht.

»Man sollte den Boden im Haus der armen Frau umgraben. Die Dinge müssen unbedingt gefunden werden. Sie sind als Beweismittel unerlässlich.« Pater Gregor hielt inne und sah den Prediger eindringlich an.

»Wer soll das tun? Jeder hier im Dorf wird sich weigern, ein Haus zu betreten, in dem die Pest zugegen ist.«

»Das verstehe ich«, entgegnete Pater Gregor. »Es wird nicht mehr lange dauern, bis die Frau verstirbt. Am besten brennt Ihr danach ihr Haus nieder und grabt den Boden um, auf dem es gestanden hat.«

Prediger Benedikt nickte, bevor er die gichtbefallenen Finger hob und auf eine Holzhütte inmitten von Tannen zeigte. »Dort lebt der Mann der Hexe. Nach den Vorkommnissen ist er zu seiner Schwester Amalie gezogen. Er traut sich nicht mehr in sein Haus.«

Prediger Benedikt klopfte gegen die windschiefe Tür und trat in die Hütte. Pater Gregor folgte ihm und schaute sich in dem einzigen Raum der Behausung um. Eine

Frau, deren mausgraues Haar auf dem Rücken locker zu einem Zopf zusammengebunden war, stand an einer Kochstelle und rührte in einem Kessel. Dabei hielt sie ein Kind auf ihrem Arm, dessen nackte Beinchen ihre Hüfte umklammerten. Sie drehte sich zu den Gästen um, setzte den kleinen Jungen auf den Lehmboden und wischte sich die Hände an ihrer weißen Schürze ab.

»Prediger Benedikt, Ihr habt Besuch mitgebracht. Welch ein Segen.«

»Der Generalvikar ist gekommen, um sich mit eigenen Augen von der Hexerei zu überzeugen.« Der Prediger strich dem kleinen Jungen über das strohblonde Haar.

Die Frau fiel auf die Knie, griff nach Pater Gregors Hand und küsste sie. »Ich habe Angst, dass die Hexe wieder in unser Dorf zurückkehrt«, flüsterte sie.

Pater Gregor legte seine Hand auf ihr Haar. Sein Bauch grummelte von dem Duft, den der Inhalt des Kupferkessels verströmte. »Ich bin zum Inquisitor ernannt worden. Wenn die Untersuchungen erfolgreich abgeschlossen sind, wird sie auf dem Scheiterhaufen brennen. Doch nun würde ich gern mit deinem Bruder sprechen. Kannst du mir sagen, wo ich ihn finde?«

Amalie erhob sich von den Knien und strich sich mit der Hand über die Röcke. »Leonhard ist zum Brunnen gegangen, um Wasser zu holen. Doch er müsste gleich wieder hier sein.« Sie schaute zur Feuerstelle. »Der Bohneneintopf ist fertig. Es wäre mir eine Ehre, wenn Ihr das Mahl mit uns teilt.« Amalie wies mit der Hand auf die Bank unter dem Fenster, vor der ein Tisch aus grobgezimmerten Holzplanken stand.

In dem Augenblick, als Pater Gregor gemeinsam mit dem Prediger Platz nahm, öffnete sich die Tür. Der Duft von Blüten und frischgeschnittenem Gras wehte in die

Hütte. Ein Mann, gekleidet in eine blaue Tunika, trat ein. In den Händen trug er zwei Eimer Wasser.

»Sieh mal, wer zu Besuch gekommen ist, Leonhard. Der Generalvikar hat den Weg zu unserem Dorf auf sich genommen, um hier zu inquirieren.« Amalie nahm ihm einen Eimer aus der Hand.

Den anderen Wassereimer stellte Leonhard neben die Feuerstelle und schritt auf Pater Gregor zu. Auch er ließ sich vor ihm auf die Knie fallen, neigte sein Haupt, auf dem sich das schulterlange braune Haar bereits lichtete, und küsste seinen Siegelring.

»Erhebe dich, mein Sohn«, wies Pater Gregor ihn an und legte dabei die Hand auf seine Schulter.

Amalie holte vier Holzbecher, stellte sie auf die Tischplatte und füllte sie mit dunklem Bier.

Leonhard ließ sich auf einem der Stühle nieder. »Ehrwürdiger Vater, ich weiß nicht, warum Gott mich so straft und es zulässt, dass mein Weib einen Bund mit dem Dämon eingegangen ist.«

Der Pater Gregor richtete den Blick gegen die Balken unter dem Dach. »Gott trägt keine Sorge für die vernunftlosen Geschöpfe, und darunter fallen auch die, die den Bund mit den Dämonen eingegangen sind. Er hat die Menschen geschaffen, doch dabei gewährte er ihnen die Freiheit, in eigenem Sinne zu handeln, und überließ ihnen die Macht der Entscheidung. Warum sollte er also verhindern wollen, dass die vernunftlosen Weiber einen Pakt mit dem Dämon schließen? Zu seiner Schöpfung gehört das Gute wie auch das Böse, welches alles in einer Einheit das Universum ausmacht. Sieh, mein Sohn, wenn sich Gott aber nicht um dich sorgen würde, dann wäre ich nicht hier. Es ist eine Fügung des Herrn, dass Prediger Benedikt mich gebeten hat, in eurem Dorf nach dem Rechten zu schauen.« Nach diesen Worten nahm Pater Gregor einen tiefen Schluck aus dem Krug.

Amalie servierte ihnen in Holzschalen den Eintopf, und der Prediger sprach das Tischgebet. Schweigend nahmen sie das Mahl zu sich. Nachdem alle ihre Schale geleert hatten, wandte sich Pater Gregor wieder Leonhard zu.

»Was kannst du mir Ungeheuerliches über dein Weib berichten, das beweist, dass sie den Bund mit einem Dämon eingegangen ist?«

Leonhard atmete tief ein und senkte seine geröteten Augen, bevor er zu erzählen begann. »Als ich eines Nachts aus der Schenke nach Hause kam, beobachtete ich durch das Fenster meiner Hütte, wie mein Weib im Schein einer Kerze vollkommen nackt auf ihrer Bettstatt hockte. Sie bewegte sich, als würde sie rittlings auf einem Mann sitzen und mit ihm den Beischlaf vollziehen.« Auf Leonhards Stirn bildeten sich Zornesfalten. »Ihr könnt Euch vorstellen, dass ich wutentbrannt in meine Hütte gestürmt bin, um sie ihrem Liebhaber zu entreißen.« Leonhard nahm einen tiefen Schluck Bier und wischte sich die Schaumkrone auf seiner Oberlippe mit dem Hemdsärmel ab. »Auf der Schwelle traf mich fast der Schlag. Ohne mich zu beachten, bewegte sich mein Weib weiterhin heftig stöhnend mit gespreizten Beinen auf und ab. Doch ehrwürdiger Vater, ich schwöre bei allem, was mir heilig ist: Unter ihr lag kein Mann. Sie trieb es mit jemandem, der für mich unsichtbar war.«

Pater Gregor riss die Augen auf. Durch seine Lenden fuhr ein Ziehen, und er strich sich mit feuchter Hand über den Oberschenkel. Leonhards Erzählungen entfachten in ihm die Fleischeslust. Er kniff die Augen zusammen und schüttelte ungläubig den Kopf.

»Hast du sie nicht zur Vernunft gerufen?«

»Aber sicher«, antwortete Leonhard mit gequälter Miene. »Und soll ich Euch sagen, was sie mir geantwortet hat, nachdem ich sie an ihrem Haar vom Bett gezogen habe?«

Pater Gregor nickte. »Spanne mich nicht auf die Folter, und fahre in deiner Erzählung fort.«

Leonhardt schaute zu dem kleinen Jungen, der jetzt an Amalies Brust lag. Seine schmatzenden Laute durchbrachen die Stille in der Hütte.

Pater Gregor folgte seinem Blick und starrte auf Amalies entblößte Brust. Sein Atem beschleunigte sich. Er zog ein Tuch hervor, mit dem er sich die Schweißperlen von der Stirn tupfte. »Müsst Ihr das Kind in meiner Gegenwart stillen? Euer Verhalten ist schamlos«, zischte er und schnappte nach Luft.

Amalie riss erschrocken die Augen auf. Über ihre Wangen kroch die Schamesröte. Sie schob das Kind von sich und bedeckte eilig ihre Brust. »Verzeiht, ehrwürdiger Vater, doch der Kleine hätte vor Hunger geschrien und Euer Gespräch gestört, wenn ich ihn nicht an die Brust gelassen hätte. Ich wusste nicht, dass Ihr eine stillende Mutter als schamlos anseht.«

Pater Gregor schüttelte abfällig den Kopf. Das Ziehen in seinen Lenden hörte nicht auf. Er krallte die Hände in seine Robe und wandte den Blick wieder Leonhard zu. »Nun erzähle schon weiter«, wies er ihn mit scharfem Ton an.

»Nachdem ich sie von ihrem Lager gerissen hatte, schrie mein Weib mich unverfroren an, ich solle sie in Ruhe lassen, bis sie den Akt mit dem Jüngling beendet habe.« Leonhard verschränkte die Finger ineinander. »Ihr könnt Euch nicht vorstellen, wie gedemütigt ich mich fühlte. Mein Weib zeigte noch nicht einmal Reue.«

»Erzähle dem Generalvikar, wie du danach die Fassung verloren hast«, mischte sich Prediger Benedikt ein.

Leonhard nickte und atmete tief ein, bevor er fortfuhr. »Als wenn nicht all das schon genug gewesen wäre, legte sie sich zurück auf die Bettstatt, spreizte die Beine und bewegte sich, als wäre jemand in sie eingedrungen. Ihr könnt mir glauben, mein Weib war wie von Sinnen. Ich wusste mir keinen Rat mehr. Ich schlug sie mit der flachen Hand ins Gesicht, schrie sie an, dass niemand in ihrem Bett läge und warum sie mir einen Ehebruch vortäuschte. Doch sie antwortete mit einem hämischen Grinsen auf den Lippen, dass sie mir nichts vortäusche. Und sie warf mir vor, dass ich sie nie so beglückt hätte wie dieser Jüngling. Daraufhin schlug ich sie mit der Faust bis zur Besinnungslosigkeit.« Leonhard versuchte, einen Schluchzer zu unterdrücken. »Meine Anna war mir immer ein treues Weib. Nur der Teufel kann sie geritten haben, anders kann ich mir all dies nicht vorstellen.« Mit dem Knöchel seines Zeigefingers wischte er sich eine Träne aus dem Augenwinkel.

Pater Gregor presste die Lippen aufeinander und schüttelte den Kopf. »Ein Inkubus hat sie heimgesucht. Der Dämon ist in die Gestalt eines Jünglings geschlüpft, den nur sie durch Blendwerk sehen konnte, und hat von ihrem Leib Besitz genommen.« Der Pater leerte seinen Krug in einem Zug, um seiner ausgedörrten Kehle Erleichterung zu verschaffen.

»Aber warum hat sie das alles zugelassen? Ich verstehe es nicht.« Leonhard bedeckte sein Gesicht mit den Händen.

»Weil die Weiber von Natur aus verrucht, zänkisch und störrisch sind. Deshalb finden Dämonen in ihnen ein leichtes Opfer.« Pater Gregor erhob sich von der

Bank. »Ich muss deine Hütte durchsuchen, Leonhard. Bring mich dorthin.«

Pater Gregor atmete den Geruch der sauberen Strohspäne ein, die den Boden der Hütte bedeckten. Auf einer Anrichte aus Kiefernholz reihten sich Tontiegel aneinander. Pater Gregor hob die Deckel an und steckte die Nase in einen Tiegel nach dem anderen, um anhand des Aromas herauszufinden, was sie beinhalteten. Enttäuscht stellte er fest, dass er außer getrocknetem Knoblauch, Estragon und anderen Kräutern, die zur Verfeinerung der Speisen dienten, nichts Außergewöhnliches fand. Sein Blick wanderte durch die Hütte. An einer Kette über der Feuerstelle hing ein Kessel. In dem blankpolierten Kupfer spiegelte sich ein Holztiegel wider, der in der Ecke neben der Bettstatt stand. Pater Gregor kräuselte die Stirn. Er trat auf das Gefäß zu und schaute hinein. Mit spitzen Fingern zog er einen Knochen heraus. Er kniff die Augen zusammen und hielt ihn in das Licht, das durch das Fenster fiel. Es musste sich um ein sorgfältig gereinigtes Hühnerbein handeln.

Pater Gregor sah zu Leonhard und dem Prediger, die ihn mit offenen Mündern beobachteten. »Ich beschlagnahme den Tiegel. Er enthält wichtiges Beweismaterial.«

»Knochen!«, rief Benedikt mit schriller Stimme aus. »Die Hexe braucht sie für ihren Schadenszauber!« Seine Augen verdrehten sich. Er hob den Saum seiner Kutte und tänzelte vor dem Pater auf und ab.

Pater Gregor schüttelte den Kopf, dann wandte er sich an Leonhard. »Ich brauche dich in dem Prozess als Zeugen. Halte dich bereit. Wenn es so weit ist, lasse ich nach dir schicken.«

Nachdem Pater Gregor in der Schenke übernachtet hatte, trat er die Reise nach Bacharach an. Er schaute aus dem Fenster seiner Kutsche und betrachtete die Hügel, die an ihm vorbeizogen. In seinem Kopf kreisten die Gedanken um die Buhlschaft der Weimerin mit dem Dämon. Wieder spürte er das vertraute Ziehen in seinen Lenden. »Lenkt die Pferde zum Marktplatz von Bacharach«, wies er den Kutscher an. Er musste sich vergewissern, dass die Hexe ordnungsgemäß im Kerker einsaß.

In der Halle des Rathauses herrschte reges Treiben. Die Bewohner von Bacharach drängten sich vor der Tür, die zum Zimmer des Ratsherrn führte. Aufgeregt schwatzten sie durcheinander. Ein Weib, dem die Schneidezähne fehlten, gestikulierte wild mit den Armen. »Ihr glaubt gar nicht, was mir passiert ist!«, rief sie laut. Die Menge verstummte und starrte das Weib an. »Meine Kuh hat ein Kalb mit zwei Köpfen geboren, nachdem die Magda Gibler es berührt hatte.«

»Ich sag's doch.« Ein Bauer nahm seinen Hut vom Kopf und knetete ihn in den Händen. »Die Hebamme gehört auf den Scheiterhaufen! Sie hat den Leib unseres totgeborenen Sohnes dem Teufel dargebracht.«

Das blässliche Weib neben ihm krallte ihre Hand in seinen Ärmel und verfiel in ein Wehgeschrei.

Pater Gregor schob sich an ihnen vorbei. Nach kurzem Anklopfen trat er in das Amtszimmer. Der Ratsherr, ein Mann mit schütterem Haar und in eine schwarze Robe gekleidet, hob den Blick.

»Ihr stört gerade eine Zeugenvernehmung«, raunzte er den Pater an.

Vor seinem Schreibtisch stand ein junges Mädchen mit verweinten Augen.

»Ihr werdet es mir verzeihen, wenn Ihr wisst, wer vor Euch steht.« Pater Gregor schritt auf den Schreibtisch zu. »Ich bin der Generalvikar des Erzbischofs und in seinem Auftrag unterwegs.«

Der Ratsherr sprang von seinem Lehnstuhl auf und bot Pater Gregor einen Platz an dem runden Eichentisch an.

»Euch schickt der Himmel!«, rief er aus. »Endlich seid Ihr da.« Er griff nach der Hand des Generalvikars und küsste den Siegelring. »Mein Name ist Severin Röslin, zurzeit vertrete ich den erkrankten Bürgermeister«, stellte er sich vor, nachdem er sein Haupt wieder erhoben hatte.

Dem Generalvikar entging nicht die Erleichterung in seiner Stimme und der Glanz in seinen grauen Augen. Röslin schob das Mädchen an den Schultern aus dem Zimmer. »Ich werde dich zu einem anderen Zeitpunkt noch einmal anhören, Lisbeth«, beschwichtigte er sie und schloss die Tür hinter ihr.

Pater Gregor ließ sich in dem Lehnstuhl nieder und nahm den Weinkelch entgegen, den der Ratsherr ihm reichte. »Was herrscht hier für ein Aufruhr?«, fragte er und runzelte die Stirn. »Auf dem Flur sprechen die Leute über eine Hebamme, die als Hexe ihr Unwesen treibt.«

Röslin drehte den Weinkelch nervös in seinen Händen. »Ihr könnt Euch nicht vorstellen, was hier los ist, seit die Weimerin im Kerker sitzt«, seufzte er. »Die Gibler ist bereits das dritte Weib, das in dieser Woche wegen Hexerei denunziert wird.«

Pater Gregor hob die Augenbrauen. »Die Dämonen treiben in unserem Land ihr Unwesen und nehmen Besitz von den Weibern, die sich ihnen bereitwillig unterwerfen.«

Röslin atmete tief ein. »Und ich weiß nicht, wie ich es bewerkstelligen soll, die ganzen Zeugen zu vernehmen. Mir fehlt die Erfahrung in solchen Dingen. Und der Raum, in dem all diese Hexen eingekerkert werden können. Außerdem komme ich zu nichts anderem mehr. Ein Gallenleiden hat den Bürgermeister befallen, und alles bleibt an mir hängen. Das Diebesgesindel läuft ungeschoren durch die Gassen, weil ich mich nur noch um die Hexen kümmern muss. Und als ob das nicht genug ist, breitet sich in der Umgebung die Pest aus. Bereits drei Tote sind zu beklagen!«

»Ich verstehe«, entgegnete Pater Gregor. »Der Erzbischof hat mich zum Inquisitor ernannt. Ich werde ihn davon in Kenntnis setzen.« Er stellte den leeren Weinkelch auf den Tisch und erhob sich von seinem Stuhl. »Ihr werdet von mir hören.«

Auf dem Marktplatz vor dem Rathaus holte Pater Gregor tief Luft und stieg in sein Gefährt. Mit geschlossenen Augen lehnte er sich auf der Bank zurück, da eine bleierne Müdigkeit ihn überfiel. Das Bild der Weimerin schob sich wieder in sein Gedächtnis. Schwer atmend rieb er sich mit der Hand über den Oberschenkel, dann nickte er ein. In seinem Traum berührte ihn die Weimerin mit ihrer Hand. Pater Gregor hob das Gewand und schaute an sich hinab. An der Stelle, wo bislang sein Glied gewesen war, sah er nur noch flaches Fleisch. Er verspürte einen inneren Frieden, ausgelöst durch die Erleichterung, dass die Fleischeslust ihn von nun an nicht mehr quälen konnte.

Die Räder der Kutsche rumpelten über einen Stein, und Pater Gregor schreckte aus dem Schlaf. Er tastete unter der Robe mit der Hand nach seinem Geschlecht. Ein Seufzer der Enttäuschung entfuhr ihm, als er fühlte, dass es immer noch angeschwollen zwischen seinen Beinen ruhte. Doch dann keimte ein Gedanke in seinem Kopf auf. Wenn selbst das Fasten und Beten ihm nicht die Fleischeslust nahmen, dann musste es Gottes Fügung sein. Er musste die Weimerin in einem *besonderen* Verhör geständig machen. Dazu hatte der Herr ihn offenbar auserwählt. Vorfreude breitete sich in Pater Gregors Bauchhöhle aus. Bald schon konnte er sich das holen, worauf er gemäß des Zölibats in seiner Jugendzeit verzichten musste.

Erzbischof Hieronymus blickte auf das graumelierte Haar des Burgherrn, der vor ihm kniete und den Siegelring an seinem behandschuhten Finger küsste. Seine Gedanken schweiften zu Mathilde von Luxemburg. Er hob den Blick, schaute an der Fassade des Herrenhauses empor und fragte sich im Stillen, ob sie schon auf der Burg eingekehrt war. Hinter ihm schnaubten die Pferde. Das Geschirr, das der Kutschmeister ihnen abnahm, klirrte.

»Erhebt Euch, Graf Philipp«, wies Hieronymus den Burgherrn an.

Der Graf klopfte sich den Staub von den Knien. »Ehrwürden, ich vermisse den Generalvikar. Wollte er Euch nicht begleiten? So hat er es zumindest in seinem Schreiben erwähnt.«

»Er untersucht den Zauber einer Hexe in einem Dorf ganz in der Nähe. Es wird nicht lange dauern, bis auch er hier einkehrt.«

»Eine Hexe?« Der Burgherr sah ihn erstaunt an. »Davon müsst Ihr mir zu gegebener Zeit unbedingt mehr erzählen.« Er blickte zum Herrenhaus. »Euch ist das größte Gästegemach der Burg hergerichtet worden. Es teilt sich in ein Schlaf- und ein Arbeitszimmer. Es ist mir eine

Ehre, dass Ihr mein Gast seid. Sicher wollt Ihr Euch noch ein wenig frisch machen, bevor Ihr zu Abend speist.«

Hieronymus nickte. »Weist eine Magd an, mir ein Bad herzurichten, damit ich mir den Staub der Reise abwischen kann.«

»Gewiss, gewiss.« Graf Philipp eilte vor ihm die geschwungene Treppe hinauf.

Die Diener ächzten unter der Last der Truhen, die sie in das Gemach trugen. Hieronymus schaute sich in seiner Unterkunft um. Mägde trugen Eimer mit warmem Wasser hinein, womit sie den Zuber füllten, der in dem Schlafgemach stand. Mit den Fingern fuhr Hieronymus über das blankpolierte Holz des Schreibtisches. Neben dem Tintenfass, in dem der Federkiel einer Gans steckte, stapelte sich kostbares Pergament. Purpurfarbener Brokat überzog das Polster des Lehnstuhles. Durch das Fenster fielen die Strahlen der Spätnachmittagssonne auf das Porträt an der Wand. Hieronymus blickte in das Gesicht des Kaisers, der sehnsüchtig in die Ferne schaute. Lächelnd nahm Hieronymus zur Kenntnis, wie der Maler ihm mit dem Abbild schmeichelte. Er erinnerte sich, dass Kaiser Sigismunds Nase viel länger und seine Augenbrauen dichter waren.

Der Duft von Sandelholz umgab Hieronymus. Er drehte sich um und sah durch die geöffnete Tür in sein Schlafgemach. Über den Rand des Zubers stieg der Seifenschaum auf. Der Erzbischof trat an das Bett, über dem sich ein blutroter Baldachin spannte. Die Frage, ob Mathilde schon auf der Burg war, quälte ihn weiterhin. Hieronymus streifte die Robe ab, legte sie auf das Bett und stieg dann in den Zuber. Sein Leib tauchte in das warme Wasser, das ihn wohlig schaudern ließ. Er schloss die Augen und atmete tief den Duft ein, den der Schaum unter seinem Kinn verströmte. Die Sehnsucht in seinem Herzen kroch seine Lenden hinab und bereitete ihm süße Qualen. Hieronymus rutschte tiefer in den Zuber, hielt den Atem an und ließ sein Haupt im Wasser versinken.

Auf der Suche nach dem kupferfarbenen Haar seiner Geliebten schweifte Hieronymus' Blick durch den Speisesaal.

Der Burgherr saß schon bei Tisch, doch als er Hieronymus eintreten sah, erhob er sich und schritt auf ihn zu. »Ehrwürden, der Platz zu meiner Rechten gehört Euch.«

Hieronymus blickte noch einmal an der Tafel entlang, an der jedoch nur unbekannte Gesichter saßen. Ritter mit ihren Fräulein, die er noch nie in seinem Leben gesehen hatte. Enttäuscht folgte er dem Burgherrn und ließ sich neben ihm nieder.

Nach kurzer Zeit brachte Graf Philipp das Gespräch auf die bevorstehende Verlobung seines Großneffen mit der Luxemburgerin. Hieronymus sah ihn erwartungsvoll an. Endlich sollte er erfahren, wann er Mathilde wiedersehen würde, ohne dem Burgherrn mit unbedachten Fragen seine Sehnsucht zu offenbaren. Dass sie vergeben war, daran mochte er im Augenblick nicht denken. Warum auch? Er war schon immer ein Mann gewesen, der im Hier und Jetzt lebte. Er nahm sich das, was er wollte, und was ihm unangenehm war, stieß er von sich.

»Mathilde von Luxemburg müsste jeden Tag auf der Burg einkehren. Ein sehr anständiges Fräulein übrigens, wie mir ihr Oheim berichtete.«

Hieronymus lächelte in sich hinein und spürte, wie

sein Herzschlag sich beschleunigte, als er an Mathildes *Anständigkeit* dachte. Um seinen Atem zu beruhigen, nahm er einen Schluck aus dem Weinkelch und ließ den Blick über die Tafel gleiten. Von der gebräunten Schwarte des Spanferkels tropfte das Fett herab und verströmte sein Aroma im Saal. Hieronymus verzog angewidert den Mund. Ihn reizten mehr die süßen Früchte, die gedörrten Feigen und die Orangen aus den südlichen Ländern. Die heimischen Walderdbeeren, die ihn in ihrer Farbe und Form an Mathildes sinnliche Lippen erinnerten. Sie waren so süß, wie ihre unschuldigen Küsse schmeckten. Er mischte die Früchte auf seinem Teller und übergoss sie mit Honig.

»Jedem das Seine«, bemerkte Graf Philipp und schnitt sich mit einem Messer eine Scheibe aus dem Schenkel des Ferkels. Er schöpfte von der Mandelsoße, auf deren Oberfläche Fettaugen schwammen, und ließ sie aus der Kelle über das zartrosafarbene Fleisch fließen.

Mathilde von Luxemburg starrte auf den Pferdemist, der unter den Ledersohlen ihrer samtenen Schuhe hervorquoll. Sie schloss für einen Augenblick die Augen und atmete bewusst ein und aus. Der Stallmeister, der ihr aus der Kutsche geholfen hatte, konnte sich das Lachen nicht verkneifen. Mit einem breiten Grinsen im Gesicht ließ er ihre Hand los.

»Wo bin ich hier nur gelandet?«, stöhnte sie, raffte ihre Röcke und eilte über den Innenhof zum Herrenhaus. Den Blick auf den Burgfried von Stahleck gerichtet, wartete sie auf den Stufen vor der zweiflügeligen Pforte, bis ihr Oheim Graf Leopold die Kutsche verließ. Sie spürte, dass ihre Ohren vor Scham glühten, als er sich ihr näherte.

»Ich habe gehört, Pferdemist soll Glück bringen«, sagte Graf Leopold grinsend.

Mathilde kniff die Augen zusammen und biss sich auf die Zunge, um einen Kommentar zu unterdrücken. Ihr Oheim lächelte amüsiert, wobei sich die Falten um seine kleinen braunen Augen vertieften. Bevor er die Halle betrat, spuckte er in seine Handflächen und glättete damit seinen weißen Haarkranz. Mathilde hasste diese Geste. Zähneknirschend stieg sie hinter ihm die Stiegen hinauf.

Ein liebevoll gebundener Kranz aus gelben und violetten Stiefmütterchen zierte die blankgescheuerte Platte des Tisches unter dem Fenster. Neben einem Krug, gefüllt mit rotem Wein, standen ein Becher sowie ein Teller mit frischem Brot und Käse. Mathilde ließ sich auf der Bettkante nieder, streifte die Schuhe von den Füßen und betrachtete den Pferdemist, der an dem dunkelblauen Samt klebte. Verärgert schmiss sie die Schuhe vor den Kamin und bemerkte die aufgestapelten Holzscheite. Wenigstens brauchte sie hier, in diesen kalten Mauern, nicht zu frieren. Es klopfte an die Tür, und nachdem sie Einlass gewährt hatte, schleifte ein Diener in Begleitung ihrer Kammerjungfer Maria ihre Truhen in das Gemach. Mathilde schaute ihm gelangweilt zu.

»Wenn Ihr noch einen Wunsch habt, lasst es mich wissen.« Der Diener verbeugte sich vor ihr.

»Zünde mir den Kamin an. In diesen Mauern herrscht eine Kälte, die kaum auszuhalten ist.«

Nachdem der Diener das Gemach verlassen hatte, breitete sich eine unheimliche Stille in dem Raum aus, die nur von dem Knistern der brennenden Holzscheite durchbrochen wurde. Maria räumte schweigend Mathildes Tiegel und Fläschchen mit Blütenessenzen auf den Frisiertisch.

»Lass, das hat Zeit bis später«, herrschte Mathilde sie an. »Bring lieber meine Schuhe in die Waschküche.«

Maria nickte und klappte den Deckel der Truhe zu. Mit den Fingern vergewisserte sie sich, dass sich keine Strähne ihres schwarzen Haars aus der Haube gelöst hatte. Dann hob sie, ohne Mathilde in die Augen zu schauen, die Schuhe auf und verließ das Gemach.

Mathilde ließ sich in die Kissen zurückfallen und zog die Beine an. Jetzt schon vermisste sie ihr Heim in Luxemburg. Sie drehte sich zur Seite und stützte sich auf ihren Ellbogen. Mit dem Zeigefinger fuhr sie das Muster der Spitze des Kissens nach. Um ihr Heimweh zu verdrängen, rief sie sich die Nacht in Erinnerung, in der Erzbischof Hieronymus sie zur Frau gemacht hatte. Vor vier Wochen, als sie ihn in Trier aufsuchte, schenkte er ihr in der Sakristei des Domes Wonnen, die sie noch nie zuvor erlebt hatte. Ein wohliges Gefühl ging durch ihren Leib, als sie daran dachte, wie Hieronymus sie den stechenden Schmerz der Entjungferung mit seinen Küssen und seinen Händen hatte vergessen lassen. Mathilde drehte sich seufzend auf den Rücken und starrte zu dem Baldachin empor. Selbst die Verlobung mit Simon von Ravenstein würde sie nicht davon abhalten, sich dem Erzbischof weiterhin hinzugeben, wenn die Gelegenheit es zuließ.

Sie richtete sich wieder auf, strich ihre kupferfarbenen Haarsträhnen zurück und erhob sich von der Bettkante. Sie beschloss, sich im Burginnenhof die Füße zu vertreten, und suchte in ihrer Truhe nach neuen Schuhen.

Vor dem Burgfried lieferten sich gerade zwei Ritter einen Schaukampf. Die Klingen ihrer Schwerter schlugen klirrend aneinander. In dem Metall ihrer mit Wappen verzierten Schutzschilder spiegelte sich die Sonne, und ihre Kampfschreie hallten von der Burgmauer wider. Fasziniert schaute Mathilde dem Kampf zu. Als einer der Ritter zu Boden fiel, klatschte sie vergnügt in die Hände und schenkte dem Sieger ein verführerisches Lächeln. In dem Augenblick, als dieser sich vor ihr verbeugte, spürte sie eine Hand auf ihrer Schulter. Sie drehte sich um und schaute in die Augen ihres Oheims. Zwischen seinen Augenbrauen hatte sich eine steile Zornesfalte gebildet.

»Was fällt dir ein, ohne Begleitung hier auf dem Burghof zu stehen und fremden Rittern schöne Augen zu machen?«, schnaubte er.

»Aber Graf Leopold, ich wollte mir nur die Beine vertreten. Soll ich mich etwa in meinem Gemach einschließen?« Mathilde schob die Unterlippe vor.

»Dein zukünftiger Verlobter ist übrigens gefunden worden, falls dich das interessiert.«

»Ich wusste ja noch nicht einmal, dass er vermisst wurde.« Sie sah ihn verständnislos an.

»Es wäre ratsam, dass du ihm mehr Interesse schenkst als diesen Rittern. Wie ich gehört habe, ist er schwer verletzt. Es ist fraglich, ob er je wieder richtig laufen kann.« Ihr Oheim zog bedauernd die Mundwinkel nach unten.

Mathilde riss die Augen auf. »Ihr meint, ich muss einen Krüppel heiraten?«

»Du wirst ihn heiraten, komme, was wolle«, fiel der Graf ihr ins Wort. »Andernfalls schicke ich dich ins Kloster. Ich bin ein alter Mann, vergiss das nicht. Mir fehlt die Kraft, mich weiter mit einem störrischen Weib, wie du es bist, herumzuschlagen.«

Die Gauklertruppe legte eine letzte Rast ein, bevor sie am nächsten Tag in Bacharach einziehen wollten. Alessandra ließ sich am Rheinufer nieder, um zu beobachten, wie die Sonne hinter den Weinbergen versank. Nachdenklich nahm sie einen kleinen Kiesel auf und warf ihn in die Wogen. Ihr Blick fiel auf eine kleine Burg, die am anderen Ufer des Rheins auf einem Felsen thronte. In einem der Fenster flackerte der schwache Schein einer Kerze. Alessandra malte sich aus, wie dort ein Burgfräulein ihre Erlebnisse des Tages aufzeichnete. Bestimmt hatte sie von ihrer Liebe zu einem starken Ritter zu berichten. In Gedanken sah Alessandra sich dort sitzen. Sie konnte schreiben und ließ die Feder all ihre Gefühle für Simon aufzeichnen. Die Liebe zu ihm, die in ihrem Herzen so sehr schmerzte … Wie sehr sie sein Lächeln vermisste! Und wie sie sich danach sehnte, in seinen Armen zu liegen. Und auch … Sie schloss die Augen und ließ zum ersten Mal den Gedanken zu, den sie bisher von sich geschoben hatte. Ihr Herz drohte zu zerspringen, und sie zitterte am ganzen Leib. In ihren Träumen beugte sich Simon zu ihr herab und berührte zart ihre Lippen mit seinen. Eine Wärme zog durch ihren Körper, als würde sie neben einem Feuer sitzen. Als ihr bewusst wurde, dass dies niemals in ihrem Leben geschehen würde, riss der Schmerz ihr fast das Herz aus dem Leib.

Das Licht in dem Fenster erlosch, und nun merkte Alessandra, dass die Sonne längst gesunken war. Die Wogen des Rheins glichen der Nachtschwärze, die sie umgab. Die Kälte des Felsens, auf dem sie saß, kroch durch ihre Röcke. Alessandra erhob sich, doch bevor sie sich zum Lager begab, blickte sie noch einmal sehnsüchtig zu der Burg hinüber. Fast konnte sie die Wärme des

Feuers spüren, das dort im Kamin vor sich hin knisterte, so wie es in den Geschichten, die sie von den Familien gehört hatte, stets beschrieben wurde. In ihrer Phantasie roch sie die brennenden Holzscheite. So stellte sie sich das Leben auf einer Burg vor: immer ein Dach über dem Kopf, ein wärmendes Feuer im Kamin, an einem Ort, den man sein Zuhause nennen konnte. Alessandra verstand nicht, warum sie nicht mit ihren Stammesangehörigen die Reiselust teilen konnte. Papos Begeisterung für dieses Leben unter freiem Himmel, den Launen der Natur ausgesetzt … Und das nur, um frei zu sein. Alessandra hingegen sehnte sich nach einem richtigen Zuhause, einem Ort, an den sie immer wieder zurückkehren konnte.

Nachdem Alessandra am nächsten Morgen erwacht war, schob sie die Zeltplane zur Seite. Blinzelnd schaute sie in die Sonne, die von einem wolkenlosen Himmel schien. Doch so schön der Tag auch begann, sie traute dem Wetter nicht. Sehr oft zogen in dieser Jahreszeit unerwartet dichte Wolken am Horizont auf. Alessandra atmete die klare Luft des Morgens ein. Ihr Blick streifte über die Rheinauen, die sich am Ufer des Stromes erstreckten. Nur ein kleiner Sandstreifen trennte das Wasser von dem satten Grün. Sie dachte an den Auftritt in Bacharach und an das bevorstehende Osterfest, das für die Christen der höchste Feiertag war. Simon glaubte bestimmt auch an den Gott der Christen. Alessandra stellte fest, dass sie nichts über deren Bräuche wusste. Sie wusste noch nicht einmal, was die Christen an diesem Fest feierten.

Alessandra fand Sanchari bei Flavio und ihrem Großvater. Mit Argusaugen beobachtete die alte Wahrsagerin jeden Hammerschlag an ihrem neuen Karren. »Und ihr seid euch sicher, das hält so?«

Alessandra legte Sanchari ihre Hand auf die Schulter und drehte sie zu sich um. »Meinst du nicht, die beiden wissen, was sie da bauen? Vielleicht lässt du sie besser in Ruhe arbeiten und wartest, bis sie dir den fertigen Karren zeigen.«

Sanchari zog die Augenbrauen zusammen. »Ich kann einfach nicht glauben, dass sie mit dem Bauen fertig sind, bevor wir in Bacharach einziehen. Er hat ja noch nicht einmal Räder! Wenn der Bau in dem Tempo weitergeht, können sie meinen Leichnam darin kutschieren.«

Alessandra schüttelte den Kopf. »Sag so etwas nicht. Du wirst noch lange leben.« Lächelnd legte sie den Arm um Sancharis Schulter und begleitete sie zurück zu der großen Feuerstelle des Lagers.

»Warum hast du eigentlich niemals geheiratet?«, fragte Alessandra.

Die alte Wahrsagerin senkte bedrückt den Blick. »Weil ich es mir nie vorstellen konnte, mit einem anderen Mann zu leben. Ich wollte Silvio und sonst niemanden. Doch er wollte mich nicht.« Sanchari zuckte mit den Schultern. »Es gibt Dinge, die wir nicht erzwingen oder ändern können. Dazu gehört auch die Liebe eines Menschen.« Ihr Blick verschleierte sich. »Silvio liebt deine Großmutter über ihren Tod hinaus wie am ersten Tag.«

»Ich glaube, ich kann auch niemals mit einem anderen Mann leben.« Alessandra schaute in den Himmel, an dem die ersten zurückkehrenden Wildgänse zu sehen waren. »Ich habe es versucht, doch ich kann Simon nicht vergessen.« Sie drehte den Kopf zu Sanchari um und blickte in ihr entsetztes Gesicht.

»Alessandra, du *wirst* ihn vergessen! Das ist etwas anderes als bei mir. Ich bin Silvio tagtäglich über den Weg gelaufen. Aber da du Simon nicht mehr sehen wirst, wird sein Bild in deinem Herzen verblassen.«

Alessandra schüttelte den Kopf. »Nein, das kann ich mir nicht vorstellen. Ich werde ihn nie vergessen können.« Sie richtete den Blick sehnsüchtig in die Ferne. »Ich beneide dich darum, dass du immer in Papos Nähe sein konntest. Alles würde ich dafür geben, Simon wiederzusehen.«

»Weißt du, wie schmerzhaft es für mich war, ihn immer um mich zu haben und nie …« Sanchari unterbrach ihren Satz und zog Alessandra an sich. »Ach, lass uns nicht darüber streiten, welches Schicksal das schlimmere ist.«

Am Nachmittag des Karfreitags erreichte die Truppe die Stadtmauer von Bacharach. Alessandra ließ ihren Blick über die Umgebung streifen. Ihr Herz setzte für einen Moment aus, als sie die Burg entdeckte, die über der Stadt auf einem Hügel thronte. Das musste Stahleck sein, die Burg, auf der Simon wohnte. Alessandra schloss die Augen. Simon war ihr nahe. So nahe und doch unerreichbar. Sie stellte sich vor, wie er hinter den Zinnen an dem langen Tisch saß, den es in den Geschichten gab, und dort zusammen mit den anderen Rittern das Mahl zu sich nahm. Alessandra versuchte, den Gedanken beiseitezuschieben. Sie durfte nicht mehr so oft an ihn denken. Doch wie sollte sie sich gegen ihre Gedanken, ihre Sehnsucht wehren? Einmal nur die Burg betreten, ihm noch einmal in die Augen schauen, in die hellblauen Augen, die ihr, umrandet von dichten schwarzen Wimpern, zugezwinkert hatten!

Alessandra wandte den Blick von der Burg ab und

schaute an ihren Röcken hinab. Mit den Fingernägeln versuchte sie, die Schlammspritzer von dem blauen Stoff zu kratzen. Als sie den ausgefransten Rocksaum wahrnahm, seufzte sie. Wie gern hätte sie ein Kleid aus roter Seide besessen! Dann rief sie sich zur Vernunft und schalt sich. Sie hatte keines, wozu auch? Mit feinen Kleidern ließ es sich nicht gut reisen. Sie musste sich damit abfinden, dass sie zu einem fahrenden Volk gehörte. Eine Burg würde sie nie von innen sehen.

Silvio hatte Mühe, zwischen all den Menschen auf dem Marktplatz das Seil zu spannen. Die Leute drängten sich neugierig um die Schausteller. Nach den ruhigen Tagen der Karwoche kehrte das Leben wieder in den Ort ein.

Alessandra schaute gebannt einem Zuckerbäcker zu, der Teigstücke in siedendes Fett tauchte. Ihr Bauch grummelte, als sie das süße Aroma einatmete.

»Möchtest du einen Krapfen haben, Mädchen?« Der Bäcker tauchte das goldgelbe Gebäck in einen Zuckertopf und hielt es dann Alessandra hin.

Sie winkte ab. »Nein, ich kann es nicht bezahlen.«

»Nimm es, ich schenke es dir.« Die wässrig-blauen Augen des Mannes erhellten sich, als sie nach dem Gebäck griff. Er wischte sich die Finger an seinem Kittel ab, woraufhin sich ein weiterer Fettfleck auf dem weißen Leinen bildete.

Alessandras Blick fiel auf die prachtvollen Fachwerkhäuser, die sich um den Marktplatz reihten. Auf dem Kopfsteinpflaster suchten Tauben nach Brotkrumen. Ein pausbäckiger Junge scheuchte den Schwarm mit einem Stock auf. Als die Vögel davonflogen, schwebten graue Federn zu Boden. Alessandra hob eine davon auf. Während sie sie betrachtete, musste sie an die Essenz denken, mit der Sanchari Simon aus der Bewusstlosigkeit geholt hatte. Taubenkot, dachte sie lächelnd. Das Gegröle der umstehenden Menschen schallte über den Marktplatz. Ein Narr wurde von seinen Kumpanen auf einem Mistkarren umhergezogen. Seine rotgrüne Mütze mit den kleinen Schellen rutschte ihm in die Stirn. Er gestikulierte wild mit den Armen und sang dabei Lieder von Jungfrauen und Königen. Das Volk auf dem Marktplatz sprang zur Seite, um nicht von dem Karren umgefahren zu werden. Alessandra starrte fasziniert auf das Schauspiel. Vor einem Mädchen mit einem grünen Jungfrauenkranz auf dem Haar blieb der Karren stehen. Der Narr sprang hinab, verbeugte sich vor dem Mädchen und zog seinen Narrenstab hervor. Die Schellen läuteten hell, als er ihn hin- und herschwang. Nach einer Weile wandte Alessandra sich ab. Ihr Blick fiel auf einen Stand, an dem ein fremdländischer Herr Stoffe anbot. Nach seinem Aussehen zu urteilen, musste er aus dem Osmanischen Reich stammen. Alessandra schob sich durch die Menschenmenge bis zu ihm.

Der Mann schaute sie misstrauisch an. »Das ist feinste Seide aus dem Orient.« Seine Hände fuhren ehrfürchtig über einen Stoffballen, dessen Rot Alessandra an den Klatschmohn auf den Feldern erinnerte. »Den wirst du dir wohl kaum erlauben können.« Er packte den Ballen zusammen und verstaute ihn unter dem Tisch.

Alessandra seufzte. Solch einen edlen Stoff hatte sie noch nie gesehen, geschweige denn berührt. Traurig senkte sie den Blick.

»Nun komm schon, Silvio wartet auf dich.« Sami war plötzlich aufgetaucht und zog sie am Arm von dem Verkaufsstand fort.

»Fass mich nicht an«, zischte Alessandra und wand sich

aus seinem Griff. »Warum schnüffelst du eigentlich immer hinter mir her?«

»Ich muss meine zukünftige Frau im Auge behalten, damit sie sich nicht wieder einem Ritter an den Hals wirft.« Samis Blick verdunkelte sich.

»Wie oft soll ich es dir noch sagen? Ich werde nicht deine Frau, finde dich endlich damit ab.« Alessandra sah ihn zornig an. »Eher ertränke ich mich in den Fluten des Rheins.« Sie drehte sich um und ließ Sami stehen.

Am Rande des Marktplatzes setzte sie sich auf eine kleine Mauer, um wieder zur Ruhe zu kommen. Ihr Ärger über Sami verflog rasch, denn Simons Augen und sein Lächeln schoben sich in ihre Gedanken. Sie stellte sich vor, wie er ihr mit der Hand über das Haar strich. Das schönste Haar, das er je gesehen hatte, dachte sie stolz. Sie hielt sich die Hände vor das Gesicht und versuchte, die Gedanken zu verdrängen. Wie einen Traum, den sie nie zu Ende träumen durfte. Alessandra atmete tief durch. Simon gehörte nicht in ihre Welt, jetzt nicht und in Zukunft auch nicht. Seufzend erhob sie sich und suchte nach Silvio. Sie fand ihn bei Django, der sich gerade eine brennende Fackel in den Mund schob. Als die Menschenmenge johlte, grinste ihr Großvater zufrieden, fuhr mit den Fingerspitzen über die Enden seines Schnauzbartes und blickte zu Alessandra hinüber.

»Da bist du ja endlich! Ich dachte schon, du willst dich vor dem großen Auftritt drücken.« Er pfiff auf zwei Fingern, und aus der Menge tauchte Ricardos schwarzer Lockenkopf auf. »Geh und verkünde, dass die Seiltänzerin gleich auftritt.«

Nachdem der Kleine schreiend durch die Menge gelaufen war, dauerte es nicht lange, bis sich eine Menschentraube um das Seil gebildet hatte. Silvio hob Alessandra hinauf. Sie streckte die Arme aus, um das Gleichgewicht zu halten. Unter ihren nackten Fußsohlen spürte sie das vertraute Seil, das zu einem Teil ihres Lebens geworden war. Rauh und fest gespannt, ließ es sie schweben, wenn sie wollte. Alessandra atmete tief ein und schloss die Augen. Sie hörte Flavios Violine, die eine traurige Melodie sang. Die Menschen verstummten. Alessandra schluckte, und unter ihren geschlossenen Lidern sammelten sich Tränen. Die Zeit im Wald, Simons fiebriger Glanz in den Augen, sein Lächeln … All diese Momente liefen vor ihrem inneren Auge ab. Sie setzte einen Fuß vor den anderen. Ihr Körper bewegte sich im Einklang mit der Melodie, verschmolz mit ihr zu einer Einheit. Alessandra flog über den Marktplatz hinauf zur Burg, wo Simon auf einem der Wehrtürme stand und mit offenen Armen auf sie wartete. Sie ließ sich von ihm umhüllen, atmete seinen vertrauten Duft ein, bis er ihr Kinn anhob, damit sie in seine Augen sah. Seine Lippen näherten sich, und sie versanken in einem Kuss, der Alessandra nicht mehr wissen ließ, wo sie war. Erst als die Menge applaudierte, merkte sie, dass sie von dem Seil gesprungen war. Ihre Fußsohlen brannten, als sie die Augen öffnete. Obwohl Tränen über ihre Wangen rannen, lächelte sie den Menschen zu. Ihr Herz schlug heftig, und sie suchte in der Menschenmenge nach hellblauen Augen, doch im nächsten Moment schalt sie sich für ihre Dummheit. Wie sollte Simon mit seinem verletzten Bein über den Markt spazieren und ihr beim Seiltanz zusehen können? Sie musste sich endgültig damit abfinden, dass sie ihn nie wiedersah. Alessandra unterdrückte den Schluchzer, der ihrer Kehle entweichen wollte. Ihr Schicksal, dem sie nicht entrinnen konnte, war zu ihrem größten Feind geworden.

Ein Aufruhr in der Menschenmenge riss sie aus den Gedanken. Die Bürger von Bacharach drehten sich um und reckten die Köpfe. Der kleine Ricardo, der gerade mit einer Mütze in der Hand die Münzen einsammelte, wurde zur Seite gestoßen. Alessandra schob sich durch die Menge, um ihm wieder auf die Beine zu helfen. Nachdem sie den weinenden Jungen auf den Arm genommen hatte, sah sie, wie eine Frau hinter einem Ochsenkarren herstolperte. Ihr Leib bedeckte ein Büßerhemd, und ihr rotblondes Haar stand in Zotteln von ihrem Kopf ab.

»Die Hexe, dort ist die Hexe!«, schrie ein altes Weib.

Ein Bauer neben ihr hob die geballten Fäuste. »Sie soll nicht nur durch den Ort geführt werden, sie soll auf dem Scheiterhaufen brennen, damit sie keinen Schaden mehr anrichten kann!«, schrie er aus Leibeskräften. Sein Gesicht war rot vor Zorn.

»Sie soll brennen!«, rief auch der Narr, der in seinem Karren durch die Menge gezogen wurde.

Die Leute stimmten in seinen Ruf ein. »Sie soll brennen!« Die Stimmen schallten im Chor über den Marktplatz. Die Leute warfen der Frau faules Obst an den Kopf, und ein Knüppel flog zwischen ihre Beine. Ihre Augen funkelten zornig. »Ich werde euch alle verfluchen!«, schrie sie. Ein Büttel versetzte ihr einen Tritt. Keifend stolperte sie weiter hinter dem Karren her, bis sie wieder in den Kerker des Rathauses gebracht wurde.

Alessandra drückte Ricardos Kopf an ihre Brust. Für einen Augenblick hatte sie vergessen zu atmen, und als sie das Wimmern des Jungen vernahm, wollte sie nur noch fort von diesem Ort. Sie bahnte sich einen Weg durch die Menge, stieß die Leute zur Seite, die ihr daraufhin Schimpftiraden nachriefen. So schnell sie konnte, verließ sie den Marktplatz und lief mit dem Jungen auf dem Arm die Gasse entlang und hinunter zum Rhein, wo die Truppe das Lager aufgebaut hatte.

»Sie soll brennen!« Die Rufe hallten noch in ihren Ohren, auch als sie sie schon längst nicht mehr hören konnte.

Alessandras Beine zitterten, als sie Sancharis Zelt aufsuchte. Die alte Wahrsagerin saß im Schneidersitz vor ihrer Feuerstelle und blickte mit leeren Augen in die Ferne. »Bittere Zeiten werden auf die Frauen zukommen. Überall im Lande werden Scheiterhaufen brennen.« Ihre Stimme nahm einen drohenden Unterton an. »Versprich mir, dass du immer auf der Hut sein wirst, Alessandra«, sagte sie, ohne aufzusehen.

»Hast du das in deinen Karten gesehen?« Alessandra ließ sich neben ihr nieder.

»Nein«, antwortete Sanchari heiser. »Dazu brauche ich keine Karten.«

Nach einer unruhigen Nacht mit wirren Träumen rief Papo Alessandra zu sich, und sie ahnte nichts Gutes.

Papos schwarze Augen blickten sie ernst an. »Alessandra, ich sorge mich, dass du dich in einen Mann verlieben könntest, der nicht von unserem Stamm ist.«

Ihr Mund wurde schmal. »Was ist geschehen? Hat Sami dir wieder etwas eingeflüstert?«

Ihr Großvater senkte den Blick, als wäre er ertappt worden. »Was, glaubst du, geschieht, wenn du deine Unschuld vor der Hochzeit verlierst?«

Alessandra riss die Augen auf. »Wie meinst du das?«

Silvio fasste sie mit beiden Händen an den Schultern. »Die feinen Herren stoßen sich gern vor ihrer Hochzeit die Hörner ab. Vorzugsweise bei solch schönen Mädchen, wie du eines bist.«

Alessandra glaubte, sich verhört zu haben. »Was denkst du eigentlich von mir? Ich lasse mich von niemandem auf das Lager ziehen«, zischte sie ihren Großvater an. »Und du, du wirst mich nicht zwingen können, einen Mann zu heiraten, den ich nicht will!«

Silvio sog laut den Atem ein. »Doch, das werde ich, wenn du nicht einsichtig bist.«

»Eher ertränke ich mich in den Fluten des Rheins«, keifte Alessandra, raffte ihre Röcke und lief davon. An einem Felsen zwischen einer Gruppe blühender Obstbäume ließ sie ihren Tränen freien Lauf. Niemals wollte sie heiraten. Und niemals mit einem Mann das Lager teilen. Ihr Bauch zog sich zusammen. Sie dachte an die weißen Zähne, die zwischen Simons Bart hervorgeblitzt hatten. Sanchari hatte unrecht. Sie konnte ihn nicht vergessen, niemals! Sie sah Simon jeden Tag, wenn auch nur in Gedanken, spürte seine Nähe und roch seinen Duft. Und dies alles zerriss ihr das Herz. Alessandra lehnte den Kopf an den Felsen und spürte die wohltuende Kühle unter ihren Schläfen, in denen der Schmerz pochte.

Kapitel 4

He, hast du mir überhaupt zugehört?« Richards Stimme riss Simon aus den Gedanken.

»Ja, ja … sprecht ruhig weiter. Ihr erzähltet von Mathilde von Luxemburg, oder?« Simon lehnte in seinem Gemach mit der Schulter an der kalten Burgmauer. Den Blick aus dem Fenster gerichtet, verfolgte er den Lauf des Rheins, der sich durch die Weinberge schlängelte. Er dachte an das Mädchen, das dort draußen in den Wäldern lebte. An ihr Haar, das blauschwarz in der Sonne geglänzt hatte. An ihre Augen, die wie schwarze Perlen schimmerten und dabei die Sehnsucht ihres Herzens widerspiegelten. *Alessandra,* flüsterte er in Gedanken ihren Namen und bedauerte aus tiefstem Herzen, dass er sich nicht von ihr hatte verabschieden können.

»Mathilde?« Richard kratzte sich nachdenklich den schwarzen Bart. »Es ist ungefähr eine Stunde her, dass ich dir von ihr erzählte. Sag mal, Junge, wo bist du mit deinen Gedanken? Hast du deinen Kopf im Wald gelassen?«

Simon spürte Richards festen Griff auf seiner Schulter. Er schüttelte den Kopf und blickte in die grünen Augen seines Rittervaters. »Nein, er sitzt noch am richtigen Platz. Seht nur.« Ein gequältes Lächeln lag auf Simons Lippen, als er sein Haupt hin- und herbewegte.

Die Falten auf Richards Stirn vertieften sich. Er legte den Arm um Simon. »Es ist meine Aufgabe, dich in die

Gepflogenheiten des Hofes einzuweihen. Ich will nicht, dass du dich bei der Schwertleihe wie ein dummer Junge benimmst.« Richard hob die Augenbrauen.

Simon ließ sich auf einem Stuhl nieder und strich mit der flachen Hand über sein Schienbein. »Das Bein lässt sich einfach nicht so bewegen wie früher. Ich fürchte, ich werde als Ritter nichts taugen.« Er verzog vor Schmerz das Gesicht.

»Du musst Geduld haben. Ein Knochen wächst nicht von heute auf morgen zusammen. Mit der Zeit wird das schon wieder, glaube mir.« Richard lächelte Simon aufmunternd zu. »Übrigens, der Medicus kehrt morgen auf die Burg ein. Der wird schon wissen, was er mit deinem Bein anzustellen hat.« Richard schritt zu dem Eichentisch und schenkte aus einem Krug roten Wein in zwei Zinnbecher.

»Mehr als die Frauen im Wald kann er auch nicht anstellen«, bemerkte Simon.

»Erzähl mir von den Frauen. Wo kamen sie her? Wer waren sie?«, fragte Richard neugierig.

»Ich habe ihnen versprochen, Stillschweigen über ihre Heilkünste zu bewahren.«

Richard verzog die Mundwinkel. »Aber irgendwelche Elfen und Kobolde sind dir nicht begegnet, oder?«

»Nein.« Simon lachte. »Obwohl, eine der Frauen …« Er verstummte, neigte nachdenklich den Kopf zur Seite und spürte, wie ein Stich durch sein Herz fuhr.

»Hier, trink.« Richard reichte Simon einen der Becher. Er selbst setzte seinen an die Lippen und leerte ihn mit einem Zug. »Kurfürst Ludwig wird in Kürze mit seinem Bruder Graf Otto auf der Burg eintreffen.« Er schaute in den Nachthimmel, bevor er sich mit dem Handrücken den Mund abwischte.

»Und dann wird er Mathilde mitbringen?« Simon folgte seinem Blick und sah, wie der Schweif einer Sternschnuppe über den Himmel zog.

»Du hast mir wirklich nicht zugehört.« Richard stellte verärgert den Kelch auf den Tisch. »Mathilde ist schon hier. Sie ist vor einiger Zeit mit ihrem Oheim angereist.« Seine grünen Augen verfinsterten sich.

»Erzählt mir von ihr«, versuchte Simon, ihn zu beschwichtigen.

Richard atmete tief durch und schien sich wieder zu beruhigen. »Ich habe sie erst einmal gesehen, da war sie so groß.« Er hielt seine Hand vor den Bauch. »Flachbrüstig und ohne Hüften. Damals versprühte sie ein Gift, das jeden jungen Burschen zur Verzweiflung bringen konnte.« Richard grinste. »Doch ich verwette mein Schwert darauf, wenn du erst einmal zwischen ihren Beinen liegst, wird die Katze schnurren.«

Simon stützte sein Kinn in die Handflächen. Er mochte im Augenblick nicht an Mathilde denken. Seine Gedanken kehrten erneut zu Alessandra zurück, und es erschreckte ihn, dass sein Herz sich zusammenzog, wenn er sich ihr Bild ins Gedächtnis rief. Simon erhob sich. Wenn er gekonnt hätte, wäre er vor dem Fenster auf und ab gelaufen, doch der Schmerz zwang ihn schon bald wieder in den Lehnstuhl. Fahrig strich er sich das Haar aus der Stirn. »Ich habe gehört, Ludwig geht es nicht sonderlich gut«, sagte er, um auf andere Gedanken zu kommen.

Richard nickte. »Mich wundert es, dass er hierherkommen will.« Seufzend richtete er seinen Blick aus dem Fenster. »Ich habe gehört, er sei so gut wie blind.«

Simon versuchte, sich auf Richards Worte zu konzentrieren.

»Unser Kurfürst kam als kranker ergrauter Mann aus dem Heiligen Land zurück.« Richard ließ sich auf dem Stuhl neben Simon nieder. »Es wäre besser gewesen, er hätte diese Pilgerfahrt nach dem Tod seines Sohnes nicht unternommen.«

Das Gespräch der Männer wurde von einem Klopfen an der Tür unterbrochen. Mit gesenktem Blick trat eine Magd ein. Sie trug schwer an einem Tablett mit dem Krug Wein, dem Käse und dem gewürzten Brot. Nachdem sie die Speisen auf dem Tisch abgestellt hatte, verbeugte sie sich wortlos und verließ den Raum.

Richard reichte Simon einen der Teller. »Eines muss man der beleibten Martha zugutehalten: Von allem, was ihren Ofen verlässt, kann ich nicht die Finger lassen.«

Simon brach sich ein Stück Brot ab. Ein Windzug, der durch das Fenster wehte, ließ ihn frösteln. Er erhob sich von seinem Stuhl und befestigte das Fell vor der Öffnung. Der Raum verdunkelte sich, und die Kerze auf dem Tisch warf gespenstische Schatten an das Mauerwerk. Simon sank zurück auf seinen Stuhl, biss in das Brot und schmeckte das Aroma von Fenchel und Koriander.

»Wirklich nicht schlecht.« Simon betrachtete den Brotkanten in seiner Hand und hob anerkennend die Augenbrauen. »Was wohl aufgetragen wird, wenn der Kurfürst mit uns speist?«

Ein heiseres Lachen entrang sich Richards Kehle. »Du kannst mir glauben, nur das Beste vom Besten. Martha und ihre Mägde werden bis zum Umfallen in der Küche schuften.«

Nachdem sie noch eine Weile über Belanglosigkeiten geplaudert hatten, erhob sich Richard und verabschiedete sich von Simon zur Nacht. Kurz darauf klopfte erneut die Magd an die Tür des Gemachs und brachte ein Tablett mit geräucherten Würsten, frischem Obst und einen Krug Wasser. Doch all diese Speisen blieben unberührt.

Als Simon die Fanfaren hörte, schritt er zum Fenster und schaute auf den Pfad, der zur Burg führte. Ein Tross bewegte sich auf den Wachturm zu, allen voran die Trompeter auf ihren Schimmeln. Das Banner mit dem viergeteilten Wappen wehte im Wind. Simon erkannte die zwei Löwen. Mit der Hand fuhr er über das schwarze Kreuz auf seiner Brust. Bald würde dieses Wappen das des Deutschordens ablösen. Er strich sich das Haar zurück und hinkte die Stufen hinunter.

In der Empfangshalle suchte er Richard und fand ihn inmitten der altgedienten Anhänger Ludwigs. Obwohl Richard vom Alter her sein leiblicher Vater hätte sein können, wirkte er zwischen den Männern fast jugendlich. Sein Haar und sein Bart glänzten schwarz. Groß und breitschultrig stach er zwischen den anderen Rittern hervor. Ein Lächeln, das dem eines Buben glich, umspielte seine Lippen. Simon spürte die Wärme in seinem Blick. Als er auf ihn zuschritt, streckte Richard die Hand aus. Simon schlug ein und begleitete den Älteren in den Burginnenhof.

Beim Anblick des Kurfürsten erschrak Simon. Gestützt von seiner Frau Mechthild und einem Diener, stieg er aus der Kutsche. Seine Beine konnten ihn kaum noch tragen. Mehr gebeugt als aufrecht ließ er sich zum Herrenhaus führen, vorbei an dem Erzbischof, ohne ihm den angemessenen Gruß zu erweisen. Seine milchigen Augen starrten ins Leere. Simon schüttelte den Kopf und fragte sich, warum dieser kranke Mann die Reise noch auf sich genommen hatte. Er richtete sein Augenmerk wieder auf den Tross. Ludwigs Bruder, Pfalzgraf Otto von Mosbach, schritt, gefolgt von seinen Dienern, Rittern und deren Knappen, zum Erzbischof, um ihm den Siegelring zu küssen. Unter seinem Rock blitzte ein Hemd aus feinem Linnen hervor. Der Mantel, den er darübertrug, konnte sein korpulentes Hinterteil nicht verdecken. Simon betrachtete die Schnabelschuhe, deren Spitzen sich nach oben bogen. Er schwor sich, solche Schuhe niemals zu tragen, denn er fand sie einfach nur albern.

Simon wandte den Blick zu den Frauen der Burg, die tuschelnd dem Gefolge des Kurfürsten der Pfalz nachsahen. Für den Empfang hatten sie ihre schönsten Kleider angezogen. Die Stoffe ihrer Röcke schillerten in den Farben von Edelsteinen. Er versuchte, sich vorzustellen, welche von ihnen Mathilde war. Doch bei dem Gedanken, eine von ihnen ehelichen zu müssen, krampfte sich sein Magen zusammen. Sie wirkten hochnäsig, und keine hatte so wunderschönes glänzendes Haar wie Alessandra. Er versuchte wieder einmal, den Gedanken an das Mädchen aus dem Wald abzuschütteln. »Unserem Kurfürsten geht es wirklich nicht gut«, flüsterte er Richard zu. »Ich weiß nicht, warum er die Strapazen der Reise noch auf sich genommen hat.«

Sein Rittervater schürzte die Lippen und zuckte mit den Schultern. »Ich verstehe es auch nicht. Vielleicht will er allen zeigen, dass er noch am Leben ist.«

»Aber eher schlecht als recht.« Simon verzog die Mundwinkel.

»Ich habe gehört, unser Kurfürst hat Otto die Vormundschaft über seinen Sohn, den jungen Ludwig, übertragen. Von Mosbach wird für ihn die Regierungsgeschäfte übernehmen, bis er volljährig ist«, flüsterte Richard.

Burgherr Graf Philipp schritt vor, verbeugte sich vor

dem Pfalzgrafen und dem Kurfürsten und führte sie in den Speisesaal. Um die Diener der Gäste kümmerte sich Agnes, sie zeigte ihnen die Gemächer der Herren.

Vor und in dem Herrenhaus herrschte reges Treiben. Kisten wurden aus den Wagen geholt und die steile Treppe hinaufgehievt. Simon betrachtete noch einen Augenblick gedankenverloren das Durcheinander in der Empfangshalle. Dann drehte er sich um und folgte den Herren in den Speisesaal.

Kurfürst Ludwig ließ sich neben dem Burgherrn an der Stirnseite der Tafel nieder. Neben ihm nahmen Erzbischof Hieronymus, Pfalzgraf Otto und Ludwigs Ehefrau Mechthild Platz. Die mit Bier gefüllten Krüge schäumten über, als die Mägde sie auf die Tafel zwischen die dampfenden Speisen stellten. Ein Minnesänger stimmte seine Laute. Simon fand sich neben Richard wieder, umgeben von den anderen Rittern der Burg. Er ließ den Blick in die Runde schweifen. Der Rat des Kurfürsten Ludwig bestand aus Weihbischöfen und Juristen, die auf der gegenüberliegenden Seite der Tafel Platz genommen hatten.

»Ich weiß gar nicht, womit ich anfangen soll.« Richard strich sich mit der Hand über den Bart, während er die Speisen auf der Tafel beäugte.

Seine Gattin Klara beugte sich vor ihm her zu Simon. Ihre Schmetterlingshaube mit dem herabfallenden Schleier nahm Richard die Sicht auf die Tafel. »Habt Ihr schon Eure zukünftige Verlobte kennengelernt?«, flüsterte sie Simon zu.

Simon verneinte. »Ich kann mir beim besten Willen nicht vorstellen, welche von den Jungfrauen Mathilde ist.«

»Seht Ihr das rothaarige hochgewachsene Fräulein

dort?« Klara wies mit den Augen zu dem Platz, auf dem Mathilde saß.

Richard schob sie an den Schultern wieder zurück. »Mit deinem Hennin versperrst du mir die Sicht auf die Tafel. Bleib gefälligst auf deinem Platz«, zischte er.

Simon betrachtete seine zukünftige Gemahlin. Sie spielte mit einer ihrer Haarsträhnen, die in langen Wellen über ihre Schulter fielen. Der Jungfernkranz zierte ihr Haupt und harmonierte mit den graublauen Augen. Mathilde schien nicht gerade bester Laune zu sein, denn sie würdigte den alternden Herrn und ihre Kammerjungfer neben sich keines Blickes.

Simon versuchte, mit den Augen Kontakt zu ihr herzustellen, doch selbst als er laut hustete, sah sie nicht in seine Richtung. »Sie scheint ziemlich mürrisch zu sein«, bemerkte er enttäuscht.

Klara zuckte mit den Schultern und richtete ihren Schleier. »Seht es ihr nach, ihr Vater ist an Martini verstorben. Es scheint, als befindet sie sich noch in tiefer Trauer.« Sie verzog die Lippen zu einem mitleidigen Lächeln.

»Weiß sie überhaupt, dass sie mich ehelichen wird?« Simon runzelte die Stirn.

»Aber natürlich. Ihr Oheim, Graf Leopold, hat sie über den Grund ihrer Reise aufgeklärt. Er hat ihr einen stattlichen Ritter von Ravenstein versprochen.«

Simon blickte zu dem Herrn neben Mathilde. »Ist das der hagere Mann mit dem weißen Haarkranz neben ihr?«

Klara beugte sich erneut über den Schoß ihres Mannes hinweg. »Ja, und er hat sich übrigens nach Eurem Befinden erkundigt. Nach dem Mahl möchte er Euch kennenlernen.«

Richard schob seine Gattin erneut an der Schulter zurück. »Ich sehe schon wieder nichts, und du bist ein Waschweib. Woher willst du das alles wissen?«

»Ein Vöglein hat es mir gezwitschert«, kicherte sie und hielt sich dabei ein Spitzentuch vor die Lippen.

Richard verdrehte die Augen. »Ich frage mich, ob du dem trauen solltest.« Zwischen seinen Fingern drehte er einen Hühnerknochen.

Simon musste selbst herausfinden, ob Mathilde wirklich so mürrisch war. Er ließ seinen Blick über die Tafel schweifen und konnte sich nicht entscheiden, ob er zuerst nach dem gebratenen Puter greifen oder ein Stück von dem Spanferkel nehmen sollte. Als er sah, dass sich Mathilde erhob und gemeinsam mit ihrer Kammerjungfer die Tafel verließ, schob er den Gedanken an die Speisen beiseite und nutzte die Gelegenheit, ihr zu folgen.

Simon humpelte hinter ihr die Stiegen zu den Gemächern hinauf. Auf dem Treppenabsatz drehte sich Mathilde zu ihm um. »Was lauft Ihr mir nach?«, zischte sie.

»Wisst Ihr nicht, wer vor Euch steht?« Mit einer fahrigen Handbewegung strich er sich das Haar aus der Stirn.

Mathilde musterte ihn von den Fußsohlen bis zum Scheitel. »Nein«, erwiderte sie so kühl, dass ihm ein Schauer über den Rücken lief. »Sollte ich das wissen müssen?«

Ihre Kammerjungfer zupfte sie am Ärmel. »Aber Fräulein Mathilde, der Herr ist Simon von Ravenstein, Euer zukünftiger Verlobter.«

»Sei still«, keifte Mathilde und schlug die Hand ihrer Kammerjungfer fort. Sie blickte Simon fest in die Augen. »Entschuldigt mich, ich bin erschöpft und möchte mich zur Nachtruhe begeben.« Ohne weiter Notiz von ihm zu nehmen, drehte sie sich um und stieg weiter die Stufen zu ihrem Gemach empor. Die grüne Seide ihres Kleides raschelte bei jedem Schritt. Simon hörte, wie die schwere Eichentür ins Schloss fiel. Kopfschüttelnd kehrte er in den Saal zurück.

Selbst Mathildes kühles Gebaren konnte ihm nicht den Appetit verderben. Er griff nach der Keule des Puters und biss herzhaft hinein. Das Fleisch zerging auf seiner Zunge. Richard hatte recht, alles, was Marthas Küche verließ, war ein Gaumenschmaus.

»Habt Ihr mit Eurer Zukünftigen gesprochen?« Klara reckte den Kopf zu ihm hin. Ihre braunen Augen funkelten neugierig.

Richard hob eine Augenbraue. »Warum willst du das wissen? Damit du es weitererzählen kannst?«

Klaras Wangen erröteten. Sie streckte ihren Rücken und faltete die Hände im Schoß. »Nein, Richard«, antwortete sie. Bis zum Ende des Mahls kam kein Wort mehr über ihre Lippen.

Simon erhob sich, als er Graf Leopold auf sich zukommen sah. Der Graf legte ihm die Hände auf die Schultern und blickte ihm fest in die Augen. »Ich begrüße Euch, Simon von Ravenstein. Endlich lerne ich den zukünftigen Verlobten meines Mündels kennen.« Ein väterliches Lächeln umspielte seine Lippen.

»Setzt Euch zu uns.« Klara rutschte einen Stuhl weiter und überließ dem Grafen ihren Platz.

Simon hörte den Gesprächen über die Mutmaßungen, wer von den Fürstenhäusern nach Sigismunds Tod die Macht an sich reißen würde, nur halbherzig zu. Seine Gedanken schweiften immer wieder zu Mathilde. Er verglich sie mit dem Mädchen aus dem Wald, das genau das Gegenteil von ihr war. Sie hatte so viel Wärme ausgestrahlt, war immer so freundlich! Simon erinnerte sich an ihr Lachen, das er so gern gehört hatte.

Nachdem Graf Leopold den Stuhl neben ihm verlassen und sich zu dem Burgherrn und dem Erzbischof gesellt hatte, erhob sich Simon gähnend und verabschiedete sich von seinem Rittervater zur Nacht. »Entschuldigt mich, aber ich kann mich nicht mehr auf den Beinen halten.«

Richard nickte verständnisvoll. »Geh nur, Junge, die letzten Tage haben dir die Kraft geraubt. Du hast den Schlaf bitter nötig.«

Simon ließ sich auf der Kante seines Bettes nieder. Er betrachtete die Schnitzereien in dem Holz am Fußende. Mit dem Zeigefinger fuhr er die Ornamente nach. Seine Gedanken schweiften zu Mathildes Kleid und wie es auf der Treppe geraschelt hatte. Simon schloss die Augen und versuchte, sich vorzustellen, wie Alessandra wohl in solch einem Kleid aussah. Sie stand am Treppenabsatz, die grüne Seide schmiegte sich um ihre Hüften. Sie streckte die Hand aus, und er griff danach. Die zierlichen Glieder ihrer Finger fühlten sich in seiner Handfläche warm an. Ihr Lächeln forderte ihn auf, ihm zu folgen …

Ein Klopfen an der Tür riss ihn aus den Gedanken. Er öffnete die Augen, richtete sich seufzend auf und gewährte dem späten Gast Einlass.

Richard steckte den Kopf durch den Türspalt. »Ich weiß, du bist müde, darf ich dich dennoch kurz stören?«

Nachdem Simon ihm mit einem Kopfnicken zugestimmt hatte, trat sein Rittervater in das Gemach. Er zog einen Stuhl ans Bett und ließ sich darauf nieder.

»Was ist los mit dir, mein Junge?« Richards Zähne blitzten im Schein der Kerzen. »Hat dir das Gespräch mit

Graf Leopold so zugesetzt? Nicht, dass ich meinem Weib ähneln will, aber was ist denn nun bei deiner Begegnung mit Mathilde geschehen?«

»Eine Begegnung mit einem Eisklotz wäre wärmer gewesen«, sagte Simon seufzend.

»So schlimm?« Richard hob die Augenbrauen.

Simon nickte. »Sie findet keinen Gefallen an mir.« Er fuhr sich mit der Hand über den Bart. »Vielleicht sollte ich mich rasieren.«

»Du meinst, wie Graf Otto?« Richard verzog spöttisch den Mund. »Er schaut sich viel von den Franzosen ab, obwohl er schon in einem Alter ist, das die meisten von uns nicht erleben werden.« Richard rieb mit der Hand über seinen Bart. »Ich finde, er sieht jetzt weibisch aus.«

Simon streckte das verletzte Bein aus. An diesem Tag hatte er seine Krücken stehen lassen. Doch die Belastung war wohl zu groß gewesen. Jede Bewegung schmerzte so sehr, dass er die Zähne zusammenbeißen musste.

»Du bist erschöpft. Ich lasse dich besser allein.« Richard erhob sich und legte die Hand auf Simons Schulter. »Wenn du irgendwelche Wünsche hast, lass es mich wissen. Und wenn dich etwas bedrückt, setze mich darüber in Kenntnis. Es ist meine Aufgabe, für dein Wohlergehen zu sorgen.«

Simon starrte auf die Tür, nachdem sie ins Schloss gefallen war. In Richard hatte er einen Freund gefunden, dessen war er sich sicher.

Mathilde öffnete die Augen und blinzelte in die ersten Sonnenstrahlen, die durch das Fenster fielen. Ihre Schläfen schmerzten, und ihre Zunge fühlte sich an, als wäre sie mit einem Pelz überzogen. Sie griff nach dem Becher auf ihrem Nachttisch. Das Wasser kühlte ihre ausgedörrte Kehle, doch der Wohltat folgte die Übelkeit. Sie sprang aus dem Bett, um nach der Waschschüssel zu suchen.

Als der Würgereiz nachgelassen hatte, hob Mathilde den Kopf und strich sich mit dem Handrücken über ihre Wangen. Maria drückte ein nasses Tuch in ihren Nacken, doch es verschaffte ihr nicht die Erleichterung, die sie sich wünschte. Als der säuerliche Geruch des Erbrochenen aus der Schüssel in ihre Nase stieg, drehte sie angewidert das Gesicht zur Seite. Maria half ihr, das Nachtgewand auszuziehen, und rieb ihren Rücken mit einem feuchten Tuch ab. »Bestimmt habt Ihr Euch den Magen verdorben. Ich werde für Euch beten.«

»Ach lass mich mit deinen Gebeten in Frieden. Ich versuche es mal mit frischer Luft.« Mathilde erhob sich und schlüpfte in ein sandfarbenes Kleid.

Nachdem Maria die Schnüre ihres Mieders geschlossen hatte, verließ Mathilde das Gemach. Vor der Tür des Herrenhauses amtete sie tief die klare Luft des Morgens ein und massierte mit den Fingerspitzen ihre Schläfen. Erleichtert stellte sie fest, dass die Übelkeit nachgelassen hatte. Sie sah zum Burgfried hinüber. Raben umkreisten kreischend das kegelförmige Dach. Sie dachte an ihre Liebelei mit dem Erzbischof, von der selbst ihre Verlobung sie nicht abhalten konnte. Mathilde spürte ein Kribbeln, das von ihren Oberschenkeln hinauf in ihre Bauchhöhle kroch. Sooft die Gelegenheit es zulassen würde, wollte sie in Zukunft von Hieronymus geliebt werden. Sie brauchte es, wollte seine Sanftheit spüren, die sie alles vergessen ließ.

Von den Stiegen im Herrenhaus aus fiel ihr Blick auf die Tür zu dem Gemach des Erzbischofs. Wie gern hätte sie bei ihm angeklopft, sich in seine Arme geschmiegt, ihn mit all ihren Reizen verführt! Doch der Generalvikar wachte mit strengem Auge über seine Besucher. An ihm kam sie nicht vorbei, ohne vorher um eine Audienz zu bitten. In ihrem Schoß brannte weiterhin die Sehnsucht nach Hieronymus' zärtlichen Berührungen. Doch um sie genießen zu können, musste sie sich unbedingt etwas einfallen lassen.

Nach einem traumlosen Schlaf überfiel Mathilde am nächsten Morgen erneut die Übelkeit. Die Tür ging leise auf, und ihre Kammerjungfer steckte den Kopf durch den Spalt. Maria brachte das Frühstück herein und stellte das Tablett auf den Tisch.

»Das kannst du wieder in die Küche bringen. Ich bin nicht hungrig.« Beim Anblick der Speisen drehte sich Mathilde der Magen um. Sie sprang aus dem Bett und übergab sich auf den Teppich vor ihrer Truhe.

»Herr Jesus Christus!«, rief Maria aus und bekreuzigte sich. »Es sind die Anzeichen einer Schwangerschaft.«

Mathilde wischte sich mit dem Ärmel ihres Nachthemds über den Mund und blickte die Kammerjungfer mit zusammengekniffenen Augen an. »Was redest du da?«, zischte sie. »Willst du mir etwa Unzucht andichten?« Mathilde baute sich drohend vor Maria auf. »Vermeide solche Äußerungen in Zukunft, sonst lasse ich dich von der Burg werfen. Hast du mich verstanden?«

Maria nickte, räumte wortlos die Speisen ab und verließ das Gemach. Nachdem sich die Tür hinter ihr geschlossen hatte, stützte sich Mathilde mit der Hand an dem Bettpfosten ab. Die Kammer drehte sich um sie. Der Schwindel riss sie fast zu Boden. Doch bevor sie stürzen konnte, ließ sich Mathilde auf das Bett fallen. Ihr Herz raste, und sie starrte mit weit aufgerissenen Augen gegen den Baldachin. Nur selten wandte sie ihr Wort an Gott, doch jetzt betete sie, dass sich in Trier nicht der Samen des Erzbischofs bei ihr eingenistet habe.

Mathilde legte sich auf die Seite. Mit voller Wucht schleuderte sie das Kissen gegen die geschlossene Tür. Ein uneheliches Kind unter dem Herzen zu tragen bedeutete für sie ein Leben in Verdammnis. Noch nicht einmal ein Kloster würde sie aufnehmen. Sie schwang die Beine aus dem Bett und versuchte aufzustehen. Erleichtert stellte sie fest, dass der Schwindel nachgelassen hatte. Sie schritt zum Fenster und blickte in den Hof. Die Ungewissheit, ob sie ein Kind unter dem Herzen trug, schnürte ihr die Kehle zu. Über ihre Wangen rannen Tränen der Verzweiflung. Sie legte sich zurück in die Kissen.

Mathilde wusste nicht, wie lange sie auf ihrem Bett gelegen und den Baldachin angestarrt hatte. Immer wieder überlegte sie, wie viel Zeit seit ihrer letzten Blutung verstrichen war. Als ihr die Länge des Zeitraums bewusst wurde, glaubte sie, nicht mehr atmen zu können. Sie sprang auf. Es nutzte nichts, wenn sie den ganzen Tag in ihrem Gemach blieb und grübelte. Sie musste etwas unternehmen. Sie spürte, wie Lebensmut in ihr aufkeimte. Diese Unannehmlichkeit, die sie wohl unter dem Herzen trug, ließ sich beseitigen. Dafür gab es seit Menschengedenken Mittel und Wege.

Die Kapuze tief ins Gesicht gezogen, lief Mathilde den Pfad hinab, der von der Burg nach Bacharach führte. Dunkle Wolken zogen am Horizont auf und schoben sich vor die Mittagssonne. Der auffrischende Wind kündigte den nachfolgenden Regen an. Mathilde schaute in den Himmel und überlegte, ob sie nicht besser umkehren sollte. Doch heute war der Tag, an dem in Bacharach Markt gehalten wurde, und sie wollte nicht länger warten. Sie ließ den Blick über die Weinberge schweifen, zog den Umhang fester um ihre Schultern und beschleunigte ihren Schritt.

Von den grobgezimmerten Dächern der Marktstände tropfte der Regen in die Pfützen. Mathilde schaute sich auf dem Platz um, von dem die Leute eiligen Schrittes in den Gassen verschwanden. Als sich der Wind zu einem Sturm aufbaute, schlossen sich in den umliegenden Häusern die Fensterläden. Die Händler bauten ihre Stände ab und verstauten ihre Waren in den Karren, die sie kurz darauf zum Schutz vor dem Unwetter unter die vereinzelten Linden zogen. Der Regen peitschte in Mathildes Gesicht, und sie bog eilig in die enge Gasse ein. Hier musste irgendwo die Schenke sein, auf die die Obsthändlerin sie aufmerksam gemacht hatte. Mathilde wich den Wassergüssen von den hervorstehenden Dächern aus und versuchte, sich in der Mitte der Gasse zu halten. Das kupferne Schild der Schenke schaukelte im Wind. Erleichtert, dem sintflutartigen Regen zu entkommen, riss Mathilde die Tür auf. Mit dem Fuß schob sie die verklumpten Strohspäne zur Seite, bevor sie in den Schankraum trat, in dem sich die Gäste gegenseitig auf den Füßen standen. Als ihr der Gestank von Schweiß und Urin entgegenschlug, hielt sie sich ein Stück ihres nassen Umhangs vor die Nase. Das Grölen und Lachen der angetrunkenen Männer schmerzte in ihren Ohren. Von den maroden Wänden lief die Feuchtigkeit in Rinnsalen hinab. Mathilde spürte, wie erneut Übelkeit in ihr aufstieg. Sie drehte sich um und rannte wieder hinaus auf die Gasse. Kurz darauf verteilte sich ihr Erbrochenes in den Pfützen. Bevor sie den Kopf hob, spürte sie, wie sich eine knochige Hand auf ihren Rücken legte. Mathilde wandte sich erstaunt um. Aus der Kapuze eines schwarzen Umhanges lugte das bleiche, mit Runzeln überzogene Gesicht einer Greisin hervor. Von ihrer Nase, die einer Knolle glich, perlte der Regen.

»Kind, geht es dir nicht gut?«

Mathilde blickte in die von unzähligen Falten umgebenen mausgrauen Augen. Die Greisin ließ ein Stück von Mathildes Umhang durch ihre Finger gleiten. »Deine Kleider sind aus den besten Stoffen geschneidert. Ich frage mich, was ein Mädchen wie du hier in dieser Gasse sucht, wo sich meist nur Huren und Diebesgesindel herumtreiben.«

Mathilde kniff die Augen zusammen. »Wer bist du? Und warum sollte dich das interessieren?«

Die Alte zuckte mit den Schultern. »Ich habe das Gefühl, dass du Hilfe suchst.«

Mathilde schüttelte verneinend den Kopf.

Die Greisin wandte sich um, doch bevor sie sich in Bewegung setzte, blickte sie noch einmal über ihre Schulter. »Wirklich nicht?«, fragte sie mit erhobenen Augenbrauen.

Mathilde spürte, wie sich ein Kloß in ihrem Hals bildete. Mit den Augen flehte sie um Hilfe.

»Komm Kind, ich nehme dich erst einmal mit zu mir.« Die Alte streckte die Hand aus und zog Mathilde mit sich.

Ihr Weg führte aus der Gasse hinunter zum Rhein. Die Regentropfen bildeten Kreise auf den Wogen des Flusses. Mathilde trottete am Ufer neben der Greisin her, ohne zu fragen, wo der Weg endete. Die Alte stieg eine Anhöhe hinauf. Vor einer verfallenen Holzhütte am Wegesrand blieb sie stehen. Nachdem sie die windschiefe Tür aufgestoßen hatte, wies sie Mathilde mit ihrem Blick an einzutreten. Die junge Frau atmete den Duft der Kräuter ein, die gebündelt von der Decke hingen.

»Bist du die Kräuterfrau?«, fragte sie, während sie den Deckel eines Tiegels anhob und ihre Nase hineinsteckte. Die Dämpfe der Salbe trieben ihr Tränen in die Augen. Mathilde verzog angewidert das Gesicht, bevor sie den Deckel wieder auf den Tiegel fallen ließ.

»Vorsicht, das Gefäß könnte zerspringen«, ermahnte die Greisin sie mit scharfem Ton. Sie schlug ihre Kapuze zurück und zog sich den Umhang von den Schultern, von dem das Wasser tropfte und auf dem Lehmboden eine Pfütze hinterließ. Ihr schlohweißes Haar hatte sie am Hinterkopf zu einem festen Knoten gebunden. Mit ihrer faltigen Hand überprüfte sie, ob sich keine Haarsträhne daraus gelöst hatte.

»Nenn mich, wie du willst.« Die Greisin verzog höhnisch die Lippen. »Viele Leute scheuen meine Hilfe, weil sie denken, ich würde sie vergiften.« Sie fasste sich in den Rücken und ließ sich dann auf einem Schemel nieder. »Es kommen nur noch Leute zu mir, die besondere Leiden haben.«

»Und was sind das für Leiden?« Mathilde sah sie neugierig an.

Die Greisin erhob sich wieder und schob ein Holzscheit in den Ofen. »Es ist manchmal unglaublich, mit welchen Problemen die Menschen zu mir kommen. Es gibt Frauen, die wollen einen Mann in ihren Bann ziehen und hoffen, dafür einen Trank zu finden, den sie ihm verabreichen können. Dann wieder gibt es Frauen, die keine Frucht empfangen und deshalb Hilfe bei mir suchen.« Ihr zahnloser Mund verzog sich zu einem Grinsen. »Wenn jemand zahlen kann, gibt es für alle Leiden ein Mittelchen.« Der Blick aus ihren mausgrauen Augen durchbohrte Mathilde. »Damit meine ich auch das Leiden, wenn man die Frucht wieder loswerden will.« Den Rücken gekrümmt, schob die Greisin Mathilde einen Schemel hin. Die Falten auf ihrer Stirn vertieften sich.

Mathilde griff nach dem Schemel und ließ sich darauf nieder. Ihren Umhang behielt sie an, denn in der Hütte herrschte eine Kälte, die das einzelne brennende Holzscheit in dem Ofen nicht vertreiben konnte. Interessiert beobachtete sie die alte Frau. Dann nahm sie all ihren Mut zusammen. »Sollte ich eine Frucht in meinem Leib tragen, dann will ich sie loswerden.« Sie versuchte, ihrer Stimme einen festen Klang zu geben.

Die Greisin drehte sich zu ihr um. »Wenn ich dir sage, es ist so, dann kannst du mir das glauben.«

Mathilde spürte, wie ihr trotz der Kälte der Schweiß im Nacken ausbrach. »Ich kann zahlen«, erwiderte sie kleinlaut.

Nach diesen Worten werkelte die Alte vor ihrer Kochstelle, öffnete Tiegel, vermischte ihren Inhalt mit anderen Essenzen und rührte alles zu einem Brei an, den sie in ein tönernes Gefäß füllte.

Mathilde reichte ihr einen Gulden, den die Greisin mit leuchtenden Augen entgegennahm.

»Es wird nicht ohne Schmerzen geschehen, aber es geschieht.« Die Alte reichte ihr das Gefäß. »Wenn niemand anderes von deinem Leiden erfahren soll, musst du zusehen, dass du allein bist, wenn du das Mittel zu dir nimmst.«

Mathilde nickte und verstaute das Gefäß unter ihrem Umhang. Ihr Blick wanderte aus dem einzigen Fenster der Hütte, vor das sich der Regen wie ein Schleier legte.

»Ich habe noch etwas Suppe vom Vortag da. Wenn du willst, wärme ich sie auf.« Die Greisin sah Mathilde freundlich an.

»Nein, ich gehe jetzt besser. Irgendwann wird der Regen schon nachlassen.« Mathilde erhob sich von dem Schemel. Sie warf einen letzten Blick zu der Greisin, die ihr Vorhaben mit einem Kopfnicken bestätigte. Dann öffnete sie die Tür und trat hinaus in den Regen.

So schnell hatte Hieronymus nicht mit Pater Gregors Ankunft auf der Burg gerechnet. Er schaute verwundert auf, als er ihn in sein Gemach eintreten sah. In Erwartung seines Berichtes schritt er auf den Pater zu. »Ich hoffe, Ihr wart erfolgreich«, sagte er nach dem Ritual der Begrüßung zu ihm.

Pater Gregor holte tief Luft. »Ehrwürden, in unserer Diözese tragen sich schreckliche Begebenheiten zu. Die Dämonen haben sich längst ausgebreitet.« Bei einem Krug rotem Rebensaft, den sie an dem runden Eichentisch zu sich nahmen, schilderte er dem Erzbischof ausgiebig seine Erlebnisse. Nachdem der Pater seinen Bericht beendet hatte, erhob sich der Erzbischof und trat hinter sein Schreibpult. Er legte die Handfläche auf das Holz und sah den Generalvikar eindringlich an.

»Wir richten auf der Burg ein Hexengericht ein. Sie liegt genau im Pestgebiet, und hier ist genug Platz, um die Weiber einzukerkern und die Zeugen zu verhören. Ich werde Graf Philipp unterrichten, damit er uns das Verlies und weitere Räume überlässt.« Hieronymus begrüßte es, einen Grund gefunden zu haben, für längere Zeit auf der Burg zu verweilen. Konnte er doch so sicherlich weitere Stunden der Wonne mit seiner Geliebten genießen.

»Eh ich es vergesse: Wir müssen einen neuen Geistlichen in das Dorf schicken.« Pater Gregor griff nach dem goldenen Kreuz, das um seinen Hals hing, und umfasste es energisch. »Selbst vor dem Prediger hat der Dämon nicht haltgemacht.«

Die Augen des Erzbischofs verdunkelten sich. »Was ist mit ihm geschehen?«

»Er führt einen fürchterlichen Kampf aus. Mit aller Kraft versucht er, gegen den Dämon anzutreten. Ich habe bereits einen Boten zum Konvent in Köln geschickt. Pater Heinrich ist einer der besten Exorzisten im Dominikanerorden.«

Hieronymus lächelte zufrieden. Er konnte sich wirklich auf seinen Generalvikar verlassen.

Der Burgherr öffnete die Tür zum ehemaligen Gerichtszimmer. Mit ausgestrecktem Arm gewährte er dem Erzbischof den Vortritt.

»Hier in dem Wehrturm hat schon Goswin von Stahleck vor über dreihundert Jahren Gericht gehalten.« Graf Philipp fuhr mit den Fingerspitzen über die Platte des wurmstichigen Schreibpults und hinterließ dabei einen Streifen in der Staubschicht. »Ja, es ist lange her, seit hier das letzte Mal gerichtet wurde. Ich werde den Zimmermann beauftragen, dass er neues Mobiliar anfertigt. Und die Mägde werden hier ordentlich fegen.« Er stieß mit dem Fuß ein Holzscheit zur Seite. In dem Lichtstrahl, der durch das kleine Fenster des Mauerwerks fiel, tanzten die Staubflocken.

»Und die Rüstkammer muss geräumt werden«, ergriff Pater Gregor das Wort. »In den nächsten Tagen wird eine Lieferung mit Folterinstrumenten eintreffen.«

»Aber wir können sie doch nicht einfach … Wohin

denn mit all den Waffen?« Graf Philipp sah den Generalvikar entgeistert an.

»Es wird sich schon ein Platz dafür finden.« Hieronymus drehte mit den Fingern seinen Siegelring.

»Sicher, ehrwürdiger Vater. Ihr habt recht.«

Hieronymus entging nicht, dass die Kiefermuskeln des Burgherrn zuckten. »Ihr seid doch sicher auch daran interessiert, dass die Hexen in unserem Reich ausgerottet und damit die Dämonen vertrieben werden?« Er sah Graf Philipp mit erhobenen Augenbrauen an. »Oder wollt Ihr vielleicht lieber, dass die Pest die Menschheit ausrottet?«

»Nein, gewiss nicht, ehrwürdiger Vater.« Der Burgherr senkte reumütig den Blick und strich sich mit der Hand das graumelierte Haar aus der Stirn.

Der durchgeweichte Umhang drückte schwer auf Mathildes Schultern. Immer wieder wandte sie den Blick zum wolkenverhangenen Himmel, in der Hoffnung, er würde sich bald lichten. Doch der Regen peitschte weiterhin in ihr Gesicht, so, als wolle Gott sie von ihrem Vorhaben abhalten. Mathilde wollte umkehren, zurück zur Burg laufen, wo in dem Kamin ihres Gemaches ein wärmendes Feuer brannte. Doch sie stellte sich gegen Gott, der sie nie erhört hatte, selbst damals nicht, als ihre Eltern im Sterben lagen. Sie kämpfte gegen ihn, ließ sich nicht von ihm abhalten, die Frucht loszuwerden und ein Leben zu führen, wie es ihr gefiel. Gott vermochte sie nicht ins Kloster zu locken oder ihr ein Leben in Verdammnis vorzuschreiben, selbst wenn er ihr die Sintflut vom Himmel schickte.

Unter einer Fichte ließ sie sich nieder, lehnte den Rücken an den Stamm und aß mit den Fingern den Brei aus dem Gefäß.

Hieronymus band die karminrote Schärpe um seine Soutane. Sein Herz schlug schneller als gewohnt, auch wenn er tief im Inneren wusste, dass er nichts zu befürchten hatte. Er griff nach dem Hermelinumhang, strich mit den Fingerspitzen über das Fell und legte ihn sich über die Schultern. Es wäre unklug gewesen, Kurfürst Ludwig und den Rat warten zu lassen.

Hieronymus begab sich die Stiegen hinab in die Halle. Vor der Flügeltür mit den geschnitzten Ornamenten atmete er noch einmal tief durch. Dann drückte er entschlossen die Klinke hinunter und betrat den Saal. Das Gemurmel verstummte, und die anwesenden Juristen und Geistlichen, die um den blankgescheuerten Tisch saßen, durchbohrten ihn mit ihren Blicken. Hieronymus stieß den Atem aus und begrüßte die Runde mit einem Kopfnicken. Er versuchte, nicht auf den freien Stuhl des Kurfürsten Ludwig zu starren. Erhobenen Hauptes begab er sich zu seinem Platz, ließ sich nieder und rückte mit dem Stuhl näher an den Tisch. Ein Diener, der neben einer Säule stand, als wollte er selbst das Gebälk stützen, löste sich aus seiner Starre und trat auf ihn zu, um ihm Wein einzuschenken. Hieronymus hätte schwören können, dass er aus Ludwigs Gefolge stammte, aus welchem Grund auch immer.

Graf Otto von Mosbach erhob sich und richtete das Wort an ihn. »Wie Ihr seht, ist mein Bruder nicht anwesend. Er entschuldigt sich – eine Unpässlichkeit fesselt ihn ans Bett. Er hat mir jedoch die Vollmacht übertragen, die Abstimmung des Rates über Euer Amt als Kurfürst von Trier zu übernehmen.«

Unsicherheit befiel Hieronymus. Er traute diesem Otto von Mosbach nicht. Auch wenn er keine Entscheidung ohne den Rat treffen durfte, stellte er sich des

Öfteren sehr geschickt an, Ludwigs Vorhaben in eine andere Richtung zu lenken.

»Nun gut.« Graf Otto räusperte sich. »Wie wir wissen, stehen die Stimmen der Kurfürstentümer im Heiligen Römischen Reich zwei zu drei. Der Papst wartet noch auf die Stimme von der Kurpfalz, ehe er Euch zum Kurfürsten von Trier ernennen kann. Doch liegt Ludwig wie gesagt krank danieder. Die Reise hat ihm die letzte Kraft geraubt.«

Hieronymus hielt den Atem an. Ottos Geschwafel weckte Unruhe in ihm. Vielleicht hatte er einen anderen Kandidaten an der Hand, den er gern auf dem Posten sähe? Hieronymus konnte nicht glauben, dass seine Zukunft von diesem aufgeblasenen Gockel abhing. Sein Blick schweifte über die anderen Männer. Die Blicke der Juristen und Geistlichen hingen an Graf Ottos Lippen, die fest aufeinandergepresst waren.

»Meines Erachtens hat mein Bruder eine gute Wahl getroffen, als er Hieronymus von Ravenstein für den Posten des Kurfürsten von Trier vorschlug.« Otto von Mosbach nickte Hieronymus aufmunternd zu. »Sollte jemand im Rat meines Bruders dagegen sein, so soll er in diesem Augenblick die Stimme heben.«

Eine unheimliche Stille breitete sich im Raum aus, die nur von dem Knistern der Fackeln an den Wänden durchbrochen wurde. In Hieronymus' Ohren rauschte das Blut. Die Herren sahen einander an, doch niemand legte Einspruch ein.

Graf Otto wies den Notar an, die Stimme der Kurpfalz schriftlich zu erfassen. Mit seiner Unterschrift sowie der zweier Ratsmitglieder machte er das Schreiben rechtsgültig, welches noch an diesem Tag von einem Boten nach Rom zu Papst Martin gesandt werden sollte.

Die letzten Strahlen der Sonne versanken hinter den Weinbergen. Alessandra hörte etwas, das nicht zu dem Frieden des Waldes passte. Ein leises Wimmern, kaum hörbar. Sie hob den Kopf und lauschte in die Richtung, aus der das Geräusch gekommen war. Alessandra trat einige Schritte vor und runzelte die Stirn. Das Wimmern wurde lauter. Hinter einem Baumstamm lugte ein Stück Stoff hervor. Rot wie die Rubine, die sie auf dem Bonner Jahrmarkt gesehen hatte. Ihr Herzschlag stockte, als sie näher trat. Eine Frau lehnte an einem Baumstamm, hielt sich den Unterleib und krümmte sich vor Schmerzen.

Alessandra strich ihr vorsichtig das Haar aus der Stirn. »Was ist mit Euch geschehen?«

»Ich verblute … diese Schmerzen … ich muss sterben«, ächzte die Frau mit schwacher Stimme. »Ich sterbe, das Blut, das ganze Blut …« Sie drückte den Stoff ihrer Röcke zwischen die Beine. Ein dunkler Fleck breitete sich darauf aus.

Alessandra riss die Augen auf. »Ich hole Hilfe. Wartet, ich komme sofort wieder!« Sie sprang auf, rannte zurück zum Lager und stürmte in Sancharis Zelt.

Alessandra störte die alte Wahrsagerin bei der Zubereitung einer Salbe. »Sanchari, du musst kommen, schnell! Dort draußen im Wald verblutet eine Frau!«

Sanchari drehte sich zu ihr um. »Nein, Kind, nicht schon wieder, bitte.«

Alessandra schnappte nach Luft. »Doch wirklich, bitte Sanchari, du musst kommen! Sie blutet aus dem Unterleib.«

»Meine Knochen sind alt und müde.« Sanchari sank auf den Schemel. »Ich habe nicht mehr die Kraft, hinter dir herzulaufen.«

Alessandra erschrak, als sie feststellte, wie matt ihre alte

Freundin wirkte. Die Falten auf ihren Wangen hatten sich vertieft, und ihre Augen waren eingesunken. Alessandra legte die Hand auf ihre Schulter. Spitze Knochen bohrten sich in ihre Fingerkuppen. »Sanchari, bist du krank?«

»Nein, ich bin nicht krank, ich spüre nur, wie das Leben allmählich meinen Körper verlässt.«

Alessandra schlang die Arme um Sancharis Hals. »Sag so etwas nicht! Sag so etwas nie wieder«, schluchzte sie.

»Noch ist es nicht so weit.« Die alte Wahrsagerin schob Alessandra sanft von sich. »Doch ich habe eine Bitte an dich. Versprich mir, nach meinem Tod weiterhin die Heilkunst in unserem Stamm auszuüben.«

Alessandra senkte den Kopf. Sie nickte und biss sich dabei auf die Unterlippe, um nicht in Tränen auszubrechen.

»Kind, sieh mir in die Augen.« Sanchari schüttelte Alessandra sanft. »All meine Habseligkeiten werden dir gehören, und du wirst Krankheiten heilen, soweit es in deiner Macht steht. Doch denke daran: Wenn du außerhalb unserer Truppe Menschen heilst, wirst du bald auf dem Scheiterhaufen enden.«

Alessandra wischte sich die Tränen von den Wangen, die sich nicht mehr aufhalten ließen. »Du wirst noch nicht sterben, Sanchari. Ganz bestimmt nicht. Es muss doch irgendetwas geben, das dir die Stärke zurückgibt!«

Sanchari schüttelte den Kopf. »Ich will gar nicht, dass die Stärke in meinen Leib zurückkehrt. Ich bin müde, Alessandra. Müde des Lebens, das mir nie das gebracht hat, was ich mir wünschte.« Sanchari wickelte ihr Kopftuch ab.

Alessandra sah auf den weißen Haaransatz am Scheitel, der einen Kontrast zu den rostrot gefärbten Zöpfen bildete.

Sanchari griff in einen der Tiegel. »Hier, koche ihr daraus einen Aufguss, und bitte, suche sie danach nie wieder auf.« Sie legte Alessandra eine Wurzel in die Hände. »Die Frau war bei einer Engelmacherin. Sie erholt sich wieder oder stirbt daran, genau wie ihr Ungeborenes.«

Alessandra sah Sanchari ungläubig an. »Du meinst, sie hat ihr Kind wegmachen lassen?«

»Das liegt wohl nahe. Und die Wurzel des Blutweiderichs wird ihren Blutfluss stocken.« Sanchari zog die Schultern hoch. »Du solltest nicht immerzu vom Lager weglaufen.« Sanchari strich Alessandra die Locken aus dem Gesicht.

Die fremde Frau lag zusammengesunken auf dem Boden vor dem Baumstamm. Ihr rotes Haar klebte in nassen Strähnen auf ihrer Stirn. Alessandra hielt ihr den Lederschlauch an die Lippen. »Hier, trinkt, und es wird Euch bald wieder bessergehen.«

Nachdem die Frau mit letzter Kraft den Aufguss geschluckt hatte, wickelte Alessandra ihre Schürze ab, knüllte sie zusammen und bettete das Haupt der Frau darauf. »Was ist mit Euch geschehen?«

Die Frau blinzelte in das Sonnenlicht, hob den Arm und strich sich das Haar aus dem Gesicht. »Ich habe einen Fehler gemacht, und Gott hat mich dafür gestraft. Er wird mich vor das Jüngste Gericht stellen und mich danach in die Hölle schicken.«

»Ihr redet wirr, das liegt an dem Blutverlust. Euer Gott wird Euch noch nicht holen.« Alessandra drückte den Teil der Röcke, der noch nicht von Blut getränkt war, zwischen die Beine der Frau, zog ihn wieder hervor und betrachtete den kleinen dunklen Fleck. »Seht, die Blutung hat bereits nachgelassen.«

Als die Frau den Mund zu einem Lächeln verzog, platzten die Risse in ihren Lippen auf. »Ich bin müde. Sieh es mir nach, dass ich dir heute nicht gebührend danken kann.« Sie fuhr mit der Zungenspitze über die blassroten Rinnsale an ihren Mundwinkeln, bevor sie die Augen schloss.

Alessandra dachte an Sanchari, an ihre Worte über das Sterben. Ihre alte Freundin bereitete ihr im Augenblick mehr Sorgen als diese fremde Frau.

Auf dem Weg zu ihrem Zelt schaute Alessandra noch einmal bei Sanchari vorbei. Sie schob die Zeltplane zur Seite und versuchte, im Dunkeln etwas zu erkennen. Die alte Wahrsagerin lag in Decken gehüllt auf dem Boden. Alessandra beugte sich zu ihr hinab und legte die Hand auf ihren Brustkorb. Ihr Atem ging ruhig und gleichmäßig. Erleichtert stellte Alessandra fest, dass sie nur schlief. Sie zog die Decke über Sancharis Schultern und strich ihr das Haar aus der Stirn.

»So schnell wirst du bestimmt nicht sterben«, flüsterte Alessandra, bevor sie sich erhob.

Trotz Sancharis Warnung schlich Alessandra noch vor dem Morgengrauen in den Wald. In einen Korb hatte sie Brot, ein Stück Trockenfleisch und den Lederschlauch gepackt.

Alessandra strich mit den Fingerspitzen über das rote Haar, das den Rücken des Fräuleins bedeckte. Sie mochte vielleicht zwei oder drei Lenze älter als Alessandra sein. Gekrümmt lag sie in einem tiefen Schlaf, und ihre Hand ruhte auf ihrem Unterleib.

Alessandra rüttelte leicht an ihrer Schulter. Die Frau drehte langsam den Kopf zu ihr hin. Die ersten Strahlen der aufgehenden Sonne fielen auf ihr Gesicht. Ihre bleiche Haut wirkte fast transparent und ließ die feinen blauen Linien an ihren Schläfen durchscheinen.

»Wie geht es Euch?«

Die Frau schluckte schwer. »Der Schmerz hat nachgelassen, doch ich verspüre solch einen Durst!« Ohne die Lider zu öffnen, strich sie mit der Hand über ihre Kehle.

Alessandra griff nach dem Lederschlauch, entkorkte ihn und hielt ihn an die blutleeren Lippen.

Nachdem die Frau ihren Durst gelöscht hatte, öffnete sie die Augen. »Vielen Dank für deine Hilfe.« Sie hob den Kopf an und stützte sich auf die Ellbogen. »Doch nun muss ich wieder zurück, bevor sich jemand um mich sorgt.«

Alessandra schüttelte den Kopf. »Ihr seid viel zu schwach. Ihr würdet den Weg nicht schaffen. Der Verlust des Blutes hat Euch die Kraft genommen.« Sie zog das Trockenfleisch aus dem Korb und hielt es der anderen hin. »Esst, damit sich das Blut in Eurem Körper wieder vermehrt.«

Die Frau nahm ihr mit spitzen Fingern das Fleisch aus der Hand. Ihr Biss glich dem einer Maus, die an einem Stück Käse nagt.

Alessandra schüttelte den Kopf. »Euer Appetit scheint nicht der beste zu sein.«

»Nein, mir ist so übel!« Die Frau gab ihr das Stück Fleisch zurück und legte sich langsam wieder auf den Waldboden.

Alessandra legte ihre Hand auf die Schulter der Frau. Der Samt unter ihren Fingern fühlte sich warm, weich und ungewohnt an. »Wollt Ihr mir erzählen, was geschehen ist?«

Die Frau schloss die Lider und schüttelte den Kopf.

»Nein, das bleibt mein Geheimnis.« Sie berührte mit dem Zeigefinger ihre linke Brust. »Nur, wenn die Wahrheit hier drinbleibt, kann sie keinen Schaden anrichten.«

Alessandra nickte. »Ich habe kein Recht dazu, über Euch zu urteilen. Ihr werdet nicht aus Leichtfertigkeit Euer Kind zurück in die Unendlichkeit geschickt haben. Meine Verschwiegenheit ist Euch gewiss.«

Alessandra packte die Sachen in den Korb und erhob sich. »Glaubt Ihr, Ihr kommt von nun an allein zurecht?«

Die Frau nickte. »Ja, geh nur, ich ruhe mich noch ein wenig aus, bevor ich auf die Burg zurückkehre.«

Alessandras Atem stockte. »Auf die Burg?«

»Ja natürlich, auf die Burg Stahleck.« Sie stützte sich auf die Ellbogen und musterte Alessandra. »Wenn du willst, kann ich dich als Magd einstellen. Deine Heilkünste dürften dort von großem Nutzen sein. Verrätst du mir deinen Namen?«

»Alessandra, mein Name ist Alessandra.« Sie atmete tief ein und versuchte, ihren Herzschlag zu beruhigen.

»Melde dich am Burgtor mit deinem Namen, und frag nach der Küchenfrau Martha. Sie wird Bescheid wissen.«

Alessandra hätte der Frau am liebsten auf die Beine geholfen, um ihr auf die Burg zu folgen. Doch dann besann sie sich und dachte an Sanchari, deren Lebenswille nachließ. Sie konnte ihre alte Freundin nicht allein lassen – noch nicht. »Ich würde Euch gern begleiten, doch eine Freundin braucht mich.« Alessandra senkte den Blick und biss sich auf die Unterlippe. Eines musste sie unbedingt wissen, bevor sie die Frau verließ. »Wenn Ihr auf der Burg wohnt, dann kennt Ihr doch bestimmt Simon von Ravenstein?«

Die Frau sah sie verdutzt an. »Ja, ich kenne ihn. Aber woher kennst du ihn?«

»Ich … ich bin ihm einmal begegnet«, stammelte Alessandra und ärgerte sich darüber, dass sie sich die Frage nicht verkniffen hatte. Sancharis Worte fielen ihr wieder ein. Mit ihrem Leichtsinn brachte sie sich noch selbst in Gefahr. Sie beugte sich zu der Frau hinab, um ihre Schultern mit dem Mantel zu bedecken. »Ich muss fort. Lebt wohl.«

Bevor Alessandra sich erhob, griff die Frau nach dem goldenen Amulett, das an einer Kette um Alessandras Hals baumelte. Stirnrunzelnd betrachtete sie es. »Wo hast du das her?«

»Ich besitze es immer schon. Seit meiner Geburt. Es ist ein Erbstück, und wenn ich ein Kind bekomme, gebe ich es ihm weiter«, antwortete Alessandra.

Die Frau ließ das Amulett los. »Merkwürdig«, flüsterte sie.

Alessandra dachte nicht weiter über ihre Worte nach, in ihren Gedanken war sie bei Sanchari. Ihr Gefühl sagte ihr, dass sie unbedingt zu ihr eilen sollte.

Schwere dunkle Wolken verdeckten die Abendsonne. Alessandra wusch sich in der Waschschüssel das Gesicht, kämmte mit den Fingern durch ihre Locken und suchte Sancharis Zelt auf. Eine ungute Vorahnung breitete sich in ihrem Bauch aus.

Als Alessandra die Plane zur Seite schob, zitterten ihre Hände. Sanchari lag in ihre Decken gehüllt auf dem Boden. Alessandra ließ sich auf die Knie fallen. Ihr Herz raste bei dem Anblick ihrer regungslosen Freundin. Sie rüttelte an ihren Schultern. »Sanchari, hörst du mich? Bitte wach auf!«, rief sie verzweifelt.

Die alte Wahrsagerin öffnete die Augen und blinzelte ins Licht.

Erleichtert stieß Alessandra den Atem aus. »Bibijaka sei Dank«, sagte sie und drückte einen Kuss auf Sancharis Stirn. »Willst du nicht aufstehen?« Alessandra strich mit der Hand über die faltige Wange.

»Nein, mein Kind. Lass mich. Ich muss mich auf die letzte Reise vorbereiten.« Sanchari schloss wieder die Lider.

»Nein, sag so etwas nicht!«, rief Alessandra. Sie sprang auf und griff nach einem Kessel. »Ich werde dir Haferbrei kochen. Du musst etwas essen, und dann wirst du sehen, wie deine Kräfte wieder zurückkehren.«

Kurze Zeit später musste Alessandra erkennen, dass der Brei nur noch an Sancharis Mundwinkeln hinablief. Die trüben Augen der Wahrsagerin starrten ins Leere. Alessandra verließ der Mut. Sie legte den Löffel zurück in die Schale, fasste nach Sancharis Hand und drückte sie. Die ganze Nacht blieb sie neben ihrer alten Freundin sitzen und erzählte ihr Geschichten, um sie wach zu halten. Sanchari hielt die ganze Zeit über die Augen geschlossen. Doch hin und wieder glaubte Alessandra, ein Lächeln auf ihren Lippen zu sehen. Und wenn sie ganz still dalag, legte Alessandra den Kopf auf Sancharis Brust, um sich zu vergewissern, dass ihr Herz noch schlug. Sie unterdrückte ihre Tränen, bis ihr der Hals schmerzte.

Als der Morgen graute, öffnete Sanchari die Lider und suchte Alessandras Blick. »Geh die Familie holen. Es ist so weit. Sie müssen mich hier raustragen. Ich will nicht im Zelt sterben«, flüsterte sie mit letzter Kraft.

Unfähig, ein Wort über die Lippen zu bringen, schaute Alessandra ihren Großvater flehend an.

»Was ist los, geht es dir nicht gut?« Mit beiden Händen umfasste er ihr Gesicht.

Alessandra spürte, wie sich die Tränen aus ihren Augen lösten, die sie die ganze Nacht zurückgehalten hatte. »Sanchari … sie stirbt …«, schluchzte sie.

Ihr Großvater wich zurück. Die Augen weit aufgerissen, starrte er Alessandra an. »Aber Kind, wie kommst du darauf?«

Alessandra rang ihre Hände. »Ich habe die ganze Nacht bei ihr gesessen. Nun hat sie mich geschickt, um …« Sie schluckte schwer.

»Wir müssen den Stamm zusammenrufen, damit wir sie gemeinsam auf ihrem letzten Weg begleiten können.« Ihr Großvater schaute in die Ferne, und Alessandra sah großes Leid in seinen Augen.

Silvio trug Sanchari aus dem Zelt und bettete sie in die Mitte des Kreises, den die Stammesangehörigen gebildet hatten. Jeder von ihnen hielt eine brennende Kerze, deren Flamme sie mit der Hand abschirmten, um sie vor dem Nieselregen zu schützen.

»Warum lassen wir sie nicht in ihrem Zelt sterben?«, schluchzte Alessandra. »Sie wird hier draußen nass.«

Ihr Großvater legte den Arm um sie und drückte sie an sich. »Nein, mein Kind, das können wir ihr nicht antun.« Er richtete den Blick zum Himmel. »Sanchari liebte nichts mehr als die Freiheit. Und sie liebte das Reisen, genau wie wir alle.« Er strich mit der Hand über Alessandras Wange. »Doch nun sind ihre Füße müde und können sie nicht mehr tragen. Auf ihrer letzten Reise, der größten von allen, wollen wir sie mit unseren Gedanken tragen, bis sie dort angekommen ist, wo sie ihre Ruhe findet.«

Sanchari blinzelte in die Runde. Ein Lächeln umspielte ihre Lippen. »Hört ihr, wie der Tod seine Geige stimmt? Gleich wird er kommen, um mich zu holen. Er nimmt mich mit auf die größte Reise meines Lebens, an deren Ende wir uns alle wiedersehen werden.« Sie schloss die Augen, und diesmal war es für immer. Auf ihrem Gesicht lag der Ausdruck der Zufriedenheit.

Silvio erhob sich und legte die Hand auf ihre Brust. »Sanchari hat die Reise angetreten«, verkündete er mit fester Stimme.

Die Stammesangehörigen begannen zu schluchzen, einige der Frauen schrien ihren Kummer hinaus. Alessandra schlug die Hände vor ihr Gesicht. Sie konnte nicht begreifen, dass ihre alte Freundin nicht mehr bei ihr war. Immer wieder schüttelte sie den Kopf. »Nein, sie schläft, sie ist nicht tot.«

Ihr Großvater wiegte sie in seinen Armen. »Ihre Seele hat uns verlassen. Lass sie ziehen. Irgendwann werden wir uns alle wiedersehen.«

Als die Abenddämmerung hereinbrach, ließ der Nieselregen nach. Django erhob sich aus seinem Schneidersitz. »Ich übernehme die Totenwache.« Er setzte sich vor Sanchari mit dem Rücken gegen den Wind, um die Flammen der Kerzen zu schützen.

Das Jammern und Wehklagen verwandelte sich jetzt in Sprechchöre, die Sancharis Tugenden lobten. Erst als nach einer langen Nacht der Morgen graute, entfernten sich die ersten Stammesmitglieder, um ihren Alltagsgeschäften nachzugehen. Nachdem sich auch Silvio erhoben hatte, setzte sich Alessandra neben Django und schaute in seine Augen, unter denen dunkle Schatten lagen. »Geh ruhig, ich übernehme jetzt die Totenwache.« Sie lehnte ihren Kopf gegen seine Schulter.

Die Beine gekreuzt, saß sie neben Sancharis Leichnam, schloss die Augen und wiegte ihren Oberkörper in der sanften Brise des Frühlings hin und her. In ihren Träumen durchstreifte sie mit Sanchari den Wald. Sie fanden Simon, und gemeinsam pflegten sie ihn gesund. So lange, bis er auf einen Schimmel stieg und sich von ihr mit einem Handkuss verabschiedete.

Alessandra schreckte auf. Ihr Nacken schmerzte, sie musste eingeschlafen sein. Sie rieb sich über das Gesicht. Die Flammen des Feuers verschwammen vor ihren Augen. Was hielt sie noch hier bei ihrem Stamm? Sanchari lebte nicht mehr. Und Papos Geduld war auch zu Ende. Seiner Meinung nach sollte sie endlich Sami heiraten, den sie nicht liebte. Alessandra spürte einen Stich in ihrem Herzen. Das war nicht das Dasein, das sie sich immer vorgestellt hatte. Sie schloss die Lider, sah abermals Simons blaue Augen, sein blondes Haar. Und selbst wenn sie nie in seinen Armen liegen durfte, wollte sie nichts mehr, als ihm nahe sein. Auch wenn Sanchari gewarnt hatte, dadurch würde der Schmerz nie vergehen. Sie musste ihn wiedersehen, und wenn es nur aus der Ferne sein durfte.

Am zweiten Abend nach Sancharis Tod packte Alessandra das Tuch mit ihren Habseligkeiten zusammen. Ihre wenigen Besitztümer unter den Arm geklemmt, schlich sie aus dem Lager. Bevor sie endgültig den Stamm verließ, warf sie noch einen Blick zurück. Sancharis Zeltspitze ragte aus den anderen Unterkünften hervor. Die Sterne auf der Plane funkelten im fahlen Mondlicht. Ein Hund bellte, und die Ziegen antworteten ihm mit einem leisen Meckern. Dann wurde es still, nur das Knacken der Äste unter ihren nackten Fußsohlen war zu hören. Die Kronen der Buchen wiegten sich im Wind. Alessandra begab sich zu der Stelle, wo Papo das Seil zwischen den Bäumen gespannt hatte. Sie atmete tief durch und löste die Knoten. Das Seil war das Letzte, was sie mit ihrem alten Leben verband. Es sollte sie immer begleiten, wie eine alte Freundin, gleichgültig, wohin sie ging. Denn nur bei dem Tanz auf dem Seil konnte sie ihren Träumen freien Lauf lassen. Alessandra wickelte das Seil entschlossen auf und verstaute es in ihrem Bündel. Nichts konnte sie mehr aufhalten. Sie schlug die Richtung ein, in der die Burg Stahleck auf dem Hügel thronte. In Gedanken träumte sie von ihrem neuen Leben, malte sich aus, wie es wohl hinter den Burgmauern aussah.

Plötzlich sprang eine Gestalt aus den Büschen und riss sie an der Schulter hinab auf den Waldboden. Alessandra wollte vor Schreck aufschreien, doch eine Männerhand presste sich auf ihre Lippen. Ihr Herz raste, und sie zitterte am ganzen Köper. Mit aller Kraft versuchte sie, sich aus dem Griff zu lösen.

»Schscht … halt still, ich bin es nur.«

Alessandra spürte den heißen Atem an ihrem Ohr. Samis Atem. Sie versuchte, ihm in die Finger zu beißen, doch er presste seine Hand so fest auf ihre Lippen, dass sie die Zähne nicht auseinanderbekam.

»Du gehörst zu mir«, keuchte er, während er sie auf den Waldboden drückte. »Es könnte dir so passen, einfach von hier zu verschwinden. Wo wolltest du denn hin? Zu deinem Ritter?« Sami nestelte mit der freien Hand an den Schnüren ihres Hemdes. »Er bekommt dich nicht, von nun an bist du meine Frau!« Seine Lippen drückten sich auf ihre entblößten Brüste. »Du wirst für immer mir gehören. Eine Frau gehört immer zu dem Mann, der ihr die Jungfräulichkeit genommen hat.« Sami rieb seine Wange an ihrem Bauch.

Auf ihrer Haut spürte Alessandra die Hitze seiner Stirn. Sie versuchte aufzuschreien, als er mit der Hand ihre Oberschenkel auseinanderdrückte. Ein Würgereiz überfiel sie. Sie glaubte zu ersticken, als sich Sami mit seinem ganzen Gewicht auf sie legte. Um sie herum wurde es dunkel, doch dann ließ die Schwere auf ihrem Körper plötzlich nach.

Kapitel 5

Mathilde war unendlich froh, dass das Leben in ihren Leib zurückgekehrt war. Nachdem dieses Mädchen sie im Wald versorgt hatte, war sie bald wieder auf die Burg geschlichen. Als Erklärung für ihre Abwesenheit gab sie bei ihrem Oheim und ihrer Kammerjungfer an, sich bei einem Spaziergang im Wald verirrt zu haben. Maria hatte sie zwar argwöhnisch angesehen, doch keine weiteren Fragen gestellt.

Nun sah Mathilde dem Pfalzgrafen lächelnd nach, wie er die Stufen zu seinem Gemach hinaufstieg. Er hatte ihr den Wunsch erfüllt, dass sie ihren zukünftigen Verlobten selbst zum Ritter schlagen durfte. Wenn er vor ihr kniete, hatte sie Macht über ihn. Und sie wollte ihn so früh wie möglich spüren lassen, dass sie das Sagen hatte.

Sie verließ das Herrenhaus und ging langsam an den Ställen und Wirtschaftshäusern vorbei. Aus der Küche wehte der Duft von frischgebackenem Brot. Mathilde ließ sich auf einem Mauervorsprung nieder und betrachtete gelangweilt den alten Schmied. Sein weißes Haar war an den Schläfen vom Ruß geschwärzt. Mit einer Zange legte er ein glühendes Eisen auf den Amboss. Die Schläge des Hammers hallten von der Burgmauer wider. Durch die Luft zischten Funken.

In Mathildes Herzen brannte die Sehnsucht nach Hieronymus' Zärtlichkeiten. Doch hier auf der Burg Stahleck schien es ihr unmöglich, mit ihm in Zweisamkeit zu verweilen.

Der auffrischende Wind wirbelte durch ihr Haar. Sie gähnte und rieb sich fröstelnd über die Oberarme, bevor sie sich von dem Mauervorsprung erhob, um in ihr Gemach zurückzukehren. Auf den Stiegen begegnete sie ihrem Oheim. Sie wollte sich gerade wortlos an ihm vorbeischieben, als dieser sie am Arm zurückhielt.

»Gut, dass ich dich sehe.« Leopold stieß erleichtert den Atem aus. »Der Burgherr hat uns beim Kellermeister zu einer Weinprobe eingeladen. Dort werden wir auch zu Abend speisen.«

Mathilde zog die Mundwinkel hinab. »Beim Kellermeister?« Sie verdrehte die Augen. »Und dafür macht Ihr so einen Aufstand?«

Graf Leopold sah sie verständnislos an. »Du weißt wohl nicht, dass die besten Weine aus dieser Gegend stammen?«

Mathilde winkte ab. »Was interessieren mich Weine?« Sie hob ihre Röcke und stieg weiter die Stufen hinauf.

»Der Erzbischof von Trier weilt auch unter den geladenen Gästen. Der Höflichkeit halber erwarten wir dich dort!«, rief Graf Leopold ihr nach.

Mathildes Herzschlag setzte für einen Augenblick aus. Sie fuhr herum und starrte ihren Oheim an. Endlich gab es eine Gelegenheit, Hieronymus wieder nahe zu sein. In einem kleinen Kreis und nicht wie sonst an der großen Tafel, wo sie ihn nur von weitem beobachten konnte. »Ich werde da sein«, hauchte sie und spürte, wie ihr die Hitze in den Nacken kroch.

Mathilde versuchte, ihren Herzschlag zu beruhigen, indem sie auf die Holzfässer starrte, die in den Löchern an der Wand gelagert wurden. Das Mauerwerk bog sich über dem Weinkeller, in dem eine Kälte herrschte, die Mathilde zittern ließ. Der Schein der Fackeln warf Schatten an die Wand, die gespenstisch flackerten. Durch das Gewölbe zog der Geruch von Moder und Kerzenwachs. Mathilde zog den Mantel aus cremefarbener Schurwolle enger um ihre Schultern und ließ sich auf einen der Schemel nieder. Mit geschlossenen Augen nahm sie einen tiefen Schluck aus dem Zinnbecher, den sie fest mit den Händen umklammerte. Der fruchtige Geschmack des roten Weines haftete an ihrem Gaumen, und in ihrem Leib breitete sich eine wohlige Wärme aus. Der Kellermeister erklärte gerade, dass Bacharach nach dem römischen Gott des Weines benannt worden war. Er langweilte Mathilde mit seinen ausschweifenden Erzählungen. Aus den Augenwinkeln betrachtete sie den Erzbischof in seiner rubinfarbenen Robe. Als er den Weinkelch zu seinen Lippen führte, funkelte der Siegelring an seinem Finger im Schein der Kerze. Nachdem er einen Schluck genommen hatte, setzte er den Kelch ab, schaute zu Mathilde und schenkte ihr ein Lächeln, das ihr durch Mark und Bein ging. Der Wein stieg ihr zu Kopf, und sie kicherte wegen der frivolen Gedanken, die ihr in den Sinn kamen. Sie erinnerte sich an die Worte ihrer Freundin, die einmal erwähnt hatte, dass man an der Nase eines Mannes die Größe seiner Männlichkeit erkennen konnte. Wie recht sie hatte, dachte Mathilde, als sie das scharfgeschnittene Profil des Erzbischofs betrachtete. So stellte sie sich eine römische Gottheit vor. Bacchus musste ihm ähneln. Ihr Oheim strafte sie mit einem strengen Blick. Mathilde stieß auf und hielt sich die Hand vor den Mund. Mit der anderen streckte sie dem Kellermeister ihren Becher entgegen, wollte ihn nachfüllen lassen, doch Graf Leopold legte die Hand auf den Kelch.

»Es reicht, Mathilde, noch mehr Wein bekommt dir nicht.«

Mathilde funkelte ihn mit ihren graublauen Augen zornig an. »Warum denn nicht? Glaubt Ihr, ich wüsste mich nicht zu benehmen?«

»Mathilde, begleite mich nach draußen. Wir müssen uns unterhalten.« Der Graf Leopold blickte entschuldigend zu dem Burgherrn und dem Erzbischof.

»Lasst mich los«, zischte Mathilde kurz darauf und riss sich aus dem Griff ihres Oheims, der sie die Kellertreppe hinaufgezerrt hatte. Sie strich sich über den Arm, auf dem sich rot die Abdrücke seiner Finger abmalten.

»Jetzt hör mir mal gut zu, meine Liebe. Diese Verlobung ist deine letzte Gelegenheit, mit einem Mann von Adel die Ehe einzugehen. Diesem Simon von Ravenstein wird ein stattliches Lehen überschrieben. Dir wird es also an nichts fehlen.«

»Eine Ehe mit einem Grobian steht mir bevor.« Mathilde schob die Unterlippe vor.

»Was redest du für ein dummes Zeug? Dein Vater hat dir nur Schulden hinterlassen. Ich muss sehen, wie ich sie abbezahlen kann. Du kannst mir dankbar sein, schließlich sorge ich dafür, dass du nicht verarmst.«

Mathilde öffnete den Mund, um etwas zu erwidern. Doch ihr Oheim fiel ihr ins Wort.

»Du solltest deinem zukünftigen Verlobten mehr Aufmerksamkeit schenken, doch stattdessen starrst du den Erzbischof an. Mathilde, du hast die Wahl: entweder das Kloster oder diese Verlobung. Und denke daran, es gibt nur ein Kloster, das dich aufgrund deiner Armut aufnimmt. Und dort müssen die Novizinnen das Schweigegelübde ablegen.« Graf Leopold grinste hämisch.

Als Mathilde sich in dem Weinkeller wieder auf ihren Platz setzte, erschien ein falsches Lächeln auf ihren Lippen. Sie schluckte schwer an dem Kloß in ihrem Hals.

Die Mägde trugen die Speisen auf. Fisch sowie Geflügel, eine Schweinehälfte und verschiedene Pasteten dampften aus Schalen und von Platten. Der Burgherr lächelte Mathilde zu und ermunterte sie, nach den Speisen zu greifen. Da sie immer noch unentschlossen von einer Speise zur anderen blickte, erhob sich Graf Philipp. Er schritt um den Tisch, stellte sich hinter sie und legte die Hände auf ihre Schultern. »Warum probiert Ihr nicht die in Mandeln kandierte Forelle? Eine Spezialität unserer Köchin.«

Mathilde nickte und legte sich ein kleines Stück des Fisches auf den Teller. Der Burgherr lächelte zufrieden, tätschelte ihre Schulter und setzte sich wieder an seinen Platz. Mathilde spürte, dass Simon von Ravenstein sie beobachtete, doch sie würdigte ihn trotz der Ermahnung ihres Oheims keines Blickes.

Bei dem Gespräch über die Möglichkeiten, weitere Territorien in den Besitz der Wittelsbacher zu bringen, hing sie gebannt an Hieronymus' Lippen. Mit jeder Faser ihres Körpers erinnerte sie sich, wie weich sie sich auf ihrer Haut angefühlt hatten. Der Erzbischof wechselte bald das Thema und sprach über ein Hexengericht, das er hier auf der Burg errichten wollte.

Mathilde sah ihn mit weit aufgerissenen Augen an. »Ein Hexengericht? Dann werden leibhaftige Hexen hier auf der Burg verhört und eingekerkert?«

»So ist es von mir vorgesehen.« Der Erzbischof schaute

ihr tief in die Augen. Tiefer, als es sich für einen Mann der Kirche gehörte.

Mathilde vergaß die Hexen sofort wieder und spürte Vorfreude in sich aufkeimen. Sie war sicher, dass sich irgendwann hier auf der Burg die Gelegenheit bieten würde, mit diesem Mann allein zu sein.

Bevor die Flamme des letzten Kerzenstumpens in der Wachslache auf dem Tisch versank, erhob sich der Erzbischof, streckte die Glieder und verabschiedete sich von der Tafelrunde zur Nacht. Die anderen folgten ihm die Stiegen hinauf, um sich ebenfalls zu ihren Gemächern zu begeben.

In dieser Nacht träumte Mathilde von Hexen und Dämonen, die um ein Feuer tanzten und dabei die Pest herbeizauberten. Doch dann kam Hieronymus und kerkerte die Hexen ein. Als sie alle im Verlies saßen, trug er Mathilde auf seinen Armen in sein Gemach, um sie dort zu lieben.

Mathilde rekelte sich und blinzelte in die ersten Strahlen der Sonne, die durch das Fenster fielen. Sie richtete sich auf und sann über ihren Traum nach. Alles wollte sie daransetzen, dass er wahr wurde.

Nach dem Frühstück saßen sie und ihre Kammerjungfer am Fenster und knüpften an einem Wandteppich. Die wortkarge Maria langweilte Mathilde. Sie ließ von der Handarbeit ab und schaute aus dem Fenster.

Hieronymus verließ gerade den Innenhof der Burg. An der Art, wie er die Hände auf dem Rücken verschränkte, erkannte sie, dass er zu einem Spaziergang aufbrach.

Mathilde sprang von ihrem Stuhl hoch. »Ich bin gleich wieder zurück.« Sie legte Maria ihre Knüpfnadel in den Schoß und verließ eilenden Schrittes das Gemach. Auf dem Pfad, der in den Wald führte, holte sie Hieronymus ein.

»Gestattest du mir, dich auf deinem Spaziergang zu begleiten?«

Hieronymus blieb stehen und sah sie überrascht an. »Mathilde, es ist mir eine Freude, wenn du mich begleitest.« Ein Lächeln umspielte seine vollen Lippen.

Gemeinsam setzten sie den Weg fort und folgten einem Trampelpfad, den das vermoderte Laub des letzten Herbstes bedeckte.

»Die ganze Nacht ist mir diese Hexe nicht mehr aus dem Kopf gegangen«, ergriff Mathilde das Wort.

»Das kann ich dir nicht verdenken. Es ist ungeheuerlich, mit welcher Macht die Dämonen versuchen, die Schöpfung Gottes zu zerstören. Doch wir können dem Einhalt gebieten. Wir müssen einschreiten, bevor die Hexen weiterhin mit der Pest die Menschheit ausrotten. Und nicht nur diese Seuche ist zum größten Teil auf ihren Schadenszauber zurückzuführen. Auch die Verwüstungen der Felder und die daraus resultierenden Hungersnöte sind immer öfter ihrem Machwerk zuzuschreiben.« Der Erzbischof stieß schwer den Atem aus.

»Es sind allerdings nicht nur die Hexen, die mir diese Nacht nicht aus dem Sinn gegangen sind.« Mathilde senkte ihr Haupt. Zu ihren Füßen leuchteten Walderdbeeren zwischen dem zarten Grün. Sie spürte, wie Hieronymus' schlanke Finger ihre Hand umfassten, und drehte sich zu ihm hin. Ohne den Blick von seinen bernsteinfarbenen Augen zu wenden, ließ sie sich von ihm hinunter auf den Waldboden ziehen. Als sie sich gegenüberknieten, ließ er ihre Hand los und strich mit der Fingerspitze über die weiße Brokatspitze, die ihren Ausschnitt zierte.

Auf Mathildes Armen richteten sich die zarten Härchen auf. Ein wohliger Schauer durchfuhr ihren Leib. Hieronymus' Lippen näherten sich den ihren, und sie schloss die Augen. Seine Finger lösten die Schnüre ihres Mieders. Mathilde wusste nicht, was sie mehr erregte – der Kuss, in dem sie sich verlor, oder die Berührung seiner Hände, die sanft über ihre entblößte Brust strichen. Plötzlich ließ Hieronymus von ihr ab. Als Mathilde ihn nicht mehr spürte, zwang sie sich, die Augen zu öffnen. Das Lächeln eines Spitzbuben umspielte die Lippen ihres Geliebten. Zwischen Zeigefinger und Daumen hielt er eine Erdbeere. Unter dem sanften Druck seiner Hand sank Mathilde rücklings auf den Waldboden und zog ihre Röcke hoch. Als sie vollkommen entblößt vor Hieronymus lag, schloss sie die Augen. An ihren Lippen spürte sie die Kühle der Walderdbeere. Ihr Mund öffnete sich, und Hieronymus legte ihr die kleine Köstlichkeit auf die Zunge. Mathilde presste sie gegen ihren Gaumen und schmeckte die Süße, die ihre Mundhöhle ausfüllte. In ihrem Leib loderte ein Feuer, dass sie sogar die gerade überstandenen Schmerzen vergaß. Das Verlangen, Hieronymus zu spüren, stach wie tausend Nadeln auf ihrer Haut. Mathilde ging wieder auf die Knie. Sie griff nach dem Saum seiner Soutane und streifte sie ihm über den Kopf. Auch das Hemd hatte sie ihm rasch ausgezogen. Das Herz schlug ihr bis zum Hals, als sie seinen Oberkörper betrachtete. Sie strich mit den Fingerspitzen über die olivfarbene Haut seiner Brust und atmete den Duft von Sandelholz ein, den sie verströmte. Dass sich unter der Soutane eines Kirchenmannes die Statur eines Kriegers versteckte, erregte Mathilde über alle Maßen. Schwer atmend sank sie wieder auf den Waldboden. Hieronymus beugte sich über sie. Seine Lippen liebkosten ihre Brustwarzen, wanderten weiter hinab, bis sich seine Zunge in ihrem Bauchnabel verfing. Mathilde entfuhr ein leiser Aufschrei. Ihre Finger krallten sich in seine Locken und drückten sein Haupt tiefer hinab. Hieronymus ließ es widerstandslos geschehen, seine Zunge spielte mit ihrer Scham, bis sie endlich die Stelle liebkoste, bei deren Berührung Mathilde fast die Besinnung verlor. Hieronymus richtete sich auf. Er stützte sich auf seine Handflächen und beugte sich über Mathildes Gesicht. Auf seiner Stirn glänzten Schweißperlen. Er verschloss ihren Mund mit seinen Lippen, verlagerte sein Gewicht auf die Ellbogen und drückte seinen Unterleib zwischen ihre Schenkel. Als er mit einem sanften Stoß in sie eindrang, drehte sich der Wald um sie. Ihre spitzen Schreie übertönten den Gesang der Vögel in den Baumkronen.

Simon lag noch im Bett und hätte die Lider am liebsten weiterhin geschlossen gehalten. Doch die Gesänge der Vögel rissen ihn aus seinen Träumen. Er richtete sich auf und schaute verwundert auf das Federbett. Gerade noch war er im Wald gewesen, und Alessandra hatte eine Salbe auf seine Wunde aufgetragen. Als er an die Berührung ihrer Hände dachte, lief ein Schauer über seinen Rücken. Simon verschränkte die Arme hinter dem Kopf und sank in das Kissen zurück. Den Blick ins Leere gerichtet, dachte er zurück an die Zeit im Wald. An vieles konnte er sich nicht mehr erinnern, doch etwas beherrschte seine Gedanken: Alessandras Augen, ihr Haar und ihre Wangen, die erröteten, wenn er gescherzt hatte. Simon atmete tief ein und schloss die Lider. Vielleicht sollte er Alessandras Stamm aufsuchen, um sich bei ihr gebührend zu bedanken. Doch mit jedem neuen Sonnenstrahl, der in das Gemach fiel, wuchs seine Vernunft. Sie würde

Schwierigkeiten mit ihrer Familie bekommen, und das war das Letzte, was er wollte.

Seufzend schlug Simon die Bettdecke zurück. Er sollte sich besser darum kümmern, dass Mathilde Gefallen an ihm fand. Er überlegte, was das Herz der kühlen Jungfrau wohl erfreuen mochte, die ihn auch weiterhin keines Blickes würdigte. Denn ob er wollte oder nicht, er musste den Rest seines Lebens mit ihr verbringen. Es gab bei weitem Frauen, die unansehnlicher waren, und er haderte besser nicht mit seinem Schicksal, wenn er nicht als Bettler am Wegesrand enden wollte. Was nutzte es ihm, Weiprechts Großneffe zu sein? Sein Onkel, der Kanzler, sowie König Ruprecht lagen schon lange im Grab. Er selbst war nur ein Mittel zum Zweck, das die Wittelsbacher brauchten, um die Ländereien der Luxemburger an sich zu reißen. Und dazu gehörte seine Vermählung mit Mathilde.

Es klopfte, und ein untersetzter Mann mit schütterem Haar betrat das Gemach. »Ritter Richard sagte mir, ich soll mir Euer Bein ansehen.«

»Seid Ihr der Medicus?« Simon richtete sich auf seiner Bettstatt auf.

»Ja, der bin ich. Wie ich gehört habe, habt Ihr einen offenen Bruch.« Der Medicus sah auf Simons Bein.

»Das stimmt. Obwohl es schon eine Weile zurückliegt, habe ich das Gefühl, der Knochen will nicht heilen.« Simon ließ den Medicus das Bein betrachten.

»Die Wunde ist gut verheilt. Sagt, wer hat Euch den Knochen gerichtet?«, fragte der Medicus verwundert, während er mit der flachen Hand über das Schienbein strich.

»Eine Heilkundige«, antwortete Simon knapp.

»Ich muss zugeben, sie hat ihre Arbeit gut gemacht.

Der Knochen fühlt sich glatt an. Das Bein ist zwar noch geschwollen, aber das ist normal und wird auch noch für eine Weile so bleiben.«

»Und was ist mit den Schmerzen?«, fragte Simon, während er sich wieder aufrichtete.

»Die werden Euch noch eine Zeitlang begleiten, damit müsst Ihr Euch abfinden. Doch es wird mit der Zeit besser. Wenn die Frau Euch nicht geholfen hätte, wäre Euer Bein verfault.« Der Medicus hob die Augenbrauen. »Ein gebrochener Knochen bedarf eines langen Heilungsprozesses. Habt Geduld.«

Trotz des Schmerzes in seinem Bein folgte Simon dem Duft von gebratenem Speck und fand sich kurz darauf in der Küche der Burg wieder. Von Marthas grauen Haarsträhnen, die unter der Haube hervorlugten, perlte der Schweiß. Mit dem Kochlöffel in der Luft fuchtelnd, scheuchte sie die Mägde durch die Küche. Als ihr Blick auf Simon fiel, hielt sie inne und starrte ihn an.

»Herr, darf ich fragen, was Euch in meine Küche verschlägt?«

Die Verbeugung vor ihm fiel ihr offensichtlich schwer, denn als sie sich wieder erhob, hatte sie Mühe, das Gleichgewicht zu halten.

Simon lächelte und griff ihr unter den Arm, bis sie wieder sicher auf den Beinen stand.

»Ich bin dem köstlichen Duft gefolgt.«

Martha sah ihn erstaunt an. »Aber Herr, das Frühmahl wird doch gleich aufgetragen.«

»Ich weiß, doch ich dachte, ich könnte es in deiner Küche vorab kosten.«

»Setzt Euch«, erwiderte Martha lächelnd und zog unter dem einfachen Holztisch einen Stuhl hervor.

Simon fühlte sich, als wäre er ein kleiner Junge – wie damals bei seiner Mutter an der Kochstelle. Der Ofen wärmte seinen Rücken. Martha reichte ihm einen Teller mit gebratenen Eiern und Speck. Dazu schenkte sie ihm gewürzten Wein in einen Holzbecher ein.

Nachdem Simon die letzten Reste mit den Fingerkuppen aufgepickt hatte, erhob er sich. Die Hand auf den Bauch gelegt, neigte er sein Haupt. »Ich danke dir, Martha.«

Martha stemmte die Hände in die Hüften. »Ihr seid ein dankbarer Esser und in meiner Küche jederzeit willkommen«, sagte sie lachend. Ihre Wangen erinnerten Simon an die rotbackigen kleinen Äpfel aus dem Obstgarten seiner Großmutter.

Simon verließ die Küche. Im Innenhof blickte er sich um und suchte nach einem stillen Platz, an dem er sich auf seinen Ritterschlag vorbereiten konnte. In dem Augenblick, als er die Stufen des Wehrturmes hinaufsteigen wollte, tippte Richard ihm von hinten auf die Schulter.

»Ich hoffe, du hast in der Kapelle deine Sünden gebeichtet.«

Simon schluckte. Zögerlich drehte er den Kopf. Nachdem er Richard kurz in die Augen geschaut hatte, senkte er demütig den Blick. »Ja, ich habe meine letzten Stunden vor der Schwertleihe mit Buße verbracht«, log er.

»Vorbei ist nun die Zeit, in der du Schwerter geputzt und Pferde gesattelt hast.«

Simon humpelte, gefolgt von Richard, die Treppen hoch.

»Bald wirst du kein Knappe mehr sein. Und all das, was ich dich gelehrt habe, wird Früchte tragen.« Richard legte ihm die Hand auf die Schulter.

Simon blickte über die Zinnen der Burg hinweg auf

den Rhein und die Weinberge. Nachdenklich rieb er sich mit dem Zeigefinger über die Oberlippe. Richard lehnte sich gegen das Mauerwerk, verschränkte die Arme vor der Brust und verwehrte Simon somit den Ausblick vom Wachturm. »Sag mal, interessiert dich das alles nicht?«

»Wie kommt Ihr darauf?« Simon blickte Richard erstaunt an.

»Weil du ewig mit deinen Gedanken woanders bist.« Zwischen Richards Augenbrauen bildete sich eine steile Falte.

»Es ist der Schmerz in meinem Bein. Ich weiß nicht, ob ich beim Ritterschlag knien kann«, seufzte Simon.

»Sind das deine einzigen Sorgen?« Richard lachte laut auf.

Simon fühlte sich wie ein kleiner Junge, der beim Stehlen erwischt worden war. Er hatte Mühe, dass seine Ohren nicht rot wurden. Seine Ausrede war wirklich nicht die beste, doch dass eine andere Frau seine Gedanken und Träume beherrschte, konnte er Richard einfach nicht sagen.

»Junge, ich habe vernommen, dass Mathilde dich zum Ritter schlagen wird.«

Simon verschluckte sich an seinem eigenen Speichel. Ein Hustenanfall überfiel ihn.

»Mathilde?«, krächzte er, nachdem er sich wieder einigermaßen beruhigt hatte.

Richard zuckte mit den Schultern. »Ich kann das auch nicht verstehen, doch sie ist eine Adelige und von daher dazu berechtigt.«

»Aber der Kurfürst … Ist er nicht eigens hergekommen, um mir –?«

»Du hast doch gesehen, dass er sich kaum noch auf den Beinen halten kann«, fiel Richard ihm ins Wort.

»Und was ist mit dem Pfalzgrafen?« Simon sah seinen Rittervater an, als hätte er einen Geist vor sich stehen.

Richard zuckte mit den Schultern. »Was weiß ich? Vielleicht ist es ja ein gutes Zeichen, dass deine zukünftige Verlobte dir unbedingt selbst den Ritterschlag erteilen will.«

Simon kleidete sich in das schieferfarbene Knappenhemd. Er tauchte die Finger in die Waschschüssel und bändigte seine Locken, damit sie ihm nicht unentwegt in die Stirn fielen. Zum ersten Mal seit dem Überfall zog er sich wieder die Stiefel über. Er schloss die Schnallen, schnappte nach Luft und biss dann die Zähne aufeinander. Als das feine Leder auf sein Schienbein drückte, raubte ihm der Schmerz fast den Verstand. Simon zerrte den Stuhl an das Fenster und ließ sich darauf nieder. Die Ellbogen auf seine Oberschenkel gestützt, vergrub er sein Gesicht in den Händen. Er musste nur einen Augenblick lang warten, dann würde der Schmerz gewiss nachlassen. Simon bemühte sich, tief und regelmäßig zu atmen. Er hob den Blick und schaute aus dem Fenster. In seinem Schienbein klopfte weiterhin der Schmerz. Doch gleichzeitig spürte er einen Stich in seinem Herzen, wie jedes Mal, wenn er die umliegenden Wälder von Bacharach betrachtete und sich an Alessandra erinnerte. Mit jeder Faser seines Körpers sehnte er sich danach, noch einmal eine ihrer schwarzen Locken um seinen Finger wickeln zu können. Noch einmal in die Augen schauen zu können, die ihn mehr gewärmt hatten als der Ofen in Marthas Küche. Simon seufzte und wandte den Blick vom Fenster ab. Es war an der Zeit, dass er seinem Schicksal erhobenen Hauptes entgegentrat.

Ein Klopfen an der Tür ließ ihn aufschrecken. Richard betrat sein Gemach. »Bist du so weit?«

Simon nickte wortlos, bevor er seinem Rittervater folgte.

Das geschnitzte Abbild eines Löwen verzierte die Türflügel zum Thronsaal. Simon spürte, wie sein Herz schneller schlug.

»Warte hier, bis du gerufen wirst.« Richard legte die Hand auf seine Schulter. Simon lehnte sich mit dem Rücken gegen die Burgmauer neben der Tür. Sein Blick senkte sich zu dem Steinboden, dessen Unebenheiten von den Tritten unzähliger Menschen zeugten.

Im nächsten Moment hallte das Knarzen von rostigen Scharnieren von den Burgmauern wider, und die Tür öffnete sich.

»Ihr könnt nun eintreten.« Ein rothaariger Mann steckte den Kopf durch den Spalt. Mit einer Handbewegung bat er Simon in den Saal.

Simon blickte zu der ersten Bank, auf der Kurfürst Ludwig zwischen Pfalzgraf Otto und dem Burgherrn saß. Die Augen des Kurfürsten starrten ins Leere. Müde ließ er den Kopf hängen, wobei der ergraute Bart seine Brust berührte.

Simon wandte seine Aufmerksamkeit wieder der Zeremonie zu, bei der er zum Ritter geschlagen werden sollte, und schritt zu dem leeren Thron, vor dem Mathilde stand – gekleidet in ein cremefarbenes Gewand, das mit goldener Spitze abgesetzt war. Die Saphire auf dem Band, das ihre schlanken Hüften umspielte, harmonierten mit ihren Augen. Kupferfarben legte sich ihr Haar in Wellen auf ihren Rücken. Auf ihrem Haupt trug sie ein Diadem, in dem sich der Schein der Kerzen widerspiegelte. Ihr eiskalter Blick durchbohrte Simon und gab ihm das Gefühl, ihr Untertan zu sein. Mit dem Schwert, das schwer in ihren Händen lag, wies sie auf das Kissen vor sich.

»Kniet nieder, Simon von Ravenstein«, befahl sie.

Simon biss die Zähne zusammen, als er mit den Knien auf das Kissen sank. Der Schmerz in seinem Bein trieb ihm die Schweißperlen auf die Stirn.

»Wer seid Ihr, dass Ihr würdig seid, in den Stand des Ritters gehoben zu werden?«

Simon senkte das Haupt. »Simon von Ravenstein, Sohn des verstorbenen Gustav und seiner Gemahlin Adelheid von Ravenstein, Großneffe Weiprechts des Zweiten und Knappe im Dienste Richards von Hohenfeld.«

»Tragt mir aus Eurem Munde vor, was Ihr von mir verlangt.«

»Schlagt mich im Namen des Kurfürsten zum Ritter.«

»Was rechtfertigt Euer Ansinnen?«

»Ich habe treu und ergeben meinem Rittervater gedient. Die Kunst des Schwertkampfes und die Tugenden eines Ritters sind mich gelehrt worden.«

»Kann Er das bezeugen?«

Richard erhob sich von der Bank. »Meine Wenigkeit kann dies bezeugen. Simon von Ravenstein hat mir mit Demut gedient. Ich war es, der ihn Treue, Tapferkeit und die Bereitschaft zur Wehr des Heiligen Römischen Reiches lehrte.«

»Ist er bereit, in Demut dem König, dem Adel, den Damen und dem Volke zu dienen?«

»Ja, das ist er.«

Mathilde hob das Schwert. Die Klinge schwebte über Simons linker Schulter. »Besitzt Ihr das Herz, für all diese Tugenden einzustehen?«

»Ja, mit dem Herzen werde ich dienen.« Simon versuchte, das Gefühl der Unterwürfigkeit zu verdrängen, das Mathilde durch ihr Gebaren hervorrief.

»Schwört Ihr, dass Ihr, sobald der Ruf es fordert, Euer Rüstzeug anlegt und in den Kampf zieht?«

»Ich schwöre«, antwortete Simon heiser. Der Schmerz in seinem Bein raubte ihm den Atem.

Lautlos legte sich die Klinge auf seine Schulter.

»Kraft des mir verliehenen Amtes schlage ich Euch im Namen des Kaisers zum Ritter.« Mathilde hob das Schwert, berührte damit sein Haupt und anschließend die andere Schulter. »Ritter Simon von Ravenstein, erhebt Euch.«

Der Schmerz ließ ihn taumeln. Simon versuchte, das Gleichgewicht wiederzufinden. Sein Blick fiel auf die goldene Wappenkette, die Mathilde in den Händen hielt. Als sie Simons Unwohlsein erkannte, hob sie die Augenbrauen. Für einen Augenblick hielt sie inne, doch dann legte sie ihm die Kette um den Hals. »So nehmt diese Kette als Zeichen der Verbundenheit mit dem Heiligen Römischen Reich.« Simon spürte ihre Finger auf seiner Haut, deren Kälte ihm bis ins Herz kroch.

Die anwesenden Ritter auf den Bänken brachen in Beifall und Jubel aus. Richard legte die Hand auf Simons Schulter und begleitete ihn aus dem Thronsaal. Als die Tür hinter ihnen ins Schloss fiel, stieß Simon erleichtert den Atem aus. »Ich fürchtete schon, die Zeremonie nicht durchstehen zu können.« Er löste die Schnalle seines Stiefels.

»Es war an deiner fahlen Gesichtsfarbe zu erkennen, dass der Schmerz dir fast das Bewusstsein raubte.«

Simon spürte Übelkeit in sich aufsteigen. Er musste aufpassen, dass er sich nicht vor Richards Füßen erbrach.

Tief atmete er ein und hielt die Luft an, bis der Würgereiz nachließ. »Verzeiht, aber ich ziehe mich jetzt zurück. Ich muss das Bein hochlegen.«

»Geh nur, mein Junge.« Richard nickte und klopfte Simon aufmunternd auf die Schulter.

Als der Schmerz nachließ, schloss Simon die Lider. In Gedanken sah er Mathildes eisigen Blick vor sich. Ein Schauer lief ihm über den Rücken. Er verschränkte die Arme hinter dem Kopf und fragte sich, was für ein Spiel sie mit ihm spielte.

Die Strahlen der untergehenden Sonne tauchten das Gemach schon in ein rötliches Licht, als Simon erwachte. Auf der Truhe lag sorgfältig gefaltet ein Hemd aus feinstem Leder neben einem Überwurf, den das Wappen der Wittelsbacher zierte. Simon fuhr mit dem Zeigefinger die Konturen der zwei Löwen nach. Dann zog er sich die neuen Kleidungsstücke über und stieg die Stufen hinab in den Speisesaal, um an dem Bankett teilzunehmen, welches ihm zu Ehren gehalten wurde.

Die Damen des Adels rauschten in ihren festlichen Kleidern in den Speisesaal. Seide raschelte in allen erdenklichen Farben über die Steinfliesen. Ein Minnesänger zog um die Tafel und spielte auf seiner Laute, während sich die Gäste über die üppigen Speisen hermachten. Flügel und Beine wurden aus gebratenen Enten herausgerissen. Unzählige Finger langten in die Schüsseln mit Pasteten und Gemüse. Krüge klirrten aneinander, und abgenagte Knochen flogen hinter die Stühle. Der Minnesänger sprang umher, um nicht davon getroffen zu werden. Durch den Speisesaal hallte ein Schmatzen und Rülpsen, das die leisen Klänge der Laute übertönte. Der Minnesänger näherte sich Simon, beugte sein hageres Gesicht zu ihm hinab und stimmte eine traurige Melodie an. Er sang von einer Liebe, die auf tragische Weise endete, bevor sie überhaupt begonnen hatte. Simons Gemüt wurde noch betrübter, als es ohnehin schon war. Mit einem erneuten Stich im Herzen dachte er an Alessandra. Er biss sich auf die Unterlippe. Nur allzu gern hätte er diesem Mann die Laute entrissen und sie ihm über den Schädel gezogen.

Nachdem der letzte Tanz beendet worden war und die Musiker ihre Instrumente eingepackt hatten, saßen die Ritter der Burg im großen Saal am Feuer beisammen, tranken Wein und grölten Lieder, die von vollen Brüsten und prallen Schenkeln handelten. In Simons Kopf drehte sich alles. Er hatte schon beim Essen zu viel Wein getrunken, nur um Mathildes schweigende Anwesenheit ertragen zu können.

»Sie hat beim Ritterschlag deutlich ihre Macht spielen lassen.« Richard zog einen Stuhl zu ihm hin und setzte sich.

»Furchtbar«, erwiderte Simon. »Nur mit ihrer bloßen Anwesenheit kann sie die Hölle gefrieren lassen.«

»Das wird schon. Lass ihr Zeit, und du wirst sehen, irgendwann wird das Kätzchen schnurren.« Richard zwinkerte Simon zu.

»Ich hoffe, Ihr möget recht behalten.« Simon starrte gedankenverloren in die Flammen, während er mit den Fingerspitzen seine Schläfen massierte.

»He, Hinkebein! Wie fühlt Ihr Euch als frischgeschlagener Ritter?« Ein Ritter aus Ludwigs Gefolge prostete ihm so heftig zu, dass der Rotwein über den Rand des Kelches schwappte und über seine Hand lief.

Simon verdrehte die Augen und wandte den Blick ab.

»Sieh an, sieh an, der feine Simon von Hinkebein gibt sich nicht mit uns ab.« Der Mann erhob sich, torkelte auf Simon zu und hob die Faust. »Vielleicht sollten wir in einem Kampf klären, wer hier einen Grund hat, den anderen nicht zu beachten«, lallte er.

Richard stellte sich zwischen den Ritter und Simon. »Lasst gut sein, Wilhelm. Wir wissen, dass Ihr der Stärkste von uns seid.« Er schob Wilhelms erhobene Faust zurück.

Der Mann schwankte schweigend zurück auf seinen Platz. Für einen Augenblick herrschte Stille in dem Kaminzimmer, doch dann nahmen die Ritter ihre Gespräche wieder auf und debattierten heftig über die Machtansprüche der Habsburger.

Simon stützte die Ellbogen auf den Tisch und starrte in die Flamme der Kerze vor ihm. »Ich halte das nicht aus, Richard. Ich muss wissen, warum Mathilde mir die kalte Schulter zeigt.«

»Du solltest sie bei Gelegenheit danach fragen«, entgegnete Richard.

»Das werde ich auch tun, und zwar sofort.« Simon erhob sich von seinem Stuhl. Er spürte, wie sich der Raum um ihn drehte.

Richard hielt ihn am Arm fest. »Ich sagte, bei Gelegenheit, doch nicht jetzt. Die Frauen sitzen in der Kemenate. Du kannst da nicht einfach hineinschneien und Mathilde vor den Augen der anderen zur Rede stellen. Außerdem hast du getrunken.«

»Ich werde sie vor die Tür bitten. Dort wird sie mir Rede und Antwort stehen müssen.«

»Recht hat er, soll er dem Fräulein doch mal zeigen,

wer das Sagen hat!«, rief einer der Ritter, woraufhin die anderen in ein johlendes Gelächter ausbrachen.

Simon riss den Arm aus Richards Griff. Schwankend verließ er das Zimmer.

Sobald er die Kemenate betrat, verstummten die Frauen, die dort am Kamin saßen. Mit großen Augen verfolgten sie jeden Schritt, den Simon näher auf Mathilde zuging.

»Fräulein Mathilde, ich muss Euch unbedingt sprechen. Aber nicht vor den Augen der neugierigen Frauen hier.« Simon zwang sich, Ruhe zu bewahren.

Mathilde legte den Stickrahmen zur Seite. Sie erhob sich aus dem Lehnstuhl und folgte ihm. Erst als sie sich in der Burghalle gegenüberstanden, wagte sie, den Mund zu öffnen. »Ihr wisst doch, dass es sich für eine Jungfrau nicht geziemt, mit einem Mann allein zu sprechen. Ich hoffe, es ist wichtig, denn Ihr ruiniert gerade meinen Ruf.«

»Ich muss wissen, warum Ihr Euch mir gegenüber so abweisend verhaltet«, begann Simon ohne Umschweife.

Mathilde hob die Augenbrauen. »Sollte ich mich Euch an den Hals werfen? Wie Ihr wisst, sind wir noch nicht verlobt.«

»Das verlange ich nicht von Euch, aber wenigstens hin und wieder ein Lächeln, damit ich weiß, dass Ihr ein Herz besitzt. Ich bin nicht geneigt, mich mit einer Frau zu vermählen, die sich mir gegenüber verhält, als wäre ich Gesinde. Ändert Euch, oder es wird nicht zur Verlobung kommen«, entgegnete Simon, obwohl er wusste, dass er diese Drohung nie wahr werden lassen konnte.

Mathildes Augen weiteten sich vor Entsetzen. »Verzeiht, Ritter Simon. Ich wusste nicht, dass Ihr meine Zurückhaltung als Abneigung Euch gegenüber deutetet.« Mathilde senkte die Lider.

»Ich wünsche Euch eine gute Nacht und hoffe, dass Ihr mir in Zukunft mit mehr Freundlichkeit begegnet.« Simon strich sich das Haar aus der Stirn.

Mathilde hob den Blick. Ihre Lippen verzogen sich zu einem Lächeln. »Schlaft gut, Ritter Simon.«

Als Simon zu den Rittern in das Kaminzimmer zurückkehrte, hätte er schwören können, dass es ein falsches Lächeln gewesen war.

Die Tür zum Gerichtszimmer öffnete sich knarzend. Ein Wärter schob die Weimerin herein und führte sie an ihren Fesseln zu dem Generalvikar. Ihre Arme und Beine waren mit blauen Flecken übersät, die Augen zugeschwollen. Rotblondes Haar stand in Zotteln von ihrem Kopf ab. Das Büßerkleid, das sie trug, glich einem Jutesack. Ein hämisches Lächeln umspielte ihre aufgesprungenen Lippen.

»Was wollt ihr Pfaffen von mir? Wollt ihr mich etwa bekehren, nachdem ich angeblich den Bund mit dem Teufel eingegangen bin?«, keifte sie.

»Halt dein Schandmaul«, raunzte der Wärter. »Du stehst hier vor dem Erzbischof und seinem Generalvikar und redest nur, wenn du gefragt wirst. Verstanden?«

Die Weimerin spie auf den Boden. Ihre grünen Augen funkelten zornig. »Wenn ich schon als Hexe denunziert werde, dann kann ich mich auch wie eine benehmen. Ihr glaubt mir ja sowieso nichts mehr. Dreht mir stattdessen jedes Wort im Mund um.«

Pater Gregor begann ohne Umschweife mit der Befragung. »Du hast mit einem Dämon den Beischlaf vollzogen und anschließend deinem Nachbarn die Pest angehext. Ist das richtig?«

Die Weimerin neigte den Kopf zur Seite. »Habe ich mir doch gedacht, dass auch Ihr diesen Unfug glaubt.« Sie sah den Pater mit zusammengekniffenen Augen an und nickte wohlwissend, bevor sich ihre Lippen zu einem dünnen Schlitz verzogen. »Mein versoffener Mann hat in seiner Trunkenheit Dinge gesehen, die nie geschehen sind. Grün und blau hat er mich geschlagen, während ich friedlich in meinem Bett schlief«, zischte sie.

»Das allein war es nicht.« Pater Gregor wollte auf sie zugehen, doch dann blieb er abrupt stehen, so, als wäre er dem Teufel in seiner Leibhaftigkeit begegnet.

»Hannes Snyder hat dir eine Bitte abgeschlagen, und daraufhin hast du ihm die Pest auferlegt.«

Die Weimerin lachte auf. »Ich habe gesagt, er wird es bald schon bereuen, wenn er mir nicht den Zaun flickt. Na und? Damit meinte ich doch nur, dass er nicht mehr mit meiner Hilfe rechnen kann, wenn seiner Frau wieder einmal die Zutaten zum Brotbacken ausgegangen sind. Dass er kurz darauf an der Pest krepiert, ist doch nicht meine Schuld!«

»Was ist mit den Knochen, die ich in deiner Hütte gefunden habe? Die brauchst du doch bestimmt für deinen Schadenszauber.«

Die Weimerin schüttelte den Kopf. »Ich zermahle sie zu Mehl und dünge damit den Boden. Wenn Ihr nicht nur dem Erzbischof den Hintern nachtragen würdet, wüsstet Ihr, dass Knochenmehl Erde fruchtbarer macht.«

Pater Gregor wandte sich von ihr ab und sah zum Erzbischof hinüber. »Durch ihre Zunge spricht der Dämon. Ihr Ehemann hat mir berichtet, dass sie immer ein treues und anständiges Weib gewesen ist«, flüsterte er ihm ins Ohr.

Die Weimerin kehrte ihnen den Rücken zu und bückte sich nach vorn. »Ihr könnt mich mal, und zwar genau hier.« Mit ihren Händen, die auf den Rücken gefesselt waren, zog sie ihr Büßerkleid ein Stück hoch.

Pater Gregor sah unvermittelt ihr entblößtes Hinterteil vor seinem inneren Auge. Er biss sich auf die Zunge und versuchte, den Gedanken an ihre nackte Gestalt beim Beischlaf mit dem Dämon zu verdrängen. Durch seine Lenden fuhr wieder das vertraute Ziehen.

Der Wärter rammte der Weimerin sein Knie unter das Kinn. Sie heulte laut auf und fiel zu Boden. Dabei bot sich dem Pater ein Blick auf ihre Scham. Sein Herzschlag beschleunigte sich, und er zwang sich wegzusehen. Seine Beine zitterten, als er den Wärter anwies, die Weimerin aus dem Zimmer zu schaffen.

»Ehrwürden, wie Ihr seht, ist dieser Frau kaum noch zu helfen«, wandte er sich schwer atmend an den Erzbischof. »Doch vertraut mir, ich werde sie schon dazu bringen, dass sie sich vom Teufel abwendet.« Nach diesen Worten schwor er sich, dies auf seine eigene, ganz besondere Art herbeizuführen.

Alessandra sah, wie der Mann die Spitze seiner Lanze an Samis Kehle hielt.

»He, du! Kannst du deine Triebe nicht zügeln, bis ihr in eurem Zelt liegt?« Seine verärgerte Stimme durchbrach die Stille des Waldes. An der Uniform und dem Wappen mit dem gekrönten Löwen auf seiner Brust erkannte Alessandra, dass es sich bei diesem Mann um einen Stadtbüttel handeln musste. Sie richtete sich auf, bedeckte mit zitternden Händen ihre entblößte Brust und schob ihre Röcke über die Knie.

»Steh auf, du Nichtsnutz.« Der Stadtbüttel zwang Sami auf die Beine. »Und du, du kleine Hure, kommst auch mit.« Mit einer Kopfbewegung wies er Alessandra an, ihm zu folgen. Sami hatte er den Arm auf den Rücken gedreht und stieß ihn nun durch den Wald. »Mit euch hat man nichts als Ärger«, schimpfte er.

Während sie dem Stadtbüttel folgte, zitterten Alessandras Beine so sehr, dass sie sich kaum aufrecht halten konnte. Immer wieder stolperte sie über die Äste des Waldbodens.

»Mach schon, du kleine Zigeunerhure. Ich habe nicht die ganze Nacht Zeit. Es reicht mir, dass der Richter mich wegen Euch aus dem Bett gescheucht hat«, zischte der Mann.

»Aber was ist denn geschehen?«, fragte Alessandra. Sie konnte kaum schlucken, so trocken war ihre Kehle.

»Das weißt du ganz genau.« Sein Gesicht färbte sich rot vor Zorn. »Zeig mir die Unterkunft von eurem Stammesoberhaupt.«

Alessandra führte ihn zu Silvios Zelt. Der Stadtbüttel schob mit seiner Lanze die Plane zur Seite. »He, ihr faules Pack! Erhebt euch aus euren Decken, und tretet mir unter die Augen!«, schrie er.

Silvio torkelte schlaftrunken aus dem Zelt. Mit zusammengekniffenen Augenbrauen schaute er den Büttel an. »Warum weckt Ihr uns mitten in der Nacht? Und warum haltet Ihr den Jungen gefangen?«

»Der Junge benimmt sich wie ein räudiger Hund.« Der Stadtbüttel stieß Sami von sich und versetzte ihm mit seinem Stiefel einen Tritt. »Euer Volk treibt es wie die Tiere im Wald.«

Alessandra spürte, wie die Schamesröte auf ihren Wangen glühte, als Papo sie vom Scheitel bis zu den Fußsohlen musterte. Seine Augen zu Schlitzen verengt, trat er einen Schritt vor und stieß Sami seine Faust ins

Gesicht. »Du Unhold, wie kannst du dich an ihr vergehen? Kannst du nicht bis zu eurer Hochzeit warten?«

An Papos Fingerknöcheln lief das Blut von Samis Lippen hinab. Er wischte sich die Hand an seinem wollenden Beinkleid ab und wandte sich dem Stadtbüttel zu. »Doch deswegen scheucht Ihr mich bestimmt nicht aus dem Schlaf, oder?«

Der Büttel grinste hämisch. »Nein, deswegen nicht.« Er zog eine Rolle Pergamentpapier hervor und wickelte sie auf. »Ich fordere euch auf, die Madonnenstatue herauszugeben, die ihr aus der Wernerkapelle entwendet habt. Der Dieb wird dem Richter vorgeführt, und der Rest unserer Truppe hat bis zum Morgengrauen die Gegend zu verlassen. Solltet …«

Silvio fiel ihm ins Wort. »Was behauptet Ihr da? Niemand von uns hat eine Statue genommen.«

Die Stimme des Büttels erhob sich. »Solltet ihr im Morgengrauen noch hier sein, dann wird euer Lager brennen.«

Alessandra schluckte und schaute sich um. Mittlerweile waren auch alle anderen aus dem Schlaf erwacht und hatten sich in einem Kreis um Silvios Zelt versammelt. Django nahm einen Knüppel auf und stellte sich zwischen Silvio und den Büttel. »Macht, dass Ihr von hier verschwindet! Wir sind keine Diebe.« Drohend hielt er dem Mann den Prügel unter die Nase.

Die Lanze schnellte hervor, und ihre Spitze bohrte sich in Djangos Herz. Als der Prügel zu Boden fiel und Django in sich zusammensank, entfuhr Alessandras Kehle ein spitzer Schrei. Sie schlug sich die Hände vor den Mund. Ringsum fielen die Frauen in lautem Wehklagen auf die Knie. Einige der Männer hoben die Fäuste. Ein Stein traf den Stadtbüttel an der Schläfe. Blindlings zog er die Lanze aus Djangos Körper und taumelte damit auf die Versammelten zu. Doch er kam nicht weit, denn er sank zu Boden und fiel vornüber. Sein Kopf schlug auf einen kleinen Felsblock. Die Männer stürmten auf seinen leblosen Körper zu und hieben mit Stöcken auf ihn ein. Alessandra hielt für einen Augenblick den Atem an, dann raffte sie ihre Röcke und lief, so schnell sie konnte, in den Wald.

An der Stelle, wo Sami über sie hergefallen war, hob sie ihr Bündel auf und ließ sich auf einem Baumstumpf nieder. Die Bilder der letzten Stunden drängten mit Macht vor ihr inneres Auge. Sancharis Leichnam, zwischen all den Kerzen … Sami, sein heißer Atem in ihrem Ohr. Die Lanze, die sich durch Onkel Djangos Herz gebohrt hatte.

Alessandra schluchzte laut auf und schlang die Arme um ihren Oberkörper. Das Rauschen der Baumwipfel verwandelte sich in eine Melodie, zu der sie ihren Körper wiegte. Tränen tropften auf ihre Röcke, und sie fragte sich verzweifelt, was nun mit ihrer Familie passierte. Wenn die Stadtwehr über das Lager hereinbrach, würden ohne Zweifel alle am Galgen baumeln. Ihr Herz krampfte sich zusammen. Doch schon bald darauf schöpfte sie Hoffnung. Sie war sich sicher, dass ihre Familie Bacharach verlassen würde, noch vor dem Morgengrauen. Die Stadtwehr würde, wenn sie am nächsten Tag den vermissten Stadtbüttel suchte, ein verlassenes Lager vorfinden.

Alessandra atmete tief ein. »Verlassen«, flüsterte sie. »Und ich werde euch verlassen.« Sie erhob sich von dem Baumstamm, griff nach ihrem Bündel und blickte durch den nachtschwarzen Wald in die Richtung, in der ihre Familie lagerte. »Lebt wohl«, wisperte sie und wischte sich mit dem Handrücken die Tränen von den Wangen. Dann drehte sie sich um und folgte dem Ruf ihres Herzens.

Alessandras Atem stockte, als sie den Wachposten vor dem Tor auf und ab schreiten sah. Auch er trug eine Lanze bei sich. In ihr keimten Angst und Zweifel auf, ob ihre Entscheidung richtig gewesen war. Früher oder später würden die Bewohner der Stadt nach den *Zigeunern* suchen, um den Tod des Stadtbüttels zu rächen. Und selbstverständlich würde man auch auf der Burg von dem Vorfall erfahren – und Alessandra mit ihren dunklen Haaren und dem fremden Aussehen mehr als argwöhnisch betrachten … Und sie würden sie an ihrem schwarzen Haar und ihrer dunklen Haut erkennen. Alessandra überfiel eine Todesangst, und sie rannte zurück in den Wald. Außer Atem lehnte sie sich gegen einen Baumstamm. Die Zukunft, die sie sich in Gedanken ausgemalt hatte, verblasste schon wieder. Sie konnte nicht auf der Burg als Magd arbeiten, um in Simons Nähe zu sein. Alessandra spürte, wie Zorn und Verzweiflung in ihr aufstiegen. Sie hasste ihr Leben! Sie hasste es, eine *Zigeunerin* zu sein. Von nun an immer auf der Flucht vor dem Henker. Vielleicht war es besser, ihrem Leben gleich ein Ende zu setzen. Sich in die Fluten des Rheins zu stürzen, um dort wie eine streunende Katze zu ertrinken. Alessandra drückte ihre Habseligkeiten an sich. Eine bleierne Müdigkeit überfiel sie. Sie legte ihr Bündel auf den Waldboden und bettete ihren Kopf darauf. Erst als der Morgen graute und die Vögel ihren Gesang begannen, fand sie in den Schlaf. Im Traum sah sie Simon in den Wogen des Rheins. Sie lag auf einem Floß und streckte die Hand nach ihm aus, doch er versank immer tiefer unter die Wasseroberfläche, bis er nicht mehr zu sehen war. Alessandra ließ sich vom Floß aus ins Wasser fallen und folgte ihm auf den Grund des Stroms. Dort saß er auf einem Stein, hielt ihr die Hand hin und lächelte ihr zu.

Im Innenhof der Burg rumpelten die Räder eines Karrens über das Pflaster. Pater Gregor sprang so heftig von einem Stuhl auf, dass er sich fast an seinem Hühnerschlegel verschluckte. Ein Hustenanfall überfiel ihn, der ihn aber nicht davon abhalten konnte, zum Fenster zu eilen. Als er sah, dass die Lieferung seiner Folterinstrumente eingetroffen war, warf er den Knochen hinter sich und eilte die Stiegen hinab.

Pater Gregor rief ein halbes Dutzend Knechte herbei, die den Wagen abladen sollte. Er gab dem Kutscher einen Beutel voll Dukaten und folgte den Männern, die schwer an den Gerätschaften trugen, in die Folterkammer.

Er strich mit der Hand über den dreikantigen Balken, der auf einem Holzständer lag. Der spanische Bock war ihm das liebste Folterinstrument von allen. Pater Gregor atmete tief aus, um seinen Herzschlag zu beruhigen. Es war an der Zeit, die Weimerin zur Folter abzuholen.

Der Wärter mit der Gestalt eines Bären sah den Pater verdutzt an. »Die Weimerin soll ich bringen? Aber die Folterknechte sind doch noch gar nicht auf der Burg! Wer soll sie denn foltern? Doch nicht etwa Ihr?«

Der Pater strafte ihn mit einem verärgerten Blick. »Schweig, und kümmere dich nicht um Sachen, die dich nichts angehen«, zischte er. Dann sah er sich um. Als er sicher war, dass ihm niemand folgte, holte er ein mit Dukaten gefülltes Säckchen aus seinem Umhang. »Das hier ist nie geschehen, hast du mich verstanden?«

Der Wärter glotzte ihn aus seinen hervorstehenden Augen an. Nickend nahm er das Säckchen entgegen, versteckte es unter einem Strohballen und entriegelte eine Bodenklappe, unter der eine Treppe zum Verlies führte. Der Pater hielt eine qualmende Fackel in das Loch, und der Wärter stieg hinab. Kurz darauf hörte man das Keifen der Weimerin, die an den vor dem Bauch gefesselten Händen die Stiegen heraufgezogen wurde. Ihr zerrissenes Büßerkleid zeigte mehr von ihrem wohlgeformten Leib, als es verdeckte. »Was wollt Ihr von mir, Pfaffe?« Ihre grünen Augen funkelten zornig.

Pater Gregor ließ den Blick über ihre Brüste schweifen. »Ein Geständnis.« Er wies den Wärter mit einem Blick an, sie in die Folterkammer zu bringen.

Die Augen der Weimerin irrten umher. Pater Gregor beobachtete, wie sie abwechselnd von dem Folterstuhl, dessen Sitzfläche und Lehne mit Nägeln bestückt waren, zu dem spanischen Bock schaute.

»Was ist? Fehlen dir die Worte?« Der Pater rieb sich mit den Händen über die Oberschenkel und wandte sich dem Wärter zu. »Zieh ihr das Büßerhemd aus, und binde sie mit den Händen an das Gebälk.«

Der Wärter riss der Weimerin mit einem Ruck den Sack vom Leib. Pater Gregors Atem beschleunigte sich. Sein Blick haftete auf den rosigen Warzen ihrer Brüste, bevor er hinunter zu ihrer Scham wanderte. Er spürte die Hitze in seinen Ohren glühen.

»Hast wohl noch nie ein nacktes Weib gesehen, oder warum glotzt du mich so an, du räudiger Pfaffe?«, keifte die Weimerin.

»Binde sie fest.« Der Pater versuchte, das Zittern in seiner Stimme zu unterdrücken.

Der Wärter warf das Seil der Handfesseln über den Balken und zog es an. Dank seiner kräftigen Muskeln war es für ihn ein Leichtes, die Weimerin über dem Boden schweben zu lassen.

»Du kannst gehen. Den Rest übernehme ich. Und vergiss nicht, das hier ist nie geschehen.« Der Pater fuhr sich mit der Zunge über die trockenen Lippen.

Der Wärter grinste wissend. Nachdem er die Kammer verlassen hatte, verriegelte Pater Gregor die Tür und trat auf die Weimerin zu. Er stellte sich vor sie, schloss die Augen und sog ihren Geruch durch seine Nasenlöcher ein. Speichel lief ihm an den Mundwinkeln hinab und nässte seinen Bart. Dann öffnete er die Augen wieder und ließ seinen Blick über ihren Leib wandern. Nach einer Weile schob er den spanischen Bock zwischen ihre Beine. Mit einem hämischen Lächeln auf den Lippen löste Pater Gregor das Seil. Ein Schrei hallte durch die Kammer, als die Weimerin mit der Scham auf die hochstehende Kante des Balkens schlug. Der Pater zupfte nervös an seinem Bart und ergötzte sich für einen Moment an dem Anblick ihrer gespreizten Beine. Dann zog er das Seil wieder an, bis die Weimerin erneut ein Stück über dem Bock schwebte. »Gestehst du nun?«

Die Weimerin ließ den Kopf hängen und kämpfte mit verzerrtem Gesicht gegen die Schmerzen.

»Was ist? Ich höre nichts.« Pater Gregor löste langsam das Seil. Als die Weimerin fest auf der Kante saß, verknotete er es an einem Deckenpfeiler. Ihr Wimmern durchbrach die Stille der Folterkammer.

»Ich gestehe nichts, ich bin keine Hexe«, sagte sie weinend und streckte den Oberkörper, um die Qual zwischen ihren Schenkeln zu mindern.

Der Pater schritt zu einem Regal, entnahm ihm zwei

Gewichte und band sie der Weimerin an die Füße. Ihre Augen quollen hervor, und ihr Mund öffnete sich zu einem Schrei.

»Gestehst du nun? Oder soll ich noch mehr an deine Füße hängen?« Pater Gregor sah sie mit erhobenen Augenbrauen an. »Ich will von dir hören, wie du den Beischlaf mit dem Dämon vollzogen hast.«

Die Frau gab auf. »Ich habe mit dem Teufel mein Bett geteilt, ich bin eine Hexe!«, schrie sie. »Holt mich runter! Ich halte die Schmerzen nicht mehr aus!« Ihre Stimme wurde schwächer.

»Und hat dir gefallen, wie der Teufel es mit dir getrieben hat?« Der Pater verschränkte seine feuchten Finger ineinander.

»Ja, es hat mir gefallen. Ich gestehe alles. Bindet mich los, ich halte die Schmerzen nicht mehr aus«, keuchte die Weimerin. Sie näherte sich einer Ohnmacht.

Pater Gregor grinste zufrieden und schnitt die Fesseln durch. Bevor ihre Scham gänzlich zerquetscht wurde, löste er die Gewichte von ihren Füßen. Die Weimerin rutschte von dem spanischen Bock und fiel bewusstlos zu Boden. Pater Gregor drehte sie auf den Rücken. Schwer atmend betrachtete er den entblößten Leib. An der Innenseite ihrer Schenkel lief Blut hinab. Der Pater strich mit der Fingerspitze über das rote Rinnsal. Dann zog er seine Kutte hoch und legte sich auf die ohnmächtige Frau.

Kapitel 6

Als Alessandra die Augen aufschlug, stand die Sonne schon hoch am Himmel. Auf ihren Wangen spürte sie die Nässe der Tränen, die sie im Schlaf vergossen hatte.

Sie blickte sich um. Ein Fliederstrauch stand nicht weit von ihr entfernt in voller Blüte. Sein Aroma ließ die Sehnsucht nach dem Leben in ihr erwachen, einem Dasein, in dem sie glücklich sein konnte. Alessandra schaute in die Baumwipfel.

»Bibijaka, hilf mir, bitte«, flehte sie. »Ich brauche doch zum Glücklichsein nicht viel.« Alessandra senkte den Kopf. »Nur Simons Nähe, und alles wird wieder gut sein.« Ihr Blick fiel auf einen Kalkstein, der aus dem Moos herausragte. Sie kniff die Augen zusammen, kroch hin und kratzte mit dem Fingernagel daran. Ein weißes Pulver rieselte zu Boden. Alessandra berührte es mit dem Zeigefinger und verrieb den Staub auf ihrem Arm. »Ja, das ist es«, flüsterte sie. Sie löste den Knoten ihres Bündels, griff nach dem roten Kopftuch und band es sich um. Mit den Fingerspitzen vergewisserte sie sich, dass nichts mehr von ihrem Haar daraus herausragte. Dann holte sie ein Messer aus ihrem Bündel hervor. Sie breitete ein kleines Tuch aus und kratzte mit der Klinge so lange an dem Stein, bis sich das Pulver auf dem Stoff häufte. Als Erstes rieb sie ihre Füße, dann die Arme und zuletzt das Gesicht und den Hals ein. Zufrieden betrachtete sie anschließend ihre Haut. Sie wirkte viel heller als zuvor. Erleichtert packte sie den Rest des Pulvers ein und erhob sich von den Knien. Sie pflückte eine Handvoll Blüten der Walderdbeere und legte sie vor den Stamm der mächtigen Eiche.

»Danke, Bibijaka«, flüsterte sie, bevor sie den Weg zur Burg Stahleck hinaufstieg.

Ehrfürchtig betrachtete Alessandra, wie das schiefergraue Dach des Burgfrieds in den Himmel ragte. Der Wachposten hatte für sie an Schrecken verloren, denn mit ihrer aufgehellten Haut fühlte sie sich wie eine aus dem Volk des Landes. Selbstbewusst schritt sie über die Holzplanken der Brücke, die zum Tor führte. Unter ihr schwappte das Wasser des Burggrabens gegen die Mauer.

Der hagere Wachmann baute sich breitbeinig vor ihr auf. Seine Hand umgriff fest die Lanze. Auf dem Kopf trug er einen silbernen Helm, und seine Brust schützte ein Kettenhemd. Alessandra rang sich ein Lächeln ab, doch der Wachmann erwiderte es nicht. Er kniff die Augen zusammen und musterte die junge Frau. Sie spürte, wie Unruhe sich in ihr ausbreitete. Ihre Selbstsicherheit war wie weggeblasen

»Wer bist du? Gewiss keine von unseren Mägden.«

Seine Stimme erinnerte Alessandra an das Brummen eines Bären. »Die kenne ich alle.« Der Wachmann verzog den Mund zu einem breiten Grinsen. Zwischen seinen Lippen stachen schwarze Zahnstummel hervor. »Oder willst du eine Zeugenaussage vor dem Inquisitor tätigen?«

Alessandra schüttelte den Kopf. Sie verstand nicht, was der Wachmann meinte. »Martha …«, stammelte sie. »Martha erwartet mich. Ich bin die neue Küchenmagd.«

Die grauen Augen des Wachmannes erhellten sich. »Du bist also doch eine Magd?« Er zog die Nase hoch, an der sich ein Tropfen gebildet hatte. »Verrätst du mir deinen Namen, hübsches Kind?« Seine Stimme klang mit einem Mal süß wie Honig, und sein Blick wanderte über ihre Brüste hinab zu ihren Hüften.

Alessandra spürte einen Kloß in ihrem Hals. »Alessandra … Mein Name ist Alessandra«, antwortete sie mit zittriger Stimme.

»Meine Anwesenheit lässt wohl dein Herz schneller schlagen, schöne Alessandra.« Der Wachmann leckte sich über die Lippen. Mit dem Zeigefinger fuhr er den Ausschnitt ihres Kleides nach.

Alessandra wich zurück, denn die Schwiele seiner Fingerkuppe kratzte auf ihrer Haut. »Nehmt die Finger weg«, fauchte sie.

»Warum denn so schüchtern?« Der Wachmann umfasste ihre Hüften. »Irgendwann wirst du mich ins Stroh zerren, so wie die anderen auch«, fügte er lachend hinzu.

Alessandra roch seinen fauligen Atem. Sie schlug seine Hand fort, die sich auf ihren Po gelegt hatte, und wand sich aus seinem Griff. »Mit Sicherheit nicht«, zischte sie, bevor sie sich rasch von ihm entfernte.

Über ihr bog sich das Tor. Sie hatte es geschafft! Sie betrat die Burg, auf der Simon wohnte. Konnte in seiner Nähe sein. Alessandra spürte, wie ihr Herz schneller schlug. Endlich erfüllte sich ihr Traum. Sie war überwältigt von den hohen Mauern und den Gebäuden, die sie umgaben. Neben einem der Wachtürme blieb sie stehen und ließ den Blick ehrfürchtig durch den Innenhof schweifen. Neben dem Turm stapelte sich ein Haufen frischgeschlagener Holzscheite. Alessandra atmete ihren Duft ein. In den Gebäuden zu ihrer Linken reihten sich kleine Fenster unter rotgestrichenen Balken aneinander. Aus einem von ihnen entwich der Duft von frischgebratenem Speck. Alessandra beobachtete, wie eine Magd an einem Seil über dem Brunnen zog. Das Wasser schwappte über den Rand des Eimers, den sie über den Brunnenrand hob. Alessandra eilte hinter ihr her.

»Wisst Ihr, wo ich Martha, die Küchenfrau, finde?«

Die Magd drehte sich zu ihr um. Mit ihren mausbraunen Augen musterte sie Alessandras bunte Röcke, bevor sie antwortete. »In der Küche natürlich.« Sie stellte den Eimer ab und schob eine Haarsträhne zurück unter die Haube. »Wo sonst?«

»Ist das dort drüben die Küche?« Alessandra blickte zu dem Gebäude, aus dem der Bratenduft strömte.

»Du hast doch Beine, geh und sieh nach«, keifte die Magd. »Ich hab Besseres zu tun, als dich durch die Burg zu führen.«

Alessandra sah, wie eine hagere Frau auf die Magd zueilte. »Hier finde ich dich also.« Sie presste eine Hand auf die Brust und schnappte nach Luft. »Jetzt will ich dir mal was sagen, Irmgard. Die Gemahlin eines Ritters hat sich erneut beschwert, dass ihr Gemach nicht gründlich gereinigt wurde. Hast du den ganzen Tag geschlafen, oder was?«, zischte sie. »Du reinigst sofort noch mal alle Gemächer. So lange, bis kein Stäubchen mehr zu sehen ist. Das Abendessen fällt heute für dich aus.«

»Ist ja schon gut«, murrte die Magd, nahm den Eimer auf und eilte davon.

Die Dienstherrin schaute ihr kopfschüttelnd nach. Dann wandte sie sich an Alessandra. »Kann ich dir weiterhelfen?«

Alessandra nickte. »Ja, ich suche Martha, die Küchenfrau.«

»Du findest sie dort drüben in der Küche.« Die Frau zeigte mit ihren knochigen Fingern auf die Fassade mit den kleinen Fenstern. Alessandra bedankte sich bei ihr und suchte das Wirtschaftsgebäude auf.

Von der Decke hingen Kupferkessel in allen Größen. Alessandra betrachtete den Bohlentisch in der Mitte der Küche, um den sich unzählige Stühle reihten. An dem Tisch hätte ihre ganze Familie Platz gefunden.

Die Küchenfrau schürte gerade das Feuer in einem großen Ofen aus Lehm. Die weiße Schürze spannte sich um ihre ausladenden Hüften. Als sie Alessandras Anwesenheit bemerkte, drehte sie sich mit dem Schüreisen in der Hand zu ihr um. Ihre Wangen leuchteten rot von der Hitze des Feuers.

»Wen haben wir denn da?«, fragte sie, den Kopf zur Seite geneigt.

Alessandra verbeugte sich vor ihr. »Mein Name ist Alessandra. Das Burgfräulein hat mich gebeten, bei Euch vorstellig zu werden.«

Martha runzelte die Stirn. »Davon weiß ich ja gar nichts. Wen genau meinst du denn?«

Alessandra sah sie erstaunt an. »Das Fräulein, das hier auf der Burg wohnt und dessen Gemahl über die Pfalz herrscht.«

Martha lachte laut auf. »Da hat dich wohl jemand an der Nase herumgeführt. Der Herrscher, der über die Pfalz regiert, ist unser Kurfürst Ludwig, und der wohnt auf Schloss Heidelberg. Im Augenblick ist er nur zu Besuch hier. Pfalzgraf Philipp wohnt mit seiner Gemahlin und seinen Rittern auf dieser Burg.«

Alessandra errötete. Vor Scham traute sie sich nicht, der Küchenfrau weitere Fragen zu stellen. Sie verstand sowieso nicht, wer jetzt worüber herrschte.

»Komm, Mädchen, du brauchst dich nicht zu schämen.« Martha griff nach Alessandras Hand und führte sie zu einem Stuhl, damit sie sich darauf niederließ. »Du bist ja so blass, als hättest du tagelang nichts gegessen.« Sie schüttete aus einem Krug etwas Ziegenmilch in einen Becher und reichte Alessandra einen Brotkanten dazu.

Die Gedanken in Alessandras Kopf überschlugen sich. Was sollte sie Martha nur erzählen? Sie durfte doch nicht berichten, woher sie das Burgfräulein kannte! Am besten vergaß sie die ganze Geschichte. Alessandra fuhr mit dem Zeigefinger die Holzmaserung auf der Tischplatte nach.

Martha setzte sich neben sie und strich über ihre Wange. Ihre Hände rochen nach frischgebackenem Brot. »Kind, du bist ja vollkommen verstört. Erzähl mir, was geschehen ist. Wo hast du das Fräulein getroffen? Wie sah es aus?«

Alessandra schüttelte den Kopf. »Verzeiht, ich habe Euch angelogen. Ich kenne kein Burgfräulein.« Alessandra schaute Martha kurz in die Augen, wandte dann den Blick zu Boden und begann zu schluchzen.

»Aber warum? Was ist geschehen, dass du dich auf die Burg geschlichen hast und mir hier etwas von einem Fräulein erzählst, das es nicht gibt?«

Alessandra zerknüllte den Stoff ihrer Schürze. »Meine Eltern, meine Geschwister … Sie sind alle verbrannt. Unsere Bauernkate hatte Feuer gefangen. Nur ich konnte mich retten«, log sie und hoffte, dass sie glaubwürdig klang. Mit dem Handrücken wischte sie sich die Nase ab. »Ich wusste nicht, wo ich hingehen sollte. Ich habe doch sonst niemanden.« Sie blickte in Marthas warmherzige

Augen. »Bitte lasst mich hierbleiben, ich kann doch für Euch arbeiten. Wenn Ihr mich fortschickt, werde ich verhungern«, bettelte sie.

»Schscht, sag so etwas nicht, Mädchen.« Martha tätschelte ihre Hand. »In der Wäscherei ist eine Stelle frei geworden. Wenn du dich geschickt anstellst, lässt dich Anna bestimmt dort arbeiten.« Alessandras Blick erhellte sich. »Ihr meint, Ihr schickt mich nicht wieder fort, obwohl ich Euch angelogen habe?«

Die Küchenfrau schüttelte den Kopf. »Nein, ich schicke dich nicht fort. Ich will ja nicht, dass du meinetwegen verhungerst.«

»Danke«, erwiderte Alessandra und merkte, wie sich ihr schlechtes Gewissen meldete. Aber sie hatte keine andere Wahl, als zu lügen, denn die Wahrheit über ihre Herkunft hätte ihr den sicheren Tod gebracht.

»Nun komm, ich stelle dich Anna vor.« Martha wischte sich die Hände an der Schürze ab.

Anna trat in dichte Dampfschwaden gehüllt vor die Tür der Waschküche. Als sie sah, wie Martha mit Alessandra auf sie zukam, hob sie die kaum sichtbaren Augenbrauen. Auf ihrer rosigen Gesichtshaut schimmerte die Feuchtigkeit. »Bringst du mir Ersatz für die arme Hedwig?«, fragte sie Martha, ohne Alessandra dabei aus den Augen zu lassen.

»Das hier ist Alessandra. Das arme Mädchen hat ihre Familie bei einem Feuer verloren. Und da du noch Unterstützung brauchst, habe ich gedacht, ich stelle sie dir vor.«

Anna betrachtete Alessandras buntgeflickte Röcke und rümpfte die Nase. »Und du glaubst, sie taugt zu der schweren Arbeit an den Bottichen?«

»Versuche es doch einfach mit ihr, Anna.«

Alessandra spürte erneut den Kloß in ihrem Hals. Inständig hoffte sie, der Arbeit in der Waschküche gewachsen zu sein. Bisher hatte sie ihre Kleider nur in einem Fluss oder See waschen können. Wie es in einer Waschküche aussah, konnte sie sich beim besten Willen nicht vorstellen. Ihr Herz pochte vor Aufregung heftig in ihrer Brust.

Als hätte Anna ihre Unsicherheit bemerkt, fasste sie Alessandra an den Schultern. »Na, dann komm, Mädchen. Ich zeige dir meine Waschküche.«

Alessandra ließ sich von ihr durch die Dampfschwaden führen. Sie staunte nicht schlecht, als sie die anderen Mägde an den Bottichen sah. Alle trugen die gleiche Dienstkleidung. Einfache Hemden und Röcke, jedoch strahlend weiß, wie die Wolken an einem Schönwetterhimmel.

»Ab morgen wirst du auch diese Kleidung tragen. Du bekommst drei Ausstattungen und wirst dich jeden Morgen sauber anziehen.«

Alessandra nickte wortlos. Mit weit aufgerissenen Augen betrachtete sie die Bottiche, aus denen der Dampf aufstieg.

»Ich bin bekannt für meine einzigartig reine Wäsche. Noch nie ist einer der edlen Stoffe, aus denen die Kleider der Herrschaften gefertigt sind, in meiner Wäscherei zerstört worden.« Anna nahm die Haube von ihren aschblonden Locken. Mit dem Handrücken wischte sie sich den Schweiß von der Stirn, bevor sie die Kopfbedeckung wieder aufsetzte. Sie erklärte Alessandra, dass in den Bottichen die Leibwäsche sowie die Bettwäsche gekocht wurden. Die Waschküche bestand aus drei Kammern, die durch einen Flur verbunden waren. Anna führte sie in die zweite Kammer. Auf einem Ofen, in dem ein Feuer loderte, standen massive Metallplatten mit Holzgriffen.

Alessandra konnte sich nicht erklären, wozu diese Eisen gebraucht wurden. Sie griff nach einem und hob es an. Das Metall glühte rot von der Hitze.

»So etwas hast du wohl noch nie gesehen?«

Verneinend schüttelte Alessandra den Kopf.

Annas Blick wanderte über ihre Kleidung. »Was mich nicht wundert, wenn ich deine zerknitterten Röcke betrachte. Das sind Plätteisen.« Sie blickte zu einem Tisch. »Dort drüben werden die Stoffe so lange geplättet, bis sie frei von Falten sind.«

Alessandra strich beschämt mit den Händen über ihre Röcke, bevor sie weiter Annas Worten lauschte.

»Aber beim Plätten ist Vorsicht geboten.« Anna hob drohend den Zeigefinger. »Nicht alle Stoffe vertragen die starke Hitze. Seide und Samt würden an dem Eisen kleben bleiben.«

Alessandra brach der Schweiß aus. Sie mochte sich gar nicht ausmalen, was geschah, wenn sie die kostbaren Kleider ruinierte.

»Von daher lasse ich nur die erfahrenen Mägde an diese Arbeit. Solche jungen Dinger wie dich stelle ich an die Bottiche.« Anna nahm Alessandra vorsichtig das Plätteisen aus der Hand und stellte es zurück auf den Ofen. »So, und nun zeige ich dir das Herzstück meiner Wäscherei.«

In der dritten Kammer atmete Alessandra das Aroma von Lavendel ein. Sie schlug vor Erstaunen die Hand vor den Mund, als sie die Kleider sah. Gefertigt aus den edelsten Stoffen, hingen sie auf Bügeln an einer Eisenstange unter der niedrigen Decke. In den Farben aller erdenklichen Edelsteine, von Smaragdgrün über Saphirblau bis hin zu Rubinrot, waren die Kleider der feinen Damen aus Samt und Seide geschneidert. Die Stoffe waren mit glänzenden Perlen bestickt, und die Ausschnitte sowie die Ärmel säumte feinste Spitze.

Alessandra konnte ihr Glück nicht fassen. Solch eine Pracht in diesem kleinen Raum! »Darf ich einmal mit der Hand darüberstreichen?«, fragte sie zögerlich.

»Aber erst, nachdem du deine schmutzigen Finger gewaschen hast.« Anna verzog die Lippen zu einem Schlitz. »Dort drüben stehen ein Krug und eine Schüssel. Und lass dir eins gesagt sein: Ich will dich niemals mit einem Stäubchen, geschweige denn mit einem Dreckkörnchen an deinen Händen in meiner Wäscherei sehen.«

Alessandra betrachtete den Schmutzrand unter ihren Fingernägeln, bevor sie ihre Hände beschämt hinter dem Rücken versteckte. Artig folgte sie der Anweisung der Dienstherrin und wusch ihre Hände. Neben der Schüssel lag etwas, das einem hellen Stein glich. Alessandra nahm es in die Hände und betrachtete es im Licht, dass durch das Fenster fiel.

»Das ist Seife, nur damit werden deine Hände richtig sauber. Ich verwende sie unter anderem auch für die Reinigung der Wäsche. Verreibe sie in deinen Händen, und sieh, was geschieht.«

Die Seife fühlte sich in ihren Händen glitschig an. Erstaunt stellte Alessandra fest, dass sich feine Bläschen daran bildeten, die auf ihren Fingern haften blieben. Das wohlriechende Aroma von Blüten stieg in ihre Nase, und sie atmete tief ein. So etwas Wunderbares hatte sie noch nie gerochen. Nachdem sie den Seifenschaum mit dem Wasser aus dem Krug abgespült hatte, betrachtete sie ihre Hände. Selbst der hartnäckige Schmutz hatte sich gelöst, ohne dass sie mit einer Bürste schrubben musste. Alessandra roch an ihren Handflächen, an denen der Duft weiterhin haftete.

»Ich stelle die Seife selbst her.« In Annas Stimme schwang Stolz mit. »Komm, ich zeige es dir.« Anna wollte sich umdrehen, doch dann hielt sie inne. »Wolltest du nicht den Samt und die Seide berühren?«

Alessandra hätte die feinen Kleider beinahe schon wieder vergessen. So viel Neues gab es ringsum zu sehen! Jetzt blickte sie zu den Kleidern hinauf. »Darf ich?«

Nachdem Anna zustimmend genickt hatte, trat Alessandra ehrfürchtig auf die Bügel zu und fuhr mit den Händen zaghaft über die Seide. Sie schloss die Augen. Es fühlte sich an, als würde sie über die Flügel eines Schmetterlings streicheln. »Wunderbar«, hauchte sie ehrfürchtig. Als sie die Augen wieder öffnete, fiel ihr Blick auf ein rubinfarbenes Kleid mit schwarzer Spitze am Halsausschnitt. Alessandra erkannte es sofort, denn dieses Kleid gehörte dem Fräulein aus dem Wald. Damals, als sie den Samt zwischen die Beine der Leidenden gedrückt hatte, hatte sie seine Weichheit nicht wahrgenommen. Doch nun … Weich wie das Fell eines jungen Kätzchens, wenn sie mit ihren Fingerkuppen darüberstrich. Etwas gröber, wenn sie gegen die Fasern strich. Nur widerstrebend löste sie ihre Hände von dem Stoff. Ein Lächeln umspielte ihre Lippen, als sie zu Anna blickte. »Das fühlt sich wunderbar an!«

»Wie ich sehe, hast du den nötigen Respekt vor den Stoffen. Das freut mich. Doch nun würde ich dir gern zeigen, wie ich die Seife herstelle.« Anna öffnete eine schmale Tür, die in einen kleinen Garten führte. Nicht einsehbar vom Innenhof, lag er hinter den Räumen der Waschküche. Auf den Leinen, gespannt zwischen Apfelbäumen, hingen Laken und Leibwäsche in der Abendsonne zum Trocknen. Die abgeworfenen Blüten der Bäume bildeten einen weißen Teppich zu den Füßen der

Stämme. Alessandra spürte das warme Gras unter ihren Zehen. Der Duft der Apfelblüten vermischte sich mit dem der Seife, den die Wäsche verströmte.

Anna zeigte ihr im Schatten der Mauer einen hölzernen Bottich, der auf zwei Holzblöcken ruhte. Sie hob die Platte, die den Bottich verschloss. »Hierin stelle ich die Seife her. Sieh, zuerst habe ich Kiesel auf den Boden gestreut und diese mit etwas Stroh abgedeckt. Und dann, hör gut zu, dann fülle ich das Fass bis obenhin mit der Asche von verbranntem Hartholz, das ist wichtig, denn die weichen Hölzer eignen sich nicht.« Anna wandte den Blick zum Himmel. »Anschließend lasse ich Regenwasser in den Bottich laufen«, fuhr sie lächelnd fort, und Alessandra sah, dass einer ihrer oberen Schneidezähne fehlte. Anna bückte sich und zeigte von unten mit dem Finger auf den Boden des Fasses, aus dem eine Flüssigkeit tropfte. »Von einem Zimmermann habe ich mir viele kleine Löcher in den Boden bohren lassen. Das, was da rauskommt, wird als Nächstes aufgekocht.«

Alessandra kniete sich nieder. Sie tauchte ihren Zeigefinger in eine Schale unter dem Bottich, in der die Flüssigkeit gesammelt wurde, und roch daran.

»Noch riecht sie nicht, erst wenn ich ihr die Essenz von Blüten zugefügt habe«, erklärte Anna. »Diese Flüssigkeit koche ich so lange, bis ein aufgeschlagenes Ei darauf schwimmt. Danach füge ich der Lauge Blütenessenzen hinzu und koche sie dann mit Talg oder Öl erneut auf. Wenn die flüssige Seife ausgehärtet ist, kann man sie ganz einfach in Stücke schneiden.« Anna bückte sich, um die Holzplatte wieder aufzuheben. Die Gelenke ihrer Knie knackten.

»Kommt, ich helfe Euch.« Alessandra nahm sie ihr aus den Händen. Behutsam schob sie sie auf den Rand des Fasses. »Ich bin fasziniert von der Sauberkeit, die in Eurer Waschküche herrscht«, bemerkte sie.

»Das begrüße ich. Ach, was rede ich da? Sauberkeit ist mein oberstes Gebot.« Anna lächelte ihr zu. »Du bist mir in meiner Wäscherei herzlich willkommen.« Ihre Hand, trocken und voller Schwielen von der Lauge, tätschelte Alessandras Schulter. »Gleich morgen früh kannst du mit der Arbeit beginnen.«

Alessandra folgte ihr in den Raum, in dem die Kleider geplättet wurden. Anna griff nach einem Wäschestapel und reichte ihn Alessandra. »Das ziehst du an, bevor du morgen früh nach dem ersten Hahnenschrei deinen Dienst antrittst.«

Alessandra drückte ihre Nase in die Kleidung und atmete den Geruch der Seife ein. Sie freute sich darauf, den zarten Blütenduft an ihrem Körper zu tragen.

Anna rief nach der jüngsten Magd in der Waschküche. »Zeige Alessandra die Unterkünfte. Sie wird mit Irmgard die Kammer teilen.«

Alessandra schluckte, als sie den Namen ihrer zukünftigen Zimmergenossin vernahm. Therese blickte mitleidig zu ihr auf und steckte ihren mahagonifarbenen Zopf zurück unter die Haube. Ihre engstehenden Augen erinnerten Alessandra an ein Mäuschen, das man von einem Stück Speck weggescheucht hatte. Therese griff nach ihrer Hand und zog sie aus der Waschküche. Alessandra schätzte, dass sie nicht mehr als vierzehn Lenze zählte.

»Oje, du Ärmste! Ich möchte nicht mit dir tauschen. Irmgard ist ein Biest«, plapperte Therese, während sie die Stufen zu den Kammern über den Wirtschaftsräumen hinaufstiegen.

»Ich habe bereits Bekanntschaft mit ihr geschlossen«, seufzte Alessandra.

Die abgestandene Luft in der Kammer raubte Alessandra fast den Atem. Sie zog die Wolldecke vom Fenster fort. Die Brise, die hereinwehte, kühlte ihre Stirn. Irmgards Leibwäsche lag verstreut in der Kammer. Alessandras Blick fiel auf das fleckige Laken auf dem Heuballen. Angewidert schüttelte sie sich.

»Sie ist nicht gerade die Sauberste.« Therese schob mit dem Fuß eine Schürze zur Seite. Alessandra versuchte, nur durch den Mund zu atmen, damit sie den Gestank nicht roch, den die Kleider verströmten.

»Du kannst dir im Stall frisches Heu holen, wenn du magst.« Therese strich ihr mit den zierlichen Fingern über den Arm.

In dem Moment flog die Tür zur Kammer auf. Krachend schlug sie gegen die Wand. Die Arme vor der Brust verschränkt, heftete Irmgard ihren Blick auf Therese und Alessandra. In ihren Augen spiegelte sich Boshaftigkeit wider. »Sag bloß, du nistest dich bei mir ein«, zischte sie.

Therese drückte Alessandras Hand. »Lass dich von ihr nicht unterkriegen. Und wenn du Kummer hast, komm zu mir.« Ihre Augen verengten sich zu Schlitzen. »Das ist Alessandra. Sie arbeitet von nun an in der Waschküche.«

Irmgard verzog die Lippen zu einem hämischen Grinsen. »Wir kommen schon klar, wenn sie macht, was ich ihr sage.«

Therese schüttelte den Kopf. »Warum kannst du nicht einmal friedlich sein?«, fragte sie, bevor sie die Kammer verließ.

Nachdem die Tür ins Schloss gefallen war, breitete sich eine unheimliche Stille in der Kammer aus. Alessandra versuchte, Irmgards zornigem Blick standzuhalten. »Was ist? Hab ich etwas im Gesicht, was dir nicht gefällt?«

»Deine ganze Gestalt gefällt mir nicht«, keifte Irmgard und spie auf den Boden.

»Jetzt pass mal auf, Irmgard.« Alessandra erhob sich und schaute der anderen tief in die Augen. »Ich habe es mir nicht ausgesucht, die Kammer mit dir zu teilen. Dennoch lasse ich meine Wut darüber nicht an dir aus. Und genau das Gleiche verlange ich von dir auch. Hast du mich verstanden?«

Irmgard neigte den Kopf zur Seite. »Ach sieh, du willst mir Vorschriften machen. Was glaubst du eigentlich, wer du bist?«

»Lass gut sein, Irmgard. Es steht mir nicht der Sinn danach, mit dir zu streiten«, erwiderte Alessandra und betrachtete dabei das verklumpte Stroh in der Ecke. Dem Geruch nach zu urteilen, verrichtete Irmgard ihre Notdurft darauf. Sie spürte, wie Übelkeit in ihr aufstieg. »Ich werde mir im Stall frisches Heu besorgen.« Alessandra verließ die Kammer. Auf der Stiege hielt sie inne. Ihr Herz schlug heftig gegen ihre Brust, und sie legte die Hand darauf. Alessandra kämpfte gegen die Tränen, die ihr vor Wut in den Augen brannten. Sie wollte nicht weinen! Stolz reckte sie das Kinn vor. Nicht wegen Irmgard. Sie dachte an Simon, der hier ganz in der Nähe war, und spürte förmlich seine Anwesenheit, die ihr Mut gab. Ihre Hände krallten sich in den Stoff ihrer Schürze. Eine Träne ließ sich nicht mehr aufhalten und rollte über ihre Wange. Schnell strich Alessandra sie mit dem Handrücken fort und eilte die Stiege hinab.

Der Windstoß, der durch das Fenster wehte, scheuchte die Flammen der Kerzen auf. Pater Gregor kniete mit entblößtem Oberkörper vor dem kleinen Altar in seiner Kammer. Seine Umrisse warfen verzerrte Schatten an das Mauerwerk. In einem monotonen Singsang betete er das *Paternoster.* Die fünf Schwänze der Geißel knallten auf seinen Rücken, und ihre Widerhaken gruben sich in seine Haut. Pater Gregor stöhnte auf. Er riss die Peitsche aus seinem Fleisch und schlug erneut zu. Der Schmerz raubte ihm fast den Verstand, verursachte aber gleichzeitig ein Gefühl der Glückseligkeit in seinem Inneren. Er büßte seine Sünden. Gott sollte sehen, dass er nur lebte, um ihm zu dienen. Er konnte allerdings gewisse Zweifel daran, dass Gott seine Handlungen guthieß, nicht leugnen. Sollte es tatsächlich nicht so sein, wollte er seinem Herrn hier zeigen, dass er bereit war, dafür um Vergebung zu bitten. Er war ein frommer Mann, war Gottes Diener. So war es immer gewesen, und so sollte es immer bleiben.

In immer kürzer werdenden Abständen zischte die Geißel durch die Luft.

»Ich erbitte Eure Vergebung, o mein Gott, und erflehe Eure Verzeihung, so wie Ihr es wünschet, dass sich Eure Diener Euch zuwenden. Ich bitte Euch, wascht meine Sünden hinweg, wie es Eurer Herrschaft ziemt«, wimmerte er. Ausgelöst durch die Pein der Hiebe, loderte die Begierde erneut in seinem Schoß auf. Heftiger als je zuvor brannte die Fleischeslust in seinen Lenden. Kurz bevor ihn die Ohnmacht umgab, riss er ein letztes Mal die Widerhaken aus seiner Haut und ließ die Geißel zu Boden fallen. Sein zitternder Leib verlor an Kraft. Er stützte sich mühsam auf seine Handflächen, um zu verhindern, dass sein Gesicht auf den Boden schlug. Von seiner Stirn tropften Schweißperlen. *O mein Herr, was habt Ihr mit mir vor? Warum quält Ihr mich so?*

Die Tür zum Stall quietschte, als Alessandra sie aufdrückte. Sie roch das frische Stroh und Pferdedung. Der Kopf eines Rappen ragte neugierig über die Abtrennung. Alessandra blickte in seine braunen Augen, hob den Arm und strich über die Blesse. »Du bist aber ein liebes Pferd«, flüsterte sie.

»Ich würde nicht so leichtsinnig jedem Gaul die Blesse streicheln.«

Alessandra zuckte zusammen, als sie die rauhe Stimme hinter sich vernahm. Ihr Hals schnürte sich zu, und in ihren Ohren rauschte das Blut. Sie schloss die Augen und versuchte, die Atemnot zu bekämpfen. Ihre Knie wurden weich, und sie griff nach der Abtrennung, um sich daran festzuhalten.

»Hab ich Euch so erschreckt? Das wollte ich nicht.«

Alessandra spürte Simons Griff, der sie sicher hielt. Sie schloss die Augen und atmete seinen Duft ein. Ihre Wange schmiegte sich an seine Schulter, und das Leder seines Überwurfs kühlte ihre erhitzten Sinne. Sie zwang sich, die Augen zu öffnen, und versank mit ihrem Blick in dem See, von dem sie jede Nacht träumte.

Der Griff um ihren Rücken lockerte sich. Simon stutzte, als er ihren Blick erwiderte. Das Blau seiner Augen wurde dunkler.

»Ich … ich kenne dich …«, stammelte er. »Du bist Alessandra, das Mädchen aus dem Wald!« Sein Griff verstärkte sich wieder. Langsam zog er ihr mit der freien Hand die Haube ab. Das schwarze Haar fiel in Wellen über ihre Schultern und seinen Arm. »Dein Haar hab ich nie vergessen können.« Simon nahm eine Strähne und ließ sie durch seine Finger gleiten.

Alessandra schloss die Augen. Seine Berührung bereitete ihr eine Gänsehaut, die sich von ihren Armen über den Rücken zog. Sie hob den Kopf und versuchte, Halt zu finden. Doch ihre weichen Knie gaben erneut unter ihr nach.

»Vielleicht setzt du dich auf einen der Strohballen.« Simon führte sie zu der hintersten Ecke des Stalles, wo das Futter für die Pferde gelagert wurde. Ihre Füße berührten unter seinem festen Griff kaum den Boden. Sanft setzte er sie auf das Stroh. Die Halme stachen ihr in die Haut, doch das nahm Alessandra kaum wahr. Sie vermochte den Blick nicht von Simon zu wenden. Sein Haar, das wie Gold glänzte. Seine Augen, seine Nähe … Alessandra glaubte, den Verstand zu verlieren.

»Geht es dir nicht gut?« Simon strich über ihren Arm.

»Doch, doch.« Sie gab sich Mühe, die Fassung wiederzuerlangen, knotete ihr Haar am Hinterkopf zusammen, griff nach der Haube und stülpte sie darüber.

Simon befeuchtete seinen Zeigefinger mit Speichel und strich damit über ihren Unterarm. Mit einem verdutzten Gesichtsausdruck sah er in ihre Augen. »Warum machst du das? Warum hellst du deine Haut auf?«

Alessandra senkte den Blick und biss sich auf die Unterlippe. »Es ist etwas Schreckliches passiert«, flüsterte sie und holte tief Luft. Doch bevor sie Simon alles erzählen konnte, öffnete sich die Stalltür. Die Schritte von schweren Lederstiefeln hallten über den lehmigen Boden. Simon legte seine Hand auf ihrem Mund. »Bleib still«, flüsterte er, richtete sich auf, reichte ihr die Hand und zog sie hoch.

Durch die Schlitze der groben Holzplanken suchten sich die letzten Sonnenstrahlen des Tages ihren Weg. In ihrem Schein tanzten die Staubflusen, die aus dem Stroh aufstiegen. Alessandra glättete ihre Röcke. Als sie sah, wie der Stallmeister auf sie zuschritt, schaute sie sich unruhig um. »Ich brauche noch Heu für meine Bettstatt. Kann ich es mir hier wegnehmen?« Alessandra spürte ein Ziehen in ihrer Brust. Und als Simon die Hand auf ihre Schulter legte, breitete es sich in ihrem ganzen Körper aus.

»Warte, der Stallmeister und ich werden dir helfen.«

Alessandra blickte erstaunt auf. Simons vertrautes Zwinkern ließ sie lächeln.

Sie folgte den Männern, die vor ihr herschritten, jeder mit einem Arm voll duftendem Heu beladen. Alessandra betrachtete Simons breite Schultern, neben denen der Stallmeister wie ein kleiner Junge aussah. Als sie bemerkte, dass Simon hinkte, spürte sie einen Stich in ihrem Herzen.

Alessandra stieß erleichtert den Atem aus: Irmgard hatte die Kammer verlassen. Womöglich war sie mit ihrer Arbeit noch nicht fertig gewesen. Der Stallmeister legte das Heu in eine freie Ecke, und Alessandra dankte ihm dafür. Nachdem auch Simon seine Last abgelegt hatte, griff Alessandra nach seinem Oberarm. »Was ist mit Eurem Bein? Wie ich sehe, ist es noch nicht richtig verheilt?«, flüsterte sie.

Simon schüttelte den Kopf. »Der Medicus meint, es wird wohl noch eine Weile dauern, bis der Schmerz ganz verschwunden ist.« Er rieb sich mit der Hand über den Oberschenkel. »Doch er sagte, dank eurer Hilfe wird der Knochen wieder vollkommen heilen.« Sein Lächeln ließ Alessandras Knie erneut weich werden. Sie hatte das Gefühl, am Ziel ihrer Träume zu sein. Ein Lächeln huschte über ihre Lippen, als sie sich von Simon verabschiedete. Dann legte sie ein frisches Laken über das Heu und ließ sich rücklings auf ihr Lager fallen. Mit geschlossenen Augen atmete sie den Duft ein, der den der verklumpten Strohspäne in der Ecke überlagerte. Auf dem Heu, das Simon ihr in die Kammer gebracht hatte, würde sie jede Nacht von ihm träumen – doch nicht mehr die hoffnungslosen Träume wie bisher. Stattdessen würde sie sich jeden Augenblick aus dem Stall ins Gedächtnis rufen.

»Was liegst du hier faul auf deinem Lager?«

Alessandra schreckte hoch. Irmgards schrille Stimme stach wie tausend Nadeln in ihrem Ohr. Durch das Fenster fielen die roten Strahlen der Abendsonne und tauchten die Kammer in ein Zwielicht.

Irmgard schaute auf Alessandras Bettstatt und hob die Augenbrauen. »Wie ich sehe, hast du dich bereits häuslich eingerichtet.« Sie strich mit der flachen Hand über das Lager, bevor sie sich darauf niederließ. »Das ist ab sofort meine Bettstatt, du kannst dich auf meiner niederlassen.« Sie verschränkte die Arme hinter dem Kopf und lehnte sich zurück. In ihren Augen spiegelte sich Kampfeslust wider.

Alessandra betrachtete die Flecken auf Irmgards Schürze. Und auch der Schmutzrand an der Haube blieb ihr nicht verborgen. »Runter von meiner Bettstatt«, zischte sie.

Irmgard hob die Augenbrauen. »Du willst mir etwas befehlen?«

»Nein, ich fordere dich nur auf, mein Lager zu verlassen.« Alessandra spürte, wie ihre Hände vor Wut zitterten. Sie atmete tief durch, um sich zu beruhigen. »Jetzt hör mir mal gut zu, Irmgard. Ich verspüre keine Lust, mich mit dir zu zanken.« Sie baute sich vor ihrem Lager auf. »Aber wenn du nicht von meinem Lager aufstehst, bleibe ich die ganze Nacht hier stehen und raube dir den Schlaf.«

Irmgard schob die Unterlippe vor, erhob sich und legte sich wortlos auf ihre eigene Bettstatt. Alessandra hegte den Verdacht, dass sie von früheren Mitbewohnerinnen keine Gegenwehr gewohnt war.

In dieser Nacht fand Alessandra keinen Schlaf. Die Gedanken an Simon ließen sie nicht zur Ruhe kommen. Noch vor dem ersten Hahnenschrei erhob sie sich von ihrem Lager, um einen Krug frisches Wasser aus dem Brunnen zu holen. Im Osten wich die Nachtschwärze bereits einem blassen Streifen. Gezogen von einem Ochsen, passierte ein Holzkarren das Tor. Ein Büttel lenkte ihn zum Wehrturm. Alessandra fragte sich erstaunt, wer wohl um diese Zeit auf der Burg ankam, wo doch noch fast alle schliefen.

Auf der Ladefläche saßen vier Frauen, die an den Händen aneinandergekettet waren. Ein Wachmann trat aus dem Wehrturm. Er hielt dem Büttel die Holztür auf, die zum Verlies führte. Die Frauen keiften, als er sie mit Tritten in den Wehrturm stieß. Bei dem Anblick krampfte sich Alessandras Herz zusammen. Sie schöpfte das Wasser und eilte zurück in ihre Kammer. Die Angst, hier auf der Burg als Fahrende erkannt zu werden, schnürte ihr die Kehle zu.

An Händen und Füßen gefesselt, kauerte die Weimerin auf der Anklagebank.

Pater Gregor saß gemeinsam mit dem Ratsherrn und dem Erzbischof an dem neugezimmerten Pult. Der Erzbischof forderte ihn mit einem Blick auf, mit der Vernehmung zu beginnen. Der Schreiber spitzte die Feder.

»Anna Weimerin, bei meiner Befragung hast du gestanden, eine Hexe zu sein.« Pater Gregor stellte sich vor sie und verschränkte die Arme vor der Brust.

Die Weimerin hob den Kopf und sah ihn mit blutunterlaufenen Augen an. »Ja, ich bin eine Hexe.«

Kraftlos beantwortete sie auch die weiteren Fragen des Paters. Leise erzählte sie von Hexentänzen um ein Feuer auf dem Sandhügel, wo der Teufel in der Gestalt eines schwarzen Bocks anwesend war. Sie berichtete von der Handvoll Erde, die sie in die Richtung der Felder geworfen hatte, um den Hagel herbeizuführen. Die Knochen hatte sie in dem Haus der Snyders vergraben, damit Hannes die Pest befiel. Sie nannte Namen von anderen Frauen, die an den Hexensabbaten beteiligt waren und ebenfalls den Beischlaf mit dem Teufel vollzogen hatten. Am Ende der Vernehmung gestand sie unter Eid, dass sie der Ketzerei abschwören und in den Schoß der Kirche zurückkehren wolle.

Pater Gregor nickte zufrieden. Die Weimerin hatte alles wiedergegeben, was er ihr unter den weiteren Qualen der Folter eingeflüstert hatte. Er übergab an den Erzbischof, der die Rolle des kirchlichen Richters übernommen hatte. Nachdem er der Weimerin die Absolution erteilt hatte, fällte der Erzbischof sein Urteil.

»Anna Weimerin aus der Diözese Trier, du bist von glaubwürdigen Leuten der ketzerischen Verkehrtheit angezeigt worden. Eine Anzeige, die unser Herz schwer schmerzt. Doch du bist bereit, wieder in den Schoß der Kirche zurückzukehren. Kraft des mir übertragenen Amtes obliegt es mir, dir den rechten Glauben wieder in dein Herz einzupflanzen wie auch dir deine ketzerischen Verkehrtheiten aus den Sinnen zu treiben. Ich, durch die göttliche Gnade Erzbischof der Diözese Trier, verdamme dich rechtskräftig zu ewigem Gefängnis, auf dass du dort immer von dem Brot des Schmerzes und dem Wasser der Angst gepeinigt wirst.« Zur weiteren Urteilsverkündung gab er das Wort an den Ratsherrn in der Funktion des weltlichen Richters.

Dieser verurteilte die Weimerin aufgrund der Kapitalverbrechen, die sie begangen hatte, zum Tode durch Feuer. Die Hinrichtung sollte auf der Burg stattfinden und die Kosten des Prozesses dem Gemahl in Rechnung gestellt werden.

Über die Lippen des Paters huschte ein Lächeln. Der erste Fall der Hexenverfolgung war abgeschlossen, und weitere Weibsbilder warteten auf die Folter.

Irmgard lag noch in tiefem Schlaf, als Alessandra die Kammer betrat. Vorsichtig stellte sie den Krug auf die Kommode. Sie traute sich nicht, etwas Wasser in die Schüssel zu geben – aus Angst, Irmgard könnte erwachen, bevor sie sich mit dem Kalkpulver eingerieben hatte. Alessandra schüttete Wasser in ihre Handfläche und benetzte damit ihr Gesicht. Dann verrieb sie das Pulver auf ihrer Haut und zog sich schleunigst die Dienstkleidung über. Das Leinen fühlte sich steif auf ihrer Haut an. Keine einzige Knitterfalte war zu sehen. Alessandra steckte die Nase in den Stoff und atmete den Duft der Seife ein. Gerade als sie ihr Haar unter der Haube versteckt hatte, erwachte Irmgard.

Sie rieb sich die Augen und blickte sich verschlafen in der Kammer um. »Du bist schon auf?«, fragte sie mit heiserer Stimme.

Alessandra nickte. »Ja, ich konnte nicht mehr schlafen. Ich habe am Brunnen schon frisches Wasser geholt.«

Ohne den Krug zu beachten, zog Irmgard ihre Röcke an und rückte die Haube auf ihrem Haar zurecht. »Komm, lass uns sehen, ob es schon etwas zu essen gibt.« Ihre Feindseligkeit vom Vorabend war auf einmal wie weggeblasen.

»Aber wir essen doch erst, wenn die Herrschaften damit fertig sind«, erwiderte Alessandra verdutzt.

»Die anderen vielleicht, ich nicht«, sagte Irmgard grinsend.

»Du kannst machen, was du willst. Ich jedoch halte mich an die Vorschriften«, entgegnete Alessandra.

»Ich jedoch halte mich an die Vorschriften«, äffte Irmgard sie mit einem pikierten Gesichtsausdruck nach und tänzelte dabei durch die Kammer. »Dann tu es doch, du blöde Gans. Ich hab es nur gut gemeint. Aber bitte, wenn du nicht willst …« Sie ließ sich auf ihrer Bettstatt nieder und verzog abfällig den Mund.

Alessandra verließ kopfschüttelnd die Kammer, um ihre Arbeit aufzunehmen.

Die feuchte Luft legte sich schwer auf Alessandras Lungen. An einem der Waschzuber wartete Anna auf sie.

»Guten Morgen! Du bist pünktlich, das ist gut.« Sie klopfte mit der Hand auf die Planken des Zubers. »Hier wirst du von nun an arbeiten.« Anna nahm den Holzschlegel aus dem Bottich und legte ihn auf den blankgefegten Boden. »Siehst du die Eimer dort an der Wand?« Sie wies mit dem Kopf in die Richtung. »Nimm dir zwei von ihnen, und fülle damit den Bottich mit Wasser aus dem Brunnen auf. Wenn du fertig bist, melde dich wieder bei mir. Doch spute dich, ich mag keine Trödeleien.«

Alessandra griff nach zwei Holzeimern und lief los, um sie am Brunnen zu füllen. Nachdem sie das Wasser in den Bottich geschüttet hatte, stellte sie enttäuscht fest, dass noch nicht einmal der Boden bedeckt war. Sie wollte gar nicht darüber nachdenken, wie oft sie noch zum Brunnen gehen musste.

Erst als die Sonne schon hoch am Himmel stand, war der Bottich gefüllt. Alessandra wischte sich die Hände an ihrem Rock ab und musste erschrocken feststellen, dass sie Schmutzflecken auf dem tadellosen Leinen hinterließen. Sie wischte erneut darüber, doch die Flecken verdunkelten sich dadurch nur.

»Bevor das Wasser nach getaner Arbeit wieder aus den Bottichen gelassen wird, wirst du jeden Abend deine Kleidung darin waschen, wie die anderen Mägde auch.« Anna hob die Augenbrauen. »Du weißt doch, ich kann verschmutzte Kleidung nicht ausstehen.« Sie bückte sich, um das Feuer unter dem Bottich zu schüren. »Es wird eine Weile dauern, bis das Wasser die richtige Hitze erreicht hat. Bis dahin kannst du die Wäsche sortieren.«

Nachdem Anna Seife hinzugefügt hatte, bildeten sich auf der Oberfläche des Wassers Schaumbläschen. »Trenne die weiße Wäsche von der anderen, und sortiere sie dann nach Leib- oder Bettwäsche.«

Alessandra blickte auf die Weidenkörbe, die sich, beladen mit schmutziger Kleidung, in einer Ecke stapelten.

Nachdem sie alles sortiert hatte, blickte Anna ihr von hinten über die Schultern. »In deinem Bottich wird heute die Bettwäsche gewaschen.«

Sobald Alessandra die Wäsche in die Seifenlauge legte und mit dem Schlegel hinunterdrückte, benetzte der Dampf ihr Gesicht mit Feuchtigkeit.

»So, und jetzt immer rühren, bis ich dir sage, dass du die Wäsche herausnehmen kannst«, wies Anna sie an.

Die Schlegel ließen sich kaum durch die schweren

Stoffe bewegen. Nach kurzer Zeit schmerzten Alessandras Schultern und Oberarme, doch sie beklagte sich nicht. Sie biss die Zähne zusammen und rührte weiter. Als Anna sie endlich erlöste, hatten sich an ihren Händen Blasen gebildet, die mit Wasser gefüllt waren.

»Du bist ein tapferes Mädchen. Die Probe hast du bestanden. Morgen werde ich den Bottich mit weniger Wäsche beladen, dann lässt es sich leichter rühren.« Anna klopfte Alessandra anerkennend auf den Rücken.

»Mit weniger Wäsche?«, wiederholte Alessandra erstaunt.

»Ja, denn so wird sie nicht richtig sauber. Doch ich wollte sehen, wie fleißig du bist.« Anna nahm mit dem Schlegel einige der tropfnassen Stücke aus dem Bottich und legte sie in den Korb. »Bring sie hinaus in den Garten. Doch bevor du sie aufhängst, musst du die Wäsche auswringen.«

Der Korb wog so schwer, als wäre er mit Wackersteinen gefüllt. Alessandra spürte einen stechenden Schmerz in ihrem Rücken, als sie ihn im Garten absetzte. Eines nach dem anderen wrang sie die dampfenden Stücke aus, um sie anschließend zum Trocknen auf die Leine zu hängen. Die Abendsonne warf schon ihre rötlichen Strahlen über die Burgmauer, als auch die anderen beiden Mägde mit ihrer Wäsche im Garten erschienen. Sie lachten und schwatzten. Im Gegensatz zu Alessandra schien ihnen das Gewicht der Körbe keine Mühe zu bereiten. Alessandras Körper schmerzte wie noch nie zuvor in ihrem Leben. Sie streckte den Rücken durch und betrachtete die aufgeplatzten Blasen an ihren Händen, durch die rosig das Fleisch schimmerte.

»Du wirst dich daran gewöhnen«, piepste Therese hinter ihr. »Uns allen erging es am ersten Tag so, doch die Wunden an den Händen verheilen, und bald bilden sich Schwielen, die dich nichts mehr spüren lassen.«

Alessandra drehte sich zu Therese um, die einen Weidenkorb unter ihrem Arm trug. Sie fragte sich, wie das zierliche Mädchen die schwere Arbeit schaffte. »Wie lange arbeitest du denn schon in der Waschküche? Du bist doch noch so jung!«

»Seit zwei Wintern arbeite ich hier. Doch sag, wie war die erste Nacht mit Irmgard?«

Alessandra winkte ab. »Ich werde schon irgendwie mit ihr fertig.«

»Du musst aufpassen, sie ist hinterhältig. Ich will nicht, dass es dir wie Hedwig ergeht.«

Alessandra sah sie erstaunt an. »Hedwig? Was ist mit ihr geschehen?«

Therese blickte zu Boden. »Hedwig hat mit ihr die Kammer geteilt. Sie ist vor kurzem gestorben. Einfach so. Niemand weiß, woran.« Therese seufzte kummervoll auf.

Alessandra schluckte. Wie es schien, war Irmgard doch gefährlicher, als sie gedacht hatte. Sie nahm sich vor, sie in Zukunft nicht zu reizen. Wer wusste schon, wozu sie fähig war?

»Hast du es schon gehört?« Es schien, als wollte Therese vom Thema ablenken. »Auf der Burg wird ein Scheiterhaufen errichtet!« Ihre Augen weiteten sich.

Alessandras Herz krampfte sich zusammen. »Du meinst, hier wird eine Hexe verbrannt?«

Therese kräuselte ihr Näschen und nickte. »Ja. Ob wir wohl sehen können, wenn ihre Seele durch das Feuer gereinigt wird und in den Himmel steigt?«

»Ich … ich weiß nicht«, stammelte Alessandra und wandte sich von ihr ab. »Wir sollten wieder an die Arbeit gehen, denn vor der Dunkelheit müssen unsere Kleider gewaschen und die Zuber geleert sein.« Bei dem Gedanken, dass eine Frau bei lebendigem Leibe hier auf der Burg verbrannt werden sollte, war ihr über alle Maßen unwohl.

Nachdem auch aus dem letzten Bottich das Wasser durch einen kleinen Ablauf in die Sickergrube geflossen war, drückte Anna Alessandra einen Stapel mit zwei frischen Garnituren in die Arme. Obendrauf legte sie noch ein Stück Seife. »Damit du auch immer sauber bist.« Sie zwinkerte lächelnd, bevor sie eine gute Nachtruhe wünschte.

Auf dem Weg zu ihrer Kammer blickte Alessandra zu den Fenstern der Gemächer unter dem Dachgiebel des Herrenhauses empor. Sie stellte fest, dass sie an diesem Tag nicht einmal an Simon gedacht hatte. Ob Sanchari mit ihren Worten recht behalten sollte? Nein, sie würde Simon niemals vergessen, auch wenn sie vor lauter Arbeit für eine Weile nicht an ihn gedacht hatte.

Hinter einem der Fenster flackerte der Schein einer Kerze. Alessandra sah die Silhouette eines Mannes. Ohne ein Gesicht erkennen zu können, winkte sie ihm zu, und sie glaubte zu sehen, wie sich ein Arm hob. Gebannt blickte sie auf das Fenster, doch der Schatten verschwand wieder, und das Licht der Kerze erlosch.

Am Mittag des nächsten Tages suchte Alessandra wie auch am Tag zuvor die Küche auf, um mit den anderen Mägden und Knechten das Mahl zu sich zu nehmen. Nachdem sie an dem Bohlentisch Platz genommen hatte, schaute sie in die verschwitzten Gesichter der Arbeitskräfte, die hungrig den Duft schnupperten, der durch die Küche zog. Aus dem großen Kessel, der mitten auf dem Tisch stand, dampften die gekochten Rüben. Martha erhob sich, um ein Gebet zu sprechen. Die Mägde und Knechte falteten die Hände und senkten den Blick. Alessandra tat es ihnen gleich und hoffte, Martha bemerke, nicht, dass sie das Gebet nicht mitsprach. Sie nahm sich fest vor, es auswendig zu lernen, schließlich wollte sie von nun an auch eine Christin sein.

Ihr Herz füllte sich mit Stolz. Sie wohnte auf einer Burg, wie sie es sich immer erträumt hatte. Nachdem Martha das Gebet beendet hatte, schöpfte sie mit einer Kelle den Eintopf auf die Holzteller. Die Mägde und Knechte griffen beherzt zu. Alessandra lauschte ihrem Geplapper.

»Ich darf gar nicht daran denken, dass hier auf der Burg eine Hexe verbrannt wird.« Martha seufzte.

»Sie soll die Pest herbeigezaubert haben. Nicht, dass es uns hier auf der Burg auch erwischt!«, rief Therese. In ihren Augen stand die Angst geschrieben.

»Ach was, fürchte dich nicht«, beschwichtigte der Stallmeister sie. »Die Burg ist durch den Segen des Erzbischofs gut geschützt.«

»Immer mehr Frauen werden auf der Burg eingekerkert. Ich weiß gar nicht, wie viele schon unten im Verlies sitzen.« Martha schüttelte sich.

»Habt ihr schon gehört?« Einer der Stalljungen hob seinen Holzlöffel und blickte in die Runde. Seine abstehenden Ohren glühten im Schein der Sonne, die hinter ihm durch das Fenster fiel.

»Was denn?«, fragte eine Magd und riss neugierig die Augen auf. Von ihrem Löffel, den sie gerade zum Mund führte, tropfte es auf ihre Schürze.

»In Bacharach wurde vor ein paar Tagen ein Büttel kaltblütig ermordet!«

Alessandra blieb das Essen im Hals stecken. Ein Hustenanfall überfiel sie. Therese erhob sich und klopfte ihr auf den Rücken.

»Da war bestimmt ein Meuchelmörder am Werk«, sagte Therese, nachdem sie sich wieder auf ihren Stuhl gesetzt hatte.

»Ach, du immer mit deinen Meuchelmördern.« Der Stalljunge klopfte mit dem Holzlöffel auf die Tischplatte. »Soll ich euch verraten, wer ihn umgebracht hat?« Sein Blick wanderte über die Runde.

Mit offenen Mündern schauten die Mägde und Knechte ihn an. Außer dem pausbäckigen Lehrjungen des Schmiedes, der unbeirrt weiter den Rübeneintopf in sich hineinschaufelte, vergaßen alle für einen Augenblick das Mittagessen.

»Die Gaukler waren es«, verkündete der Stalljunge. Seine mandelförmigen Augen glänzten vor Stolz, eine Neuigkeit verbreiten zu können. »Aus dem Hinterhalt haben sie ihn mit einem Stein erschlagen. Der arme Kerl hatte keine Möglichkeit, sich zu wehren.« Er senkte den Blick. »Zwei Kinder hat er hinterlassen, für die sein Weib allein nicht sorgen kann.«

Die Magd, die ihm gegenübersaß, schluchzte auf und schlug sich die Hände vor das Gesicht. »Was für ein gottloses Verbrechen«, jammerte sie.

Alessandra schloss die Augen und biss sich von innen auf die Wangen. Sie hätte diesem Burschen am liebsten die Wahrheit ins Gesicht geschrien, allen hier gesagt, wie es wirklich gewesen war. Der Büttel hatte ihren Onkel auf dem Gewissen, ihm eiskalt die Lanze ins Herz gejagt! Doch sie zwang sich, Ruhe zu bewahren, an etwas anderes zu denken. Die Stimme des Stalljungen riss sie jedoch zurück in die Wirklichkeit.

»Wehe, wenn ich einen von ihnen in die Hände bekomme! Dann … dann …« Er fuchtelte mit den Händen, als würde er einem Huhn den Hals umdrehen.

Alessandra spürte, wie die Hitze in ihren Nacken kroch. Der Löffel fiel ihr aus der Hand in die Schale. Auf dem Tisch verteilten sich die Spritzer des Rübeneintopfs.

»Dafür sorgt schon der Henker!«, rief der alte Schmied. »Überlass das ruhig ihm. Dann haben die Bürger von Bacharach auch was davon.« Er rieb sich freudig die Hände. »Das wird ein Fest, glaubt mir. Ich bin auf jeden Fall dabei, wenn sie nebeneinander am Galgen baumeln.«

»Dafür müssen sie die Schuldigen erst einmal finden«, wandte Martha ein. »Die sind doch schon längst über alle Berge.«

Der Schmied lachte heiser auf und wischte über seine Nase, die einer Knolle glich. »Die werden gefunden, verlass dich drauf. Das war doch die Truppe, bei der ein Mädchen auf dem Seil getanzt hat. Ich habe gehört, sie soll atemberaubend schön sein.«

Alessandra fasste unwillkürlich an ihre Haube, um sich zu vergewissern, dass ihr Haar bedeckt war. Ihre Hände zitterten. Die Küche begann, sich um sie zu drehen, und die Gesichter der anderen verschwammen vor ihren Augen. Sie musste hier raus! Sie sprang auf und rannte aus der Küche.

Hieronymus nippte an seinem Weinkelch. Mit der Schulter an das Mauerwerk gelehnt, blickte er aus dem Fenster seines Gemachs. Sein Blick fiel auf die Wernerkapelle unterhalb der Burg. Der Pfarrer von Bacharach hatte ihn gebeten, dort am nächsten Sonntag eine Messe zu lesen. Selbstverständlich hatte er Winand von Steeg diese Bitte nicht abschlagen können. Es beeindruckte ihn, wie dieser Mann die Fertigstellung der Kapelle vorantrieb. Der Kanonisationsprozess des Knaben Werner, den er nach Beginn seiner Amtszeit angestrebt hatte, ließ das Volk nach Bacharach pilgern und füllte auch weiterhin die Baukasse. Der prachtvolle gotische Bau mit den hohen Fenstern und dem Grundriss eines Kleeblatts konnte nach fast einhundertfünfzig Jahren Bauzeit beendet werden.

Hieronymus wandte sich vom Fenster ab und ging zu seiner Bettstatt. Über der Lehne eines Stuhls hing die Soutane, die er getragen hatte, als er Mathilde im Wald geliebt hatte. Er pflückte ein langes kupferfarbenes Haar von dem Damast. In seinen Lenden brannte das Verlangen nach seiner Geliebten, mehr als je zuvor. Krampfhaft überlegte er, wie er ihr eine Nachricht zukommen lassen konnte. Er musste sie unbedingt wiedersehen.

Der Erzbischof stand an dem Altar im Südarm der Wernerkapelle. Mit tiefer Stimme sprach er den Schlusssegen. *»Benedicat vos omnipotens Deus, Pater, et Filius, et Spiritus Sanctus.«* Mit der Hand deutete er die Vereinigung des allmächtigen Vaters, des Sohnes und des Heiligen Geistes in einem Kreuz an.

»Amen«, hallte es durch die Wernerkapelle.

»Ite, missa est.«

»Deo gratias.« Die Gläubigen erhoben sich von den Bänken.

Hieronymus stellte die silberne Schale mit der Hostie zurück in das Tabernakel. Nachdem er dieses verschlossen hatte, schritt er zum Beichtstuhl in der Westkonche. Sein Blick fiel auf die drei Wandtafeln, auf denen alle neunzig

Wunder in lateinischer Sprache geschrieben standen, die bis zur Beisetzung des Knaben Werner von Oberwesel geschehen waren. Doch nach Lektüre stand Hieronymus nicht der Sinn, er musste die Beichte abnehmen.

Der rubinfarbene Brokatvorhang wog schwer in seinen Händen. Als er ihn zur Seite schob, klirrten die rostigen Ringe aneinander. Hieronymus nahm auf dem gepolsterten Stuhl Platz und glättete mit den Handflächen sein cremefarbenes Gewand. Er hoffte, dass Mathilde die Sprache seiner Augen verstanden hatte, als er zu Beginn der Messe die Burgbewohner aufforderte, die Beichte abzulegen.

Hieronymus betrachtete seine Fingernägel und versuchte, ein Gähnen zu unterdrücken. Der Burgverwalter beichtete seine ehebrecherischen Gedanken, führte als Entschuldigung gleichzeitig an, dass seine Gemahlin das Bett nicht mehr mit ihm teilen wollte. Nachdem Hieronymus ihm als Buße zehn *Ave Maria* und zwanzig *Paternoster* auferlegt hatte, verließ der Burgverwalter den Beichtstuhl. Etliche weitere Burgbewohner folgten ihm, und Hieronymus hatte Mühe, sich auf ihre kleinen Sünden zu konzentrieren. Als sich der Vorhang erneut hinter jemandem schloss, sah Hieronymus nicht mehr auf. Er hatte die Hoffnung aufgegeben, dass Mathilde seinen Blick richtig gedeutet hatte. Doch plötzlich stieg ihm das Aroma von Lavendel in die Nase. Hieronymus riss den Kopf hoch. Durch das Gitter sah er kupferfarbenes Haar, das ein bleiches Gesicht umrahmte. Sein Herzschlag beschleunigte sich.

»Will nach Euch noch jemand die Beichte ablegen, oder seid Ihr die Letzte?«

»Ich habe alle anderen vorgelassen. Wir sind allein«, hauchte Mathilde.

Der Klang ihrer Stimme fuhr Hieronymus durch Mark und Bein. »Komm zu mir«, flüsterte er.

Sie folgte seiner Aufforderung. Hieronymus klopfte sich mit der Hand auf den Oberschenkel, um ihr anzudeuten, wo sie sich niederlassen sollte. Mathilde zog ihre Röcke hoch und setzte sich rittlings auf seinen Schoß. Als er sie in die Arme nahm, spürte er ihren heißen Atem an seinem Hals. Er bedeckte ihr Gesicht mit Küssen, ehe er seine Lippen fordernd auf ihre presste. Dann löste er die Schnüre ihres Mieders. Als sich ihre Brüste ihm entgegenstreckten, ließ er seine Zunge mit ihren Knospen spielen. Mathilde keuchte auf und schloss die Augen. Hieronymus drängte sie sanft von seinem Schoß. Seine Geliebte verstand seinen Wunsch, kniete sich vor ihm nieder und schob seine Soutane hoch. Ein verführerischer Blick aus ihren Augen traf ihn. Als ihre Lippen ihn berührten, glaubte er, den Verstand zu verlieren.

Anna hatte den Mägden für den Nachmittag freigegeben. An diesem Tag, an dem die erste Hexe auf der Burg verbrannt werden sollte, wurden nur die notwendigsten Arbeiten verrichtet. Alessandra eilte aus der Waschküche. Sie wollte so schnell wie möglich in ihre Kammer und dort warten, bis alles vorbei war. Doch im Innenhof der Burg blieb sie wie gelähmt stehen und starrte auf das Treiben. Zimmerleute errichteten aus Kiefernholz ein Podest. Ein Karren, beladen mit Stroh, passierte die Einfahrt. Ihm folgte das Volk aus Bacharach und den umliegenden Dörfern. In ihren Handkarren türmte sich faules Obst und Gemüse. Weitere Menschen strömten durch das Burgtor, unter ihnen auch der Narr vom Marktplatz mit seinem Schellenstab.

Therese zupfte an Alessandras Ärmel. »Es ist so weit, sie führen die Hexe zum Scheiterhaufen«, flüsterte sie.

Die Menschenmenge bildete einen Kreis um das Podest. Mit ihren Lanzen bahnten sich die Schergen des Ratsherrn einen Weg durch ihre Mitte, woraufhin Proteste und Wutgeschrei ertönten. Die Weggedrängten fürchteten um ihren Platz mit der besten Sicht, den sie mühselig ergattert hatten. Ein Stoß gegen ihren Rücken ließ Alessandra taumeln. Sie prallte gegen den üppigen Busen einer Frau, die sie um eine Haupteslänge überragte.

»He, kannst du nicht aufpassen, du dumme Gans?«, rief die Frau verärgert.

Bevor sich Alessandra bei ihr entschuldigen konnte, war die Frau auch schon in der Menge verschwunden. Verschwitzte Leiber pressten sich gegen sie. Alessandra glaubte zu ersticken, der Gestank von Schweiß und Urin raubte ihr den Atem. Die Menge begann zu johlen, und Alessandra hielt sich die Ohren zu. Unfreiwillig wurde sie weiter nach vorn geschoben. Vor ihr sprangen die Leute hoch, um über die Köpfe der anderen hinwegschauen zu können. Alessandra suchte nach Therese, doch sie war verschwunden. Panik stieg in ihr auf. Sie wollte nicht dabei sein, wenn die Hexe brannte, sie wollte nur in ihre Kammer, um sich dort auf ihrer Bettstatt zu verkriechen. Alessandra versuchte, sich an dem beleibten Herrn vor ihr vorbeizuschieben, doch dieser drückte sie mit dem Ellbogen wieder zurück. Kopfschüttelnd zupfte sie an seinem Ärmel. Er drehte sich zu ihr um und blickte sie verärgert an. Alessandra sah in sein gerötetes Gesicht. Von seiner Stirn tropften Schweißperlen. Die blutunterlaufenen Augen zu Schlitzen verzogen, blickte er sie zornig an.

»Was willst du von mir?«, knurrte er und wischte sich mit dem Handrücken den Schweiß ab.

Alessandra versuchte es an einer anderen Stelle, doch auch hier war kein Durchkommen. Ein kleines Kind wimmerte auf den Armen seiner Mutter, die ungeduldig die Augen verdrehte. Sie wandte sich ab und gab Alessandra den Blick auf das Podest frei, auf dem gerade zwischen aufgetürmtem Stroh die Hexe an einen Pfahl gebunden wurde. Alessandra schlug die Hand vor den Mund. Der Henker, in eine schwarze Kutte gekleidet, hielt die brennende Fackel in das Stroh zu den Füßen der Frau. Die Flammen züngelten rasch empor, bis ein loderndes Feuer die Beine der Frau erfasste. Sie riss entsetzt die Augen auf, und ihr gellender Schrei hallte an der Wehrmauer wider. Für einen Augenblick war es auf dem Burghof still geworden. Über die Zinnen zog der Gestank von verbranntem Menschenfleisch. Schon bald umhüllte schwarzer Rauch den Leib der Frau und verwehrte der gaffenden Menge die Sicht auf ihren Todeskampf.

Der Mann neben Alessandra hob die Faust. »Brenn, du gotteslästerndes Miststück!«, schrie er aus vollem Hals.

Eine Greisin, deren Haar ein schwarzer Schleier bedeckte, schüttelte den Kopf. Ihre knochigen Finger umklammerten ein Kreuz, das sie vor ihre Brust hielt. Flüsternd betete sie das *Paternoster*.

»He, du brauchst nicht für ihre Seele zu beten«, keifte eine untersetzte Bauersfrau und stieß der Greisin mit ihrem Ellbogen in die Rippen. »Die Seele einer Hexe kann nur durch die Flammen gereinigt werden.« Angeekelt spie sie auf den Boden.

Kapitel 7

Nach einer unruhigen Nacht mit wirren Träumen erwachte Alessandra am Morgen kurz vor dem Hahnenschrei. Die Brise, die durch das Fenster wehte, war immer noch geschwängert vom Rauch und dem Gestank nach verbranntem Menschenfleisch. Alessandra erhob sich von ihrem Lager und wusch sich mit dem Wasser, das noch vom vorigen Tag in der Schüssel war. Sie sehnte sich nach den kühlen Fluten des Rheins.

Die Bilder des Scheiterhaufens wollten sich nicht aus ihrem Gedächtnis verdrängen lassen, und eine eiserne Faust umklammerte ihr Herz. Irmgard wälzte sich keuchend auf ihrem Lager. Alessandra sah zu ihr hin, doch das Licht der Dämmerung war noch zu schwach, sie konnte ihr Gesicht nicht erkennen. Auf Zehenspitzen schlich sie zu ihr.

»Irmgard, geht es dir nicht gut?« Alessandra strich mit den Fingern über die Stirn der Magd und spürte Schweiß unter ihren Fingerkuppen. »Was ist los mit dir? Sag doch was.« Alessandra rüttelte an ihren Schultern. Doch statt zu antworten, stöhnte Irmgard nur.

»Hast du Schmerzen?« Alessandra griff nach ihrer Hand. Irmgard bäumte sich auf. Ihre Augen weiteten sich. »Hilf mir, es tut so weh«, keuchte sie.

»Wo hast du die Schmerzen?« Alessandra stützte mit einer Hand ihren Rücken, damit sie nicht zurückfiel.

Irmgard zeigte auf ihren Bauch, bevor sie sich zur Seite sinken ließ, um sich neben dem Lager zu erbrechen. Alessandra legte die Hand auf ihre Stirn, bis sie sich wieder aufrichtete. »Vielleicht hast du gestern Abend etwas gegessen, das verdorben war.«

Irmgard schnellte hoch und griff nach Alessandras Handgelenk. »Du warst es, du hast mich vergiftet! Ich bringe dich um, das schwöre ich dir.«

Alessandra riss sich von ihr los und wich zurück.

»Wie … wie kommst du darauf? Niemals würde ich so etwas tun«, stammelte sie.

Zwei Stufen auf einmal nehmend, stürmte Alessandra die Stiegen hinab. Sie musste Irmgard helfen, ihre Schmerzen lindern. Die Magd würde nicht an einem verdorbenen Magen sterben, doch sie selbst würde die folgende Boshaftigkeit nicht überleben. Vor der Tür zur Burgküche blieb sie wie vom Donner gerührt stehen und erstarrte. Siedend heiß fiel ihr ein, dass sie vergessen hatte, das Kalkpulver aufzutragen. Sie schob den Ärmel ihrer Bluse hoch und betrachtete ihren Arm. Erstaunt stellte sie fest, dass die Haut dort schon längst nicht mehr so dunkel war wie bei ihrer Ankunft auf der Burg. Sie fragte sich, ob es wohl daran lag, dass sie sich nicht mehr so oft in der Sonne aufhielt. Früher hatte sie nie auf die Farbe ihrer Haut geachtet, doch sie erinnerte sich, dass ihre Haut im Winter nie so dunkel war wie die der anderen in ihrer Familie.

Alessandra atmete erleichtert auf. Sie brauchte das Kalksteinpulver nicht mehr. Sie war zwar nicht so bleich wie das Burgfräulein, jedoch auch nicht viel dunkler als die anderen Mägde.

Alessandra stieß die Tür zur Burgküche auf und eilte zu Martha.

»Ihr müsst mir helfen«, flehte sie. »Habt Ihr Kräuter?«

»Was ist denn los? Bist du krank?« Martha fasste sie an den Händen und zog die Stirn kraus.

»Nein, es geht nicht um mich. Es geht um Irmgard, sie ist krank. Sie hat heftige Leibschmerzen und erbricht sich.«

Martha konnte sich ein Lächeln nicht verkneifen. »Wahrscheinlich hat sie sich an dem Gift ihrer Galle verschluckt.«

»Sie macht mich dafür verantwortlich. Sie glaubt, ich hätte sie vergiftet.«

»Nun mal ganz ruhig. Sie meint, du …?«

Alessandra nickte. »Ja, und sie wird mich dafür töten. Helft mir! Ich brauche dringend einige Kräuter. Wenn ich ihre Not lindern kann, wird sie mich nicht mehr verdächtigen.«

Martha stieß den Atem aus. »Niemand weiß, woran Hedwig gestorben ist.« Sie griff nach Alessandras Schultern und blickte ihr tief in die Augen. »Ich bin der festen Überzeugung, Irmgard hatte ihre Finger dabei im Spiel. Du hast recht, hilf ihr besser. Diese Schlange ist unberechenbar. Man sollte sie von der Burg werfen.« Martha stieß schwer den Atem aus.

Alessandras Blick irrte durch die Küche. »Ich bräuchte Kümmel, Schafgarbe, Brennnessel, Birkenblätter und Wermut, um ihr einen Sud kochen zu können.«

Martha sah sie kopfschüttelnd an. »Was glaubst du, was ich bin? Eine Kräuterhexe? Wermut und Kümmel, damit könnte ich dir noch helfen. Aber das andere Zeugs? Nein, das musst du dir schon selbst suchen.« Martha wandte sich von ihr ab. Sie griff in den Vorratsschrank und holte einen Tiegel hervor. »Hier ist der Wermut, den Kümmel hab ich …« Sie legte nachdenklich den

Zeigefinger auf die Lippen. Ihr Blick erhellte sich. »Ja, jetzt fällt es mir wieder ein.« Martha verschwand in der Speisekammer. Mit einem tönernen Gefäß in der Hand kehrte sie zurück. »Hier ist der Kümmel, doch mit den anderen Kräutern kann ich dir beim besten Willen nicht helfen.« Sie zuckte mit den Schultern.

Alessandra dachte nach. Anna war bestimmt nicht erfreut darüber, wenn sie von der Arbeit fortblieb, um im Wald nach Kräutern zu suchen. Sie blickte in Marthas warme Augen. »Ihr müsst mich bei Anna entschuldigen. Sagt ihr, dass ich vor lauter Leibschmerzen das Bett nicht verlassen konnte. Bitte helft mir, Martha«, flehte sie.

Martha schob sich die Haube aus der Stirn und kratzte sich den grauen Haaransatz. »Anna wird darüber nicht erfreut sein.«

Alessandra senkte den Blick. »Nichts kann schlimmer sein als Irmgards Rache.«

Martha strich ihr über die Schulter. »Ist schon gut, mein Kind. Ich werde dich bei Anna entschuldigen und dafür sorgen, dass sie mir Glauben schenkt.«

Seit ihrer Ankunft auf der Burg ging Alessandra zum ersten Mal durch das Burgtor hinaus. Ihr Blick fiel auf den Wachmann, der auf dem Boden sitzend mit Schulter und Kopf an der Burgmauer lehnte. Den Helm über die Augen gezogen, hielt er ein Nickerchen. Auf Zehenspitzen schlich Alessandra an ihm vorbei. Als sie den Wassergraben überschritten hatte, stieß sie erleichtert den Atem aus und schlug den Weg zu ihrer linken Seite ein, der in den Wald führte. Es war für die frühe Morgenstunde schon ziemlich warm. Die weißen Köpfe der Schafgarbe am Wegesrand bogen sich sanft im Wind. Alessandra riss sie mit der Wurzel aus der Erde, bevor sie tiefer in den

Wald vordrang und die Kronen der Buchen sich über ihr schlossen. Sie wischte sich den Schweiß von der Stirn und atmete die kühle Luft des Waldes ein. Sie hätte zurückkehren können, denn Brennnesseln hätte sie auch auf der Burg gefunden. Doch ein Gedanke ließ sie immer tiefer in den Wald gehen. Vielleicht konnte sie die Samen von verschiedenen Kräutern sammeln und sie auf der Burg in einer versteckten Ecke anpflanzen?

Aus jedem Kraut, das ihr bekannt war, löste sie die Samen und prägte sich ihr Aussehen ein. In ein Tuch gewickelt, verstaute sie diese in ihrer Schürzentasche. Gleich darauf eilte sie zur Burg zurück.

Als sie das Tor erreichte, stand der Wachmann wieder auf seinen Beinen. Er hob die Augenbrauen und musterte sie eingehend. »Wir kennen uns doch, oder irre ich mich?« Er schob sich den Helm aus der Stirn. »Sieh an, sieh an, eine kleine, hübsche Magd, zwischen deren Schenkeln ich noch nicht lag.«

Alessandra wollte sich an ihm vorbeizwängen, doch er hielt sie an den Schultern fest. Sein fauliger Atem schlug ihr entgegen. Je mehr sie versuchte, sich aus seinem Griff zu lösen, desto fester wurde der Druck seiner Hände.

»So leicht kommst du mir nicht davon«, keuchte er in ihr Ohr und presste dabei seinen Unterleib gegen ihren Bauch.

Als Alessandra spürte, wie sein Verlangen immer stärker wurde, schnürte sich ihre Kehle zusammen. Mit aller Kraft versuchte sie, sich zu wehren, doch sie kam nicht gegen ihn an. Er senkte den Kopf und drückte die fleischigen Lippen auf ihre Brust. Seine Hand suchte den Weg unter ihren Rock und griff zwischen ihre Schenkel. Alessandra biss in seine Schulter. Der Wachmann stöhnte nur kurz auf, ließ aber nicht von ihr ab. Der

Schweißgeruch, den er ausstieß, raubte Alessandra den Atem. Sie versuchte, ihm ihr Knie in den Unterleib zu rammen, doch er war zu groß. Ihr Stoß prallte an seinen Oberschenkeln ab. Alessandra merkte, wie die Kraft sie verließ. Ihre Muskeln erschlafften, und sie sank in sich zusammen. Nur von ferne vernahm sie die Schritte von schweren Stiefeln. Dann spürte sie, wie sich der Griff um ihre Arme lockerte und sie fast zu Boden fiel. Doch jemand bewahrte sie davor, dass sie mit dem Rücken aufschlug. Alessandra atmete einen vertrauten Duft ein, vernahm Simons Stimme, die jeglichen Klang von Zärtlichkeit verloren hatte.

»Du bist so jämmerlich! Wolltest du dich wirklich an einer wehrlosen Magd vergreifen?« Simon legte den Arm um Alessandra und stützte sie. Er drückte ihren Kopf an seine Brust. »Du bist in Sicherheit, dieser Mann wird dich nie wieder anfassen, glaube mir.«

Alessandra schmiegte sich an ihn. Ein wohliges Ziehen breitete sich in ihrer Bauchhöhle aus. So benommen, wie sie sich gab, war sie längst nicht mehr. Im Gegenteil, mit jeder Faser ihres Körpers kostete sie den Augenblick aus, in dem Simon sie sicher in seinen Armen hielt.

»Soll ich dich in deine Kammer bringen?« Simon drehte sie ein wenig, damit er ihr in die Augen blicken konnte.

Schlagartig wurde Alessandra bewusst, was ihr bevorstand. Sie rappelte sich hoch. *Irmgard*, schoss es durch ihren Kopf. »Nein, es geht schon wieder«, stammelte sie.

Simon drückte ihre Hand. Seine Wärme, dieses Gefühl, ihn zu spüren, brannte sich erneut in ihr Herz. Alessandra steckte es zu den anderen Erinnerungen, bevor sie sich in ihre Kammer begab, zurück in die Wirklichkeit.

Als sie die Tür öffnete, schlug ihr der säuerliche Geruch von Erbrochenem entgegen. Irmgard wälzte sich auf ihrem Lager. Sie war zu schwach, um Alessandra weiter zu beschimpfen. Ihr besudeltes Nachthemd klebte an ihrem Körper. Alessandra hob ihren Kopf an und ließ sie aus dem Wasserkrug trinken. Dann öffnete sie die Truhe und suchte nach einem frischen Hemd, doch sie fand keines. Alle Hemden verströmten den Geruch von Schweiß. Alessandra schlug eines von ihnen aus und wechselte Irmgards Wäsche.

Später, in der Küche, bereitete Alessandra aus Wasser und den Kräutern einen Sud zu, der Irmgards Magenkrämpfe lindern sollte. Sie deckte den Krug mit einem sauberen Leinentuch ab und kehrte zu Irmgard zurück.

»Wenn du das trinkst, wird es dir bald bessergehen.« Alessandra hob Irmgards Kopf an, um ihr den Becher an die Lippen zu halten.

»Dein Mittel war wohl zu schwach, und jetzt willst du mich endgültig töten! Was bist du? Eine Hexe?« Mit letzter Kraft versuchte Irmgard, ihr den Becher aus der Hand zu schlagen.

Alessandra blickte sie entsetzt an. »Wie kommst du darauf? Warum sollte ich das tun?« Sie atmete tief ein und versuchte, die Fassung zu bewahren. »Nun trink endlich, damit die grüne Farbe aus deinem Gesicht verschwindet.«

Irmgards aufgesprungene Lippen verzogen sich zu einem ironischen Lächeln. »Sehe ich so schrecklich aus?«, krächzte sie.

»Ja«, antwortete Alessandra knapp und hielt ihr den Becher erneut an die Lippen.

Nachdem Irmgard widerstandslos den ganzen Sud in einem Zug getrunken hatte, bettete Alessandra ihr Haupt zurück auf das Lager.

»Die Kräuter helfen sehr schnell, du wirst sehen, bald geht es dir wieder besser.«

Irmgard schloss die Augen. »Wenn ich tot bin, geht es mir auch besser«, flüsterte sie, bevor sie in den Schlaf fiel.

Alessandra schaute über den Innenhof der Burg. In der Hand hielt sie das Tuch mit den Kräutersamen und suchte nach einem Stückchen Erde, wo sie diese einpflanzen konnte. Neben der Hütte, in der Joseph, der Burgverwalter, wohnte, erblickte sie einen Platz, auf dem das Unkraut wucherte. Alessandra riss es mit den Wurzeln aus und grub kleine Löcher in die staubige Erde. In jedes steckte sie ein Samenkorn und bedeckte es wieder. Seit Tagen hatte es nicht geregnet. Alessandra schöpfte in einem Eimer Wasser aus dem Brunnen, trug ihn zu dem Stückchen Erde und besprenkelte damit den trockenen Boden. In ein paar Tagen würden die Kräuter sprießen und schon bald blühen. Dann konnte sie die Leiden der Mägde und Knechte lindern, wenn diese erkrankten.

Eine tiefe Stimme ließ sie aufschrecken.

»Was machst du hier, wenn ich fragen darf?«

Alessandra hob den Kopf und blickte in tiefblaue Augen, die so viel Wärme ausstrahlten, dass sie keine Furcht verspürte. Die grauen buschigen Augenbrauen des Burgverwalters erinnerten sie an Papo.

»Ich lege einen Kräutergarten an«, antwortete Alessandra. Sie konnte den Blick nicht von dem weißen fülligen Haar des Mannes wenden, das seine Schultern bedeckte.

»Einen Kräutergarten? Wozu?«

»Mit den Heilkräften der Kräuter will ich den Mägden helfen, wenn sie krank sind und der Medicus nicht kommt.«

Joseph legte die Hand auf ihre Schulter. »Verrätst du mir deinen Namen, damit ich weiß, an wen ich mich wenden kann, wenn mein Bauch zwickt?«

»Ich heiße Alessandra«, sagte sie lächelnd, Joseph weckte grenzenloses Vertrauen in ihr.

Als sie zu ihrer Kammer zurückkehrte, hoffte Alessandra inständig, dass es Irmgard besserging. Durch die angelehnte Tür konnte sie ihr Schnarchen hören. Sie atmete erleichtert auf und drehte sich um. Sie wollte Irmgard auf keinen Fall wecken.

Als sie den Innenhof betrat, stellte sie dankbar fest, dass die laue Luft nach frisch geschnittenem Gras duftete und den Geruch von Erbrochenem aus ihrer Nase vertrieb. Alessandra schaute in den wolkenlosen Himmel, an dem die Schwalben kreisten. Auch wenn sie lieber die Sonne genossen hätte, rief sie sich ihre Pflicht ins Gedächtnis. Sie musste Anna aufsuchen, um ihr zu sagen, dass sie ihre Arbeit wieder aufnehmen konnte. Alessandra eilte am Herrenhaus vorbei, dessen Tür zur Empfangshalle gerade offen stand. Erschrocken wich sie zurück, als sie das rege Treiben bemerkte, das dahinter herrschte. Sie spähte hinein und sah, wie Knechte schwere Holzkisten die Treppe hinabtrugen. Das Getrappel von Pferdehufen hallte durch den Innenhof. Stallknechte zogen die Wagen heran und spannten Pferde davor. Alessandra betrachtete die Kutschen, die mit ihren Dächern Schutz vor Wind und Wetter boten. Auf jeder von ihnen prangte ein Wappen mit gekrönten Löwen. Vor Erstaunen schlug sie sich die Hand vor den Mund. Den Blick fest auf die Tür des Herrenhauses gerichtet, versteckte sie sich hinter einem Mauervorsprung, um von dort aus zu beobachten, was weiter vor sich ging. Mehrere Herren traten aus dem Gebäude, die Beinkleider und Mäntel in schillernden Farben trugen. Nachdem sie mit Hilfe ihrer Diener in die Kutschen gestiegen waren, öffneten sich die Türflügel erneut, und die Damen erschienen. Ihre enganliegenden Kleider waren mit Gürteln verziert, deren Edelsteine in der Sonne funkelten. Jede von ihnen trug einen goldenen Schmuckreif auf ihrem Haar. Auch sie ließen sich von den Bediensteten in die Kutschen helfen. Als Letztes trugen zwei Diener einen alten Mann, gekleidet in die Robe eines Fürsten, auf einer Sänfte hinaus. Der Blick aus seinen milchigen Augen schweifte ins Leere. Alessandra verspürte Mitleid mit ihm und überlegte, welche Krankheit sein Leiden wohl ausgelöst hatte. Nachdem alle Kisten aufgeladen waren, erklommen die Kutscher die Böcke und trieben unter Peitschenknallen die Pferde an. Trompeter bliesen die Fanfaren, während sich der Zug in Bewegung setzte und durch das Tor die Burg verließ. Erst als die Fanfaren in der Ferne verklangen, kam Alessandra hinter der Mauer hervor. Sie strich ihre Röcke glatt und schüttelte den Kopf. Das musste der Kurfürst mit seinem Gefolge gewesen sein, den Martha erwähnt hatte. Alessandra lief rasch zur Waschküche.

»Verflixt«, schimpfte Anna. Ihre Stimme drang bis in den Innenhof. Wie Alessandra zwischen den Flüchen heraushören konnte, musste etwas mit einem der Bottiche nicht in Ordnung sein.

»Was ist geschehen?«, fragte Alessandra, nachdem sie die Waschküche betreten hatte.

»Das verdammte Holz ist gebrochen.« Anna kniete vor dem Bottich und versuchte, ihn zurück auf die Klötze neben der kleinen Feuerstelle zu hieven. Doch als auch ein weiterer Versuch fehlschlug, erhob sie sich resignierend. »Ich bekomme ihn einfach nicht mehr zusammen. Abgesehen davon, dass er lecken wird. Ach, es ist einfach zwecklos«, sagte sie. »Ich werde den Zimmermann rufen. Auch wenn er kein Fassbauer ist, wird er wohl wissen, wie er den Bottich wieder dicht bekommt.«

»Das ist sicher das Beste«, stimmte Alessandra zu. Ihr Gewissen meldete sich, weil sie Freude verspürte, an diesem Tag nicht an dem Bottich arbeiten zu können. Beschämt senkte sie den Blick.

»Wie ich sehe, geht es dir wieder besser. Folge mir«, befahl Anna, verließ den Raum und zog Alessandra hinter sich her. »Heute wirst du die saubere Wäsche der Herrschaften auf die Kammern verteilen.«

Alessandra konnte ihr Glück kaum fassen. Sie durfte in die Gemächer der Burg gehen! Sie ließ sich von Anna die feinen Kleider über den Arm hängen und nahm dann die sorgfältig gefaltete Leibwäsche entgegen.

»Dies hier ist die Wäsche von Fräulein Mathilde. Ihr Gemach befindet sich im zweiten Stockwerk. Wenn ich mich recht erinnere, müsste es die dritte Tür zur rechten Hand sein, doch das wirst du wohl selbst herausfinden können.«

Alessandras Herz schlug schneller, als sie das Gemach betrat. So prächtig hatte sie sich die Räume der Damen selbst in ihren Träumen nicht ausgemalt. An den Wänden hingen schwere Wandteppiche, die Ritter auf ihren Kreuzzügen darstellten. Trotz der Hitze des sechsten Monats des Jahres herrschte in den Mauern der Burg Kühle. Alessandra blickte auf das Bett, über dem sich ein Baldachin aus roter Seide spannte. Füllige Kissen türmten sich auf der Matratze. Aus dem Tintenfass auf dem Tisch ragte eine Feder. Die Brise, die durch das Fenster hereinwehte, ließ eine der Pergamentrollen zu Boden gleiten. Die Dame hob sie auf und legte sie zurück auf den Tisch. Alessandras Blick fiel auf das kupferfarbene Haar, das den Rücken bedeckte. Und als Mathilde sich umdrehte, erkannte Alessandra sie wieder. Vor ihr stand das Fräulein, das sie im Wald von ihrem Leiden befreit hatte. Sie hielt den Atem an. Mathilde würde sie auch erkennen, und dann war der Tod ihr sicheres Urteil. Alessandras Brust schnürte sich zusammen, als die Herrin auf sie zukam. Sie hätte am liebsten die Wäsche fallen gelassen und wäre aus dem Zimmer gestürmt, fort von ihrem Unglück. Doch es gab kein Entrinnen, Mathildes graublaue Augen hielten sie gefangen.

»Eure Wäsche … ich bringe Eure Wäsche«, stammelte Alessandra und betete in Gedanken zu Bibijaka, dass Mathilde sie nicht erkannte. Doch ihre Gebete schlugen fehl.

Das Fräulein kniff die Augen zusammen. »Ich kenne dich doch von irgendwoher.«

Die Luft in dem Gemach knisterte vor Spannung. Mathilde ließ sich auf der Bettkante nieder und massierte ihre Schläfen. Sie schien sich zu erinnern.

Über Alessandras Rücken lief der Schweiß in Rinnsalen hinab. Sie traute sich nicht, auch nur ein Wort zu sagen.

»Warum weiß ich nichts von deiner Anwesenheit auf der Burg?« Mathilde griff nach einem Spitzentuch und wedelte damit vor ihrem Gesicht, um sich Luft zu verschaffen. »Du hast doch niemandem von mir erzählt, oder?« Ihre bleiche Haut glich einer Apfelblüte.

»Nein, ich habe mein Wort gehalten«, antwortete Alessandra und spürte, wie die Wäsche in ihrem Arm immer schwerer wurde.

»Und warum sollte ich dir das glauben?« Mathilde erhob sich von ihrem Bett und kam erneut näher. Ihr Blick bohrte sich in Alessandras Augen. Nichts war mehr von ihrer Freundlichkeit zu spüren, die sie Alessandra damals im Wald entgegengebracht hatte.

»Weil ich, genau wie Ihr, ein Geheimnis in meinem Herzen bewahre.« Alessandra senkte den Blick. Unter ihren nackten Füßen spürte sie die weichen Fasern des Teppichs. »Ihr wisst um meine Herkunft. Daher liegt mein Leben in Eurer Hand.« Sie legte den Stapel Wäsche auf das Bett.

Mathilde sah sie fragend an. »Ich verstehe nicht ganz.« Nachdenklich drehte sie einer ihrer Haarsträhnen um den Finger. »Ist es wegen des toten Büttels von Bacharach, der dort gefunden wurde, wo zuvor die Fahrenden gelagert hatten?«

Alessandra spürte, wie Tränen in ihren Augen brannten. »Der Büttel hat das Herz meines Onkels mit einer Lanze durchbohrt.«

»Von mir wird niemand von deiner Herkunft erfahren, solange du auch mein Geheimnis bewahrst.« Mathilde drehte sich zum Fenster um. »Davon hängt meine Zukunft ab, verstehst du?«

Alessandra versuchte, ihre Gedanken zu ordnen. »Ja«, bestätigte sie, ohne weiter nachzufragen. Sie konnte sich die Einzelheiten schon denken. Das Kind, das dieses Fräulein abgetrieben hatte, war vermutlich von einem heimlichen Liebhaber. Alessandras Blick fiel auf das dunkle Loch in der Wand. Der Geruch der kalten Asche stieg ihr in die Nase. In Gedanken sah sie ein Feuer in dem Kamin lodern. Die Holzscheite knisterten, und Simon saß auf dem Teppich davor. Er reichte ihr die Hand, damit sie sich zu ihm setzte.

»Meine Verlobung wird niemals stattfinden, wenn du auch nur ein Wort über das Geschehnis verlierst.«

In Alessandras Ohren rauschte das Blut. Sie schloss die Augen. Marthas Worte über die Verlobung der rothaarigen Dame mit dem goldgelockten Ritter schossen ihr durch den Kopf. Der Raum drehte sich um sie, und Mathilde verschwamm vor ihren Augen. Alessandra stützte sich auf die hölzerne Truhe und spürte das eingeschnitzte Ornament unter ihren Händen. Die Beine versagten ihr den Dienst. Mathilde ergriff rasch ihren Arm und drückte sie auf das Bett.

Alessandra spürte Übelkeit in sich aufsteigen, und auf ihrer Stirn bildeten sich Schweißperlen. Schwärze durchdrang plötzlich das behagliche Gemach. Alessandra wusste nicht, ob sie die Augen geschlossen hatte oder offen hielt. Ihre Lider flatterten, und sie spürte die herannahende Ohnmacht. Hastig sprang sie auf, um zu verhindern, dass sie das Bewusstsein verlor. Als sie keinen Boden unter ihren Füßen spürte, taumelte sie. Ihre Zehen suchten nach dem Seil. Alessandra streckte die Arme aus, rief sich die Melodie der Violine ins Gedächtnis und atmete tief durch. Sie fand sich auf dem Marktplatz wieder. Papo lächelte ihr aufmunternd zu. Sie versuchte, den Weg auf dem Seil fortzusetzen, doch dann schmerzte mit einem Mal ihr Rücken. Sie musste von dem Seil gefallen sein. Der Duft von Lavendel umgab sie, bevor sie endgültig in einen Zustand fiel, der einem tiefen, traumlosen Schlaf glich.

Als Alessandra das Bewusstsein wiedererlangte, glaubte sie, ein Trugbild vor sich zu haben. Blaue Augen blickten sie besorgt an, und ein Arm schob sich unter ihren Rücken. Der vertraute Duft überlagerte den des Lavendels. Alessandra blinzelte und blickte auf den gestutzten Bart, in dem sich besorgte Lippen aufeinanderpressten.

»Gott sei Dank, du bist wieder wach!« Mathildes Stimme löste den Gesang der Violine ab. Ihr Gesicht schob sich vor das von Simon und riss Alessandra zurück in die Gegenwart. Sie lag nicht in seinem Arm, sondern in dem der Frau, zu der er gehörte.

Alessandra versuchte, sich zusammenzunehmen. »Was ist geschehen? Habe ich die Besinnung verloren?«, fragte sie mit zittriger Stimme.

»Ja, du bist ohnmächtig geworden. Meinst du, du kannst aufstehen?« Mathilde stützte sie.

Als Alessandra ihre Hand spürte, die über ihren Rücken strich, zuckte sie zusammen. Sie wollte fort, fort von der Burg, fort von Mathilde und auch von Simon, der sich schon bald mit dieser Dame verlobte, sie heiratete, um mit ihr den Rest seines Lebens zu verbringen. Sie selbst spielte nur eine kleine, unbedeutende Rolle. Sie hatte lediglich für die Reinheit der Wäsche zu sorgen. Und wenn jemand von ihrer Herkunft erfuhr, dann baumelte sie bald schon am Galgen.

Alessandra sprang auf. Das Zimmer drehte sich erneut um sie, doch sie ignorierte den Schwindel und lief zur Tür. »Ich will das alles nicht!«, rief sie, während sie schon die Klinke hinabdrückte.

Zwei Stufen auf einmal nehmend, stürmte sie die Treppen hinunter. Draußen vor dem Brunnen blieb sie stehen und spritzte sich das kühle Wasser ins Gesicht. Ihre Beine hatten noch nie so fest auf dem Boden gestanden wie in diesem Augenblick. Mathilde hatte sie in der Hand, aber sie, Alessandra, hatte das Fräulein ebenfalls in der Hand. Es brachte ihr allerdings nichts, diese Verlobung zu verhindern. Und doch schien es ihr unmöglich, Tag für Tag in der Nähe der Frau zu leben, die Simons uneingeschränkte Aufmerksamkeit besaß und sie vielleicht gar nicht wollte. Alessandra hätte schreien können über die Ungerechtigkeit, die ihr widerfuhr und die sie nicht ändern konnte.

Ein leichter Windzug kühlte ihre Stirn. Sie blickte hinauf zu dem Fenster, hinter dem ihre Kammer lag, und sog tief den Atem ein. Das Seil! Ich muss auf dem Seil tanzen, schoss es ihr durch den Kopf.

Alessandra eilte in ihre Kammer, um das Seil zu holen, und verließ die Burg. Nachdem sie eine geeignete Stelle gefunden hatte, an der zwei Bäume weit genug auseinanderstanden, befestigte sie das Seil an ihnen. Sie verknotete es, wie Papo es ihr gezeigt hatte. Dann hängte sie sich mit den Armen daran und überprüfte, ob die Knoten fest genug gebunden waren, um sie zu halten. Anschließend kletterte sie den Stamm hoch. Als sie den Hanf unter ihren Fußsohlen spürte, schloss sie die Augen und setzte einen Fuß vor den anderen. Die Arme ausgebreitet, versuchte sie, in Gedanken davonzufliegen. Irgendwohin, vielleicht zu dem Ort, an dem ihre Familie war. Doch es gelang ihr nicht, sich zu konzentrieren. Simons Bild hielt sie gefangen und hinderte sie daran, durch die Lüfte zu schweben.

Alessandra öffnete die Augen und sprang von dem Seil. Im Schatten einer Buche ließ sie sich nieder und winkelte die Beine an. Sie musste zurück auf die Burg, zurück zu Simon. Wie hatte sie ernsthaft für einen Moment annehmen können, er würde sich nie verehelichen? Alessandra schalt sich für ihre Dummheit. War sie nicht immer fest davon überzeugt gewesen, in seiner Nähe zu sein genüge ihr? Sie schüttelte den Kopf und wischte sich die Tränen von den Wangen. Sanchari hatte es geschafft, dann schaffte sie es auch. Und was hatte sie überhaupt für eine Wahl? Simon nie wiedersehen zu können war für sie undenkbar.

Der Schmerz in Simons Bein ließ von Tag zu Tag ein wenig mehr nach. Jeden Morgen nach dem Frühmahl spazierte er den Pfad entlang, der hinab nach Bacharach führte. Meist begleitete Richard ihn dabei.

»Wisst Ihr, wann genau die Verlobung stattfinden soll?«, fragte Simon seinen Rittervater und blickte zur Burg Stahleck, die über ihm auf dem bewaldeten Hang thronte.

»Die Verlobungsfeier ist zu Martini geplant, denn dann wird Pfalzgraf Otto wieder auf der Burg einkehren. Ich freue mich schon auf das Zeremoniell, und noch mehr, wenn er dir danach das Lehen übergibt.« Richard fuhr sich nachdenklich über den Bart. »Kannst du reiten?«

Simon zog die Schultern hoch. »Ich weiß nicht, ich habe es bisher nicht ausprobiert. Warum?«

»Ich hätte dir gern das Gestüt auf deinem zukünftigen Land gezeigt. Es liegt ungefähr einen halben Tagesritt von hier entfernt. Selbst wenn wir gemächlich reiten, erreichen wir es noch vor Einbruch der Dunkelheit.«

Im Burghof ließ sich Simon von Richard in den Sattel helfen. Er presste die Oberschenkel gegen die Rippen seiner Stute und stellte erleichtert fest, dass er dabei keinen Schmerz verspürte. Selbst als er die Knie anwinkelte und dem Pferd die Fersen in den Bauch stieß, verspürte er nur einen kleinen Stich, den er bereit war auszuhalten.

»Lasst uns aufbrechen, ich kann es kaum erwarten, mein Lehen in Augenschein zu nehmen.«

Der Duft von frischem Stroh stieg Simon in die Nase, als er zusammen mit Richard und dem Stallmeister die Unterkunft der Stuten betrat. Auf jeder Seite des Stalls befanden sich je fünfzehn Pferche, die durch grobe Holzplanken getrennt waren. Simon öffnete eines der Gatter und näherte sich der Trakehnerstute. Sie blähte die Nüstern, bevor sie den Apfel nahm, den Simon ihr unter das Maul hielt.

»Du bist ein gutes Mädchen.« Simon strich über die Blesse. Ihr Fell schimmerte wie brauner Samt. Sie ließ es widerstandslos geschehen, dass Simon ihre Vorderflanke hob und den Zustand des Hufes kontrollierte.

»Ich lege sehr viel Wert auf die gute Pflege der Pferde. Wie ich sehe, verstehst du dein Handwerk.« Simon nickte anerkennend mit dem Kopf.

»Ja, Herr, für den Kaiser zählen nur die besten Pferde. Ich bin stolz darauf, auf diesem Gestüt arbeiten zu dürfen.« Die Wangen des Stallmeisters überzogen sich mit einer leichten Röte. Er legte die Hand auf den Bauch und neigte sein Haupt.

»Zeig mir die Hengste, Stallmeister!« Simon freute sich auf seine Aufgabe als Lehnsherr auf diesem Gestüt. Er fragte sich, ob er nach der Verlobung seinen Wohnsitz von der Burg hierherverlegen sollte. Zurzeit herrschte Frieden im Land, die letzte Schlacht gegen die Hussiten lag nun fast acht Monde zurück. Er würde sich voll und ganz auf die Pferdezucht konzentrieren können.

Simon und Richard folgten dem Stallmeister auf die Weide, wo er ihnen einen Zweijährigen vorführte, den er gerade erst zugeritten hatte. »Er ist noch etwas ungehalten und braucht eine starke Hand, die ihm zeigt, wer das Sagen hat.«

Der Hengst scharrte ungeduldig mit den Hufen. Simon klopft ihm beruhigend mit der flachen Hand auf den Hals. »Dann will ich doch mal sehen, was du für ein Prachtkerl bist.«

Der Stallmeister half ihm in den Sattel. Als der Hengst Simons Gewicht spürte, hob er den Kopf und riss die Augen auf. Simon straffte die Zügel und verstärkte den Druck seiner Oberschenkel. Er merkte, wie sich die Muskeln des Hengstes lockerten. Anerkennend strich er über die Mähne. »Du bist ein guter Junge. Ich bin mir sicher, wir zwei verstehen uns.« Simon gab ihm die Sporen, und der Hengst setzte sich in Bewegung. Obwohl er wild und ungestüm über die Weide preschte, spürte Simon eine Verbundenheit zu dem Tier, die er noch bei keinem anderen Pferd gefühlt hatte. Selbst den Schmerz in seinem Bein vergaß er dabei.

»Ein wundervolles Tier, genau wie deine Stuten. Ich kann mir vorstellen, warum der Kaiser sie zu seinen Schlachtrössern erkoren hat.« Simon spürte noch den Wind des Galopps in seinen Haaren, als er sich aus dem Sattel helfen ließ. Er achtete darauf, mit dem gesunden Bein zuerst auf den Boden zu treten.

Der Stallmeister kratzte sich verlegen an der Stirn. »Es sind doch bald Eure Pferde, Herr.«

Simons Blick erhellte sich. »Ich lasse meine Stute hier und nehme den Jungen hier mit. Erst mal nur als Leihgabe. Hat er einen Namen?«

»Salomon, mein Herr.«

Simon lächelte. »Der Name Salomon passt zu ihm – und er passt zu mir.«

Die Brust des Stallmeisters schwoll vor Stolz. »Der Verwalter erwartet Euch zum Abendmahl. Ich gehe davon aus, Ihr werdet die Nacht hier verbringen«, sagte er und nahm Simon die Zügel aus der Hand. »Dann will ich den Jungen hier noch ein letztes Mal versorgen.«

Simon konnte die Freude über sein Vorhaben nicht verbergen. »Vielleicht wirst du dich demnächst wieder um ihn kümmern müssen!«, rief er dem Stallmeister nach.

Richard sah ihn fragend an. »Was soll das heißen? Meinst du, du kommst nicht mit ihm zurecht?«

Simon schüttelte den Kopf. »Nein, das meine ich nicht, doch ich überlege, ob ich meinen Wohnsitz von der Burg hierherverlege.« Er ließ den Blick über die Weiden schweifen, die in einem satten Grün standen.

»Ich kann dich verstehen.« Richard legte den Arm um seine Schulter. »Das ist ein schönes Fleckchen Erde. Und wie es aussieht, wird der Burgherr zurzeit deine Dienste nicht brauchen. Außer den Hexen wütet kein anderer Feind im Land. Und um die kümmert sich der Erzbischof.«

Simon nickte. »Nach unserer Verlobung werde ich mit Mathilde hierherreiten und ihr unser neues Zuhause zeigen.« In seiner Magengrube breitete sich plötzlich ein Gefühl aus, das nicht zu dem Frieden des Gestütes passte. Simon ignorierte es. Er wollte nicht darüber nachdenken, wie sich Mathilde naserümpfend von ihm die Ställe zeigen ließ. Simon empfand mittlerweile Widerwillen bei dem Gedanken an ihre blasse Gesichtsfarbe, die so wenig Wärme und Lebensfreude ausstrahlte. Doch er hatte sich seinem Schicksal zu fügen. Er sollte immer noch dankbar sein, nach dem Tod seines Vaters dieses Leben führen zu dürfen. So sprach sein Verstand, doch sein Herz sträubte sich dagegen. Es krampfte sich vielmehr bei dem Gedanken an Mathilde zusammen. Und rief mit leiser Stimme den Namen des Mädchens, das er nicht vergessen konnte. *Alessandra.* Warum nur schlich sie sich bei jeder Entscheidung, die er traf, in sein Gedächtnis? Simon hätte schreien können – ihren Namen, hinweg über die bewaldeten Hügel, die sich vor ihm erstreckten. Er schüttelte den Kopf. In seinem Leben war kein Platz für solche Träumereien. Er würde ein Lehen übernehmen, das seine ganze Aufmerksamkeit forderte. Und er hatte die Pflicht, sich um sein zukünftiges Weib zu kümmern. Musste ihr ein Leben bieten, das ihr angemessen war. Simon sah dem Stallmeister seufzend nach. Die Abendsonne tauchte die Ställe und die umliegenden Weiden in ein goldenes Licht.

»Komm Simon, wir sollten den Verwalter nicht warten lassen.« Richard fasste nach Simons Arm und zog ihn zu dem Haus des Verwalters neben den Ställen.

Eine peinliche Stille herrschte in dem Raum, der nur mit einem schiefgezimmerten Tisch aus Fichtenholz und vier Stühlen ausgestattet war. Deren Beine wackelten bedrohlich, wenn man sich darauf niederließ. Simon stocherte mit seinem Messer in dem gesalzenen Hering. Als Beilage servierte eine Magd einen faden Hirsebrei. Beim Anblick ihrer schwarzgeränderten Fingernägel rümpfte Simon die Nase. Ihm war der Appetit vergangen. Er schob den Teller zur Seite und nahm einen Schluck Bier. Sibert, der Verwalter des Gestütes, schaute auf. In seinen Händen knüllte er den Saum seines Hemdes.

»Ich habe nicht mit Besuch gerechnet, Herr. Ihr möget mir dieses karge Mahl verzeihen.«

Simon drehte den Griff seines Messers zwischen Zeigefinger und Daumen. »Erzähl mir vom Verkauf der Pferde. Bei dem guten Zustand der Rösser musst du ziemlich hohe Erträge erzielen.«

Der Verwalter verschluckte sich an seinem Bier. Ein Hustenanfall überfiel ihn. Prustend schlug er sich mit der Faust auf die Brust.

Simon sah sich in dem Raum um. Risse überzogen das marode Mauerwerk, und in dem Staub des Lehmbodens zeichnete sich eine Spur von Mäusekot ab. Der Zustand der Behausung des Verwalters ließ zu wünschen übrig.

»Die Pferde erzielen gute Gewinne«, antwortete Sibert, nachdem er sich von seinem Hustenanfall erholt hatte.

»Du darfst ruhig mit reinem Gewissen etwas davon in dein Wohnhaus stecken, bevor es zusammenfällt.« Simon sah in sein Gesicht, dessen Farbe der eines gerupften Puters glich. Der Verwalter sah ihn mit offenem Mund an. »Aber Herr, ich wusste nicht … Ich will nicht, dass es aussieht, als würde ich die Erträge veruntreuen und zu meinem Wohl verwenden.«

Simon stieß den Atem aus. »Du bist der Verwalter. Willst du, dass die Gebäude zusammenbrechen? Hier muss *alles* tadellos in Schuss sein. Nicht nur die Pferde.«

»Ja, gewiss, Herr.« Der Verwalter räusperte sich.

»Ich werde dir zur Hand gehen. Bei meinem nächsten Besuch will ich mir die Bücher ansehen.«

Sibert riss die Augen auf. »Aber … aber das Lehen ist Euch doch noch nicht überschrieben worden«, stammelte er.

»Ich weiß.« Simon fuhr sich mit der Hand über den Bart. Das Verhalten des Verwalters verwunderte ihn. Es schien, als hätte vor irgendetwas Angst. »Doch nach Martini werde ich meinen Wohnsitz hierherverlegen. Und bis dahin möchte ich dafür sorgen, dass alles in einem guten Zustand ist.«

Sibert schob sich ein Stück des Herings in den Mund. Auf seiner Stirn kräuselten sich die Falten.

Am nächsten Morgen ritten Simon und Richard zurück zur Burg. Unterwegs malte sich Simon in Gedanken aus, wie das Gestüt unter seiner Hand aufblühte. Dabei dachte er wieder an den Verwalter, auf dessen Verhalten er sich keinen Reim machen konnte.

Graf Philipp schaute über die Tafel. Die anwesenden Ritter schmausten und tranken, als wäre nichts vorgefallen. Aber das wunderte Philipp nicht, waren ihre Hirne doch nicht größer als die der Spatzen.

Richard legte dem Grafen die Hand auf die Schulter. »Der Erzbischof hat uns keinen Gefallen damit getan, dass er das Hexengericht hier auf der Burg eingerichtet hat.«

Die Augen des Grafen funkelten zornig. »Dieses Volk, das deshalb hierherströmt, schleppt uns noch die Pest an! Und immer mehr Hexen werden angekarrt. Ich kann ihre Schreie nicht mehr hören, die aus der Rüstkammer hallen, wenn sie gefoltert werden.« Graf Philipp schlug mit der Faust auf den Tisch. Über den Rand der Kelche schwappte der Wein. »Seit die erste Hexe hier auf der Burg hingerichtet worden ist, geht mir der Gestank ihres verbrannten Leibes nicht mehr aus der Nase. Die Mägde tratschen den ganzen Tag über die nächste Exekution und vergessen darüber ihre Arbeit.« Er lehnte sich zurück und biss auf seine Unterlippe.

Richard hob die Augenbrauen und griff nach einem Hühnerschlegel. »Du hast recht. Nichts ist mehr so, wie es einmal war. Das Volk lechzt inzwischen nach den Hinrichtungen, um sich immer weiter daran zu ergötzen.«

»Das alles geschieht, damit die Menschheit gerettet wird. Sollen wir zusehen, wie der Teufel den Untergang der Christen herbeiführt?«, mischte sich eine tiefe Stimme ein.

Graf Philipp fuhr erschrocken herum. Der Erzbischof stand hinter ihm und hatte offensichtlich das Gespräch zwischen ihm und Richard verfolgt. Er spürte, wie seine Ohren glühten, als er sich erhob und dem Erzbischof den Platz zu seiner Rechten anbot. »Ehrwürden, ich bin nicht gegen die Bestrafung der Hexen. Im Gegenteil, ich befürworte sie sogar. Jedoch sehe ich es nicht gern, wenn fremdes Volk in den Zeiten der Pest hier auf der Burg ein und aus geht.« Er verstummte.

Der Erzbischof runzelte die Stirn. »Selbst wenn die Zeugen nicht auf die Burg kämen, könntet Ihr die Bewohner nicht vor der Seuche schützen. Bedenkt, die Bewohner verlassen die Burg, besuchen Turniere, den Markt und was weiß ich nicht noch alles. Wollt Ihr ihnen jeglichen Kontakt zur Außenwelt verwehren? Seid ehrlich, das ist unmöglich.«

Graf Philipp nahm einen tiefen Schluck aus seinem Kelch und presste die Lippen aufeinander. »Wir werden sehen«, erwiderte er mit finsterer Miene.

Auch wenn sich Alessandra nach der Begegnung mit Mathilde vorgenommen hatte, sich mit ihrem Schicksal abzufinden, versetzte der Gedanke an die Verlobung ihr nach wie vor einen Stich. Sie wollte stark sein und schaffte es am Tage auch, wenn die Arbeit sie von den Gedanken ablenkte. Doch in der Nacht suchte sie nicht nur die Sehnsucht nach Simon heim, sondern auch die Alpträume kamen immer wieder. Die Hexenverbrennung verfolgte sie. Sobald sie in den Schlaf gefunden hatte, roch sie wieder das verbrannte Fleisch. Sah, wie die Flammen um die Beine der Frau züngelten, hörte, wie sie ihren Schmerz hinausbrüllte.

Alessandra schloss die Tür der Waschküche hinter

sich und stieg die Stiegen hinauf. Nach dem Duft in der Waschküche löste der Gestank in der Kammer wie jeden Abend einen Würgereiz in ihr aus. Sie legte die frischgewaschenen Kleider auf ihr Lager, hielt sich die Nase zu und zog die Decke vom Fenster. »Ich habe Seife mitgebracht, Irmgard. Du kannst dich ab sofort damit waschen.«

Irmgard, die auf ihrer Bettstatt lag, stützte sich auf die Ellbogen. Die Augen zu Schlitzen verengt, schnaubte sie verächtlich. »Was ist denn in dich gefahren? Glaubst du, du bist etwas Besseres, nur weil du in der Waschküche arbeitest?«, zischte sie und warf ihre Haube in Alessandras Richtung.

Alessandra fing sie auf und ließ sie sofort wieder fallen, als hätte sie sich daran verbrannt. Sie schüttelte sich. »Auf deiner Haube tummeln sich Läuse, wusstest du das?«

»Na und? In meiner Kleidung tummeln sich Flöhe. Die Tierchen verstehen sich prächtig miteinander.« Irmgard knipste eine Nisse aus ihrem Haaransatz.

»Das halte ich nicht aus!«, rief Alessandra. »Du bist so dreckig und verlaust, und dennoch denkst du nicht einmal daran, dich zu waschen. Sieh dich doch an! Auf deinen Röcken kleben noch die Stücke des Erbrochenen.« Alessandra griff nach dem Bündel mit ihren Habseligkeiten, legte es auf den Stapel der Wäsche und verließ wutschnaubend die Kammer. Wenn es sein musste, würde sie im Stall schlafen. Draußen atmete sie die klare Nachtluft ein.

»Hier, du Miststück, das hast du vergessen!« Irmgards keifende Stimme drang aus dem Fenster über ihr.

Noch bevor Alessandra nach oben schauen konnte, sah sie, wie die Seife auf dem Pflaster des Innenhofes in zwei Teile zerbrach. Kopfschüttelnd bückte sie sich danach und legte die Stücke auf den Stapel in ihrem Arm.

Die Burgzinnen schimmerten silbrig im Schein des Vollmondes. Alessandra dachte an die Weite, die dahinterlag. Irgendwo dort draußen lagerte ihre Familie unter dem freien Himmel, an dem heute Nacht die Sterne leuchteten. Sie lauschte in ihren Körper und versuchte, ihre Gefühle zu ordnen. Sie vermisste ihre Familie, wollte gern wissen, wie es ihr erging, doch Sehnsucht nach ihrem alten Leben stellte sich nicht ein, sosehr sie auch versuchte, sich an die schönen Augenblicke zu erinnern. Vor all diese Bilder schoben sich Simons Augen, die ihr zuzwinkerten. Sein Lachen, das seine Zähne blitzen ließ. Alessandra spürte das vertraute Ziehen in ihrem Bauch, das ihr jedes Mal ein Lächeln auf die Lippen zauberte. Sehnsüchtig schaute sie auf das Fenster seines Gemachs, ein dunkles Loch unter dem Dachgiebel, verlassen und leer wie die anderen. Bestimmt saßen die Herrschaften zum Abendmahl im Speisesaal – an der Tafel, die sich unter den Speisen bog. So, wie es Sanchari in ihren Erzählungen beschrieben hatte. Obwohl Alessandra den ganzen Tag noch nichts gegessen hatte, verspürte sie bei dem Gedanken an die vielen Köstlichkeiten keinen Hunger. Nur einen Blick wollte sie wagen, um zu sehen, ob sich alles so wie in ihren Vorstellungen abspielte. Und vielleicht auch, um noch einmal in Simons Augen zu sehen.

Sie suchte nach einer sicheren Stelle für ihr Bündel. Der Kräutergarten schien ihr dafür der beste Platz zu sein. Dann blickte sich Alessandra um. In den Fenstern der Unterkunft des Verwalters verloschen gerade die Kerzen. Nur der Ruf eines Käuzchens hallte über die Burgzinnen. Alessandra huschte durch den Hof zu den

Treppen, die in das Herrenhaus führten. Sie drückte ihren Leib gegen die schwere Tür, um sie möglichst lautlos zu öffnen. Durch den Spalt spähte sie in die Halle, die verlassen vor ihr lag. Der Schein der Fackeln warf gespenstische Schatten an die Wände. Aus dem Speisesaal drangen grölende Stimmen, die die Klänge einer Laute übertönten. Alessandra schaute sich vorsichtig um, bevor sie auf Zehenspitzen durch die Halle schlich. Die Musik, die Stimmen, all dies wurde durch zwei Türflügel, verziert mit geschnitzten Ornamenten, gedämpft. Als Alessandra die Schritte von schweren Stiefeln vernahm, presste sie ihren Rücken gegen die Steine der Wand. Die Kälte der Mauer drang durch ihre Kleider und kühlte ihre erhitzten Sinne.

Die Tür flog auf. Alessandra hielt den Atem an, weil sie bangte, von ihr getroffen zu werden. Sie schloss die Augen, doch der Türflügel berührte nur kurz ihren Körper, bevor er wieder ins Schloss fiel. Der Mann, dessen Figur der eines Bären glich, bemerkte sie nicht. An dem Bund seiner Beinkleider nestelnd, schwankte er auf den Ausgang zu. Da er es wohl nicht mehr bis auf den Hof schaffte, erleichterte er sich in einer Ecke der Halle. Noch bevor das Plätschern nachließ, versteckte sich Alessandra unter dem Treppenabsatz, damit er sie nicht entdeckte. Erst als die Tür zum Speisesaal erneut geschlossen war, kroch Alessandra hervor. Sie verwarf den Gedanken, erneut ihre Neugierde zu befriedigen. Eilenden Schrittes verließ sie die Halle. Auf den Stufen vor dem Herrenhaus fiel ihr ein, dass von der Küche aus auch ein Gang in den Speisesaal führte.

In der Küche herrschte trotz der späten Stunde immer noch reges Treiben. Fässerweise wurde der Wein aus dem Keller getragen.

»Immer diese Gelage«, schimpfte Martha, während sie ein halbes Ferkel an dem Spieß über der Feuerstelle drehte. »Die Ritter bekommen den Hals nicht voll. Irgendwann müssen sie doch mal satt sein.«

Das Fett tropfte in die Flammen und ließ zischend die Funken aufsteigen. Martha goss den Inhalt einer Schale über den Braten. Als der Duft der gebratenen Schwarte in Alessandras Nase stieg, grummelte ihr leerer Magen. Sie verspürte plötzlich einen unbändigen Hunger. Später würde sie Martha fragen, ob sie ein Stück haben durfte.

»Wir könnten schon alle in tiefem Schlaf liegen, doch die Herren finden kein Ende«, zeterte Martha. Auf ihrer Stirn glänzten die Schweißperlen im Schein der Flammen. »Nur weil einer der Herrschaften Hunger auf eine halbe Sau hat, schwitzen wir noch hier in der Küche.« Mit einem fleckigen Tuch wischte sie sich über die Stirn.

»Soll ich Euch zur Hand gehen?« Alessandra legte ihr die Hand auf die Schulter.

»Alessandra, dich schickt der Himmel!«, rief Martha erleichtert aus. »Zwei meiner Mägde sind an Fieber erkrankt. Ich hoffe nur, dass es nicht die Pest ist. Ich weiß nicht, wie ich das hier alles schaffen soll.« Sie ließ sich gähnend auf einem Schemel nieder und schloss die Augen. »Ich könnte auf der Stelle einschlafen. Seit Sonnenaufgang stehe ich nun schon in der Küche, da lagen die Herrschaften noch im Bett. Mancher Gaul wird besser behandelt als wir, glaub mir das.«

Alessandra strich ihr über den Rücken. »Ich helfe Euch.« Sie stemmte die Hände in die Hüften und sah sich in der Küche um. Auf der Anrichte reihten sich überschäumende Bierkrüge aneinander. Alessandra krempelte die Ärmel hoch und ergriff zwei. Kurz darauf stieß sie mit dem Fuß die Tür zum Speisesaal auf. Der Gestank von schwitzenden Leibern, Erbrochenem und Urin überlagerte den Geruch der Speisen. Alessandra schüttelte sich, und der Schaum des Bieres lief über ihre Hand. Das Gegröle der Ritter schmerzte in ihren Ohren. Als sie die Krüge auf dem Tisch abgestellt hatte, spürte sie eine Hand auf ihrem Po. Sie drehte sich um und verpasste dem Mann eine schallende Ohrfeige. Schreiend vor Lachen, schlugen sich die anderen Ritter auf die Oberschenkel. Nur einer der Herren fiel nicht mit in das Gelächter ein. Er starrte Alessandra an und fuhr sich mit dem Zeigefinger über die Narbe unter seinem Auge, bevor er volltrunken mit der Stirn auf die Tischplatte schlug.

Alessandra schüttelte den Kopf und wandte sich von dem Tisch ab. Wenn sie sich recht erinnerte, musste dies der Burgherr gewesen sein.

An diesem Gelage nahm keine der Burgdamen teil, und Alessandra verstand auch, warum. Sie verspürte Mitleid mit ihnen, wenn sie daran dachte, dass sie in der späten Nacht das Bett mit diesen Grobianen teilen mussten.

Erhobenen Blickes brachte Alessandra eine Platte mit Scheiben des Spanferkels in den Saal. Unter den anwesenden Rittern suchte sie nach Simon. Mehr erleichtert als enttäuscht stellte sie fest, dass er nicht an diesem Gelage teilnahm.

Nachdem auch der letzte Ritter mit dem Kopf auf der Tafel eingeschlafen war, löschte Martha die Kerzen in der Küche.

Als Alessandra in den Hof trat, atmete sie die klare Luft des nahenden Morgens ein. Ihre Beine konnten sie kaum noch tragen, und ihr Rückgrat schmerzte, als würde es jeden Augenblick durchbrechen. Sie ließ sich gähnend auf einem Mauervorsprung nieder und schloss die Lider.

Ein Schrei hallte von den Mauern der Burg wider. Alessandra zuckte vor Schreck zusammen und riss die Augen auf. In ihren Schläfen pochte der Schmerz, und sie hielt den Atem an. Hörte sie die Schreie nun schon, obwohl sie nicht träumte? Ein zweiter gellender Schrei durchschnitt die Ruhe des Morgens. Alessandra glaubte, den Verstand zu verlieren. Dann war ein kaum wahrnehmbares Wimmern zu hören. Sie versuchte zu deuten, aus welcher Richtung es kam. Ihr Blick fiel auf den Wehrturm, unter dem die Hexen im Kerker saßen. Sie hielt sich die Ohren zu und lief zur Waschküche.

Anna saß auf einem Schemel vor den Plätteisen und hatte die Hände vor das Gesicht geschlagen. Ihre Schultern bebten, weil sie heftig schluchzte. Alessandra näherte sich ihr und strich ihr mit der Hand über den Rücken.

»Was ist geschehen, Frau Anna? Warum weint Ihr?« Alessandra spürte, wie die Angst sie beschlich. Etwas Schreckliches musste passiert sein, denn sie hatte Anna noch nie weinen sehen.

»Meine arme Therese ist an der Pest erkrankt!« Anna drückte das Gesicht gegen ihren Arm, um ihre Schluchzer zu ersticken. Ihre Tränen hinterließen dunkle Flecken auf dem Stoff des Ärmels. »Sie wird sterben, meine kleine Therese wird sterben!«

»Vielleicht kann ich ihr helfen. Ihr Fieber mit Lindenblüten senken und ihren Schmerz lindern.« Alessandra spürte, wie das kalte Grauen sie ergriff.

»Es ist zu spät. Niemand darf zu ihr, damit sich die Pest nicht weiter auf der Burg ausbreitet.«

Alessandra konnte nicht glauben, was sie da hörte. »Ihr meint, niemand hilft ihr?« Alessandra sah Anna entgeistert an.

Annas Lippen zitterten. »Der Burgherr hat angeordnet –«

»Es ist mir egal, was der Burgherr angeordnet hat«, fiel Alessandra ihr ins Wort. Sie wandte sich von Anna ab und lief aus der Waschküche.

»Hier kommst du nicht rein.«

Ein Wachmann, den Alessandra noch nie gesehen hatte, versperrte mit seiner Lanze die Tür zu Thereses Gemach. Mit seinem finsteren Blick versuchte er, Alessandra Angst einzujagen, doch sie ließ sich nicht einschüchtern.

»Ich muss zu Therese. Ich muss ihr helfen!« Alessandra blickte ihm fest in die Augen.

Der Wachmann richtete die Lanze auf sie und schob sich den Helm aus der Stirn. »Anordnung des Burgherrn. Niemand darf zu der Pestkranken. Und jetzt mach, dass du verschwindest. Sonst melde ich dich unserm Herrn.« Er hob die Augenbrauen. »Jeder, der gegen die Regeln verstößt, muss die Burg sofort verlassen. Das willst du doch nicht, oder?«

Alessandra schüttelte fassungslos den Kopf. Durch das modrige Holz der Tür drang ein schwaches Stöhnen. Es zerriss ihr fast das Herz, Therese sterbenskrank in der Kammer zu wissen. Sie mochte sich nicht ausmalen, wie sehr die arme Kleine litt.

Als Alessandra in die Waschküche zurückkehrte, saß Anna immer noch auf demselben Platz.

»Der Wärter lässt mich nicht zu ihr.« Alessandra ließ

sich vor Anna auf die Knie nieder. »Was ist hier bloß los?«

Anna hob den Blick. Ihre verquollenen Augen wirkten leer. »Die arme Therese! Sterbenskrank, und niemand ist da, der ihr zur Seite steht.« Sie schneuzte sich in ihren Rock. »Es sind die Hexen, sie haben die Pest auf die Burg gebracht! All die Weiber, die dort im Kerker sitzen, haben sie herbeigezaubert.«

Alessandra dachte an die Predigt des Erzbischofs, in der er von den Buhlschaften der Frauen mit dem Teufel und von ihrem Schadenszauber erzählt hatte. Er hatte die Gläubigen dazu angehalten, jede Frau, die sich verdächtig verhielt, dem Generalvikar anzuzeigen. Dann hatte er aufgezählt, woran die Leute erkennen konnten, wenn sie es womöglich mit einer Hexe zu tun hatten. Redete von Hexentänzen und anschließenden Unwettern, die die Felder verwüsteten. Alessandra schob den Gedanken beiseite und dachte wieder an die kleine Therese. Ihr Herz zog sich zusammen.

Auch am nächsten Tag wurde der Schmerz in Alessandras Herz nicht erträglicher. Sie versuchte, sich mit der Arbeit in der Waschküche abzulenken. Nachdem sie die Wäsche von den Leinen genommen hatte, fiel ihr Blick auf Anna, die sie teilnahmslos beobachtete. Ihr Gesicht wirkte eingefallen, und ihre Augen blickten ins Leere.

Alessandra stellte den Korb auf den Boden, eilte zu ihr und strich ihr über den Arm. »Ihr solltet Euch ein wenig ausruhen. Euch …« Noch ehe Alessandra die Worte ausgesprochen hatte, fiel Anna auf die Knie. Ihr Körper schüttelte sich in einem Weinkrampf. »Sie ist tot, meine kleine Therese ist tot!«, schluchzte sie. »Sie haben ihren Leichnam heute Nacht aus der Kammer geholt.«

Alessandra spürte, wie sich ihre Kehle zuschnürte. Auch ihre Augen füllten sich mit Tränen, die heiß über ihre Wangen rollten. Nach einer Weile fasste sie unter Annas Arm und zog sie hoch. »Erzählt mir von ihr. Wie ist sie hier auf die Burg gekommen?«, fragte sie leise.

Anna ließ sich auf dem Schemel nieder. »Ihre Mutter war auch Magd hier auf Stahleck. Sie ist bei Thereses Geburt gestorben«, begann sie zu erzählen, wobei sie den Blick aus den rotgeweinten Augen gesenkt hielt.

»Wer hat Therese denn großgezogen?« Alessandra ließ sich neben Anna auf dem Boden nieder und legte ihre Hände in den Schoß ihrer Dienstherrin.

»Ich habe mich der Kleinen angenommen. Damals war ich noch nicht lange auf der Burg. Nachdem mein Neugeborenes und mein Mann von einem Fieber dahingerafft worden waren, suchte ich hier eine Anstellung, um nicht zu verhungern. Und da meine Milch nicht versiegen wollte, nährte ich Therese an meinen Brüsten. Sie ist hier in dieser Waschküche groß geworden, hat hier laufen und sprechen gelernt.« Anna strich Alessandra versonnen über das Haar. »Sie war wie eine Tochter für mich.«

Alessandra griff nach Annas Hand. Eine Weile lang saßen sie schweigend beieinander, bis Alessandra sah, wie Annas Lippen vor Trockenheit aneinanderklebten. »Ich hole in der Küche einen Krug Bier. Ihr müsst durstig sein.« Sie erhob sich und eilte aus der Waschküche.

In der Tür zur Burgküche blieb Alessandra wie versteinert stehen. Simon saß an dem großen Bohlentisch.

»Du wunderst dich bestimmt, warum ich hier sitze. Doch seit meiner Ankunft auf der Burg zieht mich der Duft von Marthas Speisen immer wieder zu ihr in die Küche.« Simon legte die Hand auf den freien Stuhl neben sich. »Willst du dich nicht zu mir setzen?«

Alessandra schüttelte den Kopf. »Dazu fehlt mir die Zeit«, antwortete sie mit zittriger Stimme.

Simon verzog bedauernd die Mundwinkel. Als Alessandra sein seidiges Haar betrachtete, das die Strahlen der hereinfallenden Sonne auffing, vergaß sie für einen Augenblick zu atmen. Ein wohliger Schauer durchfuhr sie. Doch dann fiel ihr wieder Anna ein. Sie wollte sie nicht zu lange allein lassen. Alessandra riss ihren Blick von Simon los und suchte nach Martha. Erst die Stimme der Küchenfrau half ihr, sich wieder auf das Wesentliche zu konzentrieren. »Du stehst hier so verloren herum … Was möchtest du von mir?«

»Frau Anna … Ich wollte ihr einen Krug Bier holen«, stammelte Alessandra.

»Wie geht es ihr denn?« In Marthas Blick lag große Besorgnis.

»Nicht so gut, glaube ich, sie weint sehr viel«, antwortete Alessandra.

»Therese war wie eine Tochter für sie. Sie muss schrecklich darunter leiden, dass sie an der Pest gestorben ist.« Martha seufzte. Sie reichte Alessandra einen Krug Bier. »Ich bin froh, dass du dich um sie kümmerst.«

Geistesabwesend griff Alessandra nach dem Krug. Sie versuchte, nicht auf Simon zu schauen, was ihr jedoch nicht leichtfiel. Für einen Augenblick schloss sie die Augen, holte tief Luft und richtete ihren Blick dann auf die Tür. Erst kurz bevor sie die Küche verließ, schenkte sie Simon ein zaghaftes Lächeln. Ohne sich umzuschauen, wusste sie, dass er ihr in den Burghof folgte. Sie blieb stehen und lauschte seinen Schritten. Dann spürte sie seine Hand auf ihrer Schulter. Alessandra hielt den Atem an, als er sie zu sich umdrehte.

»Gefällt dir die Arbeit in der Waschküche?«

Alessandra nickte. »Anna ist gut zu mir. So wie die anderen Mägde auch.«

»Das freut mich«, entgegnete Simon. »Doch an deinen Augen sehe ich, dass du geweint hast? Warum?«

»Eine Magd ist an der Pest gestorben.« Alessandra umklammerte mit beiden Händen den Bierkrug und schaute sich im Burghof um. Vor der Tür zum Herrenhaus stand Irmgard mit einer anderen Magd. Beide schauten zu ihnen herüber und steckten tuschelnd die Köpfe zusammen.

»Ich habe davon gehört. Doch der Burgherr sorgt schon dafür, dass sich die Seuche nicht auf der Burg ausbreitet.« Simon folgte Alessandras Blick. »Ich würde gern von dir erfahren, warum du deine Familie verlassen hast. Aber wie ich sehe, zerreißen sich die Mägde schon das Maul über uns.«

Alessandra biss sich auf die Unterlippe. »Ich muss wieder meiner Arbeit nachgehen.«

»Bring mir doch morgen früh die Wäsche in mein Gemach. Dann können wir uns ungestört unterhalten«, sagte Simon.

Alessandra hatte die ganze Nacht kein Auge zugetan. Die Aufregung darüber, Simon die Wäsche bringen zu können, hatte die Trauer um Therese abgelöst. Mit pochendem Herzen hatte sie bis zum Morgengrauen an nichts anderes denken können.

Nun stand sie in der Waschküche und fuhr mit zitternder Hand über Simons gefaltete Beinkleider. Dann legte sie sie zu den anderen Kleidern der Herrschaften in den Weidenkorb, schloss für einen Augenblick die Lider und versuchte, sich zu beruhigen. Doch je mehr Mühe sie sich gab, desto heftiger pochte ihr Herz. Sie nahm den Korb und verließ die Waschküche.

Vor Simons Gemach atmete sie tief durch. Eine Locke fiel ihr ins Gesicht. Alessandra strich sie zurück und trat ein.

Simon begrüßte sie lächelnd. Er nahm ihr den Korb aus der Hand und bat sie, auf einem der Lehnstühle vor dem Kamin Platz zu nehmen. »Ich freue mich, dass du gekommen bist.«

Als er ihr einen Becher mit Wein anbot, lehnte Alessandra dankend ab. Wie oft war sie in ihren Träumen mit ihm allein gewesen! Sie konnte nicht glauben, dass sie nun hier bei ihm saß. Seine Nähe raubte ihr fast den Verstand.

Simon setzte sich neben sie. »Jetzt kannst du mir in Ruhe erzählen, was geschehen ist, bevor du auf die Burg gekommen bist.«

»Das ist eine lange Geschichte.« Alessandra senkte den Blick.

»Ich habe Zeit«, erwiderte Simon. Erwartungsvoll haftete sein Blick an ihren Lippen.

»Anna wird mich schelten, wenn ich zu lange der Arbeit fernbleibe.«

»Mach dir darüber keine Sorgen, ich werde mit Anna sprechen und ihr erklären, dass ich deine Dienste benötigte. Notfalls werde ich ihr sagen, dass du meine Wäsche neu falten musstest, weil ich in der Truhe ein Durcheinander angerichtet habe«, sagte er zwinkernd.

Und obwohl es Alessandra schwerfiel, in diesem wundervollen Augenblick an ihre Familie zu denken, erzählte sie Simon nun alle Begebenheiten, die sich zugetragen hatten.

»Es tut mir leid, dass dir und deiner Familie all dies widerfahren ist.« Simon drückte leicht ihre Hand. »Und das, obwohl Kaiser Sigismund den Fahrenden damals den

Freibrief ausgestellt hat.« Seine Augen verdunkelten sich, bevor er sich erhob. »Der Büttel hatte es nicht anders verdient, und sollte mir dieser Sami noch einmal begegnen, werde ich ihn eigenhändig vierteilen«, schimpfte er und ballte dabei die Fäuste.

Alessandra wischte sich die Tränen aus den Augen. »Lasst es gut sein. Ich möchte keine Rache für das, was er mir angetan hat. Sein Leben und das der anderen ist schon schwer genug.«

Simon blickte sie erstaunt an. »Das ist eine der Tugenden, die ich an dir bewundere. Du vergibst deinem Peiniger, obwohl er es anders verdient hätte.«

Alessandra lächelte. »Ich bin hier auf der Burg, und Sami ist weit weg. Er kann mir nichts mehr anhaben.«

»Das ist wohl wahr, und solange ich in deiner Nähe bin, wird dir niemand mehr ein Leid zufügen.« Simon griff erneut nach ihrer Hand. Mit dem Daumen strich er gedankenverloren über ihren Unterarm.

Ein Klopfen an der Tür ließ Alessandra zusammenfahren. Sie riss ihre Hand los, als hätte sie sich an seiner verbrannt, und sprang auf, um die Wäsche in die Truhe zu legen.

Ein Ritter steckte den Kopf durch den Spalt. »Denk daran, der Burgherr erwartet uns, um den Ablauf des Zeremoniells der Verlobung zu besprechen.«

»Geht nur vor. Ich komme gleich nach«, erwiderte Simon.

Nachdem sich die Tür geschlossen hatte, erhob er sich. Alessandra stand mit dem Rücken zu ihm und nestelte am Deckel der Truhe herum.

»Das war Richard, mein Rittervater. Er sorgt dafür, dass ich mich in meinem neuen Leben zurechtfinde.« Er nahm Alessandra die Haube ab. Sie spürte, wie ihre Locken schwer auf ihren Rücken fielen. Mit geschlossenen Augen genoss sie die Berührung von Simons Händen, die über ihr Haar strichen. Als sie seine Fingerspitzen an ihrem Hals spürte, stellten sich ihr die Härchen im Nacken auf. Selbst in ihren Träumen hatte sie nie dieses Gefühl verspürt.

Simon nahm mit beiden Händen ihr Haar und schob es zur Seite. Alessandra glaubte, ihr Herz müsse ihr aus der Brust springen. Die Zeit schien stehenzubleiben, und ein Gefühl des Friedens umgab sie. Simons Lippen berührten ihren Hals. Alessandra hob den Blick, starrte gegen die Zimmerdecke. Dann schloss sie die Lider, und ihr Atem beschleunigte sich. Sie spürte seinen heißen Atem auf ihrer Haut und sank in einen Strudel aus lauter Glückseligkeit. Da ließen Simons Lippen auf einmal von ihrer Haut ab.

»Was tue ich hier?«, keuchte er. »Das darf nicht sein.«

Der Strudel beförderte Alessandra zurück in die Wirklichkeit. Sie sah Simon in die Augen. »Ihr habt recht, das darf nicht sein. Ihr werdet Fräulein Mathilde heiraten.« Alessandra konnte nicht glauben, dass sie diese Worte ausgesprochen hatte, ohne laut aufzuschluchzen. Wahrscheinlich befand sie sich noch in einem Rausch, den die Berührung seiner Lippen ausgelöst hatte. Sie fühlte sich mit einem Mal so stark, als schwebte sie auf ihrem Seil durch die Lüfte.

Alessandra schenkte Simon ein Lächeln, das er zaghaft erwiderte. »Ihr solltet den Burgherrn nicht warten lassen.«

Kapitel 8

Mathilde saß auf der Bettkante und beobachtete ihre Kammerjungfer, die gerade in die Truhe griff. Maria holte ein Kleid heraus und faltete es auseinander. »Das hier wäre genau das Richtige für diesen Anlass.«

Mathilde betrachtete voller Argwohn den hochgeschlossenen Kragen. »Ich suche mir mein Kleid selbst aus«, sagte sie unwillig. »Es reicht, wenn *du* hier wie eine Ordensfrau herumläufst.« Sie griff nach einem Gewand aus kobaltblauem Brokat, dessen Ausschnitt mehr zeigte, als er verbarg.

»Das hier ist genau das Richtige für die Unterredung mit meinem zukünftigen Verlobten und dem Burgherrn.«

Nachdem sie sich umgezogen hatte, verließ sie gemeinsam mit Maria ihr Gemach. Doch schon beim ersten Schritt auf dem Flur blieb sie wie angewurzelt stehen und glaubte, ihren Augen nicht zu trauen, als sie sah, wie Simon gemeinsam mit Alessandra sein Gemach verließ. Sie schnappte nach Luft. »Was hat die Magd in Eurem Gemach zu suchen?«, zischte sie.

»Aber Fräulein Mathilde, was hat Euch denn die Laune verdorben? Sie arbeitet in der Waschküche und hat mir die Wäsche gebracht.« Simon lächelte ihr zu und griff nach ihrem Arm. »Sicher seid Ihr auch auf dem Weg zum Burgherrn.«

Mathilde wand sich aus seinem Griff. »Was fällt Euch ein, wir sind noch nicht verlobt. Habt Ihr keine Manieren beigebracht bekommen?«

Am Nachmittag nach der Unterredung mit dem Burgherrn nahm Mathilde den Stickrahmen zur Hand und hoffte, die Handarbeit würde sie beruhigen. Doch nach einigen Stichen warf sie ihn auf den Boden. Sie konnte immer noch nicht glauben, was sie gesehen hatte. *Nur die Wäsche soll sie ihm gebracht haben.* Mathilde lachte heiser auf. Dieser Alessandra traute sie nicht über den Weg. Auch wenn das Mädchen ihr noch so verständnisvoll die Treue geschworen hatte, mochte sie sich nicht auf ihre Verschwiegenheit verlassen. Sie kniff die Augen zusammen und dachte an das Amulett, das Alessandra im Wald getragen hatte. Es hatte ausgesehen wie ein Geldstück, das auseinandergerissen worden war. Die Gravur zeigte die Hälfte eines Kreuzes, über dem ein halbes Schwert lag. Das Gegenstück konnte nur jemand von Adel tragen, und irgendwo hatte sie es schon einmal gesehen. Sie dachte angestrengt nach, doch es fiel ihr nicht ein, wann und wo es gewesen war. Diese angebliche Zigeunerin führte etwas im Schilde, dessen war sich Mathilde plötzlich sicher. Eine unbändige Angst stieg in ihr auf. Dieses Weib, wer immer sie auch sein mochte, konnte sie verraten, ihr Simon wegnehmen! Und sie selbst wurde ins Kloster verbannt. Mathilde atmete laut ein. Es war ihr nicht entgangen, wie ihr Blick an Simons Lippen gehangen hatte. Bestimmt hatte sie ihn schon geküsst, ihn verführt. Mathilde schloss die Augen. In Gedanken hörte sie die Gesänge der Novizinnen, und die Angst vor dem Kloster schnürte ihr den Hals zu. Mathilde glaubte zu ersticken.

Es klopfte an der Tür. Mathilde schnappte nach Luft und spürte, wie sich ihre Lungen füllten. Ihre Kammerjungfer betrat das Gemach und ging wortlos zu dem Tisch unter dem Fenster. Das dunkle Haar zu einem strengen Knoten gebunden, senkte sie den scheuen Blick. Mathildes Schläfen schmerzten auf einmal unerträglich. Um sich Erleichterung zu verschaffen, klopfte sie mit den Fingerspitzen auf die Haut neben den Augen.

Maria sah sie besorgt an. »Fräulein Mathilde, geht es Euch nicht gut?«

»Mein Kopf fühlt sich an, als würde er gleich auseinanderbersten.« Mathilde ließ sich zwischen den aufgetürmten Kissen auf ihrem Bett nieder und schloss die Augen. Sie hörte, wie Maria in der Waschschüssel ein Tuch auswrang. Gleich darauf legte die Kammerjungfer ihr den nassen Stoff auf die Stirn. »Zum Teufel damit«, keifte Mathilde, riss das Tuch hinunter und schleuderte es fort.

Maria hob es ruhig wieder auf und legte es zurück in die Waschschüssel. Nachdem sie sich bekreuzigt hatte, zog sie einen Stuhl an das Bett und ließ sich darauf nieder. Die Hände im Schoß gefaltet, verharrte sie schweigend neben ihrer Herrin, ohne den Blick zu heben.

»Du kannst gehen, ich brauche dich nicht mehr«, zischte Mathilde. Die Anwesenheit der Kammerjungfer nahm ihr erneut die Luft zum Atmen. Ihr frommes Gehabe war Mathilde schon seit langem ein Dorn im Auge. Diese ewigen Gebete, die sie sprach, und die Keuschheit, die sie an den Tag legte! Mathilde fühlte sich, als lebte sie schon in einem Kloster, wenn Maria bei ihr war. Obwohl sie höchstens ein oder zwei Lenze mehr als sie selbst zählte, benahm sie sich wie eine Ordensschwester.

»Du kannst für immer gehen. Ich will dich hier nicht mehr sehen!«, rief Mathilde, als Maria die Tür gerade hinter sich schließen wollte.

Die Kammerjungfer drehte sich auf dem Absatz um. Ihre Augen waren vor Schreck geweitet, und ihr Gesicht hatte jegliche Farbe verloren. »Aber Fräulein Mathilde, warum denn? Habe ich Euch nicht immer treu und ergeben gedient?«, wisperte sie.

»Geh!«, schrie Mathilde. »Ich kann dein frommes Gehabe nicht mehr ertragen.«

Ohne etwas zu erwidern, schloss Maria die Tür.

Mathilde schüttelte sich. Ihre Gedanken schweiften zurück zu Alessandra. Sie musste das kleine Mädchen im Auge behalten. Als ihr ein Plan in den Sinn kam, zeigte sich ein hämisches Lächeln auf ihren Lippen. Sie brauchte eine neue Kammerjungfer – und was lag näher, als diese Alessandra in ihren Dienst zu rufen? Mathilde erhob sich von der Bettkante, strich sich die Röcke glatt und schritt zum Fenster. Ihr Blick fiel auf die Waschküche, aus deren Tür die Dampfschwaden entwichen.

Da Mathilde bangte, ihr Haar würde unter der Feuchtigkeit des Dampfes leiden, ließ sie die Verantwortliche der Waschküche auf den Hof rufen.

Anna wischte sich die Schweißperlen von der Stirn und blinzelte in die Sonne. »Aber sie ist doch gerade erst in meinen Dienst getreten«, hob sie an, als Mathilde ihren Wunsch geäußert hatte.

»Hat man dir nicht beigebracht, dass man einer Dame nicht widerspricht?« Mathilde zog argwöhnisch eine Augenbraue hoch. »Ich nehme sie sofort mit in mein Gemach. Geh, und bring sie zu mir.«

Anna verschwand wortlos in den Dampfschwaden der

Waschküche. Einen Augenblick später trat Alessandra in den Hof.

Fragend sah sie Mathilde an. »Ihr habt mich rufen lassen?«

»Ab sofort wirst du mir als Kammerjungfer dienen.«

Alessandra stutzte. »Aber … wie komme ich zu der Ehre? Ist dies nicht nur Jungfern aus höherem Stand gestattet?«

Mathilde hob die Hand. »Schweig, du sprichst ab sofort nur noch, wenn ich dich dazu auffordere«, entgegnete sie schroff. »Und nun folge mir.«

»Als Erstes wirst du deine Dienstkleidung ablegen.« Mathilde betrachtete Alessandras zierliche Figur. »Meine abgelegten Röcke müssten dir passen, wenn die Schneiderin den Saum kürzt.« Sie öffnete die Truhe und griff nach einem Kleid.

Alessandra blickte sie erstaunt an. »So einen edlen Stoff habe ich noch nie getragen.« Ihre Hände glitten über den smaragdfarbenen Samt.

»Das Haar wirst du dir zu einem Zopf flechten und dann diesen Jungfernkranz tragen.« Mathilde überreichte ihr den Kranz aus zweifarbig gedrehtem Stoff. Seine blassgrüne Farbe harmonierte mit der des Kleides.

Aus den Augenwinkeln beobachtete sie, wie sich Alessandra auszog. Sie hatte die Haut des Mädchens viel dunkler in Erinnerung. Ein Stich der Eifersucht durchfuhr sie, als sie sah, dass Alessandras Brüste wohlgeformter waren als ihre eigenen. Missbilligend blickte sie auf die schwarzen Locken, die sich bis um die Hüften schmiegten. Wie gern hätte sie ein Brenneisen genommen und sie ihr versengt! Dann fiel ihr Augenmerk auf das Amulett. In dem Moment schoss ihr siedend heiß durch den

Kopf, wo sie das Gegenstück gesehen hatte. Der Boden unter Mathildes Füßen schwankte. Sie spürte, wie die Hitze ihren ganzen Körper erfasste.

Dieses Mädchen war eine größere Gefahr für sie, als sie bisher angenommen hatte. Sie musste handeln, und zwar sofort, wenn sie ihre Zukunft retten wollte.

Mit einem Ruck riss sie Alessandra das Amulett vom Hals. »Das wirst du ab sofort nicht mehr tragen.«

Alessandra fuhr zusammen. »Aber das ist das Letzte, was mir von meiner Mutter geblieben ist.« Ihre Augen füllten sich mit Tränen.

»Du bist keine Fahrende mehr«, herrschte Mathilde sie an. Ihre Hand umklammerte fest das kalte Metall. An einem sicheren Ort aufbewahrt, konnte es keinen Schaden mehr anrichten.

Ohne ein weiteres Wort zu verlieren, zog Alessandra das Kleid über. Mathilde erklärte ihr in knappen Worten den Tagesablauf.

»Darf ich Euch bitte eine Frage stellen, Fräulein Mathilde?«

Mathilde wollte Alessandra erst für ihre Unachtsamkeit rügen, ungefragt zu reden. Doch dann überfiel sie die Neugierde, und sie ließ Alessandra mit einem Kopfnicken gewähren.

»Darf ich hin und wieder nach meinen Kräutern sehen?«

Mathilde stutzte. »Du hast einen Kräutergarten angelegt?«

»Ja, neben der Unterkunft des Verwalters.«

»Und wozu soll der gut sein?« Mathilde verzog die Mundwinkel. Sie hatte gehofft, etwas anderes von Alessandra zu erfahren.

»Mit den Kräutern kann ich Leiden lindern. So, wie es

Sanchari getan hat«, antwortete Alessandra mit gesenktem Blick.

Mathilde presste die Lippen aufeinander. Es interessierte sie nicht, wer diese Sanchari war. Sie wollte nur, dass Alessandra kein Aufsehen auf der Burg erregte. »Damit linderst du aber nur meine Leiden. Hast du mich verstanden?«, zischte sie.

Alessandra sah sie erstaunt an. Sie öffnete die Lippen, um etwas zu erwidern, doch Mathilde hob abwehrend die Hand. »Ich dulde nicht, dass du mir widersprichst. Also spare dir jeglichen Einwand.« Sie fuhr sich mit den Fingerspitzen über die Schläfen. »Hast du in deinem Garten ein Kraut, das meine Kopfschmerzen lindern kann?«

Alessandra legte nachdenklich die Stirn in Falten, dann erhellte sich ihr Blick. »Ja, dort wächst etwas, das Euch Erleichterung verschafft.«

»Du meinst, es gibt ein Mittel, das diese Kopfschmerzen verschwinden lässt?« Mathilde schloss die Augen. Wie lange stachen jetzt schon diese Schmerzen in ihren Schläfen!

»Ja, Sanchari hatte es für Papo zubereitet. Er konnte vor Schmerzen nicht mehr in das Licht schauen. Doch nachdem er das Mittel genommen hatte, ging es ihm so gut wie nie zuvor.«

»Dann hole mir das Mittel, aber halte dich nicht länger auf als notwendig.« Das kühle Metall in ihrer Hand erinnerte Mathilde daran, wie unvorsichtig es war, dieses Weib aus ihrer Kammer zu schicken. Doch sie musste unbedingt die schrecklichen Kopfschmerzen loswerden. Nachdem Alessandra das Gemach verlassen hatte, versteckte Mathilde das Amulett unter ihrer Matratze. Dann legte sie sich auf ihre Bettstatt und schloss die Augen.

Für einen Augenblick vergaß sie Alessandra. Sie sehnte sich so sehr nach Hieronymus! Wenn er sie liebte, vergaß sie ihren Gram und alle Schmerzen. So oft wie möglich wollte sie seine Gegenwart genießen. Um den Beweis ihrer Jungfräulichkeit sorgte sie sich nicht. Notfalls würde sie in der Hochzeitsnacht mit dem Blut einer Ziege nachhelfen.

Nach einiger Zeit öffnete sich die Tür zum Gemach wieder, und Alessandra trat ein. In ihrer Hand hielt sie einen Krug, aus dem sie eine Flüssigkeit in einen Becher goss. Mathilde trank ihn hastig leer.

Bevor sich vollkommene Dunkelheit in der Kammer ausbreitete, zündete Alessandra die Kerze auf dem Tisch an. Mathilde sah, wie sie versonnen das Flackern betrachtete. Sie konnte sich vorstellen, woran sie dachte, doch statt sie darauf anzusprechen, griff sie nach ihrem Umhang. Ihre Kopfschmerzen waren wie weggeblasen, und die Sehnsucht nach Hieronymus pochte in ihrem Schoß. »Sorge dich nicht um mich. Eine Magd wird gleich noch etwas zu essen bringen. Wenn du Hunger hast, greife ruhig zu. Und danach kannst du dich vor dem Kamin zum Schlafen legen.« Mathilde fasste nach dem Türgriff. »In der Truhe neben dem Bett liegen Decken, nimm sie dir!«, rief sie beim Hinausgehen und lief dann eilenden Schrittes die Treppen hinab.

Als Mathilde in die klare Nacht trat, wusste sie auch ohne einen Blick zu ihrem Fenster zu werfen, dass Alessandra sie beobachtete. Ihre Unruhe darüber verdrängte sie und stieg die Stiegen des Wehrturmes hinauf. An der Wand brannte eine Fackel – ein Zeichen, dass Hieronymus auf sie wartete. Dass unter ihr im Verlies die Hexen eingekerkert waren, bereitete ihr zwar Unwohlsein, doch sie schob den Gedanken daran beiseite und freute sich auf die Stunden, die sie mit Hieronymus verbringen konnte. Unter der Tür, die in das Gerichtszimmer führte, war ein schwacher Lichtschimmer zu sehen. Mathilde öffnete sie vorsichtig.

Der Erzbischof lehnte mit dem Rücken an einem Pfosten. In der Hand hielt er einen Kelch, und sein Lächeln glich dem eines Lausbuben. »Ich dachte schon, du kämst nicht mehr.«

Mathilde nahm ihm den Kelch aus der Hand und stellte ihn auf das Schreibpult. »Aber liebster Hieronymus, wie könnte ich auf diese Stunden mit dir verzichten?«

Die Finger des Erzbischofs verfingen sich in ihrem Ausschnitt. Mathilde griff nach seiner Hand und schob sie fort. Mit einem verführerischen Augenaufschlag fuhr sie sich mit der Zunge über die Lippen und trat einen Schritt zurück. Dann öffnete sie gemächlich die Schnüre ihres Mieders. Raschelnd fiel das Kleid zu Boden. Zwischen Mathildes Brüsten funkelten die Perlen einer Kette, die ihr bis zum Bauchnabel reichte. Hieronymus' Augen weiteten sich. Mathilde nahm eine der Perlen, drehte sie zwischen ihren Fingern und liebkoste anschließend damit ihre Brustwarze. Hieronymus trat auf sie zu, nahm ihr die Kette aus der Hand und setzte das Spiel fort. Als seine Lippen die Spur der Perlen auf ihrer Haut verfolgten, stöhnte Mathilde auf. Seine Fingerspitzen umkreisten ihren Bauchnabel, glitten weiter hinab, bis sie sich in dem Haar ihrer Scham verfingen, wo ein Feuer aufloderte, das Mathilde schier den Atem raubte. Sie hob den Saum seiner Soutane und strich mit der Hand zwischen seinen Oberschenkeln hinauf, bis sie seine Männlichkeit spürte. Sie wollte ihn unbedingt in sich spüren. All ihr Sorgen existierten plötzlich nicht mehr. Sie öffnete die Schenkel, damit seine Hand ungehinderten Zugang hatte. Hieronymus nahm ihre Einladung an und ließ seinen Finger in sie gleiten. Ein leiser Schrei entfuhr Mathilde, den Hieronymus jedoch mit einem Kuss erstickte. Seine Zunge schob sich durch ihre Lippen, und sie schmeckte das herbe Aroma des Weines, den er getrunken hatte. Fordernd massierte sie seinen Schaft, bis Hieronymus sie keuchend von sich drückte und sich die Soutane aufknöpfte. Mathilde strich über die Muskeln seiner Brust, liebkoste sie mit ihren Lippen. Ihr Verlangen steigerte sich ins Unermessliche, ließ sie am ganzen Leib erzittern. Sie konnte nicht mehr länger warten, sie musste ihn spüren, ausgefüllt werden von seiner Männlichkeit, die ihr Erlösung schenkte.

»Liebe mich mit deiner ganzen Kraft«, flehte sie, sank hinab und legte sich schwer atmend auf den Boden. Nicht einmal der Stein unter ihrem Rücken vermochte ihre erhitzten Sinne zu kühlen.

Hieronymus beugte sich über sie und bedeckte ihren Leib mit Küssen. Als er mit seiner Zunge das Zentrum ihrer Lust liebkoste, glaubte Mathilde, den Verstand zu verlieren. Ihre Schreie hallten durch das Gerichtszimmer. Kurz vor dem Gipfel ihrer Erregung ließ Hieronymus von ihr ab. Seine Fingerspitzen fuhren die Konturen ihrer Brustwarzen nach, die sich unter seiner Berührung fast schmerzhaft aufrichteten. »Liebe mich«, wimmerte sie. Mit einem Lächeln auf den Lippen drängte sich Hieronymus endlich zwischen ihre geöffneten Schenkel. Sie schloss die Augen und spürte seine Lippen auf ihren. Ihre Leiber verschmolzen zu einer lustvollen Einheit.

Mathilde schob die Tür zu ihrem Gemach besonders leise auf. Sie wollte nicht dem verständnislosen Blick aus den dunklen Augen ausgesetzt sein. Alessandras schwarze Locken lugten aus der Decke hervor. Ihre Schultern hoben und senkten sich gleichmäßig. Erleichtert zog Mathilde ihre Röcke aus und legte sich nackt auf das Bett. Das Laken kühlte sie angenehm. Der Wind, der durch das Fenster blies, trocknete den Schweiß auf ihrer Haut. Mathilde blieb so lange unbedeckt dort liegen, bis es sie fröstelte. Dann hob sie die Wolldecke am Fußende an und legte sie über ihren Körper. Sie lauschte Alessandras gleichmäßigen Atemzügen, die die Stille der Nacht durchbrachen, und dachte an das Amulett. Mathilde griff mit der Hand unter die Matratze. Auch wenn es dort sicher versteckt war, befreite sie dieses Wissen nicht von ihren Sorgen. Erst als der Himmel sich im Osten blassrosa färbte, fiel sie in einen leichten Schlaf.

Ein Schmerz, der sie kaum die Augen offen halten ließ, fuhr durch Mathildes Kopf. Sie spürte Übelkeit in sich aufsteigen. Sie sprang aus dem Bett und übergab sich in die Waschschüssel. Dabei drohte ihr Kopf endgültig zu bersten. Alessandras Finger strichen sanft über ihren Rücken.

»Legt Euch zurück auf Euer Bett. Ich werde die Fenster verdunkeln.«

Der Schmerz hämmerte weiterhin gegen ihre Schläfen, als suche er einen Weg hinauszugelangen. Mathilde stöhnte auf und presste das Gesicht in die Kissen. Sie hörte, wie Alessandra das Heilmittel in einen Becher goss, und stützte sich auf die Ellbogen.

»Gib schon her!«, sagte sie stöhnend und riss Alessandra den Becher aus der Hand. Der Sud schwappte über den Rand und lief in Rinnsalen über ihre Finger. Gierig leerte sie den Becher in einem Zug. Der bittere Geschmack des Aufgusses legte sich auf ihre Zunge, und sie verzog angewidert das Gesicht. »Wie lange wird es dauern, bis ich von den Schmerzen befreit bin?« Mathilde legte sich zurück auf das Kissen und schloss die Augen.

Alessandra zuckte mit den Schultern. »Genau weiß ich es nicht, doch es sollte nicht allzu lange dauern.« Sie setzte sich zu Mathilde auf die Bettkante und griff nach ihrer Hand.

Mathilde zog ihren Arm zurück. »Behandle mich nicht, als läge ich im Sterben«, keifte sie.

»Ihr solltet schlafen. Wenn Ihr erwacht, wird der Schmerz nachgelassen haben.« Alessandra erhob sich. »Ich lasse Euch allein, damit Ihr uneingeschränkte Ruhe habt.«

Mathilde hob den Kopf. »Nichts da, du bleibst hier«, zischte sie. »Nimm dir den Stickrahmen, und setze dich damit ans Fenster. Und denke nicht einmal daran, das Gemach zu verlassen.«

Mathilde schloss die Augen. Langsam spürte sie Erleichterung und fiel in einen tiefen Schlaf.

Als sie erneut erwachte, hielt sie es nicht mehr im Bett aus. Mit den Füßen suchte sie nach ihren Filzpantoffeln und zog sich den Schlafrock über.

»Lass eine Magd etwas Obst und Wein bringen«, befahl sie Alessandra schroff. Der Boden unter ihren Füßen schwankte.

Alessandra sprang von dem Stuhl auf. »Aber das kann ich doch in der Küche holen«, wandte sie ein.

»Du bist keine Magd mehr, gewöhne dich endlich daran. Nun geh, und wage es nicht, dich mit Tratschen aufzuhalten.« Mathilde scheuchte sie mit einer Handbewegung davon.

Nachdem Alessandra das Gemach verlassen hatte, schritt Mathilde zum Fenster und befreite es von den Fellen. Die Mauern und Gebäude warfen bereits lange Schatten. Mathilde konnte nicht glauben, dass sich der Tag schon dem Abend zuneigte. Wie lange sie geschlafen hatte! Im Innenhof der Burg war es ruhig geworden. Mathilde rieb sich über die Schläfen. Die Sorge um ihre gefährdete Verlobung mit Simon legte sich wie ein eiserner Ring um ihr Herz, nahm ihr die Luft zum Atmen. Ihr Blick fiel auf den Wehrturm, und sie sah, dass Hieronymus ihn gerade mit einer Fackel in der Hand betrat. Mathilde spürte ihr Herz heftig pochen. In ihrem Schoß keimte schon wieder das Verlangen nach seiner Liebe auf. Doch bevor sie sich zu ihm begab, musste sie erst etwas zu sich nehmen. Mathilde hoffte, die Speisen würden sie stärken. Sie drehte sich vom Fenster fort und schaute ungeduldig auf die Tür ihres Gemaches.

Mathilde aß nicht viel von dem, was die Magd aufgetragen hatte. Noch immer verspürte sie eine leichte Übelkeit, doch der Schmerz in ihrem Kopf war verschwunden.

»Wie oft muss ich am Tag von dem Sud trinken?«, fragte sie Alessandra, während sie sich vom Tisch erhob.

»Ihr trinkt am besten einen Becher nach dem Aufstehen und einen vor dem Schlafengehen. So hat Sanchari es Papo auch geraten.«

»Dann sieh zu, dass immer genügend davon vorrätig ist.«

Alessandra nickte. Wortlos stellte sie das Geschirr zusammen. Mathilde nahm ihren bedrückten Gesichtsausdruck wahr und fragte sich, was in ihrem Kopf vorging. Und warum sie hier Unterwürfigkeit vorheuchelte.

Mathilde schloss die Augen. Sie brauchte unbedingt Ablenkung von den Ängsten, die ihr Gehirn zermarterten.

Eine Ahnung beschlich Mathilde, die sich bestätigte, als sie den dunklen Wehrturm betrat. An der Wand fehlte die Fackel. Die Zeit war Hieronymus wohl zu lang geworden. Sie presste enttäuscht die Lippen aufeinander und verließ den Wehrturm wieder. Ihr Blick fiel auf das schwach erleuchtete Fenster im Herrenhaus, hinter dem sein Gemach lag. Wenn er nicht hier auf sie warten konnte, musste sie ihn eben dort aufsuchen.

Mathilde zupfte mit den Fingerspitzen an der Haut in ihrem Gesicht, bis sie sich rötete. Dann saugte sie abwechselnd an ihrer Ober- und Unterlippe, damit diese voller wirkten. Sie hob die Hand und klopfte an die Tür des Gemaches. Hieronymus gewährte mit rauer Stimme Einlass.

Als er Mathilde sah, kniff er die Augen zusammen. »Bist du von allen guten Geistern verlassen, wie kannst du es wagen, mich in meinem Gemach aufzusuchen?«

Mathilde schloss die Tür hinter sich und ließ sich schluchzend in den Lehnstuhl vor dem Kamin sinken. »Warum hast du nicht auf mich gewartet? Gerade heute Abend brauchte ich deinen Trost.«

»Meine Zeit ist kostbar. Ich kann sie nicht mit Warten vertrödeln«, antwortete Hieronymus knapp. »Und nun verlasse mein Gemach, bevor noch jemand deine Anwesenheit bemerkt.« Ohne sie nach ihren Sorgen zu fragen, schob Hieronymus Mathilde aus dem Raum.

Noch nie in ihrem Leben hatte sie sich so gedemütigt gefühlt. Ihr Leib zitterte vor Zorn, als sich die Tür hinter ihr schloss.

In der Hoffnung, niemandem auf der Treppe zu begegnen, schlich sie die Stufen zu ihrem Gemach hoch. Lästige Fragen zu beantworten war das Letzte, was sie im Augenblick vermochte. Der Groll über Hieronymus' Abweisung brodelte weiterhin in ihr.

Auf dem Treppenabsatz blieb sie stehen und hielt verdutzt den Atem an. Vom oberen Flur drangen gedämpfte Stimmen zu ihr, die sie eindeutig als Simons und Alessandras erkannte.

»Und du weißt wirklich nicht, wo Fräulein Mathilde hingegangen ist?«, hörte sie Simon fragen.

»Nein, Ihr könnt mir glauben, Simon. Sie hat es mir nicht gesagt.«

Mathilde fragte sich, warum Alessandra ihn nicht mit »Ritter« ansprach. An mangelndem Respekt konnte es wohl nicht liegen – eher an tiefer Zuneigung.

»Und wie lange ist sie schon fort?«, hakte Simon nach.

»Erst nach Einbruch der Dunkelheit verließ sie das Gemach.«

Mathilde vernahm Simons Schritte. »Merkwürdig, wo mag sie nur hingegangen sein?«

Mathilde hielt es nicht länger aus. Sie stürmte die restlichen Stufen hinauf und drängte sich zwischen Alessandra und ihren zukünftigen Verlobten. »Geziemt es sich für eine Jungfrau, sich mit einem Mann allein auf dem Flur zu unterhalten?« Sie strafte Alessandra mit einem bösen Blick, bevor sie sich an Simon wandte. »Und nun zu Euch, Ritter Simon, warum fragt Ihr meine Kammerjungfer nach mir aus? Und das zu später Stunde?«

Simon blickte sie erstaunt an. »Warum seid Ihr derart übellaunig, Mathilde?« Seine Lippen verzogen sich zu einem Lächeln.

Mathilde kochte vor Wut. Wagte er es etwa, sich in der Gegenwart dieser Alessandra über sie lustig zu machen?

»Euer Benehmen und das meiner Kammerjungfer hat mir die Laune verdorben, Ritter Simon«, fauchte sie.

Simon hob die Augenbrauen. »Ich habe mich lediglich bei Alessandra nach Eurem Verbleib erkundigt. Und das entzürnt Euch so?«

Mathilde drängte sich an ihm vorbei in ihr Gemach. Der Zorn trieb ihr die Tränen in die Augen, doch sie richtete den Blick zu Boden, damit Simon es nicht sah.

Alessandra folgte ihr. Nachdem sich die Tür geschlossen hatte, musste sich Mathilde beherrschen, ihre Kammerjungfer nicht zu ohrfeigen. »Sollte ich dich ein weiteres Mal mit Ritter Simon allein antreffen, werfe ich dich eigenhändig aus der Burg«, giftete sie.

In der Nacht starrte Mathilde in Gedanken vertieft auf den Baldachin über ihrem Bett. Die Schmach, die sie am Abend erlebt hatte, bohrte sich wie ein Stachel immer tiefer in ihr Herz. Sie fragte sich, wie lange Alessandra noch schweigen würde. Wann sie ihr in den Rücken fallen und Simon, aus welchem Grund auch immer, ihr ganzes Wissen mitteilen würde. Mathilde hatte das Vertrauen zu Alessandra verloren, seit sie wusste, wer sie war.

Sie steigerte sich immer tiefer in einen Wahn, versuchte, sich an Augenblicke zu erinnern, in denen sie glaubte, die ersten Anzeichen gesehen zu haben. Vorboten eines Verrats, gefördert durch die Zuneigung, die Alessandra zu Simon hegte.

Mathilde lauschte Alessandras ruhigem Atem. Sie musste dafür sorgen, dass Alessandra tatsächlich für immer schwieg. Für einen Augenblick hegte Mathilde Mordgedanken, doch dann holte sie die Angst vor dem

Fegefeuer ein, die noch größer war als die vor dem Kloster. Nein, sich der größten Sünde schuldig zu machen war diese Alessandra nicht wert. Da musste es andere Wege geben.

Erst in den frühen Morgenstunden fiel Mathilde in einen Schlaf, der sie mit Alpträumen drückte.

Graf Philipp atmete tief durch. Seine Hand zitterte leicht, als er an die Tür zum Gerichtszimmer klopfte. Obwohl er gewusst hatte, dass es nur noch eine Frage der Zeit war, bis der Erzbischof ihn zu sich rufen ließ, beschlich ihn in diesem Augenblick große Unsicherheit. Er hatte es zu weit getrieben, das wusste er. Doch er wollte Hieronymus die Stirn bieten.

Nachdem der Generalvikar Einlass gewährt hatte, drückte Philipp die Klinke hinunter und betrat den Raum. Der Erzbischof saß am Schreibpult und rieb sich, ohne aufzublicken, die Schläfen. Der Generalvikar zog einen Stuhl hervor und wies Philipp mit einer Handbewegung an, darauf Platz zu nehmen.

Der Erzbischof hob langsam den Blick. »Was denkt Ihr Euch bloß?«, raunzte er. »Pfeift Eure Wachmänner wieder zurück. Wie könnt Ihr es wagen, die Burg zu verbarrikadieren, als wäre der Krieg ausgebrochen?« Seine Augen durchbohrten Philipp wie Giftpfeile.

»Es ist meine Pflicht den Burgbewohnern gegenüber, sie vor der Pest zu schützen.« Er versuchte, dem Blick des Erzbischofs standzuhalten. Sein rascher Atem verriet, dass es ihn Mühe kostete.

»Glaubt Ihr wirklich, Ihr könntet die Leute vor der Seuche schützen, für deren Ausbruch die Hexen verantwortlich sind?« Der Erzbischof erhob sich und schaute auf Graf Philipp hinab. »Habt Ihr noch nie etwas von

Hexenflügen gehört?« Er schüttelte den Kopf, als säße ein dummer Junge vor ihm.

Philipp riss die Augen auf. »Ihr meint, sie können auf die Burg fliegen?«

»So hoch können Eure Zinnen gar nicht sein, um Euch davor zu schützen.« Hieronymus atmete tief ein. »Ihr seid ein Narr. Nur wenn wir hier mit den Hexen ins Gericht gehen, können wir die Menschen vor ihrem Untergang retten. Die Tore zu schließen nutzt nichts. Genauso gut könntet Ihr die Augen schließen – es würde dasselbe Ergebnis bringen. Zwar seht Ihr sie nicht mehr, doch sie sind da.« Hieronymus' Augen verengten sich. »Ihr öffnet sofort wieder die Fallbrücke. Habt Ihr mich verstanden?«

»Nein, das werde ich nicht tun.« Graf Philipp biss sich auf die Zunge. Er glaubte selbst nicht, dass er gerade gewagt hatte, dem Erzbischof so vehement zu widersprechen.

»Was sagtet Ihr? Ich habe Euch wohl nicht richtig verstanden.« Hieronymus hob die Augenbrauen. Er wirkte wie ein Vulkan kurz vor dem Ausbruch.

Philipp schluckte schwer. Er musste hart bleiben, schließlich ging es hier um sein Leben. Er musste sich vor der Pest schützen. Gevatter Tod durfte ihn nicht holen. Nicht, bevor er einen Nachkömmling gezeugt hatte.

Die Kiefermuskeln des Erzbischofs zuckten. »Wenn Ihr die Ermittlungen und somit die Prozessführungen gegen die Hexen verhindert, macht Ihr Euch der Mittäterschaft schuldig. Ihr steht im dringenden Verdacht, die Buhlschaften der Hexen mit den Dämonen zu unterstützen. Oder seid Ihr gar selbst ein Maleficus? Die Strafe, die Euch dann erwartet, brauche ich wohl nicht zu erläutern.«

Graf Philipp hörte das Blut in seinen Ohren rauschen.

Er knetete seine feuchten Finger und schüttelte den Kopf. »Nein, Ehrwürden, so ist es nicht. Ich habe mit dem Hexenzauber nichts zu tun. Glaubt mir.« Er erhob sich von seinem Stuhl und senkte das Haupt. »Ich werde die Fallbrücke wieder hochziehen lassen und Eure weiteren Ermittlungen nicht mehr behindern.« Seine Knie zitterten, während er dem Erzbischof dieses Versprechen gab. »Niemals würde ich den Bund mit dem Teufel eingehen. Heilige Maria Muttergottes, wie könnt Ihr so etwas nur glauben?«

Der Erzbischof lehnte sich zurück. »In dieser Zeit, da der Teufel sein Unwesen treibt, ist besondere Vorsicht geboten. Jeder, der sich verdächtig macht, mit ihm im Bunde zu stehen, muss auf das Strengste beobachtet werden.« Er drehte den Siegelring an seinem Finger. »Also, nehmt Euch in Acht, Graf Philipp. Ich behalte Euch im Auge.«

Das Getrappel von Hufen auf dem Hof ließ Mathilde aufhorchen. Sie ließ von ihrer Stickerei ab, um aus dem Fenster zu schauen. Eine Kutsche passierte gerade das Burgtor. Aus dem kastenförmigen Wagen, gefertigt aus einfachen Holzplanken, stieg ein Herr, den Mathilde zu kennen glaubte. Sie versuchte, sich zu erinnern, wo und wann sie dem untersetzten Mann mit dem schütteren Haar schon einmal begegnet war. Allmählich erschien ein Bild vor ihrem inneren Auge. Dieser Herr, der auf das Haupthaus zueilte, war der Medicus. Mathilde hatte ihm einmal vehement die Tür gewiesen. Maria ließ damals nach ihm rufen, nachdem sie nach der Abtreibung kraftlos aus dem Wald zurückgekehrt war.

Mathilde fuhr sich nachdenklich mit der Hand durch das Haar. Welcher von den Herrschaften bedurfte wohl seiner Heilkunst? Sie schaute zu Alessandra, doch ihr konnte nichts zu Ohren gekommen sein, da sie nach der letzten Auseinandersetzung das Gemach nicht mehr verlassen hatte. Mathilde legte den Stickrahmen auf den Tisch. Ohne ein Wort an Alessandra zu richten, trat sie aus der Tür. Sie schaute über das Treppengeländer hinunter in die Halle, in der Frau Judith den Medicus empfing. Auf ihren Wangen schimmerten Tränen, und sie gestikulierte wild mit den Armen. Ihren Redeschwall hielt sie gedämpft, so dass sich Mathilde anstrengen musste, etwas zu verstehen. Doch sie glaubte, die Worte Beulen und Fieber zu hören. Mathilde schlug sich entsetzt die Hand vor den Mund. *Die Pest!*, fuhr es ihr durch den Kopf. Jetzt war die Pest auch schon unter den Herrschaften ausgebrochen. Sie eilte zurück in ihr Gemach und verschloss die Tür hinter sich.

»Alessandra, du musst mich auf der Stelle nach den Anzeichen der Pest untersuchen«, wies sie ihre Kammerjungfer hastig an.

»Aber Fräulein Mathilde, wie kommt Ihr darauf, dass Ihr die Pest haben könntet?« Alessandra sah mit großen Augen zu ihr hin.

»Der Medicus ist zu Ritter Adolfus gerufen worden. Ich habe gehört, wie sein Weib Judith ihm von Fieber und Beulen berichtete.« Mathilde tastete mit den Zeigefingern ihre Achselhöhlen ab.

Alessandra legte die Hand auf ihre Stirn. »Beruhigt Euch, Ihr seid gesund wie ein Fisch im Wasser.«

Als Mathilde das Rumpeln eines Karrens im Hof hörte, eilte sie erneut zum Fenster. Aus den Unterkünften der Mägde trugen zwei Männer einen Leichnam heraus, der in ein fleckiges Leinentuch gehüllt auf einem Brett lag. Mathilde schluckte schwer. Das eiserne Band der Angst schnürte sich enger um ihr Herz. Sie zog ihr Taschentuch aus dem Ärmel, beträufelte es mit Lavendelessenz und hielt es sich vor Nase und Mund.

»Die Pest hat ein weiteres Opfer geholt«, sagte sie mit gedämpfter Stimme durch das Tuch.

»Wer … wer ist es?«, fragte Alessandra. Jegliche Farbe war aus ihrem Gesicht gewichen.

»Nur eine Magd.«

Alessandra drängte sich vor sie ans Fenster. »Oh, liebe Göttin Bibijaka«, stöhnte sie. »Nicht schon wieder!«

Sie wandte sich um. »Ich muss wissen, wen es getroffen hat. Nicht, dass es Frau Anna ist! Ich gehe zu den Unterkünften, um mich zu erkundigen.«

»Nichts da, du bleibst hier. Willst du etwa die Pest in mein Gemach holen?«, giftete Mathilde sie an.

»Ihr könnt mich nicht aufhalten. Das gelingt niemandem!«, schrie Alessandra. Sie raffte ihre Röcke und verließ den Raum.

Mathilde schüttelte verärgert den Kopf, bevor sie den Blick erneut aus dem Fenster wandte. Sie beobachtete, wie Alessandra über den Hof zu den Wirtschaftsgebäuden eilte. Dann fiel ihr Blick auf den Medicus, der gerade unter dem Vordach des Herrenhauses hervortrat. Vor Alessandras Kräutergarten blieb er stehen und betrachtete die Pflanzen, von denen einige in voller Blüte standen. Nachdenklich rieb er sich über den Bart, bückte sich, riss ein Kraut heraus und roch daran. Sein Blick schweifte zu dem Burgfried. Eilenden Schrittes lief er dann zu der Unterkunft des Burgherrn. Mathilde wandte sich vom Fenster ab und fragte sich, was er Graf Philipp wohl Wichtiges zu berichten hatte. Es musste den Kräutergarten betreffen. Wie vermochte sie ihre Neugierde nur zu befriedigen?

Beim Abendmahl im Rittersaal herrschte eine bedrückte Stimmung. Die Ritter und Grafen sprachen über nichts anderes als den Ausbruch der Pest auf der Burg. Als Mathilde sah, wie der Vertraute des Burgherrn seinen Platz verließ, nutzte sie die Gelegenheit. Sie wischte sich mit einem Tuch den Mund ab, erhob sich und schritt auf den Burgherrn zu. »Darf ich mich für einen Augenblick zu Euch gesellen, Graf Philipp?« Mathilde blickte auf den freien Stuhl neben ihm.

»Aber natürlich, Fräulein Mathilde.« Der Burgherr rang sich ein Lächeln ab. Doch es täuschte nicht über die Sorge hinweg, die ihm ins Gesicht geschrieben stand. Auf dem Wangenknochen unter dem rechten Auge schimmerte im Schein der Flammen seine Narbe.

»Geht es Euch nicht gut?«, fragte Mathilde ihn.

Der Burgherr sah sie verwundert an. »Wie kommt Ihr darauf?«

»Ihr seht müde aus. Ich habe beobachtet, wie der Medicus Euren Burgfried aufgesucht hat«, bemerkte Mathilde scheinheilig.

»Er war nicht wegen mir gekommen, sondern weil er mir etwas mitzuteilen hatte.« Graf Philipp strich sich das graumelierte Haar aus der Stirn.

»Ein erneuter Pestkranker?« Mathilde konnte ihre Neugierde nicht zügeln.

Der Graf runzelte die Stirn. »Ja, das auch.« Er sog tief den Atem ein und blickte Mathilde in die Augen. »Doch er sprach mich auch auf den Kräutergarten an. Ich bin mir allerdings sicher, dass unter meinen Bediensteten keine Hexe weilt. Das hätte ich bemerkt.«

Mathilde riss die Augen auf. »Der Kräutergarten gehört meiner Kammerjungfer.«

»Sorgt Euch nicht. Sie will mit den Kräutern bestimmt

nur Leiden lindern.« Graf Philipp presste die Lippen aufeinander. »Warum sollte Eure Kammerjungfer die Pest auf die Burg gezaubert haben? Ich glaube eher, das ganze Volk, das der Generalvikar zur Zeugenvernehmung herholt, hat die Pest angeschleppt«, flüsterte er hinter vorgehaltener Hand. Der Graf hob den Blick und presste plötzlich den Zeigefinger auf die Lippen. »Da kommt der Erzbischof! Kein Wort von der Vermutung des Medicus, sonst bricht auf der Burg noch ein Tumult aus«, wisperte er.

Mathilde drehte sich um und sah, dass sich Hieronymus näherte. Er nickte dem Grafen und Mathilde kurz zu und nahm drei Stühle weiter Platz, ohne auch nur ein Wort mit ihnen zu wechseln.

Mathilde kniff die Augen zusammen. In ihrem Kopf begann ein Plan zu reifen.

Nachdem die Fallbrücke wieder geöffnet worden war, drängte sich auf der Stiege des Wehrturms erneut das Volk des umliegenden Landes. Alle wollten zu Pater Gregor, um eine Aussage zu tätigen. Mathilde fühlte sich vom Geruch ihrer Leiber belästigt. Der Gestank von Schweiß und Urin umgab sie. Die Leute plapperten wild durcheinander, gestikulierten mit Händen und Armen, während sie darauf warteten, aufgerufen zu werden. Mathilde hielt sich ein Tuch vor die Nase und schob sich an ihnen vorbei. Auch wenn sie Angst hatte, sich bei ihnen mit der Pest anzustecken, wagte sie diesen Schritt. Es war für sie im Augenblick die einzige Möglichkeit, den Erzbischof zu treffen. Und ihr Vorhaben duldete keinen Aufschub.

»Das ehrwürdige Fräulein hat es wohl nicht nötig zu warten«, zischte eine Bäuerin, die einen Säugling an ihrer Brust nährte.

Mathilde warf ihr einen vernichtenden Blick zu, bevor sie an die Tür klopfte. Ohne auf Einlass zu warten, stürmte sie in das Gerichtszimmer. Der Generalvikar vernahm gerade einen Zeugen. Als Mathilde eintrat, sah er sie verärgert an, doch das störte sie nicht. Unbeirrt schritt sie auf ihn zu. »Ich bitte um eine Audienz beim Erzbischof, und zwar sofort.«

Der Generalvikar schüttelte den Kopf. »Der Erzbischof empfängt gerade den Burgherrn.« Er blickte zu der Tür, die vom Gerichtszimmer in das gesonderte Audienzzimmer des Erzbischofs führte. »Aber setzt Euch doch, es wird wohl nicht mehr lange dauern.« Er wies auf einen freien Stuhl vor dem Schreibpult. »Ich hoffe, es stört Euch nicht, wenn ich weiterhin den Zeugen vernehme.«

Mathilde schüttelte den Kopf, doch sie bevorzugte es, stehen zu bleiben. Gebannt lauschte sie den Fragen des Generalvikars. Der hochgewachsene, hagere Bauer berichtete ihm, wie der Hagel sein Feld verwüstet hatte. Die Schuld daran gab er dem Weib vom Nachbarhof. Er hatte gesehen, wie sie des Nachts auf einem Hügel mit anderen Weibern den Hexensabbat gefeiert hatte. Der Generalvikar fragte ihn nach Namen, die der Mann ihm brav einen nach dem anderen nannte. Dann berichtete er von den Tänzen um das Feuer und ahmte einen schauderhaften Gesang nach.

Die Tür zum Audienzzimmer des Erzbischofs öffnete sich, und der Burgherr trat hinaus. Als er Mathilde sah, hob er die Augenbrauen. Mathilde begrüßte ihn verlegen und senkte den Blick. Froh darüber, dass der Burgherr keine Fragen über ihre Anwesenheit stellte, wartete sie darauf, dass der Erzbischof sie einließ.

Hieronymus schloss die Tür hinter ihr. »Dein Anliegen muss von höchster Wichtigkeit sein, wenn du mich offiziell um eine Audienz bittest.«

Mathilde wischte sich mit einem Tuch über die Augen. »Meine monatliche Blutung bleibt aus«, schluchzte sie. »Ich erwarte ein Kind von dir.«

Teil ihres Planes war, ihm die Schwangerschaft, die sie beendet hatte, vorzutäuschen. Sie erhoffte sich damit zunächst seine uneingeschränkte Aufmerksamkeit. Und dann …

Hieronymus wich zurück und krallte die Finger in die Tischplatte. Entsetzen stand in seinen Augen geschrieben. »Ein Kind …? Aber du sagtest doch, du nimmst ein Mittel, das die Einnistung meines Samens verhindert.«

»Wie du siehst, hat es nicht geholfen.« Mathilde weinte. »Was soll ich denn jetzt nur tun? Ich muss eine Engelmacherin aufsuchen.« Verzweifelt sah sie in seine Augen.

Hieronymus nahm sie in den Arm. Sie hörte seinen Herzschlag, der ihm gegen die Brust hämmerte. »Nein, nein, das darfst du nicht. Das wäre einer der größten Sünden. Vertrau mir, ich werde für dich sorgen. Ich lasse dich nicht im Stich. Gib mir nur Zeit, damit ich mir Gedanken machen kann, wo du das Kind heimlich zur Welt bringen kannst.« Er faltete die Hände vor der Brust. »Ich werde eine Amme finden, die es aufzieht, und es wird ihm an nichts fehlen, dafür werde ich sorgen. Nur dein zukünftiger Gemahl darf nichts davon erfahren.«

»Nein, auf keinen Fall.« Mathildes Brust hob und senkte sich heftig vor lauter Schluchzen. »Mein Oheim, er steckt mich sonst ins Kloster.« Sie presste sich in Hieronymus' Arme.

»Schscht … das wird nicht geschehen.« Hieronymus küsste ihr die Tränen von den Wangen.

Mathilde senkte den Blick. »Die Frau, die mir das Mittel gegen eine unerwünschte Schwangerschaft gegeben hat, ist meine Kammerjungfer. Hieronymus, glaube mir, sie ist eine Hexe!«

Er schob sie abrupt von sich und hob mit dem Zeigefinger ihr Kinn an, damit sie ihm in die Augen sah. »Wie kommst du darauf?«

Mathilde atmete tief durch. »Seit ich sie ins Vertrauen gezogen habe, tändelt sie mit meinem zukünftigen Verlobten herum. Und er, er geht darauf ein. Sie hat ihm den Liebeszauber auferlegt! Oder wie erklärst du es dir sonst, dass sich Simon von Ravenstein mit einer aus niederem Stand einlässt?«

»Du hast ihr doch nicht von uns erzählt?« Hieronymus hielt den Atem an.

»Nein, so dumm war ich nicht. Doch stell dir nur vor, der Teufel flüstert es ihr zu, was dann?« Mathilde wischte sich die Tränen von den Wangen. »Sie hat im Burghof einen Kräutergarten angelegt. Der Medicus sagte, sie habe die Pest auf der Burg ausbrechen lassen. Hieronymus, ich habe Angst vor ihr!« Schwer atmend ließ sich Mathilde auf einem Stuhl nieder.

»Erzähl mir mehr über sie. Wer ist sie?« Hieronymus setzte sich hinter sein Schreibpult und verschränkte die Hände ineinander.

»Der Name dieser Hexe ist Alessandra. Sagt dir das etwas?«

»Hört sich fremd an. Stammt sie nicht aus dem Heiligen Römischen Reich?«, fragte Hieronymus.

»Nein, sie ist eine Fahrende, eine Gauklerin. Sie gehört den Leuten an, die den Büttel in Bacharach getötet haben. Das habe ich durch Zufall von einer anderen Magd erfahren.« Mathildes Blick fiel auf das hölzerne

Kreuz an der Wand, an dem der Leib Christi hing. Sie nahm sich vor, heute Abend, bevor sie sich zu Bett begab, fünf *Ave Maria* und sieben *Paternoster* zu beten – als Buße für ihre Lügen.

Die Augen des Erzbischofs weiteten sich.

»Und wie kommt diese Alessandra dann auf die Burg?«

»Sie muss sich hier eingeschlichen haben. Nur Gott allein weiß, wie.« Mathilde hielt den Blick gesenkt, um dem Erzbischof nicht in die Augen sehen zu müssen.

Hieronymus stützte sich mit den Händen auf das Schreibpult. »Hat diese Alessandra zu Gott gebetet oder zu Satan?«, flüsterte er verschwörerisch.

Mathilde dachte einen Augenblick lang angestrengt nach, doch dann fielen ihr Alessandras Stoßgebete ein. Siegessicher formten sich ihre Lippen zu einem Lächeln, das jedoch sofort wieder verschwand. Mathilde bemühte sich vielmehr um einen entsetzten Gesichtsausdruck. »Bibijaka, die Göttin Bibijaka hat sie angebetet, ich weiß es genau!«, rief sie mit weit aufgerissenen Augen.

»Bibijaka, wer soll das sein? Eine Göttin?« Hieronymus verzog abfällig die Mundwinkel. »Bestimmt nicht, eher wohl ein Sukkubus, ein Dämon in weiblicher Gestalt. Diese Alessandra ist doch eine Christin, oder?« Sein fragender Blick durchbohrte Mathilde.

»Ich … ich weiß nicht so genau.« Mathilde hielt für einen Moment inne, doch dann erhellte sich ihr Blick.

»Ja, natürlich, jetzt erinnere ich mich. Sie besucht regelmäßig die Sonntagsmesse.«

Hieronymus hob die Augenbrauen. »Offensichtlich ist diese Alessandra eine Häretikerin. Anders kann ich es mir nicht erklären.« Kopfschüttelnd griff er nach einem Pergament und rollte es auseinander. Dann nahm er den

Federkiel zur Hand, tauchte ihn in das Tintenfass und begann zu schreiben. Eine unheimliche Stille breitete sich in der Kammer aus, die nur durch das Kratzen der Feder durchbrochen wurde. Mathilde spürte ihren Herzschlag, der sich nicht beruhigen wollte. Die schwarzen Buchstaben auf dem Pergament tanzten vor ihren Augen.

»Pater Gregor wird unverzüglich die Inquisition einleiten.« Hieronymus erhob sich, schritt um das Schreibpult und stellte sich hinter Mathilde. Er legte die Hände auf ihre Schultern und drückte ihr einen Kuss ins Haar. Mathilde griff nach seiner Hand und führte sie zu ihrem Ausschnitt. Als seine Finger unter dem Brokat des Kleides ihre Brustwarzen liebkosten, stöhnte sie leise auf. Am liebsten hätte sie sich ihm hier und sofort hingegeben.

»Besuche mich heute Abend im Gerichtszimmer«, flüsterte Hieronymus ihr ins Ohr.

»Nun seht Euch das an, Ehrwürden.« Pater Gregor stand am Fenster und beobachtete, wie ein weiterer Karren das Burgtor passierte. »Wieder fünf Weiber, die hierhergebracht werden«, seufzte er.

»Ihr selbst habt sie verhaften lassen, habt Ihr das etwa vergessen?« Der Erzbischof ließ von seiner Schreibarbeit ab und sah Pater Gregor mit hochgezogenen Augenbrauen an.

»Nein, Ehrwürden, das habe ich nicht vergessen. Schließlich ist es meine Pflicht.« Er ließ sich auf seinem Lehnstuhl nieder und füllte einen Kelch mit Rotwein. Durch seine Knochen kroch die Müdigkeit. »Doch der Platz im Kerker wird langsam eng. Und ich weiß nicht, wie ich mit den Vernehmungen nachkommen soll.« Er rieb sich mit dem Fingerknöchel über die Augen.

Bis tief in die Nacht führte er Tag für Tag Verhöre.

Einer verurteilten Hexe folgten drei Denunzierungen. Und am meisten bedauerte er, dass ihm keine Zeit mehr blieb, seine eigenen Foltermethoden anzuwenden, bei denen er seine Triebe ausleben konnte. Pater Gregor stieß schwer den Atem aus.

»Vielleicht sollten wir einige der Hexen im Ratskeller einkerkern lassen.« Der Erzbischof legte den Federkiel zur Seite, lehnte sich zurück und verschränkte die Finger vor seiner Soutane. »Ihr könntet Euch mit den Verhören mehr Zeit lassen. Und vielleicht sollten wir noch einen fähigen Dominikaner holen, der Euch dabei zur Hand geht.«

Pater Gregor lächelte erleichtert. »Euer Ehrwürden, ich habe noch Kontakt zu einem Bruder, der mit mir die Schriften des Johannes Nider studiert hat.«

»Dann nehmt Verbindung mit ihm auf, und lasst ihn hierherholen. Bis dahin bezieht den Ratsherrn mehr in die Verhöre ein, damit er lernt, wie ein Hexenprozess zu führen ist.«

Pater Gregor nahm einen tiefen Schluck aus dem Kelch. In seinen Lenden pochte das Verlangen nach der fleischlichen Lust. Er beschloss, sich in der nächsten Zeit nur den Weibern mit den prallen Hintern und Brüsten zu widmen. Die mageren und alten Hexen sollten ruhig die Schergen des Bürgermeisters foltern. Doch als Erstes sollten jene Weiber dorthin gekarrt werden, die einen Balg unter dem Herzen trugen und bis zur Niederkunft nicht gefoltert werden durften.

»Eine Kammerjungfer wird der Hexerei bezichtigt. Ich habe hier die Aussage ihrer Herrin.« Der Erzbischof hielt Pater Gregor das Pergament hin. »Ich möchte, dass Ihr diesen Fall vorzieht.«

Pater Gregor entrollte das Schriftstück und runzelte

die Stirn. »Eine Hexe unter den Bediensteten auf der Burg?«

Der Erzbischof nickte. »Es bedarf der Eile. Lasst die Zeugen vernehmen, und haltet mich darüber auf dem Laufenden.«

Pater Gregor unterbrach seine Zeugenvernehmung bezüglich der Kammerjungfer, um den Ratsherrn Severin Röslin zu empfangen.

»Ich will nicht lange um den heißen Brei reden.« Pater Gregor wies den Ratsherrn mit einer Handbewegung an, auf einem der Stühle vor dem Fenster Platz zu nehmen. »Der Kerker auf der Burg bietet nicht mehr genügend Platz für die Weibsbilder, die der Hexerei angeklagt werden. Wir müssen leider auf den Kerker im Rathaus ausweichen und einige der peinlichen Befragungen dort durchführen.«

Röslin hob die Augenbrauen. »Der Kerker im Rathaus? Aber –«

»Ich weiß, ich weiß«, fiel Pater Gregor ihm ins Wort. »Ihr habt keinerlei Erfahrung mit den Verhören von Hexen. Doch dem wird abgeholfen. Bald schon wird ein Bruder des Dominikanerordens in Bacharach eintreffen, der Euch zur Seite steht.«

Röslin wischte sich mit einem Tuch den Schweiß von der Stirn. Sein Blick wanderte durch das Arbeitszimmer des Generalvikars. »Das ist es nicht allein. Seit im Land wieder die Pest wütet, benimmt sich das Volk, als stünde der Untergang der Menschheit bevor. Sie nehmen sich, wonach es ihnen gelüstet, ohne dafür zu bezahlen. Sie fürchten die Strafe nicht, da sie glauben, dass sie sowieso nicht mehr lange leben. Um zu bekommen, was sie wollen, töten sie sogar! Das Volk kennt keine Skrupel mehr.« Er presste die Lippen aufeinander. Sein wulstiges Kinn ruhte auf der Halskrause. »Der Kerker in Bacharach bietet keinen Platz mehr für die Hexen.«

»Das muss er aber.« Pater Gregor sah Röslin eindringlich an. »Statt einmal in der Woche haltet Ihr von nun an jeden Tag Gericht. In Eurem Rat sind doch genügend Herren. Urteilt das Gesindel im Eilverfahren ab, damit wieder Platz im Kerker ist.« Der Generalvikar rieb sich mit der Hand über den Arm. Durch das Fenster wehte ein kühler Wind, der die Hitze der letzten Monate vertrieb.

Der Gedanke an das Kind, das Mathilde unter ihrem Herzen trug, begleitete Hieronymus auf Schritt und Tritt. Er ließ sich hinter dem Schreibpult nieder und verbarg sein Gesicht in den Händen. Wie weit die Schwangerschaft fortgeschritten war, hatte Mathilde ihm nicht gesagt. Noch sah man nichts, also würde sie bis zur Verlobung mit dem Ritter Simon nicht niederkommen. Hieronymus ärgerte sich über seinen Leichtsinn, sich mit Mathilde eingelassen zu haben. Am liebsten hätte er sie jetzt schon fortschaffen lassen, um den Unannehmlichkeiten aus dem Weg zu gehen. Doch das war unmöglich. Wie sollte er das den Ravensteinern erklären, ohne den Verdacht auf sich zu lenken? Und abgesehen davon, die Rache eines Frauenzimmers konnte einem Krieg gleichkommen.

Es klopfte an der Tür, und Pater Gregor betrat das Gerichtszimmer.

»Habt Ihr weitere Zeugen gefunden?« Der Erzbischof wies Pater Gregor mit einer Handbewegung an, auf dem Stuhl vor dem Schreibpult Platz zu nehmen. Er erhob sich, um Wein einzuschenken, und reichte dem Pater einen Becher.

»Nein, noch nicht, Euer Ehrwürden. Bisher äußerten sich alle, die ich hier auf der Burg befragt habe, mit großem Lob über diese Alessandra«, seufzte der Pater und nippte an seinem Becher.

»Allerdings gibt es noch eine Magd, die ich befragen muss. Es ist die Magd, die mit ihr die Kammer teilte.« Seine Finger klammerten sich um den Zinnbecher. »Wir brauchen unbedingt einen weiteren Zeugen, denn bisher haben wir nur die Aussagen des Medicus und Fräulein Mathildes, und die sind sehr vage. Wenn diese Alessandra eine Hexe ist, dann muss die Magd irgendetwas bemerkt haben.«

Der Erzbischof setzte sich wieder. »Holt diese Magd hierher. Wir werden sie hier verhören. Wenn sie mit ihr eine Kammer teilte, dann muss sie etwas bemerkt haben.«

Irmgard schob die Haube aus ihrer Stirn und kratzte sich verlegen am Kopf. Mit großen Augen sah sie abwechselnd zu dem Pater und dem Erzbischof.

»Du hast mit einer Magd namens Alessandra die Kammer geteilt. Ist das richtig?«, begann der Pater das Verhör ohne Umschweife.

»Ja, ein widerliches Weib. Was ist mit ihr?«

Pater Gregor straffte die Schultern. »Wir haben dich hierhergeholt, weil wir von dir eine Zeugenaussage benötigen. Diese Alessandra wird als Hexe denunziert.«

»Ach, ja?« Irmgard hob die Augenbrauen. »Das wundert mich nicht.«

Der Pater schob die Unterlippe vor. »Und warum nicht?«

»Diese Schlange hat versucht, mich zu vergiften! Kurz nachdem sie zu mir in die Kammer gezogen war, überfielen mich heftige Leibschmerzen und Fieber. Ich dachte, mein letztes Stündlein habe geschlagen. Und das nur, weil ich ihr nicht meine Bettstatt überlassen habe.«

Pater Gregor warf dem Erzbischof einen vielsagenden Blick zu, bevor er sich wieder Irmgard zuwandte. »Hat sie dir vorher gedroht?«

Irmgard nickte heftig. »Sie hat gesagt, ich werde schon sehen, was ich davon habe, wenn ich ihr nicht die Bettstatt überlasse. Am nächsten Morgen war ich so krank, dass Gevatter Tod an meine Tür geklopft hat.«

Der Pater verzog die Augen zu Schlitzen. »Ich denke, das reicht, um sie verhaften zu lassen.«

»Bist du bereit, vor dem Richter auszusagen, wie sie den Schadenszauber an dir vollzogen hat?«, ergriff der Pater wieder das Wort.

»Aber natürlich bin ich dazu bereit!« Irmgard senkte den Blick. »Euer Ehrwürden, seit diese Hexe auf der Burg ist, bin ich in ständiger Angst um mein Leben.«

»Fürchte dich nicht, meine Tochter.« Pater Gregor hielt die Hände über ihr Haupt und sprach ein Gebet aus, in dem er Gott um Schutz vor der Hexe bat.

Versonnen zog Alessandra in kreisenden Bewegungen den Schlegel durch den Waschbottich. Obwohl sich die feuchte Luft der Waschküche auf ihre Lungen legte, konnte sie das erste Mal nach langer Zeit wieder durchatmen. Befreit von der Enge des Gemachs, in dem Mathilde sie gefangen gehalten hatte, genoss sie jeden Atemzug. Als sie Simons Stimme hörte, ging ein Lächeln über ihre Lippen. Mathilde hatte sie aus Angst vor der Pest nicht mehr in ihr Gemach gelassen. Und seit Simon wusste, dass sie wieder in der Waschküche arbeitete, holte er seine Kleider dort jeden Morgen eigenhändig ab – nie, ohne dabei mit ihr ein paar Worte zu wechseln. Alessandra stieg von ihrem Schemel, wischte sich die Hände an ihrer Schürze ab und schenkte ihm ein Lächeln.

Seine blauen Augen strahlten. »Guten Morgen, Alessandra. Wie geht es dir?«

»Es geht mir bestens, und wie sieht es bei Euch aus?« Alessandra freute sich über jeden Tag, an dem sie ihn wohlbehalten sah. Bisher war der Wachmann das letzte Opfer der Pest gewesen, doch der Schwarze Tod konnte jederzeit erneut seine Hand ausstrecken.

»Wie du siehst, erfreue ich mich bester Gesundheit.« Simon breitete zum Beweis die Arme aus und drehte sich um seine eigene Achse.

Alessandra spürte Besorgnis in sich aufsteigen, die sie wieder ernst werden ließ. »Simon, sobald Ihr ein Unwohlsein spürt, lasst es mich wissen.«

»Ich verspreche es dir. Wer sonst könnte mich heilen, wenn nicht du?« Er legte zum Schwur die rechte Hand auf sein Herz.

»Ich bete jeden Abend zu Bibijaka, dass es auch so bleibt. Habt Ihr denn von neuen Erkrankungen gehört?«

Simon schüttelte verneinend den Kopf. »Bisher ist kein einziger Fall mehr aufgetreten.«

Alessandra blickte auf seine Hand, die immer noch auf dem ledernen Überwurf ruhte. Sie konnte nicht widerstehen und strich mit den Fingerspitzen über seinen Handrücken. »Vielleicht ist es ja ausgestanden.«

»Gott hält seine schützende Hand über die Burg, da bin ich mir sicher.« Simon drückte aufmunternd ihre Schulter. »Doch jetzt muss ich meine Kleider abholen, ich reite noch vor dem Mittag zu meinem zukünftigen Gestüt.«

»Euer Gestüt?« Alessandra blickte ihn erstaunt an. »Davon habt Ihr mir noch nie etwas erzählt.«

»Ich habe dir so vieles nicht erzählt, weil die Gelegenheit dazu fehlt. Das müssen wir unbedingt nachholen, wenn ich in einigen Tagen wieder zurück bin.« Er hauchte zum Abschied einen Kuss auf ihren Handrücken.

Nachdem Simon die Waschküche verlassen hatte, schloss Alessandra die Augen. Sie führte die Hand zu ihrem Mund und drückte ihre Lippen sanft auf die Stelle, die er geküsst hatte. Wärme umgab ihr Herz, gefolgt von einem sehnsüchtigen Ziehen. Alessandras Gedanken wanderten zu dem Gestüt. Er musste ihr unbedingt davon erzählen. Für einen Augenblick kostete sie noch die Glückseligkeit aus, bevor sie wieder auf ihren Schemel stieg, um die Wäsche zu kochen.

Bis zum Sonnenuntergang zehrte Alessandra von der morgendlichen Begegnung mit Simon. Sie gab sich mit diesen kurzen glücklichen Momenten zufrieden. Mit dem Schicksal zu hadern hatte sie nach ihrem Dasein als Mathildes Kammerjungfer aufgegeben. Die Zukunft lag fern, nur das Hier und Jetzt zählte. Sie hoffte nur, dass Simon nicht allzu lange fortblieb.

Als Alessandra einen Tag später in den Innenhof trat, wich sie auf der Türschwelle entsetzt zurück. Mit versteinerter Miene schaute sie in das Gesicht des Paters, der sie mit zusammengekniffenen Augen von oben bis unten musterte.

»Alessandra, du wirst zum Verhör geladen. Du hast dich im Gerichtszimmer im Wehrturm einzufinden.«

Wie durch einen Nebelschleier vernahm Alessandra die Worte Häresie, Mord und Hexerei. All dessen bezichtigte man sie offenbar. Sie spürte, wie kalter Schweiß ihr den Rücken hinunterlief, und sie zitterte am ganzen Körper, als der Pater nach ihrem Arm griff und sie in den Wehrturm schleifte. Alessandra schaute abwechselnd in das Gesicht des Erzbischofs und das des Ratsherrn, dessen wulstiges Kinn auf der Halskrause ruhte. Der Pater schritt um das Schreibpult und setzte sich zu ihnen. Mit seinen dürren Fingern zupfte er an seiner Kutte. Der Schreiber, der mit dem Rücken zur holzvertäfelten Wand saß, tauchte den Federkiel in das Tintenfass, und der Ratsherr rückte sich den schwarzen Hut auf seinem Kopf zurecht. Ein Büttel postierte sich breitbeinig neben Alessandra.

Der Generalvikar entrollte ein Pergament. Seine Augen wanderten aufmerksam über das Geschriebene, bevor er seinen Blick hob und Alessandra musterte. Die Herren standen auf. Der Büttel riss Alessandra am Arm von der Bank. Sie spürte, wie ihre Knie zitterten, als der stechende Blick aus den grauen Augen des Ratsherrn sie durchbohrte. Er schürzte die Lippen, schaute zu den Kirchenmännern und nickte ihnen zu.

Mit starrer Miene verlas der Generalvikar die Anklageschrift. »Dein Name ist Alessandra, Tochter eines Fahrenden.« Er unterbrach sich und blickte über den Rand des Pergaments. »Behält die Anklageschrift recht?«

Alessandra hielt den Atem an, doch dann nickte sie stumm. Es hatte keinen Zweck, ihre Herkunft zu leugnen. Fräulein Mathilde hatte sie verraten. Und ihr schenkten diese Herren mehr Glauben als einer Magd.

»Wie ist der Name deines Volkes?«

»Gabriellas, ich gehöre zu dem Volk der Gabriellas«, flüsterte Alessandra heiser. Den Namen ihrer Familie auszusprechen versetzte ihr einen Stich ins Herz. Sie hörte, wie der Schreiber jedes Wort mitschrieb.

Der Generalvikar baute sich bedrohlich vor ihr auf.

»Erzähl mir von den Hexentänzen. Wann hast du das erste Mal daran teilgenommen?«

Alessandra sah ihn erstaunt an. »Hexentänze? Ich kenne keine Hexentänze«, erwiderte sie. Das Blut rauschte in ihren Ohren.

»Nein? Dann erzähle mir von deiner Mutter. Welche Fähigkeiten besitzt sie? Welchen Zauber wendet sie an?«

Alessandra biss sich auf die Zunge. Sie hatte ihre Mutter doch nie kennengelernt! Was sollte sie über sie erzählen? »Meine Mutter ist bei meiner Geburt gestorben. Doch sie hat niemals den Zauber angewendet«, antwortete sie leise.

»Du streitest also ab, das Kind einer Hexe zu sein?« Der Generalvikar hob eine Augenbraue. »Dann erzähle mir, wann genau du dich dem Dämon verschworen hast.«

»Was redet Ihr denn da? Welcher Dämon?« Zwischen Alessandras Augenbrauen hatte sich eine steile Falte gebildet.

»Berichte mir, auf welche Weise du die Magd vergiftet hast.«

Alessandra riss die Augen auf. »Ich soll eine Magd vergiftet haben?«

Pater Gregor drehte sich zu dem Ratsherrn um.

»Ihr Name war …« – die Augen des Ratsherrn flogen über das Pergament – »… Irmgard.«

»Welchen Zauber hast du angewandt, damit sie vor Leibschmerzen fast gestorben ist? Hast du ihr Gift gegeben oder einen Schadenszauber gesprochen?«

Alessandra stutzte. Es fiel ihr schwer zu glauben, was sie gerade gehört hatte. »Ich … ich verstehe nicht«, stammelte sie. »Ich habe Irmgard von ihrem Leiden befreit, ich habe es ihr nicht zugefügt!«

Der Pater hob fragend eine Augenbraue. »Dann erklär mir, welchen Zauber du angewandt hast, um die Pest herbeizuführen.«

»Ich soll die Pest herbeigeführt haben?« Alessandras Augen funkelten zornig. »Wenn ich zaubern könnte, hätte ich sie verhindert! Was sollen all diese falschen Anschuldigungen?«, zischte sie.

»Du streitest es also ab, dich in all diesen Belangen der Zauberei bedient zu haben?«

Alessandra nickte. »Ja, ich streite es ab, denn ich habe niemals die Zauberei angewendet. So etwas kann ich gar nicht!« Ihre Stimme hob sich. Mit zusammengekniffenen Augen wartete sie auf die nächste Frage.

»Kommen wir zum nächsten Anklagepunkt.« Der Ratsherr rieb sich mit der Hand über das fleischige Kinn. Mit einem Blick forderte er den Generalvikar auf, den Punkt zu verlesen.

Der Pater erhob sich und hielt sich das Pergament dicht vor die Augen. »Die Magd Alessandra wird der Häresie angeklagt. Zeugenaussagen bestätigen, dass sie in ihrem ketzerischen Dasein die Dämonin …« – der Generalvikar hielt sich das Schriftstück noch näher vor die Augen – »Bibi… Bibijaka anbetet«, stotterte er und ließ dabei das Pergament fallen, als hätte er sich daran die Finger verbrannt. Seine Augen irrten durch den Raum, bevor er sich auf den Stuhl fallen ließ.

Alessandra sprang von der Bank auf. Ihre Hände falteten sich zum Gebet, während sie den Blick zur Decke des Saales richtete. »Herr im Himmel, vergib mir, ich wusste es nicht anders. Nimm dich meiner an, ich will nur dir dienen.« Ihr flehender Blick wanderte zu Pater Gregor. »Ich bitte Euch, gebt mir das Sakrament der Taufe.« Alessandra fiel auf die Knie und senkte demütig das Haupt. Ein Schluchzer entrang sich ihrer Kehle. »Ich will Gott unserem Vater, seinem Sohn und dem Heiligen Geist dienen. Verwehrt es mir bitte nicht.«

Der Ratsherr legte die Stirn in Falten und schob die Unterlippe vor. Ohne seinen Blick von ihr zu wenden, stieß er den Generalvikar mit dem Ellbogen in die Rippen. Der Pater neigte sein Haupt dem Erzbischof entgegen und flüsterte ihm etwas ins Ohr. Der Erzbischof nickte zustimmend.

»Nun gut, nachdem du zugegeben hast, dass du eine Heidin bist, wird die Anklage der Häresie fallengelassen. Doch wie sollen wir dir das Sakrament der Taufe geben, wenn du den Beischlaf mit dem Teufel ausübst?« Mit intensivem Blick starrte der Generalvikar auf Alessandras Brüste. »Deine Bitte ist absurd.« Ein hämisches Lächeln erschien auf seinen Lippen, und er ließ angewidert den Blick über ihre Hüften schweifen.

»Nein!«, schrie Alessandra. »Was behauptet Ihr da?«

Pater Gregor ging auf ihre Verteidigung nicht ein. »Die weitere Vernehmung wird dem weltlichen Gericht überlassen«, stieß er hervor und ließ sich auf seinem Stuhl nieder. Sein Blick richtete sich auf den Ratsherrn.

Dieser entrollte erneut das Pergament. »Des Weiteren wirst du des Mordes angeklagt.« Er räusperte sich kurz, bevor er fortfuhr: »Der Büttel Johannes Schulze wurde an der Stelle, wo euer Volk gelagert hatte, tot aufgefunden. Ermordet mit einem Stein, der aus deiner Hand geworfen wurde.«

Alessandra schüttelte den Kopf. Über ihre Wangen liefen Tränen. »Ich habe den Stein nicht geworfen«, sagte sie leise. Um Fassung ringend, erhob sie sich und richtete ihren Blick fest auf den Ratsherrn. »Ich bin in allen Belangen unschuldig. Lasst mich gehen.«

Die drei Männer erhoben sich fast gleichzeitig.

»Für heute ist das Verhör beendet. Du hast in allen Anklagepunkten deine Unschuld beteuert. Ohne ein Geständnis aus deinem Mund können wir dich nicht verurteilen.« Der Ratsherr rieb sich mit der Hand über das rasierte Kinn.

Alessandra spürte Hoffnung in sich aufkeimen. Sie war keine Hexe, und die Herren konnte sie nicht zu den anderen in den Kerker stecken.

Der Amtmann blickte auf das Pergament. »Wir sind angehalten, weitere Zeugen zu vernehmen.« Er wandte sich an den Büttel. »Der Kerker unter dem Rathaus in Bacharach bietet keinen Platz. Bringe sie in einen der Türme der Stadtmauer.«

Alessandra schloss die Augen. Sie konnte nicht fassen, was sie gerade gehört hatte. »Aber … aber ich bin unschuldig«, stammelte sie, während der Büttel sie schon an den Händen fesselte und von der Bank zog.

Kapitel 9

Alessandra wusste nicht, wie lange sie schon hinter dem Maulesel herlief, ihre Hände an einen Strick gebunden, der am Sattel des Büttels befestigt war. Die Steine auf dem Pfad schnitten in ihre Fußsohlen. Alessandra versuchte zu schlucken, doch ihre Zunge klebte am Gaumen. Ein Ast ließ sie straucheln, sie fiel auf die Knie, doch der Büttel trieb den Maulesel unermüdlich an. Sie versuchte, wieder auf die Füße zu kommen. Als sie es endlich geschafft hatte, sich aufzurichten, spürte sie die Rinnsale des Blutes, die über ihre Schienbeine liefen.

Sie fragte sich nicht mehr, wie lang der Weg in die Stadt noch war. Sancharis drohende Worte kamen ihr in den Sinn. *Wenn du außerhalb unserer Truppe die Menschen heilst, wirst du bald auf dem Scheiterhaufen brennen.* Sie glaubte, Sancharis Seufzen zu hören. Oder waren es die Tiere im Gebüsch? Alessandra befürchtete, vor Angst den Verstand zu verlieren. Alles um sie herum schien ihr so unwirklich! Nach einer Weile folgten sie einem Pfad, der an der Stadtbefestigung vorbeiführte. Vor einem Turm, der aus dem Mauerwerk emporragte, stieg der Büttel von seinem Maultier. Auf einem Grashalm kauend, saß ein Wachmann auf einem Schemel und ließ sich die Sonne ins Gesicht scheinen.

»Ich bringe Besuch!«, rief der Büttel ihm zu.

Der Wachmann erhob sich und beäugte Alessandra. Sein Blick blieb auf ihrer Brust haften. Er spie den Grashalm aus und leckte sich mit der Zunge über die wulstigen Lippen. »Oh, welch ein Augenschmaus in diesen tristen Mauern.« Sein Blick verschleierte sich.

»An deiner Stelle würde ich es nicht wagen, sie anzurühren. Sie ist eine Hexe, verstehst du? Sie vollzieht den Beischlaf mit dem Teufel. Willst du es dir mit ihm verscherzen?«

Der Wachmann, der nicht viel älter als Alessandra sein konnte, fuhr sich mit der schmutzigen Hand durch das Haar. Seine dunklen Augen weiterhin auf ihre Brust gerichtet, schüttelte er wortlos den Kopf. Rote verfilzte Locken flogen durch die Luft.

»Auch wenn die Verlockung noch so groß ist, ich würde ihr mit aller Macht widerstehen. Es reicht mir schon, dass ich sie anfassen musste. Sobald ich hier fort bin, wasche ich meine Hände in Weihwasser und bete zu Gott, dass dieses Biest mir keinen Fluch auferlegt hat.« Der Büttel verzog angewidert das Gesicht. Mit dem Fuß stieß er die Pforte auf, die in den Turm führte. Der Wind wirbelte das gelbgefärbte Laub durch den Eingang.

»Sperr sie ein, bevor sie uns noch verflucht.« Der Büttel zeigte mit der Hand in das dunkle Innere.

»Aber warum sperrt Ihr sie nicht in den Kerker?«, fragte der Wachmann.

»Weil die Zelle im Ratskeller schon jetzt überfüllt ist. Doch nun frag nicht weiter, und bring sie in ihre Zelle.«

Mit hängenden Schultern griff der Wärter nach Alessandras Arm. Sie ließ sich widerstandslos von ihm an einem groben Tisch vorbei durch einen Gang führen, bis er den Riegel einer weiteren Holztür öffnete. Der Gestank von Fäulnis und Verwesung schlug Alessandra entgegen, als der Wärter sie in die Zelle schob. Aus dem verfaulten Stroh stoben die Ratten auf. Das spärliche Licht, das durch eine handbreite Öffnung im oberen Teil der Mauer drang, ließ Alessandra erkennen, wie sie in alle Richtungen huschten. Sie spürte die Kälte des Eisens, das der Wachmann um ihre Handgelenke legte. Das Rasseln der Ketten hallte von den Mauern wider.

»Ich glaube, wenn ich dich gut behandele, wirst du mich nicht verfluchen«, sagte er mit dem Blick eines schüchternen Knaben.

Alessandra richtete den Blick auf das verklumpte Stroh, das den Gestank von Urin verströmte. Sie vermochte ihn nicht zu verfluchen, doch das behielt sie für sich. Das Einzige, was sie vor einer Vergewaltigung schützte, war die Angst des Wachmannes. Sie hielt es für klüger, ihn in dem Glauben zu lassen, sie sei eine Hexe.

»Du bist die erste Hexe, die hier in dem Turm einsitzt.« Der Wachmann ließ eine ihrer schwarzen Locken durch seine Finger gleiten. »Ich hätte nie gedacht, dass Hexen so schön sind.«

Alessandra wandte den Blick zu der handbreiten Öffnung im Mauerwerk, durch die die letzten Strahlen der untergehenden Sonne fielen. Doch vor ihren Augen sah sie nur die lodernden Flammen des Scheiterhaufens. Sie schluckte schwer gegen die Angst, die wie eine Faust ihr Herz umklammerte.

»Ich lasse die Kette etwas lockerer … ach was, ich nehme sie dir ganz ab.« Der Wärter griff nach ihren Handgelenken und schloss die Fesseln auf. »Selbst ohne Fesseln kannst du hier nicht entkommen.« Mitleidig blickte er sie an.

Nachdem er den schweren Eisenriegel von außen vor die Tür geschoben hatte, lehnte sich Alessandra an die

Mauer, von der die Feuchtigkeit in Rinnsalen hinablief. Mit dem Fuß stieß sie das Stroh, in dem es nur so vor Ungeziefer wimmelte, zur Seite und ließ sich auf dem kalten Boden nieder. Fröstelnd rieb sie mit den Händen über ihre Oberarme. An der einst so reinen Dienstkleidung haftete der Staub der Reise. Alessandra versuchte, ihn abzureiben, doch dann ließ sie die Hand sinken. Ihr wurde bewusst, wie belanglos dies im Angesicht des Feuertodes war. Sie winkelte die Knie an, schlang die Arme darum und wiegte den Oberkörper hin und her.

Das Bild der Flammen setzte sich in ihrem Kopf fest, und die Angst schnürte ihr die Kehle zu. Alessandra haderte mit ihrem Schicksal. Nie hatte sie wissentlich jemandem ein Leid zugefügt. Mit ihrer Heilkunst wollte sie nichts anderes, als die Leute von ihren Beschwerden erlösen.

»Ich habe niemanden etwas Böses gewollt, und ich wollte auch nicht, dass der Büttel den Tod fand«, wisperte sie mit tränenerstickter Stimme. Ein Weinkrampf schüttelte sie, und die Furcht ließ sie würgen. Alessandra sprang auf und erbrach sich auf das Stroh. Nachdem sich ihr Magen geleert hatte, fiel sie mit den Knien in die verklumpten Späne. Das Salz ihrer Tränen brannte auf den aufgesprungenen Lippen. Sie schluckte, doch sie hatte keinen Speichel, um ihre Kehle zu befeuchten. Angst zu ersticken breitete sich in ihr aus. Sie erhob sich, strauchelte zur Tür und schlug mit letzter Kraft dagegen.

»Wasser, ich brauche etwas Wasser!«, keuchte sie. Doch es regte sich nichts hinter der Tür. Erneut hämmerte sie mit den Fäusten gegen das marode Holz. »Ich brauche Wasser!«, schrie sie, so laut es ihre ausgedörrte Kehle zuließ. Schritte von schweren Stiefeln näherten sich, und

Alessandra hörte, wie der Riegel zur Seite geschoben wurde.

Der Wachmann hielt ihr einen Krug hin, aus dessen Boden das Wasser leckte. Alessandra riss ihn ihm aus den Händen. Und obwohl das Wasser nach Moder roch, leerte sie den Krug in gierigen Zügen. Als sie ihn dem Wärter zurückreichte, bemerkte sie, dass sein Blick erneut auf ihren Brüsten haftete. Sie sah an sich hinab. Durch das nasse Linnen schimmerten ihre Brustwarzen. Alessandra legte schützend ihre Hände davor und drehte sich wortlos um.

Als die Tür hinter ihr zuging, konnte sie die Hand nicht mehr vor den Augen sehen. Es war inzwischen ganz dunkel und totenstill – bis auf das Rascheln der Ratten im Stroh. Alessandra nagte an ihrer Unterlippe. Der Wachmann schien nicht sehr schlau zu sein, vielleicht konnte sie versuchen, ihn zu überlisten. Bei dem Gedanken daran übermannte sie die Müdigkeit. Den Kopf gegen das feuchte Mauerwerk gelehnt, fielen ihr die Augen zu.

Als die ersten Vogelstimmen ertönten, öffnete Alessandra die Lider. Ein schwacher Lichtstrahl fiel durch das Fenster. Für einen Augenblick wusste sie nicht, wo sie sich befand, doch der Gestank in der Zelle holte sie rasch zurück in die Wirklichkeit. Ob sie wohl heute schon auf den Scheiterhaufen geführt würde? Ihr wurde klar, dass sie nicht den Tod fürchtete, sondern das Sterben in den sengenden Flammen. Die Vorstellung, wie ihre Haut von den Knochen brannte, löste in ihr eine unerträgliche Angst aus. Alessandra sprang auf. Sie hämmerte gegen die Tür, bis sich ihre Handballen blau färbten. Die Tür öffnete sich, und im Schein der Morgensonne malten sich die Umrisse des Wachmanns ab. Gähnend streckte er die Arme von sich.

»He, Hexe, was lärmst du hier so herum und bringst mich um meinen Schlaf?«, nuschelte er schlaftrunken.

Alessandra hätte ihm am liebsten ins Gesicht geschrien, dass sie keine Hexe sei, doch sie ließ es bleiben. Stattdessen sank sie auf die Knie, lehnte die Wange gegen die Wand und wartete darauf, dass sich die Tür wieder schloss. Sie konnte nicht fassen, was hier mit ihr geschah.

Einige Zeit später brachte der Wachmann ihr einen Kanten Brot und Wasser. Er ließ es sich nicht nehmen, sie anzugaffen, während sie aus dem Krug trank. Alessandra drehte ihm den Rücken zu, ohne das trockene Brot in seiner Hand zu beachten.

»Du solltest etwas essen«, mahnte der Wachmann.

Alessandra zuckte zusammen, als sie seine Hand auf ihrer Schulter spürte. Seine Finger schoben das Haar auf ihrem Rücken zur Seite. Blitzschnell drehte sie sich zu ihm um.

»Fass mich nicht an!«, fauchte sie, die Augen zu Schlitzen verengt.

»Nein, nein, ist schon gut, ich wollte nicht …«, stammelte der Wärter.

Er rieb sich die Hand, mit der er sie angefasst hatte, an seinem Beinkleid ab. Sein Arm zitterte so sehr, dass ihm der Kanten Brot aus den Händen fiel. Eine Ratte näherte sich und machte sich sofort über den Kanten her. Alessandra schüttelte sich angewidert. Der Wachmann versetzte der Ratte einen Tritt. Mit einem Schrei flog sie durch die Zelle.

Alessandra wich zurück, schlug sich die Hände vor das Gesicht und schluchzte auf. »Ich halte das nicht aus, Bibijaka hilf mir, ich halte das nicht aus!«, rief sie weinend.

Der Wachmann schloss wortlos die Tür. Alessandra spürte den Pelz einer Ratte an ihren Füßen. Als sie den Blick zu Boden wandte, sah sie, wie ein halbes Dutzend Tiere über das Brot herfielen. Ein erneuter Aufschrei entfuhr ihrer Kehle. Mit zitternden Händen hob sie ihre Röcke an. Als sie sich auf Zehenspitzen von der Tür entfernte, achtete sie darauf, auf keinen der Schwänze zu treten.

Alessandra wusste nicht mehr, wie oft die Sonne schon untergegangen war, seit sie in diesem Turm gefangen gehalten wurde. Mittlerweile hatte sie sich daran gewöhnt, das vertrocknete Brot zu essen, bevor die Ratten darüber herfielen. Die Angst vor dem Feuer verblasste von Sonnenuntergang zu Sonnenuntergang mehr und wich einer großen Gleichgültigkeit.

Die Tür öffnete sich mit einer Wucht, die sie gegen die Mauer krachen ließ. Die Hand eines Mannes, der breitbeinig im Rahmen stand, hinderte sie daran, nicht zurück ins Schloss zu fallen. Das einfallende Licht der Sonne blendete Alessandra, deshalb legte sie schützend eine Hand über die Augen, während sie den Mann musterte. Als sie sich an das Licht gewöhnt hatte, erkannte sie den Büttel von Bacharach, der ein Pergament entrollte. Mit tiefer Stimme las er sein Anliegen vor.

»Die Angeklagte soll zum Verhör in das Haus des Rates geführt werden. Wenn sie dort ihre Schuld zugegeben hat, kann sie als Hexe und Mörderin verurteilt werden.« Der Büttel rollte das Schriftstück wieder zusammen, verstaute es in seinem Gürtel und holte die Fesseln hervor.

Während er den Strick um Alessandras Handgelenke zurrte, dachte sie über seine Worte nach. Sie konnte kaum glauben, dass sie nicht sofort auf den Scheiterhaufen geführt wurde. Es bestand also die Möglichkeit, noch einmal ihre Unschuld zu beteuern – etwas, wovon sie nicht mehr zu träumen gewagt hatte.

Auf dem Weg zum Rathaus überlegte sie, wie sie die Stadträte von ihrer Unschuld überzeugen konnte. Sie entschied sich, ihnen einfach die Wahrheit zu erzählen. Auch wenn ihr ausgemergelter Körper kaum mit dem Maultier Schritt halten konnte, verhalf ihr der Gedanke an einen Ausweg zu ungeahnten Kräften.

Alessandras Blick schweifte von der Fassade des Rathauses über das mit Schiefern gedeckte Dach hinweg. Auf dem Berg, dessen Bäume inzwischen in den Farben des Herbstes getönt waren, thronte die Burg Stahleck. Unzerstörbar und voller Stolz, so schien es, als blicke sie voller Häme auf Alessandra herab. Ein Stich fuhr durch ihr Herz. Sie hatte sich so viel von dem Leben dort erhofft!

Der Büttel band sie von dem Maultier los und stieß sie in das Innere des Gebäudes. Er führte sie vorbei an der Waagschale, die an einer Kette von einem Kupfergestänge hing. In den Stuben neben der Stiege saßen hinter ihren Schreibpulten die Lohnschreiber. Das Kratzen ihrer Federkiele wurde nur durch ein gelegentliches Hüsteln unterbrochen. Als der Büttel Alessandra die Stufen hinabstieß, hörte sie die Glocken von St. Peter schlagen.

Auf der Stiege zum Kellergewölbe schlug ihr der Gestank von Moder und Tod entgegen. Der Büttel nahm eine der Fackeln von der Wand und leuchtete dem schlafenden Wachmann damit ins Gesicht.

»He, du Faulpelz, erhebe dich, und sperre die Hexe in die Zelle!«

Der Wachmann wurde nur mühsam wach. Seine blutunterlaufenen Augen musterten Alessandra.

»Das hübsche Ding hier soll eine Hexe sein?«, bemerkte er und schob die Unterlippe vor. Durch sein schütteres Haar schimmerte im Schein der Fackel die Kopfhaut. Als er sich erhob und die Glieder streckte, knackten seine Gelenke. Der Buckel auf seinem Rücken hob sich unter dem von Schweißrändern durchzogenen Hemd ab. Schlurfenden Schrittes wies er Alessandra mit einer Handbewegung an, ihm zu folgen.

Am Ende des Ganges blieb er vor einer gusseisernen Tür stehen und schob den Riegel zur Seite. Um die Tür öffnen zu können, musste er sich mit seiner ganzen Kraft dagegenstemmen. Alessandra vernahm ein Rascheln aus der finsteren Zelle. Der Wachmann stieß sie hinein und verschloss eilig die Tür. Der Gestank, der ihr hier entgegenschlug, ließ sich mit dem im Turm nicht vergleichen. Sie steckte die Nase in den Kragen ihrer Bluse, um die Dämpfe der Verwesung und der Körperausscheidungen nicht einatmen zu müssen. Die dürren Finger einer Hand krallten sich um ihr Fußgelenk, und jemand stöhnte. Alessandra schrie auf. Verzweifelt versuchte sie, ihre Augen an die Dunkelheit zu gewöhnen. Sie streckte die Hand aus, um sich vorzutasten. Unter ihren Füßen fühlte sie etwas Weiches, Feuchtes. Sie mochte gar nicht darüber nachdenken, was es sein konnte, und setzte weiterhin einen Fuß vor den anderen, bis sie mit den Händen gegen das kalte Mauerwerk stieß. Sie hörte, wie sich jemand aus dem Stroh erhob. Schleichende Schritte näherten sich ihr. Der Geruch von Schweiß verstärkte sich und überlagerte für einen Augenblick den der Ausscheidungen. Als Alessandra warmen Atem an ihrem Ohr spürte, rückte sie erschrocken ein Stück zur Seite.

»Wer bist du?«, fragte die schwache Stimme einer Frau. Alessandra streckte die Hand aus und tastete nach ihr. Sie spürte schwielige Gesichtshaut und geschwollene Lippen unter ihren Fingerspitzen.

»Mein Name ist Alessandra.« Sie schluckte gegen den Kloß in ihrem Hals.

»Ich habe mein Kind hier zur Welt gebracht, ich glaube, es ist erst ein paar Stunden her, doch ich weiß es nicht genau«, wisperte die Frau.

»Dein Kind? Aber …«

»Es war ein Junge. Ich habe ihn kurz an meine Brust gelegt, dann haben sie ihn geholt. Jetzt warte ich auf die Folter.«

Alessandra hatte das Gefühl, sie würde mit einem Trugbild sprechen. »Die Folter? Aber warum?« Alessandra suchte die Hand der Frau, um sich zu vergewissern, dass es sie wirklich gab. Dann drückte Alessandra sie voller Mitgefühl.

»Solange ich das Kind unter meinem Herzen trug, blieb ich von der Folter verschont.« Der Atem der Frau ging schwer. »Ich schaue meinem Ende gefasst entgegen, ich fühle nur Trauer um mein Kind, da ich nicht weiß, wie es ihm ergehen wird. Ich hoffe nur, dass sie ihn nicht ertränken wie ein junges Kätzchen.«

Alessandra strich mit der Fingerkuppe über ihren Daumen. »Wie lange hält man dich hier schon gefangen?«

Die Frau seufzte. »Ich weiß es nicht, ich habe jegliches Gefühl für die Zeit verloren. Erst war ich auf der Burg eingekerkert. Doch das Verlies dort quoll vor angeblichen Hexen über. Und da brachten sie mich hier ins Rathaus.«

»Wie ist dein Name?«

»Magdalena, doch alle nennen mich nur Magda.«

Alessandra vernahm das Stöhnen einer weiteren Person. »Hier sind noch mehr Leute«, bemerkte sie.

»Ein Greis, so glaube ich. Er spricht nicht, sondern stöhnt nur. Ich versuche, mich von ihm fernzuhalten.« Das Stroh raschelte, als Magda sich bewegte. »Beschuldigt man dich auch der Hexerei?«

»Nicht nur das«, antwortete Alessandra. »Mir wird auch Mord vorgeworfen.«

Magda lachte heiser auf. »Wo liegt da der Unterschied? Am Ende landen wir doch so oder so auf dem Scheiterhaufen.«

»Aber ich bin unschuldig!« Alessandra rückte ein wenig von Magdas warmem Leib ab. Wie ein Windzug berührte die Kälte der Zelle ihre Haut. »Und solange ich nichts gestehe, können sie mich nicht verurteilen.«

»Du wirst gestehen, glaube mir.« Magda kam näher an Alessandra heran und schmiegte ihre Schulter an sie.

»Niemals, warum sollte ich?«, protestierte Alessandra. Ihre Hände ballten sich zu Fäusten. »Ich kann doch nichts gestehen, was ich nicht verbrochen habe.«

»Doch, das kannst du. Nur um den Schmerzen der Folter zu entgehen. Sie werden Beweise suchen, und sie werden sie finden. Und wenn du nicht gestehst, wirst du an den Qualen der Folter sterben. Sieh dem Tod ins Auge.«

»Hast du gestanden?« Alessandra wusste nicht mehr, was sie denken sollte. Die Hoffnung aufgeben? Nein, das wollte sie nicht.

»Noch nicht. Ich versuche, es so lange auszuhalten, wie ich kann. Das bin ich meinem Sohn schuldig. Die Leute sollen sagen, sie hat bis zum Schluss ihre Unschuld beteuert. Und mein Sohn wird wissen, dass ich keine Hexe war.«

Alessandra erhob sich und strich mit den Händen die Strohspäne von ihren Röcken. Sie verspürte den Drang, umherzulaufen, doch die Dunkelheit hielt sie davon ab. Stattdessen schlang sie die Arme um ihre Schultern. Die Kälte kroch durch ihre Glieder. Sie konnte Magdas Worten nicht entfliehen, auch wenn sie diese nicht hören wollte. Entmutigt sank sie zurück auf das Stroh.

Magdas Hand berührte ihr Haar und strich darüber. »Wenn man hier sitzt, weiß man nicht mehr, ob die Sonne scheint oder der Mond am Himmel steht.«

Alessandra atmete tief durch. Um sich von ihren Gedanken abzulenken, dachte sie über die Geburt des Kindes nach. »Ich kann nicht glauben, dass du deinen Sohn in dieser Zelle ohne Hilfe zur Welt gebracht hast. Du hättest dabei sterben können.«

»Und wenn schon. Ich habe keine Hilfe gebraucht, da ich selbst Hebamme bin. Und eben das ist mir zum Verhängnis geworden.«

Alessandra schüttelte ungläubig den Kopf. Sie versuchte, sich vorzustellen, wie Magda wohl aussehen mochte. Doch abgesehen von den spitzen Knochen, die sie fühlte, wenn Magda an ihrem Leib Wärme suchte, konnte sie sich kein Bild von ihr machen.

Simon fuhr aus dem Schlaf hoch. Sein Herz raste. Das Poltern und Hämmern gegen die Tür zu seiner Kammer wurde immer lauter. Richards Stimme, die seinen Namen rief, drang durch das Holz. Benommen schob Simon den Riegel zur Seite.

»Los, zieh dich an! Du musst kommen, es brennt!«, rief Richard keuchend. In seinen Augen stand das blanke Entsetzen.

Mit einem Schlag war Simon hellwach und griff nach seinen Kleidern. »Wieso brennt es? Und wo?«, fragte er hastig, als er sich die Beinkleider überzog.

»Die Ställe und das Haus des Verwalters!« Richard stürmte die Treppe hinunter.

Flammensäulen züngelten um das Gebälk des Hauses, und aus dem Dachstuhl stieg schwarzer Rauch in den Himmel. Die Bediensteten des Gestüts schleppten Wassereimer heran. »Was ist mit dem Verwalter?«, schrie Simon gegen das Getöse des Feuers.

»Das weiß niemand. Sie haben nach ihm gesucht, doch er ist nicht aufzufinden.« Richard zog Simon am Arm fort. »Die Pferde müssen gerettet werden!«

Da hallte schon das Trommeln von Hufen durch die Nacht. Die Trakehner galoppierten wiehernd aus den Ställen zu den Weiden. Simon sprang zur Seite, um nicht unter ihre Hufe zu geraten. Der Stallmeister stand neben dem geöffneten Tor, aus dem dichter schwarzer Rauch drang. Sein Gesicht war vom Ruß geschwärzt. Besorgt blickte er den Pferden nach.

Simon eilte zu ihm hin. »Wie sieht es aus? Sind alle Pferde draußen?«, rief er.

»Ja, Herr, sie sind alle in Sicherheit. Doch nun müssen wir das Feuer unter Kontrolle bringen«, sagte der Stallmeister. Das Zischen und Knistern der Flammen übertönte beinahe seine Stimme.

Jeder zwei Eimer Wasser in der Hand tragend, eilten Knechte und Mägde herbei. Simon entriss einem von ihnen die Eimer. »Geh, und hole neues!«, schrie er.

Simon drang mit den anderen in den Stall vor. Beißender Rauch legte sich auf seine Lungen und ließ ihn husten. Der Stapel Strohballen stand lichterloh in Flammen. Simon versuchte, die Luft anzuhalten, und kippte das Wasser in das Feuer. Zischend stieg schwarzer Qualm auf und brannte in seinen Augen. Er spürte die sengende Hitze auf seinem Gesicht. Unentwegt wurden Wassereimer über den Flammen geleert, doch das Feuer ließ sich nicht löschen. Das glühende Stroh flammte immer wieder auf, die Flammen schlugen höher und höher, bis sie auf das Gebälk übergriffen, das das Dach stützte.

»Alle raus hier!«, schrie der Stallmeister.

Doch Simon blieb wie angewurzelt stehen und blickte fassungslos auf die Flammen. Richard versetzte ihm einen Stoß, der ihn von den Beinen riss. Ein verkohlter Balken schlug haarscharf neben ihm auf den Boden und ließ ihn wieder zur Besinnung kommen. Er rappelte sich auf und lief gemeinsam mit den anderen aus dem Stall. Als er die kalte Nachtluft atmete, ließ er sich hustend auf die Knie fallen. Ein versengtes Stück Stoff seines Hemdes hatte sich in die Haut auf seinem Arm gebrannt. Simon hob den Blick und sah, wie aus dem Dach der Ställe die Flammen schlugen. Der Himmel über ihm färbte sich orangefarben. Ein Hustenanfall überfiel Simon, und er fasste sich erschrocken an den Hals, glaubte, er müsse ersticken. Sein Rittervater hielt ihm einen Lederschlauch an die Lippen. Erst als das Wasser seine Kehle hinabrann, verspürte Simon Erleichterung.

Tatenlos musste er zusehen, wie der Stall niederbrannte. Sie hatten den Kampf gegen die Flammen verloren. Im Morgengrauen war von den Ställen nur ein verkohlter Schutthaufen zurückgeblieben, überzogen mit grauer Asche, in der hier und da noch eine kleine Flamme loderte. Simon sank müde auf die Knie, griff in die warme Asche und ließ sie durch seine Finger rieseln. Er dankte Gott, dass sie wenigstens die Pferde hatten retten können. Simon mochte sich nicht ausmalen, was geschehen wäre, wenn der Stallmeister das Feuer nicht rechtzeitig entdeckt hätte.

Richards Hand legte sich von hinten auf seine Schulter. »Der Stall muss vor Wintereinbruch wieder aufgebaut sein. Die Pferde können in der kalten Jahreszeit auf keinen Fall auf der Weide bleiben.«

Simon blickte in Richards rußgeschwärztes Gesicht. »Ich weiß, doch die Zeit läuft uns davon. Was, wenn der Verwalter nicht mehr auftaucht? Wovon soll ich die Handwerker bezahlen? Das Lehen ist mir noch nicht offiziell überschrieben worden, mir fehlt jegliche Verfügungsgewalt.«

»Bitte Graf Otto von Mosbach um Hilfe. Er soll dir einen Vorschuss geben oder dir das Lehen jetzt schon überschreiben.« Richard fuhr sich nachdenklich mit der Hand über den Bart. »Schicke einen Boten nach Heidelberg, und lass ihn Graf Otto dein Schreiben überbringen.«

»Ihr habt recht.« Simon erhob sich und klopfte sich die Asche von seinen Beinkleidern. »Doch erst werde ich ein Bad nehmen.«

Simon tauchte die Feder in das Tintenfass und starrte auf das leere Pergament. Er überlegte, wie er Graf Otto den Brand erklären sollte. Niemand wusste, wie das Feuer hatte ausbrechen können. Ob es durch Mutwillen oder eine nicht gelöschte Fackel entstanden war? Und dann war da noch das Rätsel um den Verwalter, der verschwunden blieb. Simon setzte die Spitze des Federkiels auf das Pergament und schrieb einfach das nieder, was er fühlte. Hilflosigkeit – und Verantwortungsgefühl für sein Lehen, das ihm noch nicht gehörte und dennoch am Herzen lag. Er wollte so lange auf dem Gut bleiben, bis er die Hilfe von Graf Otto bekam, die er benötigte. Und er musste beim Wiederaufbau helfen. Gleich morgen früh wollte er damit beginnen, den Schutt und die Asche zu beseitigen.

Versonnen schaute er in die Flamme der Kerze auf seinem Sekretär und dachte an Alessandra, die sicherlich auf ihn wartete. Er vermisste sie mit jeder Faser seines Körpers. Vielleicht sollte er sie, nachdem er Hilfe von Otto bekommen hatte, herholen und hier als Magd einstellen.

Simon atmete tief ein. Ihm war längst bewusst geworden, dass er Alessandra liebte. Ein Leben ohne sie konnte er sich beim besten Willen nicht mehr vorstellen. Er musste sie um sich wissen, genoss es, wenn er sie zum Lachen bringen konnte. Seufzend blies er die Kerze aus. Doch die Dunkelheit, die ihn umgab, erlöste ihn nicht von der Gewissheit, sich sein Leben lang nur mit ihrer bloßen Anwesenheit zufriedengeben zu müssen. Niemals durfte er sie wie ein Liebender in seinen Armen halten. So, wie er es schon unzählige Male in seinen Träumen getan hatte.

Simon hob die Bettdecke an und kroch darunter. Die alte Magd in der Waschküche des Gestüts war sowieso mit der Arbeit überfordert. Und wenn erst der Aufbau der Ställe begann, würde sie sich vor schmutziger Wäsche kaum retten können. Ein Lächeln ging über seine Lippen, als er an Alessandras leuchtende Augen dachte, mit denen sie ihm die saubere Wäsche überreichte. In Gedanken ließ er ihr Haar durch seine Finger gleiten.

Als die ersten Strahlen der aufgehenden Sonne durch das Fenster fielen, verschränkte Simon die Arme hinter dem Kopf und starrte an die Zimmerdecke. In dieser Nacht hatte er keinen Augenblick geschlafen. Ununterbrochen schweiften seine Gedanken zwischen dem Aufbau der Ställe und Alessandra hin und her. Er erhob sich von seiner Bettstatt und kleidete sich an. Nachdem er sein Gesicht gewaschen hatte, entwirrte er mit den Fingern seine Locken.

Die Morgensonne tauchte die Kammer in ein goldenes Licht. Simon spürte, wie neue Hoffnung in ihm aufkeimte. Er würde es schaffen, den Stall vor Einbruch des Winters wieder aufzubauen.

»Ich weiß nicht, warum sich Graf Otto so viel Zeit lässt.« Simon holte aus und zerschlug mit einem Hammer den Felsbrocken, der vor ihm lag, in kleine Stücke. »Es ist schon sieben Tage her, seit ich den Boten losgeschickt habe.«

Richard stapelte die Steinbrocken aufeinander. »Der Bote kann nicht fliegen, du solltest dich in Geduld üben.«

Ein Tropfen fiel auf Simons Arm und bildete einen dunklen Fleck in der Staubschicht. Simon schaute zum Himmel, an dem sich die Wolken türmten. »Auch das noch! So kommen wir nie weiter.« Er warf den Hammer wutschnaubend gegen das frische Mauerwerk. Mit jedem Tag, an dem er auf Graf Ottos Botschaft wartete, verzögerte sich der Aufbau der Ställe. Doch das allein war es nicht, was Simon ärgerte. Jeder Tag, den er von Alessandra getrennt war, war für ihn ein verlorener Tag. In der Zeit, die er mit dem Warten auf die Botschaft verbrachte, hätte er sie längst herholen können.

Als Simon Hufgetrappel vernahm, ließ er von seinem Nachtmahl ab und eilte hinaus. Er sah, wie der Reiter das Pferd zügelte, das widerwillig schnaubend mit den Hufen im Schlamm versank. Von dem Saum seines Umhangs tropfte der Regen, doch das Pergament, das der Reiter hervorzog, hatte nichts von der Nässe abbekommen. Seine kleinen grünen Augen strahlten vor Stolz, als er sich mit der freien Hand die nassen Haarsträhnen aus der Stirn strich. Simon wollte ihn mit einer Münze belohnen. Er nestelte an seinem Gürtel, doch kurz darauf musste er feststellen, dass die Geldkatze leer war. Keine einzige Münze befand sich mehr darin. Er hatte sein weniges Geld bereits in den Aufbau der Ställe gesteckt. Simon ließ die Hand sinken. Er konnte den Boten nur mit einem dankbaren Lächeln belohnen, doch den Jungen schien das nicht zu stören. Er verbeugte sich vor Simon und sprang wieder auf sein Pferd. Der Schlamm spritzte unter den Hufen des Gauls hervor, als er ihm die Fersen in den Bauch stieß. Simon sah ihm nach, wie er durch das Gatter verschwand. Seine Finger hielten das Pergament fest umschlossen, und er stieg eilig die Stufen in seine Kammer hinauf. In dem Raum hatte sich eine empfindliche Kälte ausgebreitet.

Simons Atem beschleunigte sich, als er das Pergament auseinanderrollte. Er richtete den Blick zur Zimmerdecke und betete leise, dass es den Inhalt enthielt, den er sich erhoffte. Dann nahm er allen Mut zusammen und blickte auf die Schrift. Er überflog die ersten Floskeln, in denen Graf Otto ihn sowie Mathilde grüßte. Seine Augen wanderten weiter die Zeilen entlang, bis endlich das Lehen angesprochen wurde. Der Graf lud ihn nach Schloss Heidelberg ein, um dort mit ihm eine Unterredung zu führen.

Simon ließ die Hand mit dem Schreiben sinken und stieß den Atem aus. Otto wollte ihn also zunächst über sein Vorhaben im Unklaren lassen. Der Blick des jungen Ritters wanderte aus dem Fenster über die Weiden und die Ruine des abgebrannten Stalles. Obwohl es ihm missfiel, beim Aufbau der Ställe nicht weiter helfen zu können, blieb ihm keine andere Wahl – er musste noch in dieser Nacht nach Heidelberg aufbrechen.

Alessandra erwachte durch den Windzug, der durch die geöffnete Tür wehte. Die Augen durch ihre Hand abgeschirmt, blinzelte sie in das Licht. Im Türrahmen zeichneten sich die Umrisse des Wachmanns ab. Neben ihr erwachte auch Magda. Ihr aschblondes Haar stand in verfilzten Zotteln von ihrem Kopf ab. Sie rieb sich die Augen, die hellblau aus dem verschmutzten Gesicht hervorstachen. Als sie den Wachmann sah, versteifte sich ihr Körper. Alessandra hörte, wie sich ihr Atem beschleunigte.

»Magdalena Gibler, der Ratsherr lässt dich zum Verhör rufen«, sagte der Wärter mit tiefer Stimme. Mit einem Ruck zog er das Seil auseinander, das er in den Händen hielt.

»Ich werde bald wieder zurück sein«, flüsterte Magda mit zittriger Stimme.

Alessandra nickte wortlos. Sie nahm Magdas Hand und drückte sie. Der Wachmann wickelte den Strick um Magdas Handgelenke und stieß sie aus der Zelle.

Nachdem sich die Tür geschlossen hatte und die Zelle wieder im vollkommenen Dunkeln lag, lehnte Alessandra sich gegen die feuchte Wand. Sie bemerkte, dass der Greis, der mit ihnen die Zelle teilte, keine Geräusche mehr von sich gab. Sie horchte in die Finsternis, doch weder ein Atemzug noch ein Stöhnen war aus irgendeiner Ecke zu vernehmen. Sie spürte, wie sich ihr Herzschlag beschleunigte. Der Greis musste verstorben sein! Sie verharrte hier in der Zelle zusammen mit einer Leiche! Alessandra tastete sich an der Wand entlang, bis sie das kalte Eisen der Tür unter ihren Fingerspitzen fühlte. Sie trommelte heftig mit den Fäusten dagegen.

»Öffnet sofort die Tür!«, schrie sie aus Leibeskräften. Doch nichts geschah. Alessandra schlug erneut gegen die Tür. »Ihr müsst öffnen! Etwas Schreckliches ist geschehen.« Ihre schrille Stimme hallte durch die Zelle. Dann hielt sie inne, um zu lauschen, ob sich hinter der Tür etwas regte. Doch es herrschte weiterhin eine beängstigende Stille. Alessandra lehnte sich mit dem Rücken gegen die Wand und glitt daran hinab, bis sie auf dem Boden saß. Etwas im Stroh raschelte. Vor Alessandras Augen spielten sich schreckliche Bilder ab. Sie stellte sich vor, wie die Ratten zu der Leiche des alten Mannes huschten. Nach und nach rissen sie mit ihren gelben Zähnen die Haut von seinen Knochen. Ihr Magen krampfte sich zusammen. Sie beugte den Kopf vor und übergab sich in das Stroh, bis sie nur noch Galle spuckte.

Ratsherr Röslin klopfte mit den Fingern auf die Tischplatte. Auf seiner Stirn hatten sich Schweißperlen gebildet und liefen in Rinnsalen an seinen Schläfen hinab. Er hatte das Gefühl, seine Halskrause nehme ihm die Luft zum Atmen. Ungeduldig schritt er in seinem Arbeitszimmer im obersten Stockwerk des Rathauses auf und ab. Er starrte auf die Tür und fragte sich, warum der Generalvikar so lange auf sich warten ließ. Der Wärter hatte Magda Gibler bereits in die Folterkammer gebracht, doch ohne den Beistand von Pater Gregor konnte er nicht mit der peinlichen Befragung beginnen. Dazu fehlte ihm die Erfahrung, schließlich war es das erste Verhör einer Hexe in seiner Amtszeit hier in Bacharach.

Wie der Generalvikar es gewünscht hatte, waren alle Strauchdiebe und Meuchelmörder in einem Eilverfahren abgeurteilt worden. Er und die anderen Ratsherren hatten die letzten Tage ununterbrochen Gericht gehalten. In dieser Zeit war der Galgen auf dem Marktplatz gar nicht mehr abgebaut worden. Der Henker köpfte, hackte Ohren und Hände ab – wie ein Schlachter. Röslin seufzte. Nun saßen die ersten Hexen in seinem Kerker ein, lange war er ja nicht davon verschont geblieben. Doch der Bruder aus dem Dominikanerorden in Wien, den der Generalvikar hierherbestellt hatte, war auf der Reise an Fleckfieber erkrankt. Er lag in einem Hospital in Regensburg, wo er mit dem Tode rang. Also musste der Generalvikar ihm zur Seite stehen, obwohl dieser auf der Burg genügend Verhöre zu führen hatte.

Es klopfte, und die Tür ging auf. Einer der Schreiber steckte den Kopf durch den Spalt und verkündete, dass der Generalvikar unten in der Halle wartete. Röslin stieß erleichtert den Atem aus. Er wischte sich mit einem Tuch den Schweiß von der Stirn, lockerte seine Halskrause und begab sich die Stiegen hinab, um den Generalvikar zu begrüßen.

Röslin beobachtete, wie sich Pater Gregor in der fensterlosen Kammer umsah, die vom Schein der Fackeln an den Wänden erhellt wurde. Der Notar saß bereits mit gespitzter Feder an einem Tisch, an dem nur ein Stuhl Platz hatte. Von einem Holzgeflecht an der Wand hingen die Folterinstrumente – eine Beinschraube, eine Daumenschraube sowie eine Ketzergabel. Mehr stand nicht zur Verfügung. Der Generalvikar baute sich davor auf und begutachtete mit missbilligender Mine die Gerätschaften.

»Etwas anderes gibt es nicht?« Er nahm die Daumenschraube ab und drehte an der Kurbel, die sich durch den Rost nur schwerlich bewegen ließ.

Das Knirschen des Metalls fuhr Röslin durch Mark und Bein. Er schaute zu der Angeklagten, die in Sackleinen gekleidet auf der Büßerbank kauerte. Das Haupt mit den verfilzten Zotteln hielt sie gesenkt. Röslin dachte angestrengt nach, wann hier die letzte Folter stattgefunden hatte. Er erinnerte sich, dass vor seiner Amtszeit ein Bürger von Bacharach gefoltert worden war, ein Anhänger von Jan Hus, der nach dem Geständnis der Ketzerei auf dem Marktplatz verbrannt wurde.

Der Generalvikar hängte die Daumenschraube zurück und ließ sich hinter dem großen Bohlentisch nieder. Röslin folgte, um neben ihm Platz zu nehmen. Räuspernd rollte der Generalvikar das Pergament auseinander, um mit der peinlichen Befragung zu beginnen.

»Magdalena Gibler, es sind mehrere Indizien gegen dich vorhanden, die annehmen lassen, dass du in ketzerischer Absicht die Buhlschaft mit dem Dämon eingegangen bist. Doch da du bei den vorherigen Verhören nicht geständig warst, urteilen wir, dass du zum heutigen Tag und zu dieser Stunde den Fragen unter der Folter ausgesetzt sein wirst. Jedoch wird zuerst jegliches Haar an deinem Körper geschoren, damit vorhandene Hexenmale ausfindig gemacht werden können.« Pater Gregor wies den Schergen an, sie auf die Pritsche zu bringen. Mit einem breiten Grinsen auf den Lippen riss dieser ihr das Sackleinen vom Körper und stieß sie auf die groben Holzplanken.

»Als Erstes ist sicherzustellen, dass kein Schweigezauber in die Kleidung eingenäht ist. Gerade bei den sogenannten Hebammen, die ihn auf Unterweisung der Dämonen aus den Gliedern von ungetauften Knaben herstellen, ist dies von höchster Wichtigkeit.«

Röslin nickte und merkte sich diesen Schritt der Vorgehensweise. Sein Blick fiel auf die Angeklagte, die unbekleidet auf der Pritsche lag und an die Decke der Folterkammer starrte. Der Scherge wetzte ein Messer, schob ihr die Beine auseinander und strich mit der Klinge über ihre Scham. In den Haaren, die zu Boden fielen, klebte noch das Blut der Entbindung, die erst zwei Tage zurücklag. Röslin erinnerte sich an ihre Schreie, die aus dem Kerker hallten, bevor der Wachmann einen Säugling herausgeholt hatte. Er starrte auf die pralle Brust der Frau. Aus einer ihrer Warzen tropfte Milch. Trotz der Kühle in dem Kellergewölbe trat ihm bei dem Gedanken an die bevorstehende Folter der Schweiß aus den Poren.

Der Scherge riss den Arm der Gibler hoch und ließ die Klinge über die Behaarung ihrer Achseln gleiten. Ein wohlwissendes Lachen entfuhr ihm, als nach der Rasur ein Geschwür sichtbar wurde.

Der Generalvikar zog eine Nadel hervor und berührte mit der Spitze das Furunkel, woraufhin ein Tropfen Eiter austrat. Magda Gibler zuckte zusammen.

»Seht, es ist ein Hexenmal, es blutet nicht.« Mit hochgezogenen Augenbrauen schaute der Generalvikar zu Röslin. »Damit ist bewiesen, dass sie eine Hexe ist. Jetzt brauchen wir nur noch ein Geständnis, damit sie verurteilt werden kann.«

Röslin starrte auf das Geschwür, dann richtete er den Blick auf den Generalvikar, der sich mit der Zunge über die Lippen fuhr. In einem schroffen Ton befahl er der Giblerin, sich wieder aufzurichten. Teilnahmslos betrachtete sie die Folterinstrumente, die er ihr zeigte. Er erklärte ihr, wie sie anzuwenden waren und welche Qualen sie verursachten.

»Gestehst du, den neugeborenen Knaben der Schustersfrau verbrannt und seine Asche gebraucht zu haben, um deinen Schadenszauber auszuüben?«

Magda Gibler schüttelte den Kopf. »Nein, nichts dergleichen ist geschehen. Und mein Sohn soll wissen, dass seine Mutter eine ehrbare Frau war, was auch immer mit mir passiert.«

»Nun denn, so soll mit der Folter begonnen werden.« Der Generalvikar griff nach der Ketzergabel und hielt sie Magda Gibler vor das Gesicht. An den Enden befanden sich je zwei Spitzen, scharf genug, um mühelos das Fleisch zu durchbohren. Der Generalvikar fuhr mit der Fingerspitze über die eingravierten Lettern. »*Abiuro* – ich schwöre ab«, las er laut. »Genau das will ich von dir hören, mehr nicht.«

Der Scherge fesselte ihre Hände auf dem Rücken. Dann legte er ihr den eisernen Ring um den Hals. Mit einem Ruck rammte er die oberen Spitzen der Gabel unter ihr Kinn. Magda Gibler warf mit weit aufgerissenen Augen den Kopf zurück. Ihre Lippen verzogen sich zu einem Schrei, den sie jedoch mit aller Kraft zu unterdrücken versuchte. Der Scherge drückte ihr Haupt nach vorn und stieß dabei die unteren Spitzen der Gabel in ihren Hals. Magda Gibler biss sich auf die Zunge, bis ihr das Blut aus den Mundwinkeln lief. Sie schloss die Augen und atmete tief durch die geweiteten Nasenflügel.

Röslin schüttelte fassungslos den Kopf. »Es muss die Geburt gewesen sein, die sie gegen diese Schmerzen gefeit hat.«

Der Generalvikar belehrte ihn eines Besseren. »Nein, es ist der Dämon, der ihr die Kraft verleiht, diese Schmerzen auszuhalten. Seht selbst, was er daransetzt, damit sie ihn schützt. Ein weiterer Beweis, dass sie eine Hexe ist.«

Er schaute zu dem Notar, um sich zu vergewissern, dass er alles niederschrieb.

Röslin glaubte, die Spitzen der Gabel in seinem eigenen Fleisch zu spüren. Er strich mit der Hand von seinem Unterkiefer hinab zum Hals.

»Leg ihr die Beinschraube an«, wies der Generalvikar den Schergen an. »Gestehst du immer noch nicht?«, fragte er die Angeklagte ein weiteres Mal. »*Abiuro* will ich von dir hören, und du wirst von den Qualen erlöst.«

Magda Gibler öffnete den Mund. Und obwohl die Spitzen sich weiter in ihr Fleisch bohrten, hauchte sie ein leises »Nein«. Über ihre bleichen Brüste suchte sich das Blut in Rinnsalen einen Weg hinab zu ihrem Bauch.

Der Scherge befestigte die Beinschraube an ihrem Unterschenkel. Die Holzplatten pressten ihre Waden zusammen. Langsam drehte er die Kurbel.

Röslin versuchte, das Krachen der Knochen nicht wahrzunehmen. Übelkeit stieg in ihm auf. Es kam ihm vor, als hätten die Flammen der Fackeln an der Wand die Luft zum Atmen verschluckt. Röslin fasste sich an den Hals und unterdrückte den Drang, aus der Kammer zu laufen.

»Sie will wohl immer noch nicht gestehen. Dreh weiter!«, wies der Generalvikar den Schergen mit einem schroffen Ton an.

Die Knochen krachten und knirschten. Magda Gibler riss den Mund auf. Ihr spitzer Schrei stach wie tausend Nadeln in Röslins Gehör. Die Spitzen der Gabel bohrten sich weiter in das Fleisch unter ihrem Kinn, bis sie kaum noch zu sehen waren. Ihre Augen quollen hervor. Röslin sah, wie die Spitzen der Gabel aus ihrer Zunge ragten. Blut sprudelte aus ihrer Mundhöhle. Sein Magen drehte sich. Krampfhaft versuchte er, gegen den Würgereiz zu schlucken, doch vergeblich. Er wandte sich ab und übergab sich vor den Füßen des Schreibers.

Magda Gibler war in eine Ohnmacht gefallen, die der Generalvikar als Werk des Dämons deklarierte. Ohne ein Geständnis abgelegt zu haben, wurde sie von den Folterinstrumenten befreit. Der Scherge warf ihren leblosen Körper über seine Schulter und brachte sie zurück in die Zelle.

Röslin wischte sich mit einem Tuch über den Mund, und der Generalvikar strafte ihn mit einem abfälligen Blick. »Habt Ihr Euch den Magen verdorben?« Er nahm das Pergament des Notars entgegen und bestätigte die Aufzeichnungen mit seiner Unterschrift.

Die Tür öffnete sich, und in dem Licht, das in die Zelle fiel, sah Alessandra, wie Magda strauchelnd zu Boden stürzte. Sie sprang auf und eilte zu ihr. Die Zellentür wurde wieder geschlossen. In der Finsternis tastete Alessandra nach Magdas Körper. Als sie ihren Arm berührte, entfuhr Magda ein Stöhnen.

»Was ist geschehen? Erzähle es mir, bitte, Magda«, flehte Alessandra mit zittriger Stimme.

»Das brauchst du … nicht zu wissen. Doch ich habe … nichts gestanden, was ich nicht getan habe. Mein Sohn braucht sich niemals für mich zu schämen.«

Alessandra hatte Mühe, die schwache Stimme zu verstehen. Magdas Hand berührte schlaff ihren Unterarm.

Mit den Fingerspitzen strich Alessandra über ihre kalte Haut. »Was haben sie mit dir angestellt?«, wisperte sie.

»Es ist besser für dich, wenn du es nicht weißt.« Magdas Atem rasselte, als sie nach Luft schnappte. Ein Hustenanfall überfiel sie und schüttelte ihren Körper.

Alessandra erfasste ein unendliches Grauen. Sie fragte

sich im Stillen, wie es erst Magda ergehen musste. »Bekommen wir gar kein Wasser hier?«, fragte sie flüsternd.

»Doch, gelegentlich«, antwortete Magda mit letzter Kraft. Ihr Atem wurde flacher.

Alessandra legte den Kopf auf ihre Brust und lauschte dem schwachen Herzschlag. Angst beschlich sie, dass Magda sterben musste.

Nach einer Weile öffnete sich die Tür, und der Wärter schob einen Eimer Wasser mit dem Fuß in die Zelle. Alessandra kroch auf allen vieren hin und tastete vorsichtig nach dem Eimer. Als ihre Hände das Holz erreichten, stiegen ihr die Dünste des Moders in die Nase. Sie tastete weiter über den Boden, in der Hoffnung, der Wärter hätte noch einen Kanten Brot dagelassen. Doch außer Strohklumpen fühlte sie nur den kalten Lehmboden unter ihren Händen. Stück für Stück schob sie den Eimer über den Boden und richtete sich dabei nach den schwachen Geräuschen, die Magda von sich gab. Als sie wieder bei ihr war, tauchte sie die hohle Hand in den Eimer und hielt das Wasser an Magdas Lippen. Es rann durch ihre Finger, ohne dass Magda auch nur einen Schluck genommen hatte. Sie seufzte ein letztes Mal auf und verstummte dann für immer.

Alessandra schlug sich die nassen Hände vor das Gesicht. Ein Schluchzer entfuhr ihr. Sie zog den Eimer zu sich, schöpfte mit den hohlen Handflächen das verfaulte Wasser und trank es gierig. Nachdem sie ihren Durst gestillt hatte, rutschte sie so weit rückwärts, bis sie die kalte Mauer in ihrem Rücken spürte. So laut sie konnte, sang sie die Melodie, die Flavio auf der Violine gespielt hatte. Damals, als sie auf dem Seil tanzte und sich vorstellte, dass Simon ihr zusah. Ihre Lippen verzogen sich zu einem Lächeln. Für einen Augenblick vergaß sie die tote Magda und den Verwesungsgeruch des alten Mannes, der in irgendeiner Ecke der finsteren Zelle von den Ratten angenagt wurde. Sie stellte sich stattdessen vor, wie sich die Äste der Eichen im sanften Sommerwind bogen. Das Sonnenlicht, das sich einen Weg durch die Wipfel suchte, wärmte ihre Wangen. Alessandra strahlte, weil sie Simons Hand auf ihrer Schulter spürte. Sie hob ihren Arm, um nach der Hand zu greifen, doch ihre Finger griffen ins Leere.

»Nein, das kann nicht wahr sein«, schluchzte sie auf, als ihr bewusst wurde, dass dies alles nur in ihrer Vorstellung geschehen war.

»Öffnet die Tür!«, schrie sie mit schriller Stimme, so lange, bis sie Schritte auf dem Gang hörte.

Laut hustend schob der Wachmann den Riegel zur Seite und glotzte Alessandra mit blutunterlaufenen Augen an. »Warum veranstaltest du mitten in der Nacht solch einen Lärm?« Er griff mit der Hand über seine Schulter und kratzte sich den Buckel. Sein schmuddeliges Nachthemd zierten in der Höhe seiner Lenden gelbliche Flecken.

»Holt die Leichen hier aus der Zelle!«, schrie sie ihm ins Gesicht.

»Was für Leichen?« Der Wachmann nahm eine Fackel von der Wand und leuchtete damit das Innere der Zelle aus.

Alessandra schloss die Augen. Sie wollte nicht sehen, was sie sich bisher nur vorgestellt hatte.

»Das ist ja widerlich!« Das Gesicht des Wächters verzog sich zu einer Fratze. »Nach Sonnenaufgang werde ich das melden.«

»Nach Sonnenaufgang?« Alessandra glaubte, sich verhört zu haben.

»Ja, oder dachtest du, ich würde um diese nachtschlafende Zeit den Totengräber wecken?« Der Wachmann gähnte herzhaft und zog die Eisentür wieder zu.

Alessandra sank kraftlos in das Stroh. Sie begriff nicht, was hier um sie herum geschah. Die Gefühllosigkeit der Menschen raubte ihr den Verstand. Zum ersten Mal seit sie ihren Stamm verlassen hatte, sehnte sie sich mit jeder Faser ihres Körpers nach ihrer Familie. Sie hatte ihr Leben wegen einem Mann aufgegeben und war dann ins Verderben gelaufen. Alessandra fragte sich, ob Simon sie überhaupt vermisste, ob er sich nach ihrem Verbleib erkundigte. Wenn es so wäre, hätte er sie doch längst wieder hier herausholen müssen! Er wusste doch, dass sie unschuldig war! Alessandra konnte nicht mehr sagen, was mehr schmerzte: der Verlust ihrer Familie oder das Gefühl, verlassen worden zu sein. Sie presste den Rücken gegen das Mauerwerk, schloss die Augen, und wünschte sich, wie Magda nichts mehr zu spüren.

Die Eisentür öffnete sich polternd. Alessandra schreckte aus dem Schlaf hoch. Ihr Kopf lag auf ihren angewinkelten Knien, die sie mit den Armen umschloss. Zwei Männer sahen sich in der Zelle um. Alessandra hielt sich die Hände vor die Augen. Sie wollte nichts mitbekommen. Der Stich, der durch ihr Herz fuhr, schmerzte so sehr, dass sie kaum noch atmen konnte.

Nachdem die Männer die Leichen hinausgetragen hatten, atmete sie auf. Alessandra überlegte, ob sie beim nächsten Verhör ein Geständnis ablegen sollte. Selbst der grausame Tod in den Flammen schien ihr im Augenblick gnädiger, als das miterleben zu müssen, was hier geschehen war. Sie wünschte sich, bei Sanchari zu sein. Ihr sagen zu können, wie recht sie doch mit ihren Worten gehabt hatte. Hätte sie nur auf sie gehört und darauf gewartet, bis die Erinnerungen an Simon verblasst waren! Wäre sie bei ihrer Familie geblieben, immer auf der Flucht und dennoch nie allein. Alessandra fühlte, wie sich ihre Gedanken verschleierten. Sie wollte nicht mehr darüber nachdenken, was hätte sein können. Ihr fehlte die Kraft, gegen all das anzukämpfen. Sie beschloss, das, was sie fortan erleben musste, mit erhobenem Haupt zu ertragen, bis der Tod sie davon erlöste.

Doch nachdem sie erneut eine Weile geschlafen hatte, erwachte in ihr der Kampfgeist. Warum sollte sie aufgeben? Nur weil ihr Unwahrheiten vorgeworfen wurden? Nein, niemals würde sie für etwas ein Geständnis ablegen, das sie niemals mit ihren Gewissen hätte vereinbaren können! Noch war nicht aller Tage Abend. In ihrem Herzen breitete sich die Hoffnung aus, dass Simon sie hier herausholte, sie von ihrem Leiden erlöste.

Doch als die Tür der Zelle abermals geöffnet wurde, war es nicht Simon, der erschien, sondern der Wärter, der sie gleich darauf am Arm hochriss.

»Du sollst zum Verhör erscheinen«, sagte er, während er ihr die Fessel um das Handgelenk band. Mit einem Tritt stieß er sie aus der Zelle.

Simon vermochte in dieser mondlosen Nacht kaum den Pfad zu erkennen, doch er wollte mit seiner Reise nicht bis zum Morgengrauen warten. Er zog den Umhang fester um seine Schultern und gab dem Hengst die Sporen. Die kühle Nachtluft schärfte seine Sinne, und obwohl er die letzten Nächte kaum geschlafen hatte, konnte er so klar denken wie lange nicht. Er stellte fest, dass ihn die Verantwortung für das Gestüt beflügelte. Er genoss die

Herausforderung, ein Zuhause für viele Menschen aufzubauen, die ihm bei der Arbeit halfen.

Simon versuchte, in der Dunkelheit den richtigen Pfad zu finden. Die tiefhängenden Äste der Bäume schlugen ihm wie Peitschenhiebe ins Gesicht. Betrübt stellte er bald fest, dass es keinen Zweck hatte, den Weg in dieser stockfinsteren Nacht fortzuführen. Die Straße nach Heidelberg begann hinter den dichtbewaldeten Hügeln, und ohne das Tageslicht schien es ihm schier unmöglich, sie zu finden. Simon zügelte seinen Hengst und schlug hinter einem Haselbusch sein Lager auf, wo er versuchte, bis zum Morgengrauen etwas Schlaf zu finden. Die Feuchtigkeit des vermoderten Laubs kroch ihm durch die Beinkleider. Aus dem Unterholz war ein leises Rascheln zu vernehmen. Simon störte sich nicht daran, gewiss hatte er Vögel oder anderes Getier aufgescheucht. Er richtete den Blick zu den schwarzen Baumwipfeln, die sich im Wind bogen, und seine Gedanken schweiften zu Alessandra. Im Traum sah er sie mit einem Lächeln auf den Lippen die Seife für die Waschküche herstellen.

Der Schlossturm ragte aus der dichtbewaldeten Gegend empor. Simon überquerte eine Brücke, die ihn über den Neckar führte. Die Holzplanken schaukelten unter jedem Hufschlag seines Hengstes. Er wandte den Blick zum Ufer, an dem Hafenarbeiter Kisten von einem Kahn hievten und sie in eine Lagerhalle schleppten. Die Strahlen der tiefstehenden Oktobersonne glitzerten auf den blauen Wogen des Flusses.

Nachdem Simon die Brücke verlassen hatte, fand er sich auf dem Marktplatz von Heidelberg wieder. Er saß von seinem Hengst ab und sah sich zwischen den Ständen um. Händler boten lauthals ihre Waren an. Die Mägde, die sich an Simon vorbeidrängten, traten ihm beinahe auf die Füße. In den Händen trugen sie Körbe, die vor Obst und Gemüse fast überquollen. Der Duft von frischgebackenem Brot wehte über den Marktplatz. Simons Blick fiel auf den unvollendeten Turm der Heiliggeistkirche. Unzählige Arbeiter stockten gerade das Holzgerüst auf. Simon hielt den Atem an, während er an dem Bauwerk hinaufschaute. Hier also lag König Ruprecht nebst seiner Gattin begraben. Und hier gab es auch die Bibliothek, die Kurfürst Ludwig für die Universität von Heidelberg eingerichtet hatte. Simon hätte sie sich gern angesehen, doch dafür blieb ihm keine Zeit. Nachdem er den Marktplatz und die Gassen verlassen hatte, führte ihn der Weg durch ein Waldstück zum Schloss hinauf.

Auch im Innenhof des Schlosses werkelten unzählige Arbeiter an den unvollendeten Gebäuden, die sich eines neben dem anderen erstreckten. Staub von zerschlagenen Steinen bedeckte den Lehmboden. Simon schritt auf das einzige bewohnte Haus zu. Sein Blick fiel auf das Relief über dem Portal. Zwei Engelskinder, umrahmt von einem Rosenkranz, lächelten ihn lieblich an. Für einen Augenblick blieb er stehen und betrachtete die feine Arbeit.

»Das waren die Kinder des Baumeisters«, erklärte eine Stimme hinter ihm.

Simon fuhr erschrocken herum. Einen Hammer in der Hand haltend, betrachtete der Mann ebenfalls das Engelsrelief.

»Warum hat er sie hier verewigt?«, fragte Simon stirnrunzelnd.

»Er hat sie so geliebt, dass er sie immer bei sich haben

wollte. Sogar beim Bau dieses Hauses haben sie ihn tagtäglich begleitet.« Der Mann strich sich das ergraute Haar aus der Stirn und hinterließ dabei eine Staubspur. »Und dann ist das Unglück geschehen. Die beiden stürzten von einem Gerüst und brachen sich das Genick. Madern, der Baumeister, versank in tiefe Trauer und war nicht mehr in der Lage, den Bau zu vollenden. Bis zu dem Tag, an dem ihm seine Kinder im Traum als Engel erschienen sind. Er erzählte mir, dass sie ihn ermutigt hätten, seine Arbeit fortzuführen.« Der Mann sah wieder hoch zu dem Relief. »Danach beendete er sein Meisterwerk, und als Erinnerung meißelte er dieses Bildnis.«

»Wenn man es betrachtet, spürt man die Liebe, die er seinen Kindern entgegengebracht hat«, sagte Simon lächelnd.

Der Mann wandte sich zum Gehen. »Das ist wohl wahr, doch nun entschuldigt mich. Ich muss zurück an meine Arbeit.«

Simon drückte die schwere Pforte aus Eichenholz auf und betrat die Halle. Im farbigen Glas der hohen Fenster brach sich das Sonnenlicht. Ein Diener, dessen Gesicht Simon an einen Falken erinnerte, näherte sich ihm. Er verzog keine Miene, als er Simon das Gepäck abnahm und ihn mit näselnder Stimme nach seinem Anliegen fragte.

»Graf Otto erwartet mich«, antwortete Simon knapp.

Der Diener nickte und wies Simon mit einer Handbewegung an, ihm zu folgen. Doch statt ihn zu Graf Otto zu bringen, führte er ihn in ein geräumiges Zimmer. In einem mannshohen Kamin prasselte ein Feuer, das den Raum angenehm erwärmte. Simon griff nach einer der Figuren, die in einer festen Anordnung auf einem kleinen Tisch zwischen zwei Lehnstühlen standen. Das helle

Holz fühlte sich in seinen Fingern warm an. Da öffnete sich die Tür, und Simon sah hoch. Der Diener wies ihn mit einem Kopfnicken an, ihm zu folgen.

»Euer Anliegen bedarf der Eile, dessen bin ich mir bewusst.« Graf Otto ließ sich hinter seinem Schreibpult nieder. Ein Seufzer der Erleichterung entfuhr ihm, als sein Hinterteil die rechte Position auf dem Lehnstuhl gefunden hatte. Mit den Fingerspitzen schnipste er einen Faden von seinem Ärmel. »Doch nun erzählt mir, ob es dem werten Fräulein Mathilde wieder bessergeht. Bei meinem letzten Besuch auf der Burg sah sie sehr blass um ihr hübsches Näschen aus.«

Simon senkte den Blick. »Ihr braucht Euch nicht um sie zu sorgen, es geht ihr gut.«

»Steht nicht in den nächsten Tagen Eure Verlobungsfeier an?« Graf Otto musterte ihn aufmerksam.

»Der Umstände halber werde ich sie verschieben müssen«, entgegnete Simon. Er spürte, wie sich Schweißperlen auf seiner Stirn bildeten. Seine Verlobung hätte an Martini stattfinden sollen, genau in fünfzehn Tagen. Simon konnte sich bildlich vorstellen, wie entsetzt Mathilde auf sein Vorhaben reagieren würde.

»Eure Verlobung ist eine Voraussetzung für den Erhalt des Lehens, dessen seid Ihr Euch doch bewusst?« Graf Otto lehnte sich in seinen Stuhl zurück.

Simon nickte. »Gewiss, doch die Zeit rennt mir davon. Die Trakehner müssen bis zum Wintereinbruch in den neuen Ställen untergebracht sein.« Simon blickte dem Grafen fest in die Augen. »Mir fehlen die Vollmachten, Material zu ordern und Handwerker einzustellen.«

»Was ist mit dem Verwalter? Warum übernimmt er das nicht?« Graf Otto sah ihn nachdenklich an.

»Von ihm fehlt jede Spur. Keiner weiß, wo er ist.« Simon seufzte.

Graf Otto erhob sich und schritt um das Schreibpult. »Äußerst merkwürdig. Ich kannte ihn immer als verlässlichen Mann«, murmelte er. Vor einem Gemälde, das den Kurfürsten Ludwig mit seiner Gemahlin zeigte, blieb er stehen und strich sich nachdenklich über das Kinn. »Morgen werde ich Euch bei einem Festmahl Euer Lehen übergeben, doch Ihr müsst mir besiegeln, dass die Verlobung nachgeholt wird. Sollte dem nicht so sein, fällt das Lehen an mich zurück.«

»Das werde ich tun. Lasst Euren Schreiber ein Schriftstück aufsetzen.« Geschickt lenkte Simon nun vom Thema ab, bevor der Graf noch weitere Einwände vorbringen konnte. »Wie ist es eigentlich um die Gesundheit des Kurfürsten bestellt? Man munkelt, er läge im Sterben.«

Schwer atmend wandte Graf Otto den Blick aus dem Fenster. »Mein Bruder empfängt keinen Besuch mehr. Ludwig liegt regungslos auf seiner Bettstatt. Ich hege keine Hoffnung, dass er das nächste Frühjahr noch erleben wird.« Der Graf senkte die Lider. »Doch ich möchte Euch bitten, Stillschweigen darüber zu bewahren.«

Die Tische in dem Festsaal bogen sich unter den Speisen. Simons Blick wanderte unsicher umher. Er wusste nicht so recht, wohin er sich setzen sollte. Mit der Hand fuhr er über das Wappen der Wittelsbacher auf seiner Brust.

Graf Otto schritt zwischen den Bänken umher, klopfte wohlwollend dem ein oder anderen Herrn auf die Schulter und ließ seinen Blick über die Speisen schweifen. Nachdem er Simon entdeckt hatte, winkte er ihm zu, kehrte zurück zu seinem Platz und gab Simon mit einem Kopfnicken zu verstehen, dass er sich neben ihn setzen sollte.

Simon ließ sich zwischen ihm und Ludwigs Eheweib Mechthild an der Stirnseite der Tafel nieder. Kurz darauf räusperte sich Graf Otto, und das Gemurmel unter den Gästen verstummte. Er und Simon erhoben sich gleichzeitig von ihren Stühlen. Der Graf rollte ein Pergament auseinander und sah Simon fest in die Augen.

»Simon von Ravenstein, es ist der feierliche Augenblick gekommen, an dem ich Euch das Lehen in Eure treuen Hände übergebe. Nachdem Ihr dieses übernommen habt, verpflichtet Ihr Euch für den wirtschaftlichen Erhalt der Ländereien zwischen Bacharach und Kastellaun sowie des dazugehörigen Gestüts.« Zum Zeichen der Übergabe hielt der Graf eine Ähre hoch und überreichte sie Simon.

Nachdem dieser den Lehnseid geleistet hatte, legte er seine gefalteten Hände in die des Grafen. Otto schloss die Augen und gelobte ihm Schutz im Namen des Kurfürsten.

Als die Zeremonie vorüber war, ließ sich Simon erleichtert auf seinem Stuhl nieder.

Ludwigs Gemahlin griff nach seiner Hand und drückte sie lächelnd. »Ich bin mir sicher, dass Ihr ein guter Lehnsmann sein werdet. Doch verratet mir, warum habt Ihr nicht Eure Verlobte mitgebracht?« Ihre von kleinen Fältchen umgebenen Augen blickten ihn fragend an.

»Die Eile ließ es nicht zu. Doch sobald die Ställe wieder aufgebaut sind und das Wetter gnädig ist, werde ich Euch mit ihr besuchen. Ich bin mir sicher, sie wird von dem Schloss begeistert sein.«

Simon wandte seine Aufmerksamkeit den Speisen zu. Der Duft des gebratenen Fleisches ließ seinen Magen grummeln. Nachdem Frau Mechthild ihren Teller mit einer Wachtelhälfte und in Butter gerösteten Möhren gefüllt hatte, griff auch er beherzt zu.

Alessandra strauchelte, doch der harte Griff des Wärters um ihren Arm bewahrte sie davor zu fallen. Er zog sie den Gang entlang, bis sie vor einer Tür standen, die aus groben Holzplanken gezimmert war. Durch die Fugen schimmerte das Licht aus der Kammer, die dahinter lag. Alessandra vernahm Stimmen, die sich leise unterhielten. Der Wachmann drückte die Tür auf und zog Alessandra am Arm in den Raum. An einem schiefgezimmerten Tisch saßen der Ratsherr und ein weiterer Mann, in die Kutte eines Hexenrichters gekleidet. Mit seinen hervorstehenden Augen musterte er Alessandra eindringlich. Der Wachmann schob sie zu einer kleinen Bank, auf der sie den Amtsmännern von Angesicht zu Angesicht gegenübersaß. Alessandra versuchte, mit der Zunge ihre aufgesprungenen Lippen zu befeuchten, doch ihr fehlte der Speichel dazu. Sie hob den Blick und schaute zu dem gemauerten Rundbogen über den Köpfen der Herren.

Der Hexenrichter goss sich Wasser in einen Becher und trank ihn mit einem Zug leer. Nachdem er ihn wieder auf das Schreibpult gestellt hatte, stieß er genüsslich auf, grinste Alessandra an und goss sich einen weiteren Becher ein.

Das Plätschern des Wassers verursachte Alessandra beinahe körperliche Schmerzen.

»Streitest du weiterhin alle Anklagepunkte ab?« Der Hexenrichter faltete die Hände auf dem Tisch. Sein stechender Blick durchbohrte Alessandra.

»Ja, ich bin unschuldig«, krächzte sie kaum hörbar.

»Du willst also nicht gestehen?« Der Hexenrichter hob bedauernd die Augenbrauen und führte erneut den Becher an seine Lippen.

Der Anblick des trinkenden Mannes ließ Alessandra fast ohnmächtig werden. Sie widerstand nur mit Mühe der Versuchung, sich für einen Schluck Wasser schuldig zu bekennen. Stattdessen schloss sie die Augen und biss sich auf die ausgedörrten Lippen. »Nein, ich bin unschuldig«, flüsterte sie mit letzter Kraft.

»Gut, dann wollen wir als Erstes deinen Körper nach Hexenmalen untersuchen.« Der Ratsherr warf dem Schergen, der mit verschränkten Armen neben Alessandra stand, einen Blick zu. Der Mann stellte sich breitbeinig vor sie, zog sie hoch und führte sie zu einem schmalen Brett, das auf einem Stück Mauer lag. Mit einem Ruck zerrte er ihr die Röcke vom Leib. Alessandra riss vor Entsetzen die Augen auf und versuchte, ihre Scham zu bedecken. Der Scherge griff nach ihren Schultern und drückte sie auf das Brett. Dann erhob sich der Hexenrichter, schritt auf Alessandra zu und beugte sich über ihren entblößten Leib. Er nahm ihre Hände von der Scham und beäugte sie ausgiebig. Sein Blick wanderte weiter hinauf und blieb auf ihren Brüsten haften. Alessandra ballte die Fäuste. Sie schämte sich so sehr, dass ihr die Röte in die Wangen stieg. Eine Träne löste sich aus ihrem Augenwinkel. Als der Hexenrichter sie anwies, sich auf den Bauch zu drehen, biss sie die Zähne zusammen. Gleich darauf fühlte sie, wie er mit den Fingern die Falte zwischen ihrem Po nachfuhr. Danach strich er über ein Muttermal auf ihrem Unterarm.

»Da haben wir doch den Beweis«, murmelte er. »Eindeutiger könnte ein Hexenmal nicht sein. Du hast sogar noch Glück gehabt, dass wir das Mal so schnell gefunden haben. So ersparen wir dir und uns das lästige Haareabschneiden.«

Die Spitze einer Nadel berührte kaum spürbar ihre Haut.

»Seht und überzeugt Euch selbst«, wies er den Ratsherrn an. »Das Mal blutet nicht.«

Alessandra drehte sich wieder auf den Rücken und richtete sich auf. »Es kann auch nicht bluten, wenn Ihr nicht richtig hineinstecht«, flüsterte sie.

»Du antwortest nur, wenn du gefragt wirst«, raunte der Hexenrichter.

Der Ratsherr nickte mit dem Kopf. Auf seinen Lippen lag ein zufriedenes Lächeln.

»Bringe den Leichnam herein«, wies der Hexenrichter den Schergen an. Er hob Alessandras Röcke vom Boden auf, hielt für einen Augenblick inne und ließ seinen Blick dann noch einmal lüstern über ihren Leib wandern. »Du kannst dich wieder anziehen.« Er warf ihr die Kleidung zu.

Der Wärter verließ die Kammer. Einen Augenblick später kehrte er zurück, einen nackten Leichnam an den Armen hinter sich her schleifend. Ein Aufschrei entfuhr Alessandra, als sie in Magdas starre Augen blickte. Sie verdeckte ihr Gesicht mit den Händen. Der Wärter drehte den Leichnam auf den Bauch und ritzte mit dem Messer in einen der Totenflecken auf dem Rücken. Das Blut quoll dickflüssig aus der Wunde. Er wischte es mit einem Tuch ab.

Die Falten auf der Stirn des Hexenrichters vertieften sich. »Hat die Wunde aufgehört zu bluten?«

Der Wachmann nickte. »Ja, überzeugt Euch selbst.«

Der Hexenrichter warf einen kurzen Blick auf den Rücken der Leiche und wandte angewidert den Kopf ab. »Lasst sie die Probe ausführen«, wies er den Schergen an und zeigte auf Alessandra.

Der Scherge riss Alessandra am Arm zu Magdas leblosem Körper. Er nahm ihren Zeigefinger und drückte ihn in die Wunde. Alessandra starrte blicklos auf Magda hinunter. An ihrem Finger klebte das kalte Blut.

»Sie hat die Wunde zum Bluten gebracht«, verkündete der Wachmann. »Seht selbst, wie es wieder hervorquillt.«

Der Hexenrichter räusperte sich. »Damit ist bewiesen, dass du eine Hexe bist. Nur durch deine bloße Berührung bluten die Wunden von Leichen. Gestehst du nun?« Seine Augen glichen denen einer Eule.

Über Alessandras Wangen rannen die Tränen. Die Worte des Hexenrichters erreichten sie nur wie durch einen Nebelschleier.

»Nein, ich gestehe nichts, was ich nicht verbrochen habe.« Alessandra senkte den Blick.

»Nun gut. Weil ich heute gnädig bin, gebe ich dir noch eine letzte Gelegenheit, darüber nachzudenken, ob du nicht doch deine Buhlschaft mit dem Teufel zugeben willst. Aber glaube mir, wenn du dich beim nächsten Mal erneut so störrisch zeigst, werden wir die Folter anwenden.« Er schaute zum Wachmann. »Bring sie zurück in die Zelle.«

Kapitel 10

Am nächsten Morgen ritt Simon beschwingt zurück zu seinem Gestüt. Sowohl der Gedanke an den Wiederaufbau der Ställe als auch die Gewissheit, Alessandra bald wiederzusehen, ließen sein Herz schneller schlagen.

Sobald Simon das Gatter zu dem Gestüt passiert hatte, schritt Richard ihm mit einem erwartungsvollen Blick entgegen.

»Und, wie war es? Kann ich dich nun Lehnsmann nennen?«

Simon sprang aus dem Sattel. Auf seinem Gesicht lag ein Strahlen. »Ja! Dem Aufbau der Ställe steht nichts mehr im Weg.« Stolz zog er die besiegelte Abschrift unter seinem Umhang hervor.

»Junge, ich könnte vor dir auf die Knie gehen!« Richard legte die Arme um Simons Schulter.

»Lasst uns keine Zeit verlieren. Ich muss wissen, wie es um mein Vermögen bestellt ist, damit es endlich losgehen kann.« Simon löste sich aus Richards Umarmung.

Richard und Simon hievten die Truhe mit den Schriftstücken aus den Ruinen und trugen sie in das Herrenhaus. Vom Haus des Verwalters existierten nur noch die Grundmauern und das Schreibzimmer. Es grenzte an ein Wunder, dass die Truhe unversehrt geblieben war. Von

Sibert fehlte immer noch jegliche Spur. Niemand mehr hatte ihn nach der Nacht, in der das Feuer ausgebrochen war, noch gesehen.

Das fahle Licht der Abendsonne fiel durch das Fenster der Kammer, die Simon im Herrenhaus bezogen hatte. Er beugte sich über die Schriften, die ausgebreitet auf dem Schreibpult vor ihm lagen. Die Ränder waren von der Hitze versengt, doch die Schrift noch gestochen scharf zu lesen.

»Das kann doch nicht wahr sein«, murmelte Simon ungläubig und verglich erneut die Einnahmen mit den Ausgaben.

»Was ist los? Stimmt irgendetwas nicht?« Richard schaute ihm über die Schulter.

»Entweder hat der Verwalter die Pferde verschenkt oder sich die Erlöse in die eigene Tasche gesteckt.« Simon spürte, wie ihm die Hitze in den Nacken kroch. »Das Gestüt ist mit Schulden belastet! Hier, seht selbst.« Er reichte Richard eines der Schriftstücke.

Nachdem Richard die Zahlen überflogen hatte, schüttelte er den Kopf. »Das erklärt wohl alles. Den Brand sowie den Verbleib des Mannes …«

Simon sprang so heftig auf, dass die Lehne seines Stuhls krachend auf den Boden schlug. »Dieser Mistkerl hat sich den Erlös in die eigene Tasche gesteckt!« Er schlug mit der flachen Hand auf die Tischplatte. »Er war es, der den Brand gelegt hat!«

Richard stieß schwer den Atem aus und sammelte die Pergamentrollen ein. »Er wollte alles vernichten, damit ihm keiner etwas nachweisen kann.«

»Und dafür hat er das Leben der Pferde aufs Spiel gesetzt. Ich fasse das einfach nicht.« Simon fuhr sich mit der

Hand durch das Haar. »Der Bestand der Trakehner hätte nicht mehr nachgewiesen werden können.«

»Und der Verlust der fünf Hengste, von denen der Stallmeister berichtet hat, wäre nicht aufgefallen.« Richard legte die Pergamentrollen zurück in die Truhe. »Ich frage mich nur, wie er mit ihnen ungesehen das Gestüt verlassen konnte.«

»Damit ist meine Zukunft als wohlhabender Lehnsherr dahin. Die Ländereien sind kaum besiedelt. Die Felder liegen brach. Nur das Gestüt hätte mir ein ansehnliches Einkommen gebracht.« Simon ließ die Schultern hängen. »Was glaubt Ihr, wie Graf Leopold reagiert, wenn er davon erfährt? Meint Ihr wirklich, er verheiratet Mathilde mit einem armen Ritter?« Simon griff nach seinem Umhang. »Ich muss zurück zur Burg. Der Letzte, der mir helfen kann, ist Graf Philipp. Ich werde ihn fragen, ob er auf die Schnelle einen Käufer für die Pferde weiß.« Simon seufzte laut auf. »Und dann fange ich ganz von vorn an.« Er wollte gerade die Kammer verlassen, doch Richard hielt ihn am Arm fest.

»Wenn du hierher zurückkehrst, bring bitte Klara mit. Ich vermisse sie.«

Nachdem Simon das Tor der Burg Stahleck passiert hatte, blickte er sofort zur Waschküche hinüber. Auch wenn sein Anliegen einer eiligen Lösung bedurfte, wollte er zunächst nach Alessandra sehen, bevor er den Burgherrn aufsuchte.

Als Simon bemerkte, mit welch traurigen Augen Anna ihn empfing, ahnte er, dass sich etwas Schreckliches zugetragen haben musste.

»Der Generalvikar hat Alessandra festsetzen lassen. Sie ist der Hexerei, des Mordes und der Häresie angeklagt worden!« Aus Annas Augen quollen Tränen. Sie wischte sich die Nase an ihrem Hemdsärmel ab.

Simon schüttelte ungläubig den Kopf. »Was sagst du da?«, fragte er. Seine zitternden Hände versteckte er auf dem Rücken.

Als Anna ihre Worte wiederholte, brach ihm der Schweiß aus. Wutschnaubend verließ er die Waschküche, um sofort den Erzbischof aufzusuchen. Zwei Stufen auf einmal nehmend, stürmte Simon die Stiegen des Wehrturmes hinauf. Der Generalvikar sah ihm mit weit aufgerissenen Augen und offenem Mund nach, wie er in das Audienzzimmer des Erzbischofs polterte. Simon holte tief Luft und stützte sich mit den Händen auf dem Schreibpult ab.

»Es kann nicht Eurer Ernst sein, eine Magd dieser Burg der Hexerei zu denunzieren, die noch nicht einmal einer Maus ein Leid zufügen kann!«, schrie er.

Der Erzbischof erhob sich. »Was fällt Euch ein, hier einfach einzufallen? Wisst Ihr nicht, wer vor Euch steht?«

Simons Augen funkelten zornig. Selbst wenn der Herrgott leibhaftig vor ihm gestanden hätte, hätte er nicht an sich gehalten. »Ich stehe vor dem Mann, der die Magd Alessandra unschuldig eingekerkert hat.«

Der Erzbischof schüttelte verständnislos den Kopf. »Es liegt eine Anzeige gegen sie vor. Außerdem sitzt sie in Bacharach im Kerker. Wir haben sie an das weltliche Gericht übergeben. Und jetzt verlasst das Zimmer.« Der Erzbischof hob die Hand und wies auf die offene Tür. »Solltet Ihr nochmals eine Unterredung mit mir wünschen, so meldet Euch beim Generalvikar an. Und dann will ich von Euch mit Ehrwürden angesprochen werden. Habt Ihr mich verstanden?«

Simon wandte sich von ihm ab. Die Schritte seiner Stiefel hallten durch das Gerichtszimmer. Der Generalvikar hatte seinen Mund noch immer nicht geschlossen und sah ihm kopfschüttelnd nach. Simons Leib zitterte vor Wut. Er wusste genau, wer Alessandra angezeigt hatte. Bevor er nach Bacharach ritt, musste er sie zur Rede stellen.

Die Tür zu Mathildes Gemach flog krachend gegen die Wand, nachdem Simon sie mit einem Tritt aufgestoßen hatte. Mathilde drehte sich erschrocken zu ihm um. Die neue Kammerjungfrau flocht ihr gerade das Haar, und auch ihr stand der Schreck ins Gesicht geschrieben.

»Was habt Ihr angerichtet?«, brüllte Simon. Er musste sich zurückhalten, damit er Mathilde nicht an die Gurgel ging.

»Ritter Simon, wie schön, Euch zu sehen.« Mathilde erhob sich von ihrem Stuhl. Ein falsches Lächeln huschte über ihre Lippen. Sie faltete die Hände vor ihren Röcken und sah ihm fest in die Augen. »Was soll ich denn angerichtet haben?«, fragte sie mit Unschuldsmiene.

»Alessandra wird der Hexerei angeklagt, und ich könnte schwören ...« Simons Augen verengten sich zu Schlitzen. »Ihr seid daran nicht unschuldig. Was hat sie Euch getan? Sagt es mir.« Seine Stimme hallte von den Wänden des Gemachs wider, und er glaubte, vor Zorn den Verstand zu verlieren.

Mathilde verzog die Lippen zu einem Kussmund. »Liebster Ritter Simon, wollt Ihr es etwa mir zum Vorwurf machen, dass diese kleine Hexe endlich dafür bestraft wird, was sie hier angerichtet hat?«

Simon sog scharf den Atem ein. »Wie soll ich das verstehen? Wofür ist sie verantwortlich?«, zischte er.

»Denkt doch nur an die Pest, die hier ausgebrochen ist.

Sie hat sie herbeigerufen. Gott allein kennt ihre Beweggründe.« Mathilde griff nach ihrem unvollendeten Zopf, richtete ihr Augenmerk darauf und flocht ihn weiter. »Ihr solltet mir dankbar sein, denn dieses Weib hat auch Euch verhext. Oder würdet Ihr sonst solch ein Gewese wegen einer Magd machen?« Mathilde hob den Blick. »Meint Ihr, mir wäre nicht aufgefallen, wie sie Euch angehimmelt hat?« Ihre Stimme nahm einen scharfen Ton an. »Ihr seid mir versprochen, und kein Weibsbild wird mir Euch wegnehmen«, zischte sie.

»Ihr seid eifersüchtig auf eine Magd, die niemals mein Weib werden kann? Und dafür soll sie sterben?« Fassungslos starrte Simon in Mathildes graublaue Augen, die so viel Gift versprühten, dass ihm übel wurde. Ohne auf eine Antwort zu warten, verließ er wutentbrannt das Gemach, stürmte die Treppe hinunter und eilte über den Hof. Der Stallmeister sattelte gerade sein Pferd ab.

»Halt inne!«, rief Simon. »Ich reite sofort weiter.« Er riss dem Stallmeister die Zügel aus der Hand und schwang sich in den Sattel. Die Fersen in den Bauch des Pferdes gedrückt, ritt er durch das Burgtor, als wäre der Teufel hinter ihm her.

Erst auf dem Marktplatz verlangsamte Simon den Galopp, um nicht die Bürger von Bacharach zu Fall zu bringen. Er riss die Tür zum Rathaus auf und sah sich in der Halle um. Neben der Stadtwaage erhob sich ein Schreiber von seinem Pult. »Ich muss zum Bürgermeister«, raunzte Simon ihn an.

»Es tut mir leid, mein Herr. Der Bürgermeister ist unpässlich. Er erholt sich in seinem Haus von seinem Leiden.« Der Schreiber presste die blassen Lippen aufeinander. Eine fettige Haarsträhne fiel ihm in die Stirn.

»Dann sagt mir, wo ich das Haus des Bürgermeisters finde.« Simon baute sich bedrohlich vor ihm auf.

»Das … das darf ich Euch nicht sagen.« Der Schreiber wich zurück und stieß mit dem Hinterteil gegen die Tischplatte.

Zwei Büttel betraten die Halle. Argwöhnisch betrachteten sie Simon, bevor sie auf ihn zuschritten. »Habt Ihr ein Problem?«, fragte einer der beiden und neigte dabei die Lanze, die er in der Hand hielt.

Simon strich sich das Haar aus der Stirn. »Nein, es ist alles in Ordnung.« Er drehte sich um und verließ das Rathaus. Auf dem Marktplatz wandte er sich an eine Bauersfrau, um sie nach dem Wohnsitz des Bürgermeisters zu fragen. Sie starrte ihn mit offenem Mund an, während sie weiter Äpfel in einen Weidenkorb packte. Simon blickte auf ihre schwarzen Zahnstummel.

»Verstehst du mich nicht? Ich suche das Haus des Bürgermeisters«, wiederholte er und sah sich fragend auf dem Marktplatz um. Ein junger Bursche, gekleidet in einer blauen Tunika, näherte sich dem Stand.

»Braucht Ihr Hilfe?« Seine dunklen Augen schauten Simon freundlich an.

»Ich suche lediglich das Haus des Bürgermeisters«, antwortete Simon. Auf seiner Stirn hatten sich Zornesfalten gebildet.

»Ihr wollt zum Haus von Bürgermeister Michel Götz? Ich bringe Euch dorthin, edler Herr.« Der Bursche forderte Simon mit einer Handbewegung auf, ihm zu folgen. Er lief die Gassen hinunter bis zum Hafen. Vor dem Zolltor blieb er stehen und zeigte auf ein mehrstöckiges Steinhaus. »Dort wohnt er, unser Bürgermeister.« Er verbeugte sich. »Es war mir eine Ehre, Euch den Weg zu zeigen.«

Der Eisenring lag schwer in Simons Hand, als er ihn hob, um damit gegen die Tür zu klopfen. Die Pforte öffnete sich, und eine junge Magd blickte fragend durch den Spalt.

»Ich würde gern deinen Dienstherrn sprechen.« Simon tippte ungeduldig mit den Fingern auf den Holzrahmen.

Ohne ein Wort zu erwidern, schloss die Magd die Tür. Einen Augenblick später hörte Simon Schritte von Stiefeln, und die Pforte öffnete sich erneut. Ein hochgewachsener Mann trat ihm entgegen. Simon blickte in seine rabenschwarzen Augen. »Ich nehme an, ich stehe vor Michel Götz, dem Bürgermeister.«

Der Mann nickte mit einem Blick, der Simon deutlich zeigte, wie unerwünscht seine Anwesenheit war.

»Ich muss unbedingt mit Euch sprechen«, entgegnete Simon nachdrücklich, nachdem er vergeblich auf eine Begrüßung gewartet hatte.

Götz verschränkte die Arme vor der Brust, und seine dichten schwarzen Augenbrauen zogen sich zusammen. »Ihr hättet um eine Audienz bitten sollen. Meine Zeit ist knapp. Wenn Ihr etwas vorzutragen habt, dann äußert Euch nun.«

Simon spürte über das Gehabe des Bürgermeisters Zorn in sich aufsteigen. Doch um keine Zeit zu verlieren, trug er ohne Umschweife sein Anliegen vor. »Es geht um die Verhaftung einer meiner Mägde. Sie wird der Hexerei denunziert. Ihr Name ist Alessandra, und sie ist unschuldig. Das kann ich bezeugen.«

Götz zog eine Augenbraue hoch. »Glaubt Ihr etwa, ich kenne alle Weibsbilder, die verhaftet werden? Darum kümmern sich Ratsherr Röslin und der Hexenrichter. Und wenn diese Frau unschuldig sein sollte, werden sie es herausfinden.« Seine Hand legte sich auf den Griff der Tür.

»Wartet, lasst mich ausreden.« Simon straffte sich. »Sie ist durch finstere Machenschaften angeklagt worden.«

Götz' Augen funkelten zornig. »Auch das wird der Rat herausfinden, bevor der Richter das Urteil über sie spricht. Und nun macht Euch davon, damit ich die Tür schließen kann, oder soll ich den Büttel rufen?«

Simon trat auf die Gasse und schwang sich in den Sattel. Er beschloss, das Rathaus aufzusuchen, um mit dem Handlanger des Bürgermeisters zu reden.

Die Tritte seiner Stiefel hallten laut durch das Treppenhaus, als Simon die Stufen zum Ratssaal hinaufstieg. Ratsherr Röslin saß an dem schweren Bohlentisch und studierte Aufzeichnungen auf diversen Pergamentrollen. Erst als sich Simon räusperte, hob er den Blick.

»Wie kann ich Euch behilflich sein, edler Ritter?« Er erhob sich und schritt um den Tisch herum. Die Hände vor der schwarzen Robe gefaltet, betrachtete er versonnen das Wappen auf Simons Brust.

»Als junger Bursche wollte ich auch in den Stand des Ritters treten, doch mein Vater, ein angesehener Kaufmann, hatte dafür kein Verständnis.« Er rieb sich mit den Fingern über die Lider.

Simon stand der Sinn nicht nach den Kindheitserinnerungen des Ratsherrn. So schnell wie möglich wollte er Alessandra aus dem Kerker holen. »Hört, in einer Eurer Zellen sitzt ein unschuldiges Mädchen und wird der Hexerei denunziert. Gebt sie in meine Obhut, damit sie wieder als Magd für mich arbeiten kann.«

Röslin legte die Stirn in Falten. »Könnt Ihr mir dieses Mädchen beschreiben?«

Simon hielt sich die Hand an den Ellbogen. »Ihr schwarzes gelocktes Haar reicht ihr bis hier.« Trotz der Umstände verspürte er Wärme in seinem Herzen, als er sich ihr Bild vor Augen führte.

»Hm, ist ihr Name vielleicht Alessandra?« Röslin strich sich nachdenklich mit dem Finger über die Nase.

Simon nickte heftig. »Ja, richtig! Holt sie aus dem Kerker, denn sie ist unschuldig.«

»So einfach ist das nicht. Es gibt Beweise, dass sie eine Hexe ist.« Röslin trat einen Schritt zurück.

»Welche Beweise?«, zischte Simon. Seine Hände ballten sich zu Fäusten.

Der Ratsherr räusperte sich, bevor er sich wieder an den Tisch setzte. Er griff nach einer der Pergamentrollen und zog sie auseinander. »Hier, lest selbst.« Er reichte Simon das Schriftstück.

Als Simon die einzelnen Punkte der Beweisführung las, verschwammen die Buchstaben vor seinen Augen. Er zerknüllte das Pergament in seinen Händen und warf es auf die Tischplatte. Dann stürzte er auf Röslin zu und blickte ihm tief in die Augen. »Bringt mich zu ihr! Habt Ihr mich verstanden?« Er ballte eine Faust.

»Das … das geht nicht. Das verstößt gegen die Vorschriften«, stotterte Röslin.

Simon griff nach Röslins weißem Kragen. »Eure Vorschriften nutzen Euch gar nichts mehr, wenn Ihr unter den Toten weilt.«

Der Ratsherr schlug Simons Hand weg und erhob sich. »Ihr wollt mir drohen?« Mit einem strengen Blick versuchte er, Autorität zu vermitteln, doch Simon entging nicht, dass er seine zitternden Hände auf dem Rücken versteckte. »Die Stadtbüttel werden Euch in den Kerker werfen, wenn Ihr Hand an mich legt.«

Simon hätte diesen Mann mit bloßen Händen erwürgen können, doch er versuchte, sich zu zügeln. Was nutzte es Alessandra, wenn auch er im Kerker einsaß? Er ließ die Hand sinken. Die Muskeln seines Kiefers zuckten, während er seine Faust unablässig knetete. Hier, unter seinen Fußsohlen, saß in einem der Kerker Alessandra und war fadenscheinigen Beweisführungen ausgesetzt! Simon spie angewidert auf den Boden. »Ihr habt mich hier nicht zum letzten Mal gesehen. Das schwöre ich Euch!« Bevor er den Saal verließ, blickte er noch einmal über seine Schulter. »Solltet Ihr oder einer Eurer dreckigen Wärter sie schänden, dann vergesse ich mich, breche das fünfte Gebot und Euch alle Knochen.«

Das Holz des Rahmens krachte, als Simon die Tür hinter sich zuwarf.

Nachdem er das Rathaus verlassen hatte, atmete er tief ein. Die Niederschrift der Beweisführung ging ihm nicht aus dem Kopf. Er spielte mit dem Gedanken, zurück ins Rathaus zu laufen, die Kellergewölbe aufzusuchen und dem Wärter die Kehle durchzuschneiden. Das wäre der einfachste Weg gewesen, Alessandra dort herauszuholen. Doch dann hätte er selbst schon bald am Galgen gebaumelt. Simon griff nach den Zügeln seines Pferdes. Den Kopf gesenkt und in Gedanken vertieft, trottete er über den Marktplatz.

Als er die Stadt verlassen hatte, schweifte sein Blick vorbei an der Wernerkapelle hinauf zur Burg Stahleck. Simon fragte sich, was ihn eigentlich noch dorthin zog. Dort konnte ihm niemand helfen. Er stieg in den Sattel, riss die Zügel herum und lenkte seinen Hengst auf den Weg, der zu seinem Lehen führte. Während ihm der Wind durch das Haar wehte, gingen ihm unzählige

Gedanken durch den Kopf. Die letzten Strahlen der untergehenden Sonne versanken hinter den Weinbergen, und über den Rhein legte sich die Dunkelheit.

Nachdem Simon das Gatter zum Gestüt passiert hatte, sprang er außer Atem aus dem Sattel. Hastig lief er zu den Unterkünften, um Richard zu suchen.

Sein Rittervater stand am Fenster seiner Kammer und blickte hinaus in die Nacht. Ohne sich zu Simon umzudrehen, nahm er einen tiefen Schluck Wein aus dem Kelch, den er in den Händen hielt.

»Solltest du nicht Klara mitbringen, wenn du hierher zurückkehrst?« Richard strich sich das Haar aus der Stirn und wandte sich dann Simon zu. In seinen Augen lag Besorgnis. »Was ist geschehen? Sie ist doch nicht etwa an der Pest erkrankt?« Er tastete nach dem Stuhl hinter seinem Rücken und zog ihn an der Lehne zu sich hin. »Ich könnte es nicht ertragen!«

»Klara geht es bestens. Ihr braucht Euch um sie nicht zu sorgen.« Simon griff nach einem zweiten Kelch auf dem Tisch, goss sich Wein ein und leerte ihn mit einem tiefen Zug.

Richards Blick durchbohrte ihn. »Was ist geschehen? Sag es mir!«

Simon sog tief den Atem ein und fuhr sich mit der Hand durch das Haar. »Sie haben Alessandra als Hexe denunziert und in den Kerker gesperrt.« Simon rang die Hände. »Der Ratsherr hat angeblich Beweise, die die Anklage bestätigen.«

Richard blickte ihn verständnislos an. »Alessandra? Der Name sagt mir nichts. Sollte ich sie kennen?«

»Eine Magd von der Burg.« Simon senkte den Blick.

»Und warum scherst du dich um eine Magd? Ich kann nicht glauben, dass du wegen ihr den Aufbau der Ställe vernachlässigst. Du benimmst dich wie ein Bursche, den der Hafer gestochen hat.«

Simon ließ sich seufzend auf der Bettkante nieder und starrte ins Leere. »Ich muss sie da herausholen, egal, wie.« Er straffte den Rücken. »Ich kann nicht zulassen, dass sie zum Tode verurteilt wird.«

Richard erhob sich, schritt auf Simon zu und legte ihm die Hand auf die Schulter. »Warum liegt dir das Mädchen so am Herzen? Du hast mir nie von ihr erzählt.«

Simon sprang wieder auf und sah Richard mit durchdringendem Blick an. »Ich bin es ihr schuldig! Sie war es, die mir damals im Wald das Leben gerettet hat.« Er griff nach Richards Hand, die immer noch auf seiner Schulter ruhte. »Helft mir, Richard!«, flehte er. »Ich weiß nicht, wie ich sie aus dem Kerker bekommen soll, ohne dem Wärter die Kehle durchzuschneiden.«

»Mach dich nicht unglücklich, Junge.« Richard seufzte. »Eine Frau, die der Hexerei angeklagt ist, verlässt den Kerker nur noch, um auf dem Scheiterhaufen zu brennen.«

»Nein, sie nicht! Vorher wird das Rathaus brennen, und zwar durch meine Hand.« Simon wandte seinem Rittervater den Rücken zu.

»Du liebst sie, habe ich recht?«

»Das spielt keine Rolle. Ich muss sie da rausholen. Wie kann ich hier Ställe aufbauen, als wäre nichts geschehen?« Simon rieb sich mit den Handflächen über das Gesicht. »Die Zeit rennt mir davon. Wenn Ihr keinen besseren Rat wisst, werde ich sie eben mit Gewalt befreien.« Er wollte sich an seinem Rittervater vorbeidrängen, doch Richards fester Griff hinderte ihn daran. »Nun warte doch, du Hitzkopf.«

Simon drehte sich zu seinem Rittervater um. In seinen Augen funkelte die Kampfeslust, als würde er in eine Schlacht ziehen.

»Hast du schon mal daran gedacht, sie freizukaufen?« Richard schritt zum Tisch, um Simon und sich Wein nachzuschenken.

»Freikaufen? Ihr meint, der Ratsherr würde sie für ein paar Münzen einfach gehen lassen?« Simon sah ihn erstaunt an.

»Der Ratsherr? Nein.« Richard lachte heiser auf. »Der Bürgermeister ist das Zünglein an der Waage. Aber nicht für ein paar Münzen. Ich habe gehört, dass er sich gern das Säckchen mit Dukaten füllen lässt.«

»Dukaten? Ich kann noch nicht einmal den Aufbau der Ställe bezahlen«, sagte Simon verzweifelt.

»Du musst warten, bis du Käufer für die Pferde gefunden hast.« Richard zuckte mit den Schultern.

»Ich kann nicht mehr warten! Sie werden Alessandra unter der Folter zu einem Geständnis zwingen.« Simon lehnte sich mit dem Rücken gegen die Mauer. Sein Blick irrte in dem Gemach umher.

»Was bleibt dir anderes übrig? Suche erst einmal den Bürgermeister auf, um mit ihm einen Preis auszuhandeln.«

»Ich war schon bei ihm«, gestand Simon. »Er war nicht sehr erfreut darüber, dass ich unangemeldet kam. Beim nächsten Mal wird er mir mit Sicherheit die Büttel auf den Hals hetzen.«

»Du musst es geschickter anstellen. Schicke ihm eine kleine Aufmerksamkeit zusammen mit einem Schreiben, in dem du ihn um eine Audienz bittest.« Richard zwinkerte Simon zu. »Er wird es verstehen.«

Simons Blick erhellte sich. »Das ist eine gute Idee. Und jetzt weiß ich auch, wie ich das Geld auftreiben kann.«

»Und wie?« Richard sah ihn fragend an.

»Ich frage den Burgherrn nach einem Vorschuss für den Wiederaufbau«, sagte Simon. »Ich hoffe, mit dieser Summe kann ich die Aufmerksamkeit des Bürgermeisters wecken. Um den Rest kümmere ich mich dann später.«

Richard griff nach Simons Arm. Seine Augen verdunkelten sich. »Was wird geschehen, wenn du das Mädchen da herausgeholt hast? Du wirst doch wohl nicht die Verlobung mit Mathilde absagen? Du weißt, was davon abhängt.«

»Nein.« Simon senkte den Blick. »Ich habe Otto die Verlobung besiegelt. Unter meinem Stand darf ich nicht heiraten, wenn ich nicht die Gunst der Wittelsbacher verlieren und als Bettler enden will. Doch ich werde sie als Magd auf dem Gestüt anstellen. Ihre Nähe gibt mir Kraft, Mathildes Gegenwart zu ertragen.« Die Muskeln um Simons Kiefer zuckten.

»Sie war übrigens diejenige, die Alessandra denunziert hat.«

»Ich hoffe, du bist dir bewusst, was du da tust«, murmelte Richard. Sein Blick war sorgenvoll.

»Es wird nicht einfach werden, sie vor Mathilde zu schützen, ich weiß. Doch daran mag ich noch nicht denken.« Simon stieß schwer den Atem aus.

Das Licht des vollen Mondes erleuchtete den Pfad, der hinauf zur Burg führte. Simon atmete den Geruch von vermodertem Laub ein. Nebelschleier umhüllten die Kuppen der Weinberge. Nachdem Simon vorbei an dem schlafenden Wärter in den Burghof geritten war, führte er seinen Hengst in den Stall. Salomon beugte den Kopf in den Futtertrog, sobald Simon diesen mit Hafer gefüllt hatte. Schweren Herzens verließ er den Stall. Beim Gang über den Hof fiel sein Blick auf die Waschküche, und ein Stich fuhr ihm ins Herz. Er dachte an das Pergament, das ihm der Ratsherr zu lesen gegeben hatte. Tränen der Wut stiegen in seine Augen, als er an die Befragung dachte, der Alessandra ausgesetzt gewesen war. Die Beweisführung des Ratsherrn war mehr als unglaubwürdig. Deshalb hoffte Simon inständig, der Bürgermeister würde auf sein Angebot eingehen. Darüber, wie er die nötigen Dukaten zusammenbekam, wollte er gar nicht nachdenken.

Simon erhob sich von der Mauer und blickte an der Fassade des Herrenhauses empor. Die Kerzen in den Gemächern waren erloschen. Eine gespenstische Stille lag über der Burg. Nur Simons Schritte hallten durch den Innenhof. Er schob die schwere Tür auf und stieg die Stufen zu seinem Gemach hinauf. Dort wartete er am Fenster stehend auf den nächsten Morgen.

Graf Philipp runzelte die Stirn. »Mit ein paar Gulden kann ich Euch aushelfen, bis die Pferde verkauft sind.« Er schritt zu seiner Truhe und öffnete das Schloss.

Simon versuchte, über seine Schulter einen Blick darauf zu erhaschen, und sah, wie er einen kleinen Sack hervorzog.

»Damit könnt Ihr die Handwerker anzahlen und das erste Material bestellen.« Der Burgherr überreichte Simon das Säckchen. »Es tut mir leid für Euch, dass der Verwalter Euer Vermögen veruntreut hat. Doch ich bin mir sicher, die Pferde bringen einen guten Preis. Und unter Eurer Hand wird das Gestüt wieder aufblühen.« Er klopfte Simon freundschaftlich auf den Oberarm. »Ich bewundere Euren Kampfgeist. Hätte ich eine Tochter, würde ich alles daransetzen, sie mit Euch zu verheiraten«, sagte er seufzend.

Simon neigte den Kopf, nahm dankend das Bündel entgegen und wog es in seiner Hand. Der Inhalt reichte sicher gerade einmal, um die Aufmerksamkeit des Bürgermeisters zu wecken.

Der Bote folgte aufmerksam Simons Anweisungen. Dieser überreichte ihm die kleine, mit Münzen gefüllte Holzkiste. Sein Blick schweifte noch einmal über das Pergament, bevor er es zusammenrollte. »Du gehst nicht, bevor der Bürgermeister dir das Antwortschreiben übergeben hat. Hast du verstanden?«

Der junge Bursche nickte. Seine Wangen glühten vor Eifer. Er nahm das Schreiben entgegen und verstaute es zusammen mit der Holzkiste in der Satteltasche.

»Spute dich, es besteht Anlass zur Eile.« Simon drückte ihm eine Münze in die Hand. Der Bote starrte mit weit aufgerissenen Augen auf seine Handfläche, bevor er seinen schlanken Körper auf das Pferd schwang. Eine Staubwolke hinterlassend, galoppierte er auf seinem Gaul durch das Tor. Simons Herz fühlte sich so schwer an, als würde ein Stein darin liegen. Seufzend drehte er sich um und begab sich zu seinem Gemach.

Die Zeit zog sich dahin, und immer noch war der Bote nicht zurückgekehrt. Simon hatte es längst nicht mehr in seinem Gemach gehalten. Er stand auf dem Wachturm und blickte hinab auf die Häuser von Bacharach. Als er den Reiter endlich den Pfad zur Burg hinaufgaloppieren sah, stürmte er die Stiegen hinab. Außer Atem erreichte er den Boten, als dieser gerade das Tor passierte. Das Lächeln auf den Lippen des Jungen verriet, dass er ein

Antwortschreiben bei sich trug. Simon riss ihm die Pergamentrolle aus den Händen. Mit zitternden Händen brach er das Siegel und entrollte sie. Sein Herzschlag beschleunigte sich, als er die Zeilen überflog. Bürgermeister Götz bedankte sich für das Geschenk und lud ihn schon für den nächsten Tag zur Audienz. Er sollte sich im Rathaus einfinden, wenn die Glocke von St. Peter zur Mittagsstunde schlug.

Simon riss die Augen auf. »Wie? Wiederholt das bitte noch einmal. Ich glaube, ich habe mich verhört.«

»Eintausend rheinische Gulden. Jährlich.« Die Gier des Bürgermeisters spiegelte sich in seinem Blick wider. »Ihr solltet bedenken, dass ich den Hexenrichter noch bestechen muss. Wer weiß, was dann am Ende für mich übrigbleibt?« Götz zuckte mit den Schultern.

Simon sog scharf den Atem ein und ballte die Hände zu Fäusten.

»Sobald Ihr mir die erste Zahlung überbringt, wird die Angeklagte an Euch übergeben.« Die Stimme des Bürgermeisters klang mit einem Mal honigsüß.

Simon biss sich auf die Unterlippe. Er überlegte krampfhaft, wie er in kurzer Zeit so viel Geld auftreiben konnte. Doch dann schob er den Gedanken zur Seite. Um die Gulden konnte er sich später den Kopf zerbrechen. Wichtiger war es, die Abmachung zu besiegeln.

»Und bis dahin wird sie nicht der Folter unterzogen«, entgegnete er mit fester Stimme.

Götz schob die Unterlippe vor. »Das liegt nicht in meinem Ermessen, sondern in dem des Ratsherrn.« Die Spitze seines Federkiels kratzte über das Pergament. »Ihr seht also, dass Ihr Euch mit der Zahlung nicht allzu viel Zeit lassen solltet.«

Simon nahm das Schriftstück entgegen. Bevor er den Federkiel zur Unterschrift daraufsetzte, hielt er inne und blickte den Bürgermeister mit entschlossener Miene an. »Ich möchte mich davon überzeugen, dass sie noch lebt, bevor ich unterschreibe.«

»Gut, wie Ihr wollt. Ihr könnt den Wärter fragen, er wird Euch dies bestätigen«, sagte Götz gelangweilt.

»Nein, darauf lasse ich mich nicht ein. Ich will mich mit meinen eigenen Augen davon überzeugen. Ich schätze, Ihr wisst es ja noch nicht einmal selbst, während Ihr hier sitzt.« Simon hoffte, mit seiner Kühnheit nicht zu weit gegangen zu sein. Für einen Augenblick bangte er, der Bürgermeister würde ihm das Pergament fortnehmen und es in Stücke reißen. Simons Herz raste, als sich Götz erhob. Doch er hatte sich nicht getäuscht, die Gier des Mannes war so unermesslich, dass er auf Simons Forderung einging.

»Also gut, Euer Vertrauen in mich scheint nicht das größte zu sein, doch ich kann es Euch nicht verdenken.« Er fertigte noch ein weiteres Schreiben an, in dem er Simon die Erlaubnis für einen Besuch der Gefangenen gewährte.

Als der Wachmann die Tür entriegelte, hörte Simon das Blut in seinen Ohren rauschen. Nachdem er die Tür geöffnet hatte, konnte er kaum einen Fuß vor den anderen setzen, so sehr zitterten seine Beine. Seine Augen versuchten, sich an die Dunkelheit in der Zelle zu gewöhnen. Die Luft dort drinnen ließ ihm kaum die Möglichkeit zu atmen. Simon ignorierte den Gestank nach Fäkalien, der ihm entgegenschlug – viel zu groß war seine Sorge, dass Alessandra womöglich nicht mehr am Leben war. Mit zittriger Stimme flüsterte er ihren Namen. Er vernahm ein Rascheln im Stroh und lenkte seine Schritte dorthin, woher es gekommen war. »Hier bin ich, Simon.«

Ein kaum hörbarer Schluchzer peinigte Simons Ohren. In dem Lichtstrahl, der durch die Tür fiel, erkannte er Alessandras Leib, der sich in dem Stroh krümmte. Er ließ sich auf die Knie fallen, hob mit der Hand ihren Kopf an und bettete ihn auf seine Oberschenkel.

»Ich hole dich hier raus, das schwöre ich.« Zärtlich strich er über ihr Haar. In seinen Augen brannten Tränen. »Was haben sie dir nur angetan?«, flüsterte er.

»Simon«, hauchte Alessandra.

Er merkte, wie schwer ihr das Schlucken fiel, und drehte sich zu dem Wärter um, der mit verschränkten Armen in der Tür stand. »Bring ihr Wasser!«

Der Wachmann trat von einem Bein auf das andere, ohne irgendwelche Anstalten zu machen, seinem Befehl zu folgen.

»Hast du mich nicht verstanden?« Simons Stimme wurde lauter.

Erst nachdem der Ratsherr, der Simon bis vor den Kerker begleitet hatte, mit seinem Nicken sein Einverständnis gegeben hatte, trottete der Wärter davon.

Alessandras Kopf lag schwer in Simons Schoß. Er fuhr mit den Fingerspitzen über ihre geschlossenen Lider, bevor seine Lippen sanft ihre Stirn berührten. Fassungslos schüttelte er den Kopf. Er wusste nicht, wie er es über das Herz bringen sollte, Alessandra hier in diesem Zustand zurückzulassen.

Als der Wärter den Eimer neben Simon auf den Boden fallen ließ, schwappte das Wasser über den Rand. »Hier habt Ihr Euer verdammtes Wasser«, murmelte er.

Simon verzog das Gesicht. Der Gestank von Fäulnis stieg ihm in die Nase. »Das kann nicht dein Ernst sein.

Bring mir gefälligst frisches Wasser, sonst kippe ich dir die stinkende Brühe über den Kopf«, zischte er, bemüht, seine Stimme gedämpft zu halten, um Alessandra nicht zu erschrecken.

Der Ratsherr verzog den Mund und wies den Wachmann mit einem Blick an, frisches Wasser zu holen.

Kurz darauf stellte der Wärter den Eimer erneut neben Simon. »Glaubt Ihr, das lohnt sich noch?« Seine Lippen verzogen sich zu einem hämischen Grinsen.

Simons Augen verengten sich. »Sollte ich sie beim nächsten Mal nicht mehr lebend vorfinden, werde ich dich mit meinem Schwert vierteilen. Ich kann dir nur raten, gut für sie zu sorgen, wenn dir dein Leben lieb ist.« Simon strich mit dem Handrücken über Alessandras Wange. Er beugte sich zu ihr hinab, hob ihren Kopf an und drückte ihn vorsichtig an seine Brust. Sein Gesicht in ihrem Haar vergraben, schloss er die Augen. »Ich hole dich bald hier raus. Morgen nach Sonnenaufgang werde ich zurück sein«, versprach er.

»Ich wusste, dass Ihr kommen würdet. Ich habe es gespürt«, wisperte sie.

Simon schöpfte mit der Handfläche Wasser aus dem Eimer und hielt es ihr an die Lippen. Alessandra schlürfte es gierig. Sie öffnete die Lider und blickte ihm dankbar in die Augen. »Ich vertraue Euch.«

Simon riss es fast das Herz aus dem Leib, als er ihren Kopf zurück auf das verklumpte Stroh bettete. Er warf einen letzten Blick auf ihren geschwächten Körper, bevor er sich das Stroh von den Knien klopfte und sich zum Gehen wandte. Er musste gegen den Drang ankämpfen, Alessandra einfach aufzuheben und an dem Ratsherrn und dem Wärter vorbei hinaus in die Freiheit zu tragen. Ohne den Amtmann eines Blickes zu würdigen, verließ er die Zelle. »Morgen werde ich sie holen«, knurrte er.

Die Sonne blendete ihn, als er hinaus auf die Gasse trat. Bürger eilten geschäftig an ihm vorbei. Sie schienen nicht zu ahnen, welches Leid sich in den Kellergewölben des Rathauses abspielte. Simon spürte, wie der Boden unter seinen Beinen nachgab. Er stützte sich mit der Hand an dem Stamm einer Linde ab, und sein Blick richtete sich in den rostrot gefärbten Baumwipfel über ihm. »Vater im Himmel, hilf mir«, betete er. Ohne einen Plan, wie er an das Vermögen kommen sollte, stieg er in den Sattel. Doch er führte seinen Hengst nicht auf den Pfad zur Burg, sondern schlug ohne Umschweife den Weg zu dem Gestüt ein.

Der Ritt schien kein Ende zu nehmen. Immer wieder sah er Alessandra vor seinen Augen, wie sie in der Zelle gelegen hatte – mehr tot als lebendig.

Maria faltete die Hände in ihrem Schoß. Ihr Blick irrte durch das Audienzzimmer des Erzbischofs.

»Meine Tochter, was kann ich für dich tun?« Hieronymus reichte ihr einen Kelch mit Rotwein.

Sie hob den Blick und nahm dankbar den Rebensaft entgegen. Die Finger ihrer anderen Hand schlossen sich fest um den Rosenkranz. »Es ist nicht einfach für mich, doch ich kann nicht damit leben, von einer Sünde zu wissen, die ungesühnt bleibt.« Eine Strähne ihres schwarzen Haars fiel ihr ins Gesicht. Sie schob sie mit zitternder Hand zurück unter die weiße Haube.

»Scheue dich nicht, und erzähle mir mehr«, forderte Hieronymus sie auf.

»Es geht um meine ehemalige Herrin, Fräulein Mathilde.« Maria hob schüchtern den Blick.

»Fräulein Mathilde?« Hieronymus glaubte, sich verhört zu haben. Er schloss die Augen und nippte an seinem Kelch. Der fruchtige Wein benetzte seine trockene Zunge. Welche Sünde um Himmels willen konnte Mathilde begangen haben, außer die der Unkeuschheit? Hieronymus schickte ein Stoßgebet gen Himmel, dass Mathilde ihrer ehemaligen Kammerjungfer nicht von ihrem Verhältnis erzählt hatte. Ein Wimmern riss ihn zurück in die Gegenwart. Er stieß schwer den Atem aus und zog einen Stuhl heran, um sich darauf niederzulassen. Ob er wollte oder nicht, er musste sich anhören, was die Kammerjungfer wusste.

»Erzähle mir von der Sünde deiner Herrin, die so schwer wiegt, dass du dich damit keinem Priester anvertrauen kannst.«

Das Fräulein wischte sich mit dem Handrücken die Tränen von den bleichen Wangen und zog die Nase hoch. Leise begann sie zu erzählen: »Sie war bei einer Engelmacherin. Sie hat die Frucht ihrer Unkeuschheit entfernen lassen. Und es war nicht die ihres zukünftigen Verlobten.«

Hieronymus stockte der Atem. »Woher willst du das wissen?«

»Ich kenne die ersten Zeichen der Schwangerschaft: die morgendliche Übelkeit, die Unbeherrschtheit. Bei meiner Schwester war es genauso.« Maria atmete tief aus. »Und dann war sie für einige Zeit verschwunden. Als sie damals wiederkam, hafteten die Spuren des Waldes an ihrem Haar und an ihrem Umhang. Kraftlos und bleich, als fehlten ihr jegliche Säfte im Leib, ließ sie sich auf ihrer Bettstatt nieder. Der Blutfleck auf ihren Röcken zeugte von der abgegangenen Frucht.«

Hieronymus schloss die Augen. In seinen Ohren

rauschte das Blut. »Hast du nicht nach dem Medicus rufen lassen?«

»Aber natürlich, ehrwürdiger Vater. Doch sie hat ihn abgewiesen. Wohlwissend, dass er das Geheimnis entdecken würde. Ich weiß nicht, wer der Erzeuger war. Doch ihr zukünftiger Verlobter kann es nicht gewesen sein, da bin ich mir sicher.«

Die Erleichterung, die in Hieronymus aufkeimte, verebbte schnell wieder, als ihm der schmerzliche Verlust bewusst wurde. In Gedanken hatte er sich schon ausgemalt, wie es gewesen wäre, seinen Sohn aufwachsen zu sehen. Auch wenn er sich ihm nicht als Vater hätte zu erkennen geben dürfen, so hätte er mit seinem ganzen Herzen für dieses Kind gesorgt. Hieronymus strich sich unruhig über die Soutane. Er war enttäuscht von Mathilde, die sein Vertrauen missbraucht hatte. Nur um diese angebliche Hexe in den Kerker zu bringen, hatte sie ihm vorgetäuscht, noch schwanger zu sein. Hatte diese Schwangerschaft, die längst beendet worden war, als Druckmittel eingesetzt, damit er bereit war, ihr zu helfen. Hieronymus erhob sich von seinem Stuhl und stellte den Weinkelch auf den Tisch. Der Rebensaft schwappte über den Rand.

»Ich danke dir für deine Aufrichtigkeit, Maria. Ich werde sehen, welche Schritte ich einleite.« Er öffnete die Tür, um ihr anzudeuten, dass die Audienz beendet war. Als Maria das Zimmer verließ, entging ihm nicht der verständnislose Ausdruck in ihren Augen. Doch das scherte ihn im Moment nicht.

Richard schaute Simon besorgt an, während er ihm den Umhang von den Schultern nahm. »Du siehst fürchterlich aus, mein Junge. Deine Augen sind rot unterlaufen und deine Wangen eingefallen. Ich lasse uns warmen Würzwein kommen. Und dann erzählst du mir in aller Ruhe, was geschehen ist.«

Simon ließ sich auf dem Lehnstuhl nieder und verbarg sein Gesicht in den Handflächen. Die Sorge um Alessandra raubte ihm fast den Verstand. Er erhob sich wieder, lehnte sich mit dem Arm gegen das Mauerwerk neben dem Fenster und ließ den Blick über die Weiden streifen. Seine Knochen fühlten sich schwer wie Blei an.

Ein Windzug streifte seine Wangen, als sich die Tür öffnete. Eine Magd brachte den Würzwein, stellte ihn auf den Tisch und verließ die Kammer wieder. Simon atmete den Duft von Nelken und Zimt ein und setzte den Becher an die Lippen. Nachdem er daran genippt hatte, seufzte er tief.

»Du erweckst nicht gerade den Anschein, als wäre die Audienz beim Bürgermeister erfolgreich gewesen.« Richard lehnte sich auf seinem Stuhl zurück und blickte zu Simon auf.

»Er verlangt eintausend rheinische Gulden, und das jährlich«, murmelte Simon.

Richard pfiff durch die Zähne. »Eintausend? Was für ein Gierschlund. Konntest du nicht verhandeln?«

»Ich habe es gar nicht erst versucht. Der Gedanke ist mir nicht gekommen.« Simons Blick verdunkelte sich. »Ich habe sie gesehen. Ihr könnt Euch nicht vorstellen, was für Zustände in der Zelle herrschen. Sie ist mehr tot als lebendig.« Nur mühselig brachte er die letzten Worte über die Lippen. »Ich muss sie gleich morgen da rausholen.« Er starrte ins Leere.

»Ich kann verstehen, dass du krank vor Sorge bist. Aber hast du dir mal überlegt, wo du den Batzen Geld hernehmen willst?«

Simon senkte den Kopf. »Ich weiß es nicht.« Er schlug mit der flachen Hand gegen das Mauerwerk. »Glaubt mir, wenn ich das Geld hätte, stünde ich nicht hier.« Der Blick, den er Richard zuwarf, glich einem Hilfeschrei.

»Wenn ich es hätte, würde ich es dir geben.« Richard legte den Arm um seine Schulter. »Doch mit mehr als einhundert Gulden kann ich dir nicht helfen. Das ist alles, was ich habe.«

»Vielen Dank, doch lasst es gut sein. Ich sehe zu, wie ich mir selbst das Geld beschaffe. Ihr habt Euch genug für mich aufgeopfert.« Simon wand sich aus seinem Arm, griff nach seinem Umhang und verließ die Kammer, um zurück zur Burg zu reiten.

Das rote Licht der Abendsonne spiegelte sich in der Klinge wider. Simon strich mit der Hand über die Rubine, die in das Heft eingearbeitet waren. Er steckte das Schwert zurück in die Scheide und legte sie auf die Wolldecke, die er auf dem Boden ausgebreitet hatte. Ein tiefer Seufzer entfuhr ihm, als er in der Truhe unter seinen Kleidern nach dem Holzkästchen tastete. Nachdem er es gefunden hatte, fuhr er mit den Fingerkuppen über die Konturen der eingeschnitzten Rose auf dem Deckel. Vor seinem inneren Auge sah Simon, wie seine Mutter ihm zulächelte, ihn dazu ermunterte, es zu öffnen. Simon atmete tief durch. Er hatte nie den Verschluss geöffnet, um nachzusehen, was sie ihm vererbt hatte. Doch jetzt … Simon schloss für einen Moment die Lider, bevor er das Messingplättchen aufklappte, und sah erst wieder hin, als er den Deckel hob. Sein Blick fiel auf die Perlenkette, die oben auf dem restlichen Schmuck lag. Er konnte sich noch genau an den Glanz in den Augen seiner Mutter erinnern, wenn sie die Kette um ihren Hals gelegt hatte. Simon stellte das geöffnete Kästchen auf den Sekretär und ließ sich auf dem Stuhl davor nieder. Einen Augenblick lang starrte er an die Zimmerdecke. Er brauchte sich nicht zu fragen, was für ihn mehr zählte als die Erinnerungstücke seiner Mutter. Entschlossen verriegelte er das Kästchen wieder und betete zu Gott, dass der Bürgermeister auf seinen Handel einging und er mit der Pfandleihe Alessandra morgen auslösen konnte.

Vor dem zweistöckigen Fachwerkhaus in der Judengasse zog Simon die Zügel an. Nachdem er abgesessen war, band er seinen Hengst an einen Baum vor dem Brunnen, aus dem ein junges Mädchen Wasser schöpfte. Simon versuchte, einen Blick durch die Fenster des Pfandhauses zu werfen, doch er konnte nicht viel erkennen, weil sich vergilbtes Pergament davorspannte. Als er die Tür aufdrückte, holte er tief Luft. Der spärlich eingerichtete Raum wirkte erdrückend. Der Pfandleiher, der hinter dem schlichten Tresen stand, polierte gerade mit einem fleckigen Tuch einen Silberleuchter. Als er Simon bemerkte, hob er den Blick und lächelte ihm freundlich zu. Er trug einen langen Bart, und unter seiner schwarzen Kappe lugte an jeder Schläfe eine Locke hervor.

»Womit kann ich Euch dienen, werter Herr?«

Simon blickte in seine schwarzen Augen. »Ich würde Euch gern etwas zeigen.« Er zog das Schwert aus der Scheide und legte es auf den Tresen.

Der Pfandleiher betrachtete das vergoldete Heft. Mit der Fingerspitze berührte er die Rubine und sah Simon dann nachdenklich an.

»Ihr könnt Euch glücklich schätzen, dass ich heute gut

gelaunt bin. Ich nehme es für fünfzig Gulden als Pfand. Damit seid Ihr gut bedient.«

Simon schaute ihn ungläubig an. »Wollt Ihr einen Scherz machen? Das Schwert ist mehr als das Vierfache wert.«

Der Pfandleiher zog die Schultern hoch. »Ihr könnt es gern wieder mitnehmen.«

Simon schob das Schwert zurück in die Scheide. Er band den Beutel von seinem Gürtel, öffnete die Schnüre und schüttete den Inhalt auf den Tresen. Der Jude nahm einen in Gold gefassten Saphir und wog ihn in seiner Handfläche. Dann ging er um den Tresen herum zum Fenster. Als er den Stein hochhielt, brach sich das Licht der Morgensonne darin. Schweigend betrachtete der Pfandleiher den Schliff.

Simon stieß den Atem aus. »Passt auf, Ihr gebt mir fünfhundert Gulden. Dafür bekommt Ihr den Schmuck und das Schwert. Und ich gebe Euch mein Siegel, dass ich alles bald schon wieder einlösen werde.«

Der Pfandleiher lachte heiser auf. »Ihr beliebt zu scherzen, edler Herr. Einhundertfünfzig ist das Höchste, was ich Euch dafür geben kann.«

Simon spürte, wie ihm der Schweiß über den Rücken rann. »Nein, vierhundert, und damit habt Ihr mich noch über den Tisch gezogen, das wisst Ihr genau.«

»Zweihundert, das ist mein letztes Gebot.« Der Jude verdrehte die Augen. »Mein Vater würde sich im Grabe herumdrehen, wenn er wüsste, dass ich mich auf dem besten Wege befinde, sein Geschäft zu ruinieren.«

Resigniert legte Simon das Schwert samt Scheide erneut auf den Tresen. Der Pfandleiher zog eine Pergamentrolle hervor und fertigte den Schuldschein an. Nachdem beide ihn besiegelt hatten, rollte Simon das

Pergament zusammen und verstaute es unter seinem Umhang. Nachdem sein Gegenüber ihm das Geld ausgehändigt hatte, verließ er wortlos die Pfandleihe.

Götz sah ihn mit hochgezogenen Augenbrauen an. »Das ist nicht die Summe, die ich genannt hatte.«

Simon schickte ein kurzes Stoßgebet zum Himmel. »Beim nächsten Vollmond bekommt Ihr den Rest. Darauf gebe ich Euch Brief und Siegel.« Er richtete den Blick fest auf die grünen Augen des Bürgermeisters. »Ihr wisst selbst, dass sie dem Tod näher ist als dem Leben.«

Simon bemerkte, wie sich der Atem des Bürgermeisters beschleunigte, je länger er auf das Geld sah. »Nein«, stieß er mit fester Stimme aus und erhob sich aus seinem Stuhl. Er schritt zum Fenster und verschränkte die Arme vor der Brust. »Eintausend Gulden, oder sie bleibt, wo sie ist.«

Simon musste sich überwinden, ruhig zu bleiben. Seine Hände zitterten, als er den leeren Sack öffnete und den goldglänzenden Haufen mit der Hand über die Tischplatte zu sich zog. Das Klimpern, mit dem die Münzen in den Sack fielen, schmerzte in seinen Ohren. Er schloss für einen Augenblick die Lider, bevor er sich ruckartig erhob und die Amtsstube verließ.

Er verstaute den Geldsack in seiner Satteltasche, nahm den Hengst an die Zügel und verließ mit hängendem Kopf den Marktplatz von Bacharach. Vor den Toren der Stadt schritt er ein Stück die Stadtmauer entlang, bis sich die Bäume um ihn verdichteten. Er ließ Salomons Zügel in das knietiefe Gras fallen und lehnte sich mit dem Rücken gegen die Stadtmauer. Durch sein ledernes Wams spürte er die Kälte kriechen.

Er konnte Alessandra nicht in dem Kerker lassen. Er

musste sie mit Gewalt befreien, selbst wenn er dafür später am Galgen baumeln würde. Sie hatte ihm das Leben gerettet, und jetzt hatte er die Gelegenheit, sich dafür zu revanchieren. Doch es war nicht nur sein Gewissen, das ihn einen Plan fassen ließ, nein, sein Herz zeigte ihm den Weg, den er einschlagen musste.

Er griff mit der Hand an seinen Hosenbund und zog den Dolch hervor. Der Elfenbeingriff lag schwer in seiner Hand. »Ich hole dich da raus, das habe ich dir geschworen«, flüsterte er.

Simon war sich nicht sicher, ob ihn der auffrischende Wind oder der Gedanke an Alessandras Befreiung frösteln ließ. Die Sonne versank hinter den Weinbergen, und der Hengst schnaubte leise. Bis Mitternacht wollte Simon dort verweilen. Danach würde der Wärter vor Müdigkeit auf seinem Schemel eingeschlafen sein.

Der Mond lugte zwischen den Wolken hervor und ließ die Stämme der kahlen Bäume silbrig schimmern. Als Simon den Weg zurück in die Stadt einschlug, legte sich die feuchte Nachtluft auf seine Lungen. Obwohl Simon noch nie in eine Schlacht geritten war, wusste er in dieser Stunde, wie es sich anfühlen musste. Bereit zu töten, mit dem Herzen das zu verteidigen, was man liebte – selbst wenn man dabei sein Leben ließ.

Die schweren Schritte des Nachtwächters hallten durch die Gassen. Eine Laterne in der Hand haltend, rief er die Worte zur Nachtruhe aus. Simon hielt den Atem an und drückte sich fest an ein Gemäuer. Er konnte kaum die Hand vor den Augen sehen und hoffte, der Nachtwächter würde seine Umrisse nicht wahrnehmen. Der Schrei einer Katze zerriss die Stille. Dann entfernten sich die Schritte des Nachtwächters. Simon trat aus seinem Versteck hervor und spähte um die Ecke. Der Schein der Laterne war nur noch ein Punkt in der Finsternis. Simon schlich durch die menschenleere Gasse Richtung Rathaus. Fensterläden öffneten sich, und ein Nachttopf wurde aus dem Fenster entleert. Der Inhalt platschte vor seine Füße. Mit einem Satz sprang er unter den Dachgiebel.

»Ist da jemand?«, hörte er ein Weib rufen. Auf Zehenspitzen bewegte er sich weiter. Als er hörte, dass sich die Läden wieder schlossen, atmete er erleichtert auf.

Die Tür des Rathauses öffnete sich knarzend. Simon presste die Lippen aufeinander und hoffte, dass ihn niemand gehört hatte. Seine Hand umklammerte den Dolch, als er in die Eingangshalle spähte. Der durch ein Fenster scheinende Mond ermöglichte ihm die Sicht auf die Treppe, die zu den Verliesen führte. Simon schaute sich sorgsam um, bevor er die Holztreppe hinabstieg. Am Ende der Stufen flackerte ein Licht. Das Schnarchen des Wärters war bis zu Simon zu hören. Nachdem er die letzte Stufe hinter sich gebracht hatte, sah er den Mann, der mit dem Rücken zu ihm auf einem Schemel saß. Sein Haupt mit dem lichten Haar gegen die Wand gelehnt, hoben und senkten sich seine Schultern mit den gleichmäßigen Atemzügen. Simon schlich von hinten an ihn heran, holte aus und versetzte ihm einen Hieb in den Nacken, der ihm die Besinnung nahm. Seitwärts fiel er von dem Schemel und landete auf dem Bauch. Simon stieß ihn mit dem Fuß in die Rippen. Da sich der Wachmann nicht regte, kniete sich Simon neben ihn, um an seinem Hosenbund nach den Schlüsseln zu suchen. Entsetzt stellte er fest, dass der Wärter mit seinem fetten Wanst darauf lag.

Hinter den Türen stöhnten und röchelten die Gefangenen. Alessandras Bild schob sich vor sein inneres Auge. Zu allem bereit, richtete er den Dolch auf den Hals des Wärters und tastete mit der freien Hand unter seinem Leib nach den Schlüsseln. In dem Augenblick, da Simon das kalte Eisen berührte, stöhnte der Wärter auf. Seine Lider flackerten, doch gleich darauf weiteten sich die blutunterlaufenen Augen, weil er Simon entdeckte. Der Wärter öffnete die Lippen zu einem Schrei, doch Simon presste die Hand auf seinen Mund. Der Mann rappelte sich trotzdem auf, und seine Hände legten sich um Simons Hals und drückten ihm die Luft ab. Simon hob den Dolch. Die Klinge blitzte kurz im Schein der Fackel auf, bevor er sie seinem Gegenüber ins Herz stieß. Die Augäpfel des Wärters quollen hervor, und ein Schrei erstickte in seiner Kehle. Dann lockerte sich sein Griff um Simons Hals.

Simon zog die Klinge aus der Brust des Wachmannes und drehte den leblosen Körper zur Seite. Mit einem Ruck entriss er ihm den Schlüsselbund, steckte den Schlüssel in das Schloss und schob den Riegel zur Seite. Die Schläge seines Herzens hämmerten gegen seinen Brustkorb. Simon tastete sich in die Zelle vor und stieß bald auf Alessandra, die gekrümmt im Stroh lag. Er entledigte sich seines Umhangs und breitete ihn auf dem Boden aus. Behutsam strich er über Alessandras Schulter, um sie zu wecken. »Alles wird gut«, flüsterte er in ihr Ohr. »Ich hole dich endlich hier raus.«

Alessandra öffnete langsam die Augen. Ein Lächeln huschte über ihr Gesicht. »Simon«, wisperte sie.

»Ja, ich bin hier.« Simon hob ihren Kopf an und drückte ihn sanft gegen seine Brust. »Niemand wird dir mehr Leid zufügen.« Zärtlich strich er ihr über das Haar. Dann legte er den Umhang um sie und hob sie auf. Er spürte kaum das Gewicht ihres ausgemergelten Körpers, als er über den Leichnam des Wärters stieg und Alessandra in die Freiheit trug.

Draußen schaute sich Simon vorsichtig um. Nachdem er sich vergewissert hatte, dass sich keine Menschenseele auf dem Marktplatz befand, betrachtete er im fahlen Mondschein eingehend Alessandras Gesicht. Ihre einst so rosigen Wangen wirkten bleich und eingefallen. Dunkle Ränder umringten ihre Augen, die tief in den Höhlen lagen. Ein Stich fuhr durch sein Herz, als sie die Lider hob und ihm ein Lächeln schenkte.

»Danke«, flüsterte sie.

Salomon wieherte leise, als sie sich ihm näherten. Simon hob Alessandra auf den Rücken des Hengstes. Ihr Oberkörper schwankte, und ihre Hände krallten sich in die Mähne.

»Hab keine Angst, ich halte dich sicher in meinem Arm.« Simon saß hinter ihr auf und legte den Arm um sie. Mit der Schulter schmiegte sie sich in seine Armbeuge. Simon verspürte mit einem Mal eine Vertrautheit, die er noch nie zuvor erlebt hatte.

Ein Silberstreif am Horizont kündigte den neuen Morgen an. Auf dem Kamm eines Hügels zog Simon die Zügel und blickte hinab in das Tal, in dem sich die Dächer der Wohnhäuser seines Gestüts erhoben. Als er auf die Überreste der Ställe schaute, seufzte er leise. Nichts wünschte er sich mehr, als Alessandra hier ein Zuhause aufzubauen. Sie regte sich in seinem Arm und hob den Kopf an.

»Seht Ihr? Dort ist mein Gestüt«, flüsterte er in ihr Ohr.

Alessandra auf den Armen tragend, schob Simon die Tür zum Kaminzimmer auf. Die Wärme des Feuers durchzog den Raum. Sein Blick fiel auf die Decke, die sorgfältig zusammengefaltet über der Lehne des ledernen Sessels lag. Simon ließ Alessandra darauf nieder und hüllte sie in die Decke. Ihre Augen starrten in das Feuer. Simon griff nach einem Kissen und schob es als Stütze zwischen ihren Kopf und die Lehne. Auf dem kleinen Tisch stand ein Krug mit frischem Wasser. Simon füllte einen Becher und hielt ihn an Alessandras Lippen. Er verspürte eine unbändige Freude, als sie den Kopf hob und das Wasser schluckte.

»Was haben sie dir nur angetan?« Er tupfte mit einem Tuch die Rinnsale an ihrem Kinn ab.

Alessandras Augen füllten sich mit Tränen. »Es war so schrecklich«, wisperte sie. »Magda … Ich kann nicht vergessen, wie grausam sie sterben musste.« Alessandra krümmte sich und presste ihre Wange gegen die Decke. Ein Weinkrampf schüttelte ihren Körper.

Simon zog einen Stuhl neben den Sessel, ließ sich darauf nieder, legte den Arm um Alessandras Schultern und versuchte, ihr etwas von seiner Wärme abzugeben. Für einen Augenblick schloss er die Augen, um ihre Nähe mit all seinen Sinnen aufzunehmen.

»Es ist vorbei.« Simon strich ihr über das Haar. »Du bist jetzt hier bei mir. Versuche, nicht mehr daran zu denken.«

Die Tür zum Kaminzimmer öffnete sich. Simon drehte den Kopf und blickte in Richards verwunderte Augen.

»Hast du sie freikaufen können?«, flüsterte sein Rittervater, während er sich den beiden näherte. Sein Blick blieb an Alessandras Gestalt hängen. »Dem armen Mädchen geht es nicht gut. Möchtest du nicht lieber den Medicus rufen?«

Simon hob die Hand und blickte seinem Rittervater beschwörend in die Augen. »Nein, kein Medicus. Niemand darf wissen, dass wir hier sind.«

Richard stutzte und kniff die Augenbrauen zusammen. »Du hast sie doch nicht etwa mit Gewalt aus dem Kerker befreit?«

Simon vermied es, seinem Rittervater in die Augen zu sehen.

»Bist du irre geworden? Was glaubst du, wie es jetzt weitergeht? Denkst du, sie werden dich einfach so davonkommen lassen?«, zischte Richard.

Simon hob den Blick und schüttelte den Kopf. »Nein, ich bin nur hier, um ein paar Sachen zu holen«, antwortete er leise. »Ich weiß, Ihr habt es nicht verdient, dass ich diese Schande über Euch bringe. Aber ich kann noch nicht einmal sagen, dass es mir leidtut, denn so ist es nicht. Ich bereue nichts von dem, was ich getan habe. Ich kann Euch nur bitten, dass Ihr mir verzeiht.« Simon nahm Alessandras Hand in seine. »Würdet Ihr Klara sterben lassen, wenn Ihr das Gesetz brechen müsstet, um sie zu retten?«

Richard schüttelte den Kopf. »Nein, niemals. Für Klara würde ich töten.«

Eine Stille breitete sich in dem Kaminzimmer aus, die nur von dem Prasseln der Flammen durchbrochen wurde.

Richard legte die Hand auf Simons Schulter. »Was hast du mit dem Wärter gemacht?«, fragte er flüsternd.

»Ihm den Dolch ins Herz gerammt.«

Richard blies die Wangen auf. »Verdammt! Gab es keinen anderen Ausweg?«, murmelte er.

Simon starrte ins Leere. »Was nutzt es, darüber zu sinnieren?«, bemerkte er schulterzuckend. »Was geschehen ist, ist geschehen. Ich kann es nicht rückgängig machen.«

Richard schritt zum Fenster. Nachdenklich fuhr er sich mit der Hand durch das Haar. »Wo willst du denn jetzt hin? Du kannst unmöglich bleiben. Ich schwöre dir, spätestens heute Mittag suchen die Büttel hier auf dem Gestüt nach dir. Und ich brauche dir nicht zu sagen, welche Strafe auf dich wartet, wenn sie dich finden.«

Simon rieb sich mit den Handflächen über das Gesicht. »Nicht weit von hier liegt im Wald eine verlassene Hütte. Ich werde mich dort mit Alessandra verstecken, bis sie kräftig genug ist weiterzureisen.«

»Und dann? Wo willst du hin? Willst du ein Leben als Bettler führen?«

Das Schlagen von Hufen ließ sie aufschrecken. Richard sah aus dem Fenster.

»Wer … wer ist es?«, stammelte Simon.

»Es ist nur der Stallmeister«, stieß Richard erleichtert aus.

Simon schloss für einen Augenblick die Augen und atmete tief durch. »Ich habe keine Zeit mehr zu verlieren. Ich muss aufbrechen.« Er ging zur Tür. Bevor er sie öffnete, drehte er sich noch einmal zu seinem Rittervater um und sah ihn mit flehendem Blick an. »Helft Ihr mir?«

Richard trat zu Alessandra, die mittlerweile eingeschlafen war, zog ihr die Decke über die Schulter und nickte Simon aufmunternd zu. »Geh schon. Und pack nur das Nötigste zusammen. Ich reite mit dir, um zu sehen, wo die Hütte ist. Später werde ich nachbringen, was ihr noch braucht.«

Simon schlug das Dickicht zur Seite, und Richard folgte ihm mit Alessandra auf den Armen.

»Hier ist es!«, rief Simon plötzlich.

Vor ihnen lag ein Verschlag, aus Holzbrettern zusammengezimmert, der es nicht wert war, Hütte genannt zu werden.

»Diese Behausung würde ich noch nicht einmal meinem Gaul zumuten«, bemerkte Richard.

»Ich werde dafür sorgen, dass es nicht hineinregnet«, sagte Simon und bückte sich, um durch die Öffnung in das Innere zu gelangen.

Durch die Ritzen der Holzplanken suchte sich das Sonnenlicht seinen Weg und traf in Streifen auf eine Bettstatt. Feuchtes Heu verströmte den Geruch von Fäulnis. Simon schaute in den Kupferkessel, der an einer verrosteten Kette über einem Aschehaufen hing. Beim Anblick der mit brauner Kruste überzogenen Speisereste verzog er angewidert das Gesicht.

»Wartet, Richard!«, rief er nach draußen. »Bringt sie noch nicht herein.« Rückwärts kroch er auf den Knien zurück ins Freie.

»So schlimm?«, fragte Richard.

»Ich muss erst einiges fortbringen.« Simon strich Alessandra das Haar aus der Stirn. Er holte die Decken aus seiner Satteltasche und breitete sie auf dem Waldboden aus. »Legt sie erst einmal hierher, bis wir das Gerümpel hinausgeschafft haben«, bat er seinen Rittervater.

Alessandra stöhnte auf, als Richard sie auf die Decken bettete.

»Hast du Schmerzen?« Simon beugte sich zu ihr hinab und strich ihr mit dem Handrücken über die Wange.

»Es sind die Rippen …« Alessandra überfiel ein Hustenanfall.

»Glaubst du, es ist etwas Schlimmes?« Simon legte die Stirn in Falten.

»Es ist gewiss nur von der Kälte und der Feuchtigkeit in der Zelle«, beruhigte Alessandra ihn leise, nachdem sie sich wieder erholt hatte. »Später könnt Ihr mir einen Sud zubereiten. Ich sage Euch dann, welche Pflanzen Ihr sammeln sollt.« Mit einem Lächeln auf den Lippen schloss sie die Augen.

»Versuche, etwas zu schlafen, und wenn du wieder erwachst, habe ich unsere Behausung so weit hergestellt, dass wir dort übernachten können.« Simon sah sie liebevoll an.

Als sich der Tag dem Ende entgegenneigte, entfachte Simon in der entrümpelten Hütte ein Feuer.

Richard räusperte sich. »Es ist an der Zeit, dass ich zum Gestüt zurückreite.«

Simon kniete auf dem Boden der Hütte und blies in die Glut. Nach und nach züngelte eine Flamme über die Holzscheite, bis sie alle erfasst hatte. »Werdet Ihr Euch trotzdem um den Aufbau der Ställe kümmern?«, fragte er Richard, ohne den Blick von dem Feuer abzuwenden. »Vielleicht könnt Ihr Otto überreden, dass er Euch das Gestüt überschreibt.« Seine Augen füllten sich mit Tränen. »Wenn sich Alessandra erholt hat, werde ich mit ihr weiterreisen. An einen Ort, wo wir sicher sind. Dort werde ich versuchen, Fuß zu fassen.« Verlegen wischte er sich mit dem Handrücken eine Träne von der Wange.

»Nach Sonnenaufgang bringe ich euch erst einmal das, was ihr unbedingt braucht. Kochgeschirr und Proviant.«

Simon spürte, wie Richard ihm leicht die Schulter

drückte, bevor er, ohne ein weiteres Wort zu verlieren, auf Knien die Hütte verließ.

»Welch ein schöner Traum«, flüsterte Alessandra mit geschlossenen Augen.

»Nein«, entgegnete Simon, »es ist kein Traum, du bist hier bei mir, in dieser elenden Hütte.« Er griff nach ihrer Hand, die sie aus der Decke geschoben hatte. Er bedauerte es, ihr keine andere Unterkunft bieten zu können.

»Es ist so schön warm hier«, bemerkte Alessandra und schmiegte sich tiefer in die Decken.

»Das ist aber auch alles.« Simon betrachtete ihr Gesicht im Schein der Flammen. »Hast du Hunger? Es ist nicht viel da, nur etwas Brot und Käse.«

Alessandra richtete sich auf und stützte sich auf den Ellbogen. In ihre schwarzen Augen kehrte das Leben zurück. Sie nagte an ihrer Unterlippe, befreite sich von der Decke und setzte sich aufrecht hin. Ihre Locken standen wirr von ihrem Kopf ab.

Simon spürte die Versuchung, sie zu glätten. Er hob die Hand, ließ sie aber wieder sinken.

»Warum nehmt Ihr das alles auf Euch? Ich bin doch nur eine Magd, eine Fahrende.« Alessandra senkte den Blick. »Auf der Burg wartet Eure Verlobte auf Euch, und –«

Simon legte den Zeigefinger auf ihre Lippen, um sie zum Schweigen zu bringen. Als nur noch das Knistern des Feuers zu vernehmen war, umfasste er mit beiden Händen ihr Gesicht, damit sie ihm in die Augen sah.

»Weil, weil …« Simon schloss die Augen. Sein Herzschlag beschleunigte sich. »Weil ich dich liebe«, flüsterte er, bevor er seine zittrigen Lippen auf ihre legte.

Kapitel 11

Der Erzbischof verdrehte die Augen. »Was denn jetzt noch?«, knurrte er, als sich nach einem zaghaften Klopfen die Tür zu seinem Gemach auf Burg Stahleck öffnete.

Pater Gregor räusperte sich beim Eintreten. Mit dem Blick deutete er an, dass ihm jemand folgte.

Nachdem der Erzbischof die schwarze Robe des Bürgermeisters erblickt hatte, erhob er sich von seinem Stuhl und schritt um das Schreibpult herum. Er musterte die beiden Männer. »Pater Gregor, Euer Gesichtsausdruck deutet an, dass etwas Schreckliches geschehen sein muss.«

»Jemand hat in der letzten Nacht den Wärter erstochen und die Hexe Alessandra aus dem Kerker in Bacharach befreit.« Ohne dem Erzbischof den gebührenden Gruß entgegenzubringen, ließ sich der Bürgermeister auf einem der Stühle nieder.

Der Erzbischof setzte sich ebenfalls wieder hin, faltete die Hände vor der Brust und stützte sein Kinn auf die Fingerspitzen. »Habt Ihr einen Verdacht?«

»Alles deutet darauf hin, dass Simon von Ravenstein der Missetäter ist.«

»Ritter Simon?« Der Erzbischof hob die Augenbrauen.

»Gestern hat er versucht, mich zu bestechen, er bot mir Geld, damit ich die Hexe freilasse. Ich habe es natürlich ausgeschlagen.« Der Bürgermeister verzog die Lippen. »Die Büttel haben hier auf der Burg vergeblich nach ihm gesucht. Wie mir der Burgherr berichtete, befindet Ritter Simon sich in der letzten Zeit des Öfteren auf seinem Gestüt.«

Der Erzbischof erhob sich erneut und schritt in dem Gemach auf und ab. Vor dem Kreuz an der Wand blieb er stehen und rieb sich nachdenklich über das Kinn. »Was mag bloß in ihn gefahren sein?«

»Wie Ihr wisst, gibt es Zeugenaussagen, dass die Hexe ihn mit ihrem Zauber in den Bann gezogen hat.« Pater Gregor atmete schwer aus.

»Meine Männer sind auf dem Weg zu dem Gestüt.« Die Miene des Bürgermeisters verfinsterte sich. »Wenn wir ihn finden, wird er am Galgen baumeln.«

Der Erzbischof machte eine abwehrende Handbewegung. »Er wird nicht so dumm sein und sich dort aufhalten. Schickt einen Suchtrupp los, der die Gegend durchforstet.«

Simon schreckte aus dem Schlaf hoch und sah, wie Richard in die Hütte kroch.

»Du musst aufbrechen, die Männer des Bürgermeisters sind dir auf den Fersen!«

Vorsichtig schlug Simon die Decke zurück und richtete sich auf. »Sie werden uns hier in der Hütte nicht finden.«

Richard schüttelte den Kopf. »Was denkst du? Eine Hundertschaft von Männern durchsucht die Gegend. Du darfst keine Zeit mehr verlieren.«

Simon blickte zu Alessandra, die gerade erwachte und ins Licht blinzelte.

»Sie ist noch zu schwach.«

»Dann lass sie verdammt noch mal zurück, und rette wenigstens deine Haut!«, schrie Richard.

Simon sah ihn ungläubig an. »Das ist nicht Euer Ernst. Ich lass sie doch nicht hier, damit die Männer sie finden und auf den Scheiterhaufen bringen!«

»Dann vertrau sie mir an, ich werde sie schon auf dem Gestüt verstecken können.« Richards Stimme klang wieder sanfter.

»Nein, ich versuche, mit ihr zu fliehen. Irgendwie werde ich sie auf dem Pferd schon halten können.« Simon raffte die Decken zusammen.

»Ich hoffe nur, dass es noch nicht zu spät ist.« Richard machte ein sorgenvolles Gesicht. »Der ganze Wald wimmelt nur so von den Männern. Sogar die Bewohner von Bacharach haben sich auf den Weg gemacht, um nach euch zu suchen.«

»Ich passe schon auf.« Simon kroch mit den Decken aus der Hütte.

Der Hengst scharrte mit den Hufen, als Simon ihm den Sattel auf den Rücken legte. Richard hielt Simon einen Beutel mit Proviant hin. »Ich hoffe, wie sehen uns irgendwann einmal wieder.« In seinen Augen schimmerten Tränen.

Simon nahm den Proviant und verstaute ihn hastig in der Satteltasche. Richard trat näher und zog Simon in seine Arme.

Dieser schluckte gegen den Kloß in seiner Kehle. Dann löste er sich aus Richards Umarmung. »Ich danke Euch für alles, doch nun reitet zurück zum Gestüt, um Euch nicht auch noch in Gefahr zu bringen.«

Richard runzelte die Augenbrauen. »Pass auf dich auf, mein Junge.« Er drehte sich um, stieg auf den Rücken seines Pferdes und verschwand im Wald.

Simon begab sich wieder in die Hütte, um die restlichen Habseligkeiten zu holen. Als er sie in den Satteltaschen verstauen wollte, spürte er die Spitze einer Lanze in seinem Rücken.

»Ihr könnt dem Gaul den Sattel wieder abnehmen. Eure Reise endet hier.«

Simons Herzschlag setzte für einen Augenblick aus. Er hielt den Atem an und drehte sich langsam um.

Der Büttel grinste hämisch und schob sich den Helm aus der Stirn. »Weit seid Ihr ja nicht gekommen, Simon von Ravenstein.«

Ein halbes Dutzend Männer trat aus dem Gebüsch hervor und reihte sich um ihn. Simon wusste, ein falscher Schritt würde bedeuten, dass die Spitze der Lanze sein Herz durchbohrte. Resigniert senkte er den Blick. Zwei der Männer krochen in die Hütte. Kurz darauf zerrten sie Alessandra ins Freie. Simon spürte, wie sein Kampfgeist erwachte. Er schlug die Lanze zur Seite und streckte den Büttel mit der Faust zu Boden. Doch einer der Männer sprang Simon in den Rücken. Ein Schlag auf seinen Kopf ließ den Wald um ihn herum in Dunkelheit versinken.

Mathilde hob den schwarzen Schleier von ihrem Gesicht und sah Hieronymus aus rotgeweinten Augen an. Nachdem er die Tür des Audienzzimmers geschlossen hatte, warf sie sich schluchzend an seine Brust. »Hieronymus, ich bin so froh, dass du nach mir hast rufen lassen! Du musst mir helfen. Gerade eben hat mein Oheim mir offenbart, dass er mich nach Simons Hinrichtung ins Kloster bringen wird.«

»Ins Kloster? Das trifft sich gut«, antwortete Hieronymus und stieß sie von sich.

Mathilde bemerkte die Kälte in seiner Stimme. Mit großen Augen sah sie ihn an.

»Dann ist wohl Eure Zeit auf der Burg abgelaufen, Mathilde.«

Mathilde riss den Mund auf. »Aber Hieronymus, ich verstehe dich nicht. Sorgst du dich denn gar nicht um unser Kind? Wie soll ich denn unser Kind in einem Kloster unbemerkt zur Welt bringen?«

»Unser Kind?« Hieronymus hob die Augenbrauen und schenkte sich Wein in einen Kelch. Mathilde bot er keinen an. Er ließ sich in seinem Lehnstuhl nieder, nahm einen tiefen Schluck und stellte den Weinkelch auf sein Schreibpult. Dann verschränkte er die Arme vor der Brust. Der Blick aus seinen Augen durchbohrte Mathildes Leib wie tausend Nadelstiche. Sie spürte, wie die Hitze in ihr emporstieg.

»Hieronymus, warum sagst du mir nicht endlich, was los ist?«

»Ihr habt die Frucht des Leibes schon lange zerstört und setzt mich trotzdem mit einer Schwangerschaft unter Druck. Warum?«

Mathilde riss die Augen auf. »Das ist nicht wahr. Wer hat dir das gesagt?«

»Eure ehemalige Kammerjungfer. Und nun tut mir den Gefallen, und streitet es bitte nicht weiter ab, sonst verliere ich noch die Beherrschung.« Hieronymus erhob sich aus dem Lehnstuhl und schlug mit der Hand auf das Schreibpult. »Wolltet Ihr die Magd loswerden, weil Ihr eifersüchtig auf sie wart? Ihr hattet Angst, diese Magd könnte Euch Euren Verlobten wegnehmen. Und mich … mich habt Ihr nur für Eure Zwecke missbraucht.«

»Nein«, schrie Mathilde auf. »Ich liebe dich!«

Hieronymus lachte hämisch. »Euer Oheim tut gut

daran, Euch hinter die Mauern eines Klosters zu verbannen. Wer weiß, wie viel Unheil Ihr sonst noch anrichtet. Doch er wird nicht bis nach der Hinrichtung damit warten. Ich sorge dafür, dass Ihr auf der Stelle abreist.«

Mathilde kniff die Augen zusammen. »Ich werde jedem hier auf der Burg erzählen, dass Ihr mich geschwängert habt«, zischte sie.

Hieronymus zuckte mit den Schultern. »Den einzigen Beweis dafür habt Ihr getötet. Wer sollte einem verbitterten Frauenzimmer schon Glauben schenken?« Er öffnete die Tür und schob Mathilde an den Schultern hinaus.

Graf Philipp wies einen der Stalljungen an, ihm seinen Hengst zu satteln. Er brauchte Zerstreuung, Ablenkung von all den Ereignissen, die sich in der letzten Zeit auf der Burg zugetragen hatten. Dass Simon von Ravenstein am Galgen baumeln sollte, hatte ihm den Rest gegeben. Graf Philipp konnte nicht fassen, was aus seiner einst so friedvollen Burg geworden war. Er verschränkte die Hände hinter dem Rücken und lief im Innenhof auf und ab. Bei jedem Schritt schlotterten die Beinkleider um seine Knie. Ein Magenleiden ließ ihn kaum noch etwas essen.

Nachdem der Stalljunge ihm in den Sattel geholfen hatte, richtete er den Blick in den Himmel, an dem sich schneeverhangene Wolken vor die Sonne schoben.

Der Gedanke an Ritter Simon lastete schwer auf seinem Herzen. Er hatte den jungen Mann in sein Herz geschlossen, als wäre er sein eigener Sohn. Lange Zeit hatte er gehofft, die Anklage würde sich als Irrtum herausstellen. Er fragte sich, welcher Mann nicht bereit wäre, für die Liebe zu töten. Und dass diese Magd den Ausbruch der Pest verursacht haben sollte, glaubte er immer noch nicht, auch wenn der Erzbischof ihn vehement vom Gegenteil überzeugen wollte.

»Graf Philipp, wartet!«

Eine Frauenstimme riss ihn aus den Gedanken. Der Graf drehte sich um und sah, wie Agnes mit gerafften Röcken auf ihn zueilte.

»Eine meiner Mägde hat in der Kammer, die Fräulein Mathilde bewohnt hat, etwas gefunden!« Agnes schnappte nach Luft.

»Was ist es denn?« Der Graf lächelte sie neugierig an.

Sie streckte den Arm aus und öffnete die Handfläche, in der ein goldenes Amulett glitzerte. Graf Philipp riss die Augen auf. Ohne den Blick von dem Amulett zu wenden, griff er sich ans Herz. Die Gebäude der Burg drehten sich plötzlich um ihn.

»Graf Philipp, geht es Euch nicht gut?« Agnes blickte ihn besorgt an.

Der Graf sprang aus dem Sattel und entriss ihr das Amulett. Mit dem Zeigefinger strich er über die Gravur. »Wurde es wirklich in Fräulein Mathildes Kammer gefunden?«

Agnes nickte. »Ja, sicher. Eine meiner Mägde fand es unter der Matratze der Bettstatt.«

Graf Philipp stieß zischend den Atem aus. »Ich muss sofort mit ihrer ehemaligen Kammerjungfer sprechen.«

»Das geht nicht.« Agnes richtete den Blick zu Boden. »Sie sitzt im Kerker von Bacharach.«

Graf Philipp stutzte. »Im Kerker? Ich dachte, eine Magd wäre festgesetzt worden. Von einer Kammerjungfer wusste ich nichts.«

»Sie war vorher eine Magd. Doch dann trat sie aus unerklärlichen Gründen in den Dienst von Fräulein

Mathilde. Und irgendwann arbeitete sie wieder in der Waschküche.« Agnes' Augen wurden dunkel. »Bis sie verhaftet wurde.«

»Sie hat Mathilde als Kammerjungfer gedient? Das wusste ich nicht. Was ist mit Maria geschehen?«

»Sie steht Frau Judith zur Seite, nachdem Ritter Adolfus von ihr geschieden ist.«

»Lasst sie in mein Arbeitszimmer bringen. Ich muss mich mit ihr unterhalten.« Graf Philipp ließ den Blick über den Burghof gleiten. Mit einem Pfiff durch die Zähne zitierte er den Stalljungen herbei, damit er sein Pferd wieder in den Stall brachte.

Graf Philipp ließ sich in den Lehnstuhl fallen. Er hatte das Gefühl, als läge ein Stein in seinem Leib und drückte ihm auf den Magen. Gedankenverloren starrte er auf die kalte Asche im Kamin. Mit der rechten Hand drückte er das Amulett, bis die Ränder in sein Fleisch schnitten. Ununterbrochen hämmerte die Frage in seinem Kopf, wie es in Fräulein Mathildes Besitz gekommen sein konnte. Es gehörte nicht hierher, es gehörte …

Es klopfte. Graf Philipp sprang aus dem Stuhl und trat Maria entgegen. Ohne sie zu begrüßen, öffnete er die Hand und zeigte ihr das Amulett. »Wie kommt dieses Amulett in Fräulein Mathildes Besitz?« Seine Lippen bebten.

Nachdem Maria das Amulett in Augenschein genommen hatte, hob sie die Schultern. »Bis Fräulein Mathilde mich aus meinem Dienst entlassen hat, kannte ich jedes Schmuckstück von ihr. Solch ein Amulett hat sie nie besessen.« Sie sah ihn fragend an. »Wie kommt Ihr darauf, dass es ihr gehören könnte?«

Graf Philipp hätte schreien mögen, weil er nicht sofort

eine Antwort auf die Frage erhielt, die ihm das Herz zermarterte. Er holte tief Luft und versuchte, sich zu beruhigen. »Eine Dienstmagd hat es unter ihrer Matratze gefunden«, stieß er hervor.

»Es kann erst in ihren Besitz gelangt sein, nachdem ich aus dem Dienst entlassen wurde. Vielleicht fragt Ihr besser die Kammerjungfer, die ihr nach mir gedient hat.« In Marias Augen war immer noch die Schmach über ihre Entlassung zu sehen. »Doch wie ich gehört habe, sitzt sie im Kerker. Tja, da hat Fräulein Mathilde doch keine gute Wahl getroffen.«

Nichts interessierte Graf Philipp weniger als dieses weibische Gezeter. Maria konnte ihm nicht weiterhelfen, also sollte sie gehen. Mit einer Handbewegung scheuchte er sie aus seinem Gemach.

Graf Philipp zog den Stuhl an das Schreibpult und legte sein Gesicht in die Handflächen. Diese Hexe musste ihm Rede und Antwort stehen. Und helfen konnte ihm dabei nur der Erzbischof. Auch wenn es ihm schwerfiel nach all den Geschehnissen – es blieb ihm nichts anderes übrig, als ihn aufzusuchen.

»Wie viele Amulette gibt es in dieser Art?« Der Erzbischof kräuselte die Stirn.

»Nur dieses eine – und die andere Hälfte davon.« Graf Philipp öffnete die oberen Knöpfe seines Hemdes, griff an seinen Hals und zog eine goldene Kette hervor, an dem das Gegenstück des Amuletts baumelte. »Ich selbst habe es vor vielen Jahren anfertigen lassen. Die Frau, die ich damals liebte, war jemand anderem versprochen. Als sie nach Mailand zurückreiste, schenkte ich ihr zum Andenken dieses Amulett.« Graf Philipps Herzschlag wollte sich nicht beruhigen. Rastlos schritt er in dem Gemach des Erzbischofs auf und ab.

»Und wie ist es in den Besitz von Fräulein Mathilde gekommen?« Der Erzbischof drehte das Amulett in seinen Händen.

»Ich weiß es nicht. Ich weiß es beim besten Willen nicht.« Die Hand des Grafen zitterte, als er sich das Haar aus der Stirn strich. »Lasst die Hexe auf die Burg bringen, damit ich sie danach fragen kann. Sie hat Mathilde als Kammerjungfer gedient.«

Der Erzbischof stieß den Atem aus. »Das ist nicht so einfach, schließlich ist sie dem weltlichen Gericht übergeben worden.«

Mit zusammengekniffenen Augen sah der Graf den Erzbischof an. »Das ist doch lächerlich«, raunzte er. »Wenn nicht Ihr die Macht dazu habt, sie hierherbringen zu lassen, wer dann?« Der nachdenkliche Gesichtsausdruck des Erzbischofs ließ ihn stutzen. »Was ist? Wisst Ihr vielleicht mehr über das Mädchen, als Ihr mir sagen wollt?«

»Nein, nein.« Der Erzbischof machte eine abwehrende Handbewegung. »Ich werde dafür sorgen, dass sie in mein Audienzzimmer gebracht wird.«

»Heute noch, wenn ich bitten darf. Ihr müsst verstehen, dass die Antwort auf meine Fragen keinen Aufschub duldet.« Graf Philipp grüßte und verließ das Gemach des Erzbischofs.

Am frühen Abend überbrachte eine Magd Graf Philipp die Nachricht, dass sich die Hexe nun auf der Burg befinde.

Graf Philipp stieß die Tür zum Audienzzimmer auf. Als er das Mädchen neben dem Ratsherrn stehen sah, stockte sein Atem. Ihr Haar stand in wilden Locken vom Kopf ab, und die schwarzen Augen hatten jeglichen Glanz verloren. Doch in ihrem Blick lag ein Ausdruck, der ihn schon einmal, zwei Jahrzehnte zuvor, betört hatte. Wie konnten sich zwei Menschen nur so ähnlich sein?

Die junge Frau sank kraftlos in sich zusammen. Der Ratsherr zerrte sie wieder hoch. »Bleib gefälligst stehen! Der Burgherr will dich etwas fragen«, knurrte er.

Graf Philipp brachte ihr einen Stuhl. Sobald sie saß, nahm er ihre Hand und legte das Amulett hinein. »Kennst du das?«

Das Mädchen nickte. »Es ist meins. Fräulein Mathilde hat es mir abgenommen.« Sie senkte den Blick. »Ich trage es seit meiner Geburt bei mir«, antwortete sie mit kraftloser Stimme.

»Aber es muss doch irgendwo hergekommen sein! Irgendjemand muss es dir doch gegeben haben.« Der Graf zog die Stirn in Falten.

Das Mädchen zuckte mit den Schultern. »Sanchari meinte, es sei ein Erbstück. Meine Mutter hat es mir hinterlassen.« Sie streckte ihm die offene Handfläche entgegen. »Bitte, gebt es mir zurück!«

»Wie ist dein Name? Wer bist du? Und wer ist deine Mutter?« Der Graf hörte das Blut in seinen Ohren rauschen.

Das Mädchen hob den Blick. »Mein Name ist Alessandra, ich bin eine Fahrende. Meine Mutter ist bei meiner Geburt gestorben. Meinen Vater hatte der Tod bereits einige Zeit zuvor geholt. So hat es mir Sanchari erzählt«, antwortete sie leise.

Der Graf erstarrte. »Sie ist meine Tochter«, stieß er heiser hervor. Wie aus dem Nichts stand plötzlich die Antwort auf seine Frage da. Ja, es konnte nicht anders sein!

In Alessandra erwachte das Leben. Entsetzt sah sie Graf Philipp an. »Nein! Ich bin die Tochter von Pedro und Romeika.«

»Nein, mein Kind. Deine Mutter ist Valentina Visconti. Du bist ihr wie aus dem Gesicht geschnitten.«

Alessandras Augen funkelten zornig. »Was behauptet Ihr da? Ich kenne diese Visconti nicht. Ich bin eine Fahrende, versteht Ihr?«

»Kannst du mir sagen, wo dein Stamm lagerte, als du geboren wurdest?« Der Graf hockte sich vor sie, um ihr in einer Höhe in die Augen sehen zu können. Er hob die Hand, um ihre zu ergreifen, zog sie dann aber wieder zurück.

Alessandra kräuselte nachdenklich die Stirn. »Mein Großvater erzählte mir, dass ich im Herzogtum Sa… Sa…« Sie presste die Lippen aufeinander. »Mir ist der Name entfallen.« Ihre Schultern zuckten.

»Savoy?«, fragte Philipp vorsichtig.

Alessandra nickte. »Ja, Savoy, jetzt erinnere ich mich. Aber woher wisst Ihr …?«

Graf Philipp schloss die Augen und atmete tief ein. »Also doch«, stieß er aus. »Valentina trug ein Kind von mir unter dem Herzen, als sie nach Mailand zurückgereist ist. Ich habe es die ganze Zeit geahnt.« Er hob die Lider und blickte Alessandra fest an. »Im Herzogtum Savoy wohnte eine Cousine von Valentina. In dem letzten Brief, den ich von ihr erhielt, schrieb sie mir, dass sie für eine Weile bei ihr bleiben wollte. Jetzt weiß ich auch, warum. Sie wollte dort unser Kind austragen, damit ihr Bräutigam nichts davon erfuhr. Und als du dann geboren warst, hat sie dich weggegeben.« In seinen Augen sammelten sich Tränen. »Nur ein Jahr später ist sie gestorben.«

Alessandra sah ihn ungläubig an. »Das kann nicht sein. Sanchari hat mir erzählt, dass meine Mutter eine Gabriella war, die Tochter von Silvio.«

»Sie hat dich belogen, warum auch immer. Du bist *meine* Tochter.« Philipp strich Alessandra über das Haar und erhob sich. »Sie bleibt hier auf der Burg«, richtete er das Wort an den Ratsherrn.

»Das geht nicht so einfach«, ergriff der Erzbischof das Wort. »Sie ist der Hexerei angeklagt, und da hilft es ihr auch nicht, dass sie Eure Tochter ist.«

Der Graf kniff die Augen zusammen. »Wir müssen uns unterhalten, jedoch unter vier Augen. Folgt mir.«

Nachdem der Erzbischof die Tür zum Nachbargemach hinter sich geschlossen hatte, sah der Graf ihn eindringlich an. »Sie ist meine Tochter, und sie ist eine Visconti! Wisst Ihr, was das bedeutet?«

Der Erzbischof faltete die Hände vor der Brust. »Ja, gewiss, und dennoch ist sie eine Hexe.«

»Macht Euch nicht lächerlich. Ihr müsst zugeben, das ist absurd. Alles, was gegen sie vorgebracht wurde, lässt sich mit ein wenig gutem Willen widerlegen. Schließlich ist sie nicht diejenige, für die sie gehalten wurde. Eine Visconti im Kerker von Bacharach … Das nimmt Euch niemand ab.« Graf Philipp fuhr sich mit der Hand durch das Haar. »Oder hat sie etwa gestanden, mit dem Dämon im Bunde zu stehen?«

Der Erzbischof senkte den Blick. »Soweit ich weiß, nicht.« Er presste die Lippen aufeinander. »Doch das Verfahren wird vor dem weltlichen Gericht geführt.«

»Für Euch dürfte es ein Leichtes sein, den Hexenrichter zu überzeugen, dass sich die Aussagen als haltlos erwiesen haben«, zischte der Graf. »Vergesst endlich einmal Euren Hexenwahn! Warum konzentriert Ihr Euch nicht auf die Machtpolitik, wie es sich für einen zukünftigen Kurfürsten gehört?«

Der Erzbischof ließ die Schultern hängen. Schweigend strich er sich über das Kinn.

»Euer Anliegen galt immer der Machterweiterung der Wittelsbacher. Doch seit dieser Pater um Euch herumschleicht, widmet Ihr Euer Augenmerk immer mehr der Hexenverfolgung. Sicher, es ist von größter Bedeutung, dass die wirklichen Hexen ausgerottet werden. Doch könnt Ihr das nicht jemand anderem überlassen?« Der Graf blickte den Erzbischof eindringlich an.

Hieronymus neigte den Kopf zu Seite »Was habt Ihr mit ihr vor?«

»Ich werde sie mit Simon von Ravenstein verheiraten. Diese Verbindung dürfte ganz in Eurem Sinne sein.«

Der Erzbischof schürzte die Lippen, löste den Blick von den Augen des Grafen und wandte ihn dem Kruzifix zu, das er in seinen Händen drehte. »Ein Bund mit den Viscontis verstärkt die Machtposition der Wittelsbacher im Heiligen Römischen Reich enorm. Nur habt Ihr vergessen, dass Simon von Ravenstein wegen Mordes in der Todeszelle sitzt.«

Der Graf schüttelte den Kopf. »Nein, gewiss nicht. Doch Ihr könnt Euren Einfluss spielen lassen und ihn aus dem Kerker holen.«

»Warum wollt Ihr ihn unbedingt mit Eurer Tochter vermählen? Er ist verarmt, seit die Ställe abgebrannt sind.«

Graf Philipp presste die Lippen aufeinander. »Er ist ein Wittelsbacher, genau wie wir. Wir werden uns durch die Hochzeit mit den Mailändern verbünden. Vergesst nicht deren Machtposition im Heiligen Römischen Reich. Und was seinen Wohlstand angeht: Ich habe bereits einige Leute ausgesandt, die das Land nach dem Verwalter absuchen. Außerdem werde ich Simon bei dem Aufbau der Ställe unter die Arme greifen.«

»Das ist alles gut und schön, doch das Urteil unterliegt dem weltlichen Gericht, und es ist nicht auf unserer Herbeiführung der Beweislast ausgesprochen worden. Selbst hier dürfte mein Einfluss nicht ausreichen.«

»Dann werde ich dem Bürgermeister eine Summe nennen, die er nicht ausschlagen kann. Und wenn Ihr ihm zudem einen Posten in Trier versprecht, wird er sehr interessiert sein, glaubt mir.« Graf Philipp öffnete die Tür. »Wir lassen ihn hierherholen.«

Die Schritte des Bürgermeisters waren auf den Stiegen zu hören. Graf Philipp versuchte, ruhig zu werden. Bevor sich die Tür zum Gerichtszimmer öffnete, in dem er in Begleitung des Erzbischofs und Alessandras wartete, schloss er für einen Augenblick die Augen und atmete tief durch.

Der Blick des Bürgermeisters irrte durch den Raum. »Ich weiß nicht, warum ich unverzüglich hier erscheinen soll, obwohl ich bei weitem Wichtigeres zu tun habe. Aber sicher erklärt Ihr mir gleich den Grund.« Ohne dem Erzbischof und dem Burgherrn den gebührenden Gruß zu erweisen, ließ er sich unaufgefordert auf einem der Stühle nieder und streckte die Beine von sich.

Sein Hochmut verschlug Graf Philipp den Atem. Hilfesuchend wandte er den Blick zum Erzbischof.

Dieser rückte einen Stuhl heran und setzte sich auf Augenhöhe vor Götz. »Mir ist zu Ohren gekommen, dass Ihr ein sehr gewissenhafter Bürgermeister seid. Ein Mann, dem jedes Oberhaupt gern Verantwortung übergibt.« Der Erzbischof hob die Augenbrauen.

»Sicher, ich übe meinen Posten gewissenhaft aus. Doch worauf wollt Ihr hinaus?« Der Bürgermeister strich sich über das Kinn.

Hieronymus faltete die Hände. »Jeden Tag kann ein Bote hier eintreffen, der eine Botschaft vom Heiligen Vater in Rom bringt. Es ist zwar noch nicht offiziell, doch in Kürze werde ich das Amt des Kurfürsten von Trier bekleiden. Und weil ich der Meinung bin, dass Ihr der richtige Mann seid, habe ich beschlossen, Euch zum dortigen Bürgermeister zu ernennen.«

Götz sah zu Alessandra. Dann kniff er die Augen zusammen und lenkte seinen Blick zurück zum Erzbischof. »Einfach so? Das glaube ich Euch nicht. Kommt zum Punkt, und sagt mir, was Ihr von mir verlangt.«

»Ihr müsst die Hinrichtung von Simon von Ravenstein aussetzen!«, mischte sich Graf Philipp ein.

Götz schüttelte verständnislos den Kopf. »Wie stellt Ihr Euch das vor? Vermutlich liegt die Schlinge schon um den Hals des Ravensteiners.«

Alessandra entfuhr ein Aufschrei.

»Dann schickt einen Eurer Männer zum Galgen, und haltet den Henker auf. Es sind Zweifel daran aufgetreten, ob diese Frau hier eine Hexe ist.« Der Blick des Erzbischofs haftete auf Alessandra. »Der Inquisitor braucht von ihm noch eine Aussage dazu.«

»Der Inquisitor? Er hat den Fall doch abgegeben, weil sie eine Heidin ist.« Der Bürgermeister warf einen fragenden Blick zum Ratsherrn.

Graf Philipp ärgerte sich, weil mit solchem Geplänkel die Zeit davonrann. Es war an der Zeit, zur Sache zu kommen. »Sollte Simon von Ravenstein lebend den Marktplatz verlassen, zahle ich Euch fünfzigtausend rheinische Gulden!«, rief er mit hochrotem Gesicht aus.

Götz quollen vor Gier die Augen hervor. Als hätte ihn ein Hund in den Hintern gebissen, sprang er von seinem Stuhl auf. »Dieses Anliegen bedarf der Eile. Die Herren entschuldigen mich?«, rief er. Ohne eine Antwort abzuwarten, stürmte er die Stiegen des Wehrturmes hinab.

Graf Philipp sah ihm mit einem zufriedenen Lächeln nach. Auch wenn er noch nicht wusste, ob der Bürgermeister es rechtzeitig schaffen würde, richtete er sein Augenmerk jetzt auf seine Tochter. Er kniete sich vor sie und griff nach ihren Händen.

»Ich werde dafür sorgen, dass für dich ein Bad hergerichtet wird. Und danach wirst du dich in die Kleider hüllen, die sich für meine Tochter geziemen.« Er senkte den Kopf und drückte seine Lippen auf ihr Haar.

Ein verfaulter Salatkopf traf Simon von hinten, als er auf das Podest stieg. Die Bürger von Bacharach johlten und klatschten. Der Henker legte die Schlinge um seinen Hals und begab sich zu dem Hebel, mit dem er die Holzplanken unter seinen Füßen nach unten klappen lassen konnte. Die Angst vor dem Tod brachte Simon fast um den Verstand. Sein Herz, das nicht mehr lange schlagen sollte, klopfte so heftig, als wolle es ein letztes Mal seine Kraft zeigen. Das Amen, mit dem der Pater sein Gebet beendete, hallte vielfach in Simons Ohren wider. Er schloss die Augen. »Verzeih mir, Alessandra, dass ich dich nicht retten konnte«, flüsterte er.

»Haltet ein, Henker! Die Hinrichtung wird heute nicht stattfinden«, schrie plötzlich eine Stimme über den Platz. Die Menschenmenge murrte enttäuscht.

Simon öffnete die Augen und sah, wie ein Mann mit einem Pergament in seiner Hand wedelte. Der Henker ließ sich das Schreiben mit verdatterter Miene von dem Boten vorlesen. Dann nickte er und schritt zu Simon, um ihm den Strick vom Hals zu nehmen.

»Eure Hinrichtung ist verschoben. Ihr müsst noch eine Aussage wegen der Hexe tätigen.«

Die Bürger von Bacharach schrien jetzt lauthals ihre Verbitterung heraus. Faules Obst und Gemüsereste flogen auf das Podest. Der Henker schüttelte verärgert den Kopf. »So etwas habe ich in meiner ganzen Zeit als Vollstrecker noch nicht erlebt«, fauchte er.

Die Tür der Zelle schloss sich hinter Simon. Er ließ sich auf dem Stroh nieder, winkelte die Knie an und stützte seine Ellbogen darauf ab. Was in der letzten Stunde geschehen war, konnte er sich beim besten Willen nicht erklären. In dem Lichtstrahl, der durch einen Spalt im Mauerwerk fiel, sah er, wie die Ratten Zuflucht in dem Stroh suchten.

Simon verlor jegliches Zeitgefühl. In seinem Kopf kreisten die Gedanken. Er beugte sich vor und tastete nach dem Wassereimer. Nachdem er seinen Durst gestillt hatte, legte er sich in das vermoderte Stroh, aus dem die Dünste von Fäkalien aufstiegen. Seine Gedanken übertrugen sich in seine Träume. Immer wieder spürte er, wie der Strick über die Haut an seinem Hals scheuerte. In dem Augenblick, als er sich zuziehen sollte, schreckte Simon aus dem Schlaf hoch. Benommen blickte er in das Licht, das durch die geöffnete Tür in seine Zelle fiel.

Der Wärter kam auf ihn zu und zog ihn am Arm hoch. »Ihr seid ein freier Mann. Warum auch immer.«

Mit einem Schlag war Simon hellwach. Er riss die Augen auf und sah den Wärter ungläubig an.

»Jetzt guckt nicht so tumb. Macht, dass Ihr hier rauskommt, bevor es sich der Bürgermeister noch anders überlegt.«

Alessandra saß Simon im Gemach des Burgherrn gegenüber und glättete mit der Hand die cremefarbene Seide ihrer Röcke. Ihre Anwesenheit machte Simon fassungslos. Sie war schöner als je zuvor. Auch wenn ihre Wangen noch ein wenig eingefallen wirkten, hatte das schwarze Haar seinen Glanz wiedererlangt, und die Locken legten sich sanft auf ihre Schultern. Als sich ihre Blicke trafen, huschte über ihre Lippen ein Lächeln. Simon spürte, wie sich die Hand des Grafen auf seine Schulter legte. Er schaute in das Gesicht des Burgherrn. Die Worte, die er gerade aus seinem Mund vernommen hatte, musste er erst einmal verdauen.

»Eure Absicht ehrt mich, aber gedenkt Ihr, Eure Tochter wirklich mit einem armen Ritter zu verheiraten?« Auch wenn er nichts lieber wollte, als Alessandra an seiner Seite zu haben, war er realistisch genug, um zu wissen, dass er als verarmter Lehnsmann unter dem Stande von Alessandra Visconti stand.

Graf Philipp lachte heiser auf. »Ihr seid kein armer Ritter mehr.«

Simon runzelte die Stirn. »Mir steht der Sinn nicht nach Scherzen.«

»Würde ich scherzen, wenn es um die Zukunft meiner Tochter geht?« Graf Philipp setzte sich neben Simon.

»Sie haben den Verwalter gefunden. Einen Teil des Vermögens hat er zwar in seinen herrschaftlichen Wohnsitz gesteckt, doch dafür hat sich schon ein Käufer gefunden.«

Simon sprang aus dem Lehnstuhl hoch und lief in dem Gemach des Burgherrn auf und ab. »Er ist gefunden worden? Wo ist dieser Kerl? Ich breche ihm alle Knochen.« Er knetete zornig seine Faust.

»Der Mann sitzt bereits im Kerker von Bacharach.«

Simon sog tief den Atem ein, um sich zu beruhigen. Dann zog erneut Alessandra seine Aufmerksamkeit auf sich. Er sollte sie heiraten! Es fiel ihm schwer zu glauben, dass er plötzlich die Erlaubnis besaß, sein Leben mit ihr zu verbringen. Sie zu küssen und so zu berühren, wie er es sich in seinen Träumen ausgemalt hatte. Er spürte, wie ein freudiges Ziehen durch seinen Leib fuhr. Gerade noch hatte er mit seinem Leben abgeschlossen gehabt, und nun stand er vor einer Zukunft, an die er nie zu glauben gewagt hatte!

»Zimmerleute sind schon auf dem Weg zum Gestüt. Und auch die Materialien sind dort bereits eingetroffen. Bis zu Eurer Hochzeit werden die Ställe wieder aufgebaut sein.«

Simon sah den Burgherrn ungläubig an. »Wie kann ich Euch nur jemals danken?«

Der Burgherr reichte ihm einen Kelch mit Rotwein. »Seht es als die Mitgift an, die meine Tochter von mir erhält. Doch ich kann Euch nur warnen. Behandelt mein Mädchen gut, sonst breche ich Euch alle Knochen.«

Ein Lächeln erschien auf Simons Lippen. »Worauf Ihr Euch verlassen könnt.« Am liebsten hätte er dies dem Burgherrn auf der Stelle gezeigt, doch er musste wohl bis zur Hochzeit warten, ehe er seine geliebte Alessandra in die Arme schließen konnte. Zumindest in Anwesenheit des Burgherrn.

Die Tür zum Arbeitszimmer des Burgherrn flog auf, und unaufgefordert trat Graf Leopold ein. Mit langen Schritten eilte er auf den Burgherrn zu. Sein Gesicht hatte die Farbe von Mohn angenommen.

»Was fällt Euch ein? Simon von Ravenstein ist meinem Mündel versprochen. Wie könnt Ihr es wagen, Euer Versprechen zu brechen und ihn nun mit Eurer Tochter zu vermählen?«, prustete er. In seinen Augen glitzerte Mordlust.

»Beruhigt Euch, Graf Leopold.« Der Burgherr schob einen Stuhl zu ihm.

Graf Leopold ließ sich wutschnaubend darauf nieder, ohne den Blick von dem Burgherrn zu wenden. Seine Augen verengten sich zu Schlitzen. »Ich schwöre Euch, ich werde Euch die Luxemburger auf den Hals hetzen, wenn Ihr Euer Versprechen nicht haltet.«

Der Burgherr setzte einen gespielt bedauernden Blick auf. »Liebster Graf Leopold, Ihr wisst wohl noch nicht von dem Brand der Ställe, der Simon in den Ruin getrieben hat. Aber gut, wenn Ihr Eurer Mündel mit einem verarmten Ritter verheiraten wollt, dann will ich Euch nicht im Wege stehen. Obwohl, wenn ich es recht überlege, könnten wir eine Mitgift von Euch verlangen.«

Dem Grafen fiel der Unterkiefer herunter. Mit offenem Mund starrte er den Burgherrn an.

Graf Philipp reichte ihm einen Kelch. »Trinkt, mein Lieber, wie ich sehe, bleibt Euch die Spucke weg.« Er lächelte ihm aufmunternd zu.

Der Duft des Weihrauchs umhüllte Alessandra. Geführt von Graf Philipp, trat sie durch das Portal in die Wernerkapelle. Die karmesinrote Seide ihres Kleides raschelte bei jedem ihrer Schritte. Vor dem Altar, auf dem eine Kerze brannte, kniete Simon. Seine Locken ruhten auf dem schwarzen Umhang, der an den Ausschnitten mit goldenem Brokat verziert war und von einem ebensolchen Gürtel zusammengehalten wurde. Langsam drehte er sich zu ihr um. Als er ihr zulächelte, war sie so froh, dass es fast schon schmerzte.

Die Stimmen des Chors, der ein Lied anstimmte, hallten durch die Kapelle. Durch die Spitze ihres Schleiers sah Alessandra, wie der Erzbischof vor dem Taufbecken auf sie wartete. Ihr Vater drückte aufmunternd ihre kalte Hand und führte sie zu ihm hin. Alessandra kniete sich auf das mit rotem Samt überzogene Kissen, um das Sakrament der Taufe zu empfangen. Nachdem der Erzbischof seinen Segen ausgesprochen hatte, erhob sie sich und schritt auf Simon zu, um mit ihm getraut zu werden. In seinen Augen schimmerten Tränen. Auch Alessandra konnte den Schluchzer nicht unterdrücken, der in ihrer Kehle aufstieg. Wie im Rausch kniete sie sich neben Simon.

Nachdem der Erzbischof die Trauung vollzogen hatte, schob Simon den Schleier zurück. Als seine Lippen sich ihren näherten, hielt sie den Atem an. Sie versank in seinem Kuss, spürte ihn, atmete seinen Duft ein, wie sie es sich nie zu träumen gewagt hatte.

Der Schnee, der die Weinberge bedeckte, glitzerte in der Sonne. Alessandra schaute über die Zinnen der Burg hinweg und spürte, wie Simon von hinten die Arme um sie schlang. Sie schmiegte sich an seine Brust.

»Ich liebe dich, Alessandra Visconti, hatte ich dir das schon gesagt?«, flüsterte Simon ihr ins Ohr.

Alessandra schloss die Augen. »Mehr als einmal.« Ein Lächeln umspielte ihre Lippen.

Simon fasste sie an den Schultern und drehte sie zu sich um. Mit dem Zeigefinger hob er ihr Kinn an. »Bist du reisefertig?«

»Ja, Maria hat alles zusammengepackt.« Sie schaute wehmütig drein.

»Was ist los? Freust du dich nicht, endlich das Hochzeitsgeschenk deines Vaters zu sehen?« Simon sah sie fragend an. »Der schnelle Bau der Ställe hat das Gestüt gerettet.«

»Doch, natürlich freue ich mich auf unser neues Zuhause.« Alessandra lächelte. Dann senkte sie den Blick und dachte an das Bündel, das sie damals im Lager ihrer Familie zusammengepackt hatte. Dachte an die Sehnsucht nach den Dingen, die sie nie besessen hatte. Sancharis Bild schob sich vor ihre Augen. Sie fragte sich, ob die Karten ihr jemals die ganze Wahrheit über ihre Zukunft offenbart hatten. Ob ihre alte Freundin gesehen hatte, dass sie zwar dicht vor dem Tod stehen, aber ihn nicht finden sollte? Alessandra wusste genau, dass sie das Gesetz gebrochen und in die Karten geschaut hatte. Und Sanchari hatte gewusst, dass sie ihrem Herzen folgen würde, was auch immer geschah. Alessandra schmiegte ihre Wangen an Simons Brust, lauschte seinem Herzschlag und wusste, keine ihrer Entscheidungen war falsch gewesen.

Salomon beendete den Galopp und verfiel in den Schritt. Alessandra hob den Kopf und schaute auf die Dächer des Gestüts im Tal.

»Die letzten Schritte will ich mit dir zu Fuß gehen.« In Simons Stimme schwang Stolz mit. Er zügelte den Hengst, sprang von seinem Rücken und griff nach Alessandras Hand.

Der Schnee knirschte unter ihren Sohlen, als sie den Hügel hinabstiegen. Hinter ihnen trottete Salomon mit gesenktem Kopf.

Zwischen den Steinen der Mauer glänzte der frische Mörtel. Alessandra umgab der Duft von Stroh und frischgeschlagenem Kiefernholz. Sie stellte sich auf die Zehenspitzen und schaute über die Absperrung der Boxen. »Wo sind die Pferde?«, fragte sie enttäuscht.

»Noch sind sie auf den Weiden, doch heute dürfen sie das erste Mal in den Stall.« Simon drehte eine ihrer Locken um seinen Finger.

Alessandra vernahm das Trappeln von Hufen auf dem festgetretenen Schnee. »Da kommen sie!«, rief sie aufgeregt.

Simon löste die Haarsträhne von seinem Finger und griff nach ihrer Hand. Gemeinsam traten sie vor die Ställe. Alessandra zog ihren wollenen Umhang fester um die Schultern.

Das Fell der Trakehner glänzte rötlich. Aufgeregt tänzelten sie vor der neuen Behausung. Aus ihren Nüstern stiegen kleine Wölkchen in die klare Winterluft. Simon öffnete den zweiten Flügel der Pforte, damit der Stallmeister die Tiere in die geschützte Unterkunft bringen konnte. Alessandra sog den Duft ihrer Leiber ein, während sie eines nach dem anderen in die Pferche geführt wurden.

»Sie sind so schön«, flüsterte sie ehrfürchtig.

»Komm, ich will dir noch etwas zeigen.« Simon griff nach ihrer Hand und zog sie zu den Weiden, die unter einer dichten Schneedecke lagen. Alessandra schaute über das Gatter hinweg. Wolken verdeckten die untergehende Sonne, und wie aus dem Nichts wirbelten Flocken durch die Luft. Einsam und verlassen stand eine Stute zwischen den Zäunen und schaute traurig zu ihnen her. Ihr Fell bedeckte ein roter Samtumhang.

»Was ist mit ihr? Warum darf sie nicht mit den anderen Pferden hinein?«, fragte Alessandra erstaunt.

Ein Lächeln huschte über Simons Lippen. Er schnalzte

mit der Zunge, und das Pferd drehte die Ohren in ihre Richtung. In behäbigem Schritt näherte es sich ihnen. Als es den Kopf über das Gatter streckte, schaute Alessandra in seine schwarzen Augen. In den Wimpern, die sie umrahmten, verfingen sich Schneeflocken. Alessandra strich mit der Hand über die Blesse, woraufhin die Stute leise schnaubte. »Wie ist ihr Name?«

Simon griff nach ihrer Hand und drückte sie leicht. »Sanchari«, antwortete er leise.

Alessandra spürte, wie sich ihre Augen mit Tränen füllten. Simon zog sie in seine Arme und strich über ihr Haar. Dann verschloss er ihre Lippen mit einem Kuss, der ihr den Atem raubte. Die Stute wieherte leise. Alessandra wand sich aus Simons Arm, trat wieder zu ihr und kraulte ihre Ohren. »Wir sollten sie zu den anderen Pferden in den Stall bringen.« Simon öffnete bereits das Gatter.

»Komm, ich helfe dir auf ihren Rücken.« Mit einem sicheren Griff hob er Alessandra auf den roten Samt.

Sie griff in die Mähne der Stute, um sich daran festzuhalten. Simon strahlte wie ein kleiner Junge, dem der Bäcker einen Zuckerkringel geschenkt hatte, als er das Pferd in den Stall führte.

Der Stallmeister reichte Alessandra das samtene Tuch und rieb den Rücken der Stute mit Stroh ab. Nachdem er eine Wolldecke über ihren Leib gelegt hatte, nickte Alessandra zufrieden.

Simon stieß sie sanft an. »Komm, auch wir sollten uns aufwärmen.« Er führte sie zum Herrenhaus. »Willkommen in unserem neuen Heim«, flüsterte er in ihr Ohr.

Alessandra ließ sich von ihm die Stiegen hinauftragen und genoss es mit jeder Faser ihres Körpers. Simon brachte Alessandra zu dem Bett, über dem sich ein himmelblauer Baldachin spannte.

Alessandra versank in den Kissen. Im Kamin prasselte ein Feuer, das den Raum und gleichermaßen auch ihr Herz mit Wärme füllte. Sie brauchte nicht mehr auf dem Seil durch die Lüfte zu schweben, denn sie war angekommen. Angekommen an einem Ort, der ihr Zuhause war.

Marion Henneberg

Die Entscheidung der Magd

Historischer Roman

Originalausgabe

ISBN 978-3-548-26959-7
www.ullstein-buchverlage.de

Die temperamentvolle 17-jährige Eilika lebt als Dienstmagd auf der Bernburg. Dort trifft sie auf den stattlichen Ritter Robert von Harsefeld. Beide sind fasziniert voneinander, doch das Schicksal trennt sie sofort wieder: Robert zieht mit seinem Knappen Ingulf, Eilikas kleinem Bruder, für den Sachsenherzog Heinrich den Löwen in den Krieg. Als ein junger Adliger zudringlich wird, flüchtet Eilika zur alten Amme Alda, die sie in die Geheimnisse der Heilkunst einführt, und lernt in Quedlinburg Lesen und Schreiben. Als Heilkundige erfährt sie immer größere Anerkennung. Doch Alda stirbt, und Eilika reist dem Kriegsschauplatz entgegen, um Robert und ihren Bruder zu suchen.

UB499

ullstein